一路走来一路读

林达 著

生活·讀書·新知 三联书店

图书在版编目（CIP）数据

一路走来一路读 / 林达著. —北京：生活 · 读书 · 新知三联书店，2015.11 （2024.1 重印）
（林达作品系列）
ISBN 978 – 7 – 108 – 05575 – 0

Ⅰ. ①一… Ⅱ. ①林… Ⅲ. ①随笔 – 作品集 – 中国 – 当代
Ⅳ. ① I267.1

中国版本图书馆 CIP 数据核字（2015）第 255085 号

责任编辑 吴 彬
装帧设计 蔡立国 薛 宇
责任印制 李思佳
出版发行 生活 · 讀書 · 新知 三联书店
（北京市东城区美术馆东街 22 号 100010）
网 址 www.sdxjpc.com
经 销 新华书店
印 刷 北京建宏印刷有限公司
制 作 北京金舵手世纪图文设计有限公司
版 次 2015 年 11 月北京第 1 版
2024 年 1 月北京第 4 次印刷
开 本 880 毫米 × 1230 毫米 1/32 印张 15.25
字 数 230 千字 图 150 幅
印 数 23,001– 23,500 册
定 价 78.00 元
（印装查询：01064002715；邮购查询：01084010542）

目 录

走 路

读 书

走路

上帝安排的通信

昆西，是一个听着耳熟的词。它是一个地名，新英格兰地区有一个昆西海湾；它也是一个小镇的名字，小镇在昆西海湾的南岸，因海湾而得名，距离波士顿只有七英里；它还是一个人名，这个人因诞生在昆西小镇，就由同样诞生在这里的父亲，给他取了这个名字。他们父子又使得小镇名扬美国，声名甚至超出了美国。在一个民主选举制的国家，他们是美国历史上很少出现的父子总统——美国第二届总统约翰·亚当斯和第六届总统约翰·昆西·亚当斯。

昆西是一个美丽的小镇。对于外来的旅行者，它几乎是在竭力满足所有的期待：丰富的历史人文资源，宁静的住宅街区和浪花拍打着海岸的风景。除了亚当斯父子外，因在美国独立战争期间任大陆会议主席，而被一些历史学家称为美国“真正的第一总统”的约翰·汉考克也诞生在这里。所以，昆西也被人们称作“总统城”。在他们生活的时代，昆西是一个俭朴的小镇。亚当斯父子不仅诞生在这里，短短四

美国第二任总统约翰·亚当斯

年的总统任期一过，他们又回归平民，仍长久地生活在昆西的老屋，重拾乡土乡情。

今天，约翰·亚当斯的座椅还保存在老屋里。翻过这把椅子，可以看到一张已经发黄的纸条，这是他去世那天，他的儿子昆西·亚当斯写的，他郑重记下“父亲于1826年7月4日坐在这把椅子上去世”，然后签上自己的名字亲手贴了上去。这个细节，让今天的我们看到了当年的亚当斯父子情深，也看到了昆西·亚当斯几乎成为本能的历史感。他记录了这个历史细节，而这个细节，是美国历史上一个最让人惊异的传奇。

战 友

美国革命发起于北方的马萨诸塞州，亚当斯是革命初期最主要的领导人。当时在北美，不同的殖民地就像不同的国家一样，彼此在心理上有很大阻隔。亚当斯看到，没有南方的弗吉尼亚州的全力参与，美国革命是不可能成功的。1775年6月第二届大陆会议期间，正是在约翰·亚当斯的提议和促成下，来自弗吉尼亚的乔治·华盛顿被任命为大陆军队总司令。一年以后，又是约翰·亚当斯的极力举荐，来自弗吉尼亚的安静寡言的托马斯·杰弗逊得以参加以亚当斯为首的五人起草小组，并且执笔起草了美国历史上第一个最重要的文献——《独立宣言》。这一文一武两个弗吉尼亚人后来的声誉，都远远超过了亚当斯本人。

托马斯·杰弗逊，是这群建国者中的年轻人。在年龄上，他比亚当斯他们小了十来岁，在政治参与上晚了二十来年，也就是比约翰·

亚当斯晚了几乎整整一代，当时的地位自然也就低得多。杰弗逊善于思考和归纳，写作表达能力很强。他在美国《独立宣言》的起首所写下的“人生而平等”，“人人拥有生命、自由和追求幸福的权利”是如此简洁、清晰和强烈，堪称尽善尽美。然而，以后的人们几乎都淡忘了，假若不是约翰·亚当斯的竭力举荐，由于当时他年轻资历浅，或许根本就没有机会担此重任。

独立战争期间，亚当斯和杰弗逊曾经同时出使欧洲，他们俩不仅有革命事业中结下的友谊，两个家庭在欧洲也有许多私人交往，拥有家庭间的友情。

独立战争胜利后的1789年，乔治·华盛顿当选为美国第一任总统，约翰·亚当斯是他的副总统。在只有四个人组成的内阁里，托马斯·杰弗逊被任命为国务卿。他们创立了人类历史上第一个联邦制的共和体制大国，这几个人也是创建这一丰功伟绩的患难战友。

分　裂

建国以后，约翰·亚当斯和托马斯·杰弗逊在治国理念和方略上的分歧开始浮出水面。

来自北方的亚当斯是一个现实主义者，他秉持当时占主导的联邦主义观点，认为新生共和国的生存必须靠一个强有力的中央政府，这个政府必须有足够的权力来管理国家、保卫国家。为此，这种权力必须稳定地掌握在一小群人手里。他对“法国大革命”取怀疑和谴责的态度，对政治上的平民倾向保持怀疑和警惕。他主张的是精英治国。

而来自南方的杰弗逊，虽一辈子没有在平民中生活过，却是一个

美国第三任总统托马斯·杰弗逊

主张平民权利的理想主义者。他认为，联邦政府的权力都是各州出让给中央的，最重要的权力应该是在州政府手里、在民众手里。他赞美“法国大革命”，赞美普通农民是世界上最好的人。他性格热情、浪漫，他主张当时还处于萌芽状态的平民政治。

1796年，乔治·华盛顿发表《告别演说》，坚辞连任总统，回归故里。糟糕的是，按照当时的选举规则，正副总统是由总统候选人中得票最多的两个人分别担任。1796年大选，亚当斯当选为总统，而和他政见不合的杰弗逊成了他的副总统。治国理念的不同，引出方略的背离，尤其是政治活动中的个人作为，更损害了他们之间长久的私人友谊。这一对总统和副总统，在内政、外交的几乎所有重大事务上都针锋相对。

1798年，为了强化政府地位，总统亚当斯利用联邦主义者在国会占多数的有利条件，通过了《外国人和反颠覆法》。这是美国历史上唯一针对新闻界和言论的法律。副总统杰弗逊认为，这个法律是对美国革命理想的背叛。他发动和策划了《肯塔基决议》和《弗吉尼亚决议》，在州一级对抗联邦的这一法律。到1800年大选的时候，亚当斯和杰弗逊的决裂已经公开化。杰弗逊组织了反对联邦主义的民主共和党，在竞选期间，利用报纸抨击亚当斯的治国方略是对美国自由理想的背弃。使亚当斯感到备受伤害的是，这种攻击涉及他的个人品德和人格，这在当时他们这些保持着古典绅士荣誉感的人看来，是难以忍受的耻辱。而且他知道，站在这种攻击后面的人中，有当年他极力提携的杰弗逊。

1800年，由于《外国人和反颠覆法》侵犯民众新闻言论自由而引起普遍不满，亚当斯在大选中败北，他的政敌杰弗逊上台。杰弗逊上台后立即废除了《外国人和反颠覆法》。在前任已经打下基础的政府制度框架下，杰弗逊开始了民主化进程。美国历史上著名的“杰弗逊民主时代”开始了。杰弗逊的观点一时风行，相比之下，亚当斯似乎就是以治国理念错误而下台的。而亚当斯却痛感民众抛弃他是不公正的。

1801年3月4日，杰弗逊宣誓就任总统。在就职演说中，他或许有所触动，向亚当斯一方发出了和解的信息，他说：“我们都是联邦党人，我们也都是共和党人。”可是，亚当斯已经听不到杰弗逊的呼吁——这个时候，他的马车正孤独地颠簸在回归北方昆西小镇的路上。他没有出席继任总统的就职典礼。他的心已经碎了。

重　归

约翰·亚当斯回到昆西的时候，沮丧而愤懑。可是，他与杰弗逊

约翰·亚当斯夫人

两人仍然怀着老友之间复杂的感情，私人关系并没有真正破裂。直到差不多四年以后，一个偶然的机缘，双方内心的不满被挑开，两个多年好友终于断绝来往。事情缘于约翰·亚当斯的夫人安比凯的一封信。

1804年，杰弗逊的女儿玛丽亚难产去世。亚当斯夫人给杰弗逊写了一封悼念信，虽然她的心情是复杂的，“由于种种原因无法动笔，直至心中强烈的感情冲破这些阻碍”。信中她回忆了多年前，他们两家出使欧洲时的日子，那是她最好的时光，也回想到九岁的玛丽亚初到伦敦的情景，表达了自己对玛丽亚去世的哀痛。安比凯的感情是真实的，在玛丽亚去世的一刻，她把丈夫和杰弗逊的恩怨放在一边，无法抑制地想对杰弗逊表达自己的哀悼之情。她发出这封信，并没有告诉自己的丈夫。

杰弗逊收到这封信，把它看作是整个亚当斯家在寻求和解。他也想抓住这个机会，于是立即给安比凯回信。本来，这确实可以是一个和解的契机，可是，也许因为真正和解的时机还没有成熟，杰弗逊把这封信写成了对自己政治理念的辩解。他回忆自己和亚当斯之间政治上长久合作的友谊，却偏偏哪壶不开提哪壶，说他们尽管在大选期间相互反对，可是"我们从未挡对方的路"。杰弗逊这是为自己在1800年选举中的作为辩护，同时他提到，"友谊需要原谅一些事情"，他表示对亚当斯做错的事情已经能够原谅，并且恢复对于亚当斯的敬重。这些政治话题的引入，毁了这个和解机会。

杰弗逊的信在安比凯眼中显然是颠倒是非。缘于旧友感情的通信一旦成为政治是非的争执，原来压下的怒火开始上升。于是，在亚当斯不知情的情况下，这番通信演变成一场恶性循环。当亚当斯最后读到这些信件的时候，他和杰弗逊之间的破裂已经无可挽回。

在这些年里，杰弗逊是忙碌的。他连续担任了两届八年的总统。前四年比较顺利，特别是他一手操办的"路易斯安纳购地案"，使美国的国土面积扩大了一倍多；而后四年屡屡受挫，他的浪漫的理想主义性格，使他在管理上捉襟见肘。1808年大选，杰弗逊卸任。回归弗吉尼亚故里以后，他仍然是忙碌的。他是一个多方面的天才。他思考、写作，创办"弗吉尼亚大学"，并亲自设计和监督建造弗吉尼亚大学校舍，还设计和改建他自己的住宅。美国行进在他开创的民主化进程中，而他的思考和写作把这种民主化理念表达得最有条理，最容易被所有人理解和接受，他的声誉也节节上升。

与此同时，亚当斯却痛苦不堪。他不善写作，过度的激愤又搅乱了他的思路。他一直在试着写他的自传。他认为杰弗逊的历史回忆是为迎合人们的喜爱而写，他的记录才是真实的。他要写出美国革命时期的真相，写出联邦主义者对美国初期制度建设的深谋远虑和不可否认的功绩，写出历史人物的缺点，历史中发生的错误。可是，他在昆西的老屋里如困兽般徘徊，越急于要澄清事实笔头越混乱。结果，他的自传始终只是一大堆凌乱的笔记。

在这些年里，除了家人，给予亚当斯最大安慰的，是他的另一位老朋友、美国《独立宣言》的另一位签署者本杰明·拉什。拉什是一位医生和医学教授。作为一个开国者，他自然是亚当斯和杰弗逊两人共同的朋友。他在亚当斯最痛苦的日子里，持续不断地和他通信。对于亚当斯，拉什是一个最合适的疗伤者，他们讨论历史和对于历史的评判，也讨论对时事和政局的看法。

1809年，拉什在给亚当斯的信中，描绘了自己有生以来最奇妙的一个梦。他梦到亚当斯写了一封短信给杰弗逊，祝贺他终于能够从公职上退休。然后杰弗逊回了一封充满善意的信。他梦到在此后的几年里，亚当斯和杰弗逊相互通信，对他们犯过的错误有所认识，分享美国革命的成果，并且弥合了他们众所周知的友谊。他甚至梦到了他们的死亡：他们俩满载人们的赞誉，双双同时沉入坟墓。

亚当斯立即回信表示这不过是梦，他不打算照梦里的做。

拉什把自己的梦境又写给了杰弗逊，并建议杰弗逊采取主动。可是，杰弗逊也没有这样做。也许他认为，自己当初给亚当斯夫人的信，就是一个弥合友谊的动作，可是结果却并不好。

两年之后的1811年，亚当斯向来访的一个朋友，表达了自己对杰弗逊的友情。他表示，自己与杰弗逊之间在治国理念和方略上的分歧，从来没有扼杀他对杰弗逊的感情。过去如此，现在还是如此。杰弗逊闻讯之后，立即给拉什写信，表达了他对亚当斯以往政治判断力的敬佩。亚当斯在当年圣诞节给拉什的信中，全面阐述了自己和杰弗逊的政治分歧。此时，他已经能够控制自己，语气幽默而平和。在美国第一代建国者之间，分歧的“火焰仍在燃烧，火山的喷发却终于减弱了”。

几天后的1812年元旦，亚当斯走了关键的一步。他给杰弗逊寄出了一封信，说是要给杰弗逊寄两块“家织的土布”作为礼物。杰弗逊收到的时候，才发现那是亚当斯的儿子约翰·昆西最近出版的两卷著作。

最激动的就是拉什了，他马上给亚当斯写信：“我很高兴您和您的老朋友杰弗逊先生终于能够恢复联系。我把你们看作是美国革命的南极和北极。一些人谈论过，一些人写过，还有一些人为美国的改进和建设战斗过，而您和杰弗逊先生却为我们大家思想过。”亚当斯在回信中开玩笑地揶揄说：“您的梦实现了……您的预言实现了！您创造了一个奇迹！”

在此后的十四年里，北方马萨诸塞州的海边小镇昆西，与南方弗吉尼亚州的杰弗逊庄园之间，开始了美国历史上最著名的通信。

通　信

整整十四个春秋，美国的第二任总统约翰·亚当斯，和第三任总统托马斯·杰弗逊，在各自的家里，用笔、用信纸，回顾了他们那一代革命者破天荒的经历和功绩。他们曾经达到的人生辉煌，几乎无人可以企及。现在，他们都老了，都已经退出了政治舞台，不再有现实政治的考虑，个人荣辱也日渐轻淡。来日无多，可是他们都理解他们

托马斯・杰弗逊的家

对历史、对后代的责任。亚当斯在信里对杰弗逊说，在我们互相把自己的思想交代清楚以前，我们可不能死。

就这样，整整十四年，在连接南北方的小路上，邮差的马车传递着两位离职总统的通信。正如拉什准确指出的那样，亚当斯和杰弗逊是真正在为美国“思想”的人，可是在立国理念和治国方略上，他们又确实是美国的“南极”和“北极”。他们在通信里，对美国独立和建国最初几十年里遇到的各种问题，各个重大历史关头的决策，作出理性的回顾、交流和争论。杰弗逊一再地阐述了他的民主理想，坚信美国和全世界都将走在民主的道路上。他也检讨自己对法国大革命的判断，承认共和党和他本人都在亚当斯任总统期间，使用政治手段伤害了亚当斯总统的信誉。多年以后的今天，他终于说，他为此感到抱歉。

亚当斯和杰弗逊讨论着具体的政策，也讨论他们最大的分歧——精英政治和平民政治。他们各自的阐述，成为美国民主制度宝贵的思想遗产。直至今日，美国民主制度的历史，仍然是在这两种理论遗产之间寻求平衡。杰弗逊的平民民主理想，已经成为一种世界性价值观；而到二十世纪下半叶，默默无闻了一个世纪的亚当斯的思想，重新引起了人们的注意，人们越来越重视亚当斯当年对政治现实准确而深刻的观察判断。

两个开国功臣、两个不同观点的政治家、两个卸任总统，就以这样的方式，来处理他们的分歧和恩怨。他们用这些书信向后代表明，功绩可以不是资本，权力可以不是私产，政治对手可以不是死敌，政治家可以仍然是光明磊落的有道德的绅士，政治理念和实践之对错可以公开讨论，政治可以不是肮脏的交易。两位总统用十四年里的一百五十八封信，开创了美国总统离任后用回忆录形式阐述理念、总结经验，为后代留下政治遗产的传统。

奇 迹

写着写着，渐渐地环顾四周，他们发现自己几乎已经是美国革命那一代“仅存的硕果”了。杰弗逊在给亚当斯的信里写道：回望一生，“就像回望一个战场，所有的人，所有人都死了；而我们孤零零地活着，活在新一代中间。我们不了解他们，他们也不了解我们”。晚年的最后岁月，他们之间的友谊，成了相互最温馨的慰藉。

1826年，美国独立五十周年。在这一年，《独立宣言》的签署者仅有三人还活在世间。除了约翰·亚当斯和托马斯·杰弗逊之外，只有马里兰州的查尔斯·卡罗了。

在筹备庆祝国庆五十周年的时候，弗吉尼亚和马萨诸塞的人们分别向杰弗逊和亚当斯发出邀请，可是两位老人的健康都不允许他们出现在任何公众场合了。杰弗逊用几天的时间，为报纸写下了他对建国五十年的总结。他的思路仍然清晰，文笔仍然优美而简洁，民主信念仍然坚定。他阐述了他对大众权利和民众自治的信心，坚信“大众不是生来就在背上背着鞍子，让一小群穿靴子的人驱使的”。在昆西小镇，衰老的亚当斯为庆祝国庆建议：为永远独立而干杯！

7月3日傍晚，托马斯·杰弗逊突然昏迷。他的最后一句话是问身边的医生和家人：“今天是4号了吗？”他的生命在昏迷中顽强地坚持，似乎是在等待一个命定的时刻。第二天，午后不久，这位卸任总统终于停止了呼吸。五十年前的这一刻，美国的一代开国者正开始在他起草的《独立宣言》上签字。几乎就在杰弗逊死去的同一时刻，远在北方的昆西小镇，约翰·亚当斯坐在椅子上突然中风，失去知觉。下午，约翰·亚当斯去世。五十年前的这一刻，美利坚合众国正式诞生了！

《独立宣言》的两位催生者，美国政治理念的两位奠基者，美国治国方略的两位开创者，在《独立宣言》诞生五十周年的同一天离开这个世界，相隔不到五小时。多年前他们的好友拉什的梦，竟然成了现实。没有哪个大胆的幻想家，敢于幻想出这样的巧合。面对如此的奇迹，人们可能真的疑惑这是上帝在传达一个信息：后来的美国治国者，须在杰弗逊和亚当斯的思想之间，在精英政治和平民政治之间，找到一种平衡，这种平衡才是美国吉祥平安的自由之路。

国家重新联合之地
——游阿波马托克斯

阿波马托克斯是弗吉尼亚州的一个僻静小镇，从林奇堡沿460号公路东行，驶出十五英里，就是它了。所以，我们就把访问它安排在林奇堡之行的路线上。镇子坐落在阿波马托克斯河边，附近有森林、有湖泊，是个山清水秀的好地方。不过，我们特地绕道来此地，却不是来享受一次欣赏湖光山色的度假，而是为了造访一栋小小的二层红砖房。一百四十年前，南方“邦联”的罗伯特·李将军就在这栋房子里签字投降，从而结束了美国历史上最惨烈的为时四年的南北战争。

这栋房子其实不在阿波马托克斯镇上，而是在镇外一个更为偏僻的村子里，现在有24号公路通过那里。这个村子现在已经没有居民，是归美国国家公园局管辖的一个历史公园。

这是个冰冷刺骨的冬日，凛冽的西北风在这片空旷的原野上肆意扫过，无遮无挡。来到这里的人们，可以自己在几栋附属的小

举行南北战争停战谈判的房子

屋里自由参观，还可以看一个小小的展览和一段历史背景介绍的录像。可是参观那栋红砖小楼，是必须由讲解员带领的，一个小时进入一拨。那天，在等待的时候，所有的人都在锁着的门外尽量裹紧自己，以抵挡寒风。房子的外形，真是典型的美国风格，简朴得堪称单调，丝毫引不起任何建筑师的兴趣。我们靠在房前的井台旁，真有点怀疑房子里的内容是否也会同样乏味。最后，提着钥匙的讲解员终于来了。那是个和善的黑人，他为大家打开了大门。和其他慕名前来的参观者一起，我们裹着一团寒气进去，在暖气中放松了自己。听着讲解员诉说当初所发生的一切时，我们不觉被深深吸引，没想到这个小屋有着这样一个不同寻常的故事，不禁感叹历史和造化的神奇。

一百四十年前，这些房子属于一个叫维玛·迈克林斯的人。迈克林斯是个和平主义者，家境富有而且同情南军。因为他的家乡弗吉尼亚，在当时已经参加了分离的南方“邦联”。他原来住在弗吉尼亚北边边界，靠近联邦首都华盛顿的马那萨，他在那儿的庄园有一千四百多英亩的山林，其中还有一水清流穿行而过。这条河当时默默无闻，后来却因为南北战争而变得赫赫有名，那就是公牛沟。1861年7月21日，南北战争的第一次正式战役，就在公牛沟上打响。那天，迈克林斯被枪炮声所惊动，几乎不相信自己的“运气”，他这么个和平主义者，居然就在自家的窗口，眼睁睁地看着战争爆发。很快，战争的残酷性就压倒了一切，他的家不由分说地马上被征用，作为伤兵医院和停尸房。温馨舒适的住宅立即血迹斑斑，面目全非，呻吟声不绝于耳。迈克林斯的家就这样生生被扯进战争，成为战场。

好不容易熬到战斗结束，战场转移。迈克林斯清洗住房、清扫家园，依然支撑着居住在原地。但是，他平静的生活却再也没有真正恢复。尤其令他不能安宁的，是他的儿子也最终被战争裹挟，参加了南方军队，打仗去了。

尽管事情已经糟糕到这个地步，他还是没有料到，他的这片土地居然会再次被鲜血染红。一年以后，第二次公牛沟战役在同样的地方打响。迈克林斯再也待不下去了。他发誓要搬到一个“枪炮声永远达不到的地方”。这样，他就来到了我们面前这个林中空地的偏僻村庄、阿波马托克斯附近的人迹罕见之处。

可是，不过两年以后，躲避战争的迈克林斯发现自己又一次处身于两军交战的战场上了。几年战争过去，双方军队都已经疲惫不堪。周围能看到的，全是穿着破旧军装的兵，一会儿是南军，一会儿是北军。

好在这时候已经到了战争后期。罗伯特·李将军亲自率领的南军主力北弗吉尼亚军团，经过几个月的苦战，已经没有取胜的可能。

南方“邦联”军队司令李将军

北方联邦军队司令格兰特将军

李将军明白，南方“邦联”在军事上的败局已定，再打下去只是徒然增加将士的伤亡和民众的苦难。当年辞谢了林肯总统的委任而参加南军、在南方军民中众望所归的李将军，在此作出了投降的决定。他下令和北军司令尤利西斯·格兰特将军联系，定下了投降的基本事宜。

格兰特将军派出助手，要在战区里找一个像样的地方，来安排双方司令的会面。这一找，就找到了迈克林斯的家。当时，这栋我们看着毫不起眼的二层红砖房，就是附近最好的房子了。命运的安排，有时候不信真是不行：迈克林斯亲眼目睹战争爆发，躲来躲去，最终却还是让他撞上了结束战争的这一幕。

1865年4月9日，星期天。北军的格兰特将军和南军的李将军先后和随从参谋们骑马来到阿波马托克斯。前来受降的格兰特将军穿了一身旧军装，一头乱发，络腮胡子蓬乱着，一副疲惫不堪的样子。而战败了的李将军，一如既往地戎装笔挺，长靴，佩剑锃亮，一头白发和雪白的胡子一丝不苟，整个形象犹如一尊雕刻：一个堂堂绅士，一个有尊严的将军。

在格兰特将军的助手中，有一位奥特将军。他站在这个战争的终结点上时，却不由想起不久前，在战斗中遇到的一个小插曲。

奥特将军在后方有一个非常幸福温暖的家。所以，几年仗打下来，他十分想家。一个深夜，他的部下抓住了一个又冷又饿又害怕的南军士兵，这个年轻士兵也是想家想疯了，趁着夜色开了小差。他被带到奥特将军面前，惊恐万状，一个劲儿地解释，他只是一个想家想坏了的小兵。他不是刺探军情，只是开小差误入敌阵。他对南方的军情一无所知，也根本不想知道北方的军情，他只想回家。

这一番思家心切的话，打动了同样想家的奥特将军。脸色凝重严峻的将军向下属吼道："给这小孩弄点吃的，披条毯子！看这战争，把这孩子整成什么样儿了！"然后，等士兵缓过气来，将军命令把他送出战线，送上回家的路。他对士兵说："快回家吧，别再回来了。"

如今，这位想家的奥特将军就站在格兰特将军的身旁，看着双方司令谈判投降事宜。他想着这段往事心里感叹，终于到了自己也可以回家的时刻了。李将军和格兰特将军面对面地坐着，那是迈克林斯家的客厅，就是我们现在围着讲解员的地方。客厅真小，一段绳子拦出一小块放置家具"游客免进"的区域，剩下的空间几乎就容不下我们这十来个人了。当年，南北两军的首领谈判，就是在这么个小小的屋子里。

他们仅相隔数尺。身板挺直的李将军面前是一张小桌子，格兰特将军则靠着一张有大理石台面的非常讲究的桌子。格兰特将军似

成为美国第十八任总统的格兰特

乎在李将军的面前不好意思提起让南军投降的事，两位将军彬彬有礼地寒暄闲聊，最后还是李将军主动提出，让我们谈谈我军投降的事情吧。

格兰特将军马上表示，一切都可以商量。李将军提出，败军不受辱，必须保证他的将士们的尊严，不受骚扰。格兰特将军答应，只要南军士兵放下武器，就可以立即自行回家。李将军说，他的士兵在回家途中的安全，以及回家以后的安宁必须有所保障，所以要求格兰特将军给每个士兵发一份由格兰特将军签署的证明书，证明他们已经是放下了武器而受联邦军队保护的平民。格兰特将军询问南军需要多少份这样的证明书。李将军给出数字，格兰特将军马上命令下属把房主迈克林斯找来，请他提供村里的几座空房子，在这些空房子里，立即安排手工印刷给南军士兵的证明书。结果，北军连夜开印、填写，由格兰特将军和他的助手签字，总共是二万八千二百三十一份。

这幅画表现了南军司令李将军签署投降书的场面

就这样，投降的南军军官和将士，每人都得到一份联邦军队保证他们此后不受骚扰的证明书。那些印刷机和证明书的文本，今天还在原来的房子里供人们参观。此后的事实证明，格兰特将军的承诺确实是“君子之言”。一纸印刷粗糙的证明，确实保障了每一名降军的安全和个人尊严，不论是普通士兵，还是排连级以上的“叛军军官”，在战争以后都没有被追究和查处，没有被逮捕和坐牢，没有因“反叛的历史问题”而承受任何压力，都立即开始拥有了一个普通平民追求自己幸福的权利。

最后，李将军提出，他的部下已经几个月没有很好的给养了，士兵们在挨饿。格兰特将军立即说，这好办，联邦军队刚刚到了两列车的给养，北军将把这些给养先发给饥饿的南军。

格兰特将军就在面前的桌子上匆忙地起草了这些有关受降的事宜，这些条款简短、大方，双方都有尊严。格兰特的助手奥特将军还特地提醒他的上司，应该写上，所有南军军官可以保留他们的随身武器，手枪或佩剑。然后，李将军接受了这些条款。双方签字后，李将军告辞。格兰特将军率众来到门口台阶上，当李将军伤感地上马离去时，格兰特将军举帽致礼。在场的士兵和军官全体肃立，默默注视着这历史性的一幕。

南北战争就这样结束了，战争的苦难和杀戮结束了。将士们回过神来，他们可以回家了，可以重新享受和平的生活和家人团聚了。此刻，参与者突然意识到，他们刚刚经历过的一幕，是美国历史上意义极其深远的事件。美国人天性中天真机智、幽默快活的本性，又回到了这些经过四年浴血杀戮而疲惫不堪的军人身上。格兰特将军的助手们，一个个开始悄悄地跟屋主迈克林斯商量，要买他客厅里的一两样东西，作为这个历史事件的见证，带回去作为纪念品。于是，迈克林斯客厅里的家具和摆设一件件地都给买走了，只剩下其中最贵重最有意义的一件：那张带有大理石桌面、用来起草受降条款的桌子。

奥特将军也想买一件纪念品回家，可是他知道，凭他菲薄的军饷积蓄，要买这样贵重的一张桌子门儿也没有。他只能遗憾地离开这儿了。就在这时候，房主迈克林斯走到他面前，对着惊讶不已的奥特将军说，他要把这张桌子作为礼物送给他。奥特将军又惊又喜，却还是不愿意不付代价地收取这份礼物。他搜尽钱包，掏出已经是自己全部积蓄的四十美元，坚持把这四十美元付给了迈克林斯。临了，他还是忍不住问道，您为什么要送这样贵重的一件礼物？为什么是送给我呢？

迈克林斯说，还记得你当初送走的那个想家的南军小兵吗？他是我的儿子。

一百四十年过去了，美国人在一代一代地讲述着这个真实的

起草受降条款的小桌

故事，历史的教训就是这样镌刻下来：兄弟不再相残，国家不再内战。

从那儿出来后，我们驱车去了阿波马托克斯镇。这是新年假期，小镇静悄悄的，街道上不见一个人影。冬日的阳光，明晃晃地照着镇口一块牌子，上面写着：

我们的阿波马托克斯，是国家重新联合之地。

将军归葬之地

——访弗吉尼亚的一个小镇莱克辛顿

弗吉尼亚州的莱克辛顿是一个小山镇，在如诗如画的蓝岭山脉西麓，81号州际公路就在附近穿过。那年新春假期，我们从北方下来，是奔着阿波马托克斯去的，想去看那个南北战争停战签字、南军宣布投降的地方。天色太晚了，穿行在黑糊糊的山区公路上，前不着村后不着店。好不容易看到有灯火，赶紧找地方住下，不想刚巧就住在了莱克辛顿，那个我们在历史书本中读到过的地方。

第二天拂晓，冬日的小镇还没有从沉睡中醒来，我们就来到了静悄悄的街头，等待第一缕朝阳把教堂的尖顶抹亮。小镇中心只有寥寥可数的几个街区，一眼就能看到头。两边的老房子整整齐齐，狭窄的街道还是马车时代的设计，现在只好规定车辆单行，这一条南行，下一条就北行。

站在街头，不可能不想到一百三十六年前，1865年的春天，小镇上来了一位老军人。老人一头白发一丝不苟，笔挺的白色将军

罗伯特·李将军

服，一匹白马伴随着他。将军没有带来嘶喊着的兵马，也没有参谋侍从的前呼后拥。他威严而孤独地来到山中这个静悄悄的小镇，无声无息地住进了一栋普通的民房。他就是战败了的南方“邦联”军队总司令——罗伯特·李将军。

李将军是一个降将

想当年，李将军以出色的成绩从西点军校毕业后，就在军队中服役。三十几年的戎马生涯中，他转战东西。将军曾在墨西哥战争中为合众国立下战功，在军界有口皆碑。他厌恶奴隶制度，当南北双方为奴隶制问题对立分裂的时候，他早已解放了自己家里的黑奴。他的夫人是华盛顿总统的后代，他热爱他的先辈建立的这个国家，热爱建国之父们的立国理念，反对南方分裂。在南北战争终于爆发的时候，林肯总统曾有意给李将军委以重任，可是李将军说，我永远不会把我的剑指向我的家乡——弗吉尼亚。战争将弗吉尼亚州推向了分离的南方“邦联”。李将军作为一个军人，报效祖国是他的职责，对他来说，祖国就是弗吉尼亚。在国家分裂的时刻，他出于自己一贯的内心道德原则，决定效忠弗吉尼亚，从而成为南方“邦联”军队的总司令，悲剧性地把剑指向了先辈们创建的合众国。

四年浴血战争，南北双方共损失了六十万热血男儿。南方已是一片废墟。1865年4月，当大地万物在冬寒中开始苏醒的时候，南军将士饥寒交迫，战略上处于劣势。将军又一次面临何去何从的抉择。就在离这儿不远，翻过蓝岭山脉的一个山村阿波马托克斯，李将军向北军总司令格兰特将军签字投降。追随他四年的北弗吉尼亚军团的士兵们，低垂着军旗，在北军队列前走过，放下武器，返回家乡。李将军在同格兰特将军谈判的时候，要求联邦政府保护和善待他的士兵。他还要求，允许那些带着马匹牲口来当兵的南方士兵，把他们的牲口带回家，这样他们回家以后，还赶得上当年的春耕，春耕需要牲口。

部下将士都回家以后，李将军却无家可归了。他的家在东边，可是他不能回家。他在联邦首都华盛顿附近的阿灵顿山庄，已经被联邦政府没收。一个战败投降的叛军将领，何处可以安身？他策马向西，踏着丛林中去年的落叶，翻过蓝岭山脉，来到了山脉西麓的莱克辛顿。

选择莱克辛顿这个小山镇，是有道理的。

在小镇南端的公共墓园里，安息着李将军最得力的战将托马斯·杰克逊将军。杰克逊将军也是西点军校的毕业生，也参加过墨西哥战争。后来他却来到了弗吉尼亚的这个小镇上，因为这个小小的山镇上

"石墙"杰克逊将军

还有一所军事学校，即著名的弗吉尼亚军事学院。杰克逊在这所学校里担任炮兵教官，以纪律严格、行事刻板闻名。他就住在这个小镇上，每个星期天准时上教堂，因为他也是一个虔诚的基督徒。南北战争一爆发，杰克逊就带领军校的学生上了前线。在南北战争的第一场战斗马那萨战役中，杰克逊以骁勇顽强赢得了"石墙"的外号。从此以后，"石墙"杰克逊就是南军的骄傲。一直到一百多年后的今天，南方的民众中仍然没有人不知道"石墙"杰克逊。

"石墙"杰克逊是李将军的臂膀。那个时代的战争，正处于从冷兵器到热兵器的转换期，军队的联络手段还十分原始，没有电话和电报。部队的调动和布局，一方面要隐蔽自己、迷惑敌军，另一方面要和友军配合，进退有序。很多时候，作战意图及友军之间的随机应变、配合进退，根本无法借助原始的通讯，而只能依赖于指挥官的直觉和判断，依靠指挥官们之间的心灵相通。在这方面，杰克逊将军和他的统帅李将军配合得出神入化，留下了神话般的传说。

1863年5月，杰克逊在前线中了流弹，伤及左臂。那时的医学也很原始，战场上缺乏有效的消毒手段，更没有抗生素，我们在博物馆里经常看到的外科器具，令人联想起木工的家什。杰克逊的伤势恶化，截肢以后并发肺炎，八天后去世。士兵们把杰克逊将军送回了莱克辛顿，安葬在小镇的公共墓园里。李将军闻讯，写下了他的心头之痛：“他失去了左臂，我失去了右臂！”

我们在晨曦中慢慢走到了莱克辛顿墓园，它就在镇南头的马路边上，齐腰高的铁栅栏围着一大片墓地。铁门开着，有一块小小的牌子，写着：“莱克辛顿公共墓园，‘石墙’杰克逊纪念墓地，开放时间：从拂晓到黄昏。”杰克逊将军的墓地上，有将军扶剑挺立的雕像。墓园里，除了一代代莱克辛顿平民的墓，还有一百四十四位南军老兵安葬在这儿。

有多少个清晨，多少个黄昏，李将军曾走过莱克辛顿狭窄的老

莱克辛顿公园公墓

杰克逊将军扶剑而立的雕像

街，站在杰克逊将军的墓前，深深地低下他的头。在今天南方仍流传着一个传说。说有一次，在激战的战场上，败退的士兵拖着阵亡者的尸体、搀扶着奄奄一息的伤者，气急败坏地向李将军报告前线失利的消息。将军对着躺在地上的死者，低头说："都是我的错！"这个传说难以考证其真假，但是南方人都相信是真的，相信世界上只有这一个将军，到了这样的时刻还会如此说。

李将军来到莱克辛顿时，战场上的硝烟正在消散，南方还是一片焦土，李将军面对战死疆场的战友，面对地下的一百四十四个南军老兵，他会说什么呢？

他一定会问他的将士们，我们四年的浴血战斗，南方民众四年的苦难牺牲，值得吗？当初，我们应不应该为南方的独立而战？他还一定会问，我命令将士们放下武器，向联邦军队投降，做得对不对？你们，曾经和我一起战斗，直到战死在战场上，你们是不是理解我、原谅我？将来的南方人，我们的子孙后代，会理解我原谅我吗？我这个降将，会不会被子孙所唾弃，被后代引以为耻？

一百多年过去了。我们离开杰克逊将军墓，又一次穿过小镇，来到镇北头的弗吉尼亚军事学院。新春假期，军事学院是一所空校，一个人影也没看到。大操场四周的建筑物，一律灰绿色，没有丝毫装饰，显出军校的冷峻。冷峻的建筑物却都大门洞开，只在门边立了一个小小的告示牌："访客免进。"真要进去了，谁来管？我们站在空无一人的大操场上，抚摸着南北战争留下的大炮，又一次面对威风凛凛的杰克逊将军塑像。在这宁静的清晨，特别容易体会到：享受了一百多年和平的今日美国人，一定是理解李将军的，他们理解李将军在1865年4月下令投降时，胸中重如千钧的道德担当。

千钧一念

南北战争后期，南北实力的差距越来越明显，南军败局渐明。这时候，林肯总统和他的将领们最担心的，是南军虽然在军事上失利，南方人的战斗意志仍在，他们担心南方将作出战略上的转变，把军队化整为零，隐入南方广袤的山林，展开游击战。

南方在战争失利的情况下，转入游击战几乎是顺理成章的选择。山不转水转，东方不亮西方亮，南方地广林深，有的是回旋余地。一旦南军分散转入民间，和拥有武器的民众合为一体，为保卫家园而战，那么，不经过旷日持久的战争，不打到双方鲜血浸透南方的土壤，打到精疲力竭两败俱伤，北军要在南方的土地上彻底征服南方，是难以想象的。

这时候的南方“邦联”政府已经看到了这种前景，也做了这一战略转变的精神准备。林肯总统和北军也看到了这一点。北军认为，唯一的办法是摧毁南方人的战斗意志。为此，北军的谢尔曼将军在占领亚特兰大以后，下令焚烧这一南方重镇，并且在向海边挺进的路上，下令一路焚烧所有民房，一直烧到南卡罗来纳州的查尔斯顿。载入史册的“谢尔曼大火”，已经没有什么军事战略和战术上的意义，纯粹是军队为了打垮对方的反抗意志而转向对平民的恫吓。与此同时，在被北军占领的南方城镇里，出现了南方民众对北军的攻击和骚扰。亦兵亦民、兵民不分的游击战已经初现端倪。受到攻击骚扰的北军，作出的反应必然是加倍的报复和反击，也不再顾忌对方是不是穿制服的军人。就这样，四年南北战争到最后的时刻，第一次出现了军队对平民的杀戮。这种情况一旦失控，伤及无辜将不可避免，战争的伦理将直线下滑。

1865年那春寒料峭的日子里，处于北军强劲攻势下的李将军，面临的就是这样的抉择。如果不转入山林，那么还有什么路可走？他手下的参谋们，催促他们的司令下令军队转入山林，展开长期游击战，直到把北军拖垮。一百三十多年前的那个春天，如果李将军发出了这个命令，那么，“人民战争”这一法宝，就会提早几十年出现在美国南方这片土地上。

李将军曾经是合众国军队数得上的出色将军。他不是一个缺乏战斗意志的人。可是，对于李将军来说，军人是一个崇高的称呼，战争必须是一种道德高尚的事业。在是否作出游击战的战略抉择之际，李将军内心有一个不可逾越的道德障碍：游击战的战略，将打破军人和平民在战争中的角色区别，不可避免地出现军人对平民的战争暴力，这是平民遭受最大死亡、伤害、疾病、饥馑的战争形式。战争的剑会降临到老人、妇女、儿童甚至婴孩的头上，那将是这块土地上从来没有过的最悲惨最苦难的战争。这种伤害到平民的残酷和苦难，将在所有的人中间——不分军人和平民，积累仇怨和报复，将造成整个民族的道德滑坡，正义将离开这个民族。这是一种民族灾难，无人能幸免。

采用这样的战略，南方有可能避免失败的命运，却会迫使你的敌人把剑指向无辜的平民，这超出了李将军这样的老派军人的道德底线，是将军不能接受的。

李将军面前只有一条路了：交出他的剑，向格兰特将军投降。这就是1865年4月李将军所面对的命运。对于李将军，投降是什么分量，无人能够想象。对于他来说，作出这一抉择的时候，个人生死已微不足道。自古成者为王、败者为寇，一旦投降，他作为叛乱首领的身份就将盖棺论定。当他前去会见北军格兰特将军的时候，他甚至不知道自己是否会作为叛国者而被吊死在绞刑架上。不止一个现场目击者后来记载说，当李将军在投降协议上签字后，向对手格兰特将军告辞，将离开阿波马托克斯那栋二层砖房的时候，他的坐骑、那匹陪伴他多年的名叫“旅行者”的白马，突然表现得暴躁不安，嘶叫着原地打转，不愿让将军上马。连战马也知道投降的屈辱。将军威严地轻声喝令：“安静！安静！”待到白马安静下来，李将军手扶马鞍，突然长叹一声。这一声叹，令全场所有的人肃然！

李将军的投降，标志着美国走出了内战的炼狱。林肯总统得知这一消息，立即在白宫庆祝南北战争的胜利，他要乐队演奏南方的歌曲，他说，南方人又是我们的兄弟了。

就这样，由于李将军的勇气，美国南方躲过了一场灾难。看看以往的人类历史，到了战争后期，战胜一方无不使用过度的暴力，滥开杀戒、滥杀平民，用鲜血和死亡来粉碎对方残存的战斗意志，再用杀戮和恐怖来维持胜利。几乎所有的内战，都会滑向军人对平民、平民对军人、平民对平民的混战。仇怨和愤怒，拌和着血污一层层地渗入大地。经历过一场内战的国家，要多少年才能将血污冲洗干净，才能把仇怨化解？人类自相残杀的血腥，无不化成不祥的怨恨阴云，笼罩在被战争摧残的民族头上，要多少年才能够消散？美国的南北战争却是一个特例。它结束得突然、平静、尊严。今日的美国人，回首一百多年前的那个春天，怎能不深深庆幸，上帝给了他们一个李将军！

不幸的是，李将军投降仅仅五天，林肯总统被刺杀。当时的副总

美国第十六任总统亚伯拉罕·林肯

林肯被刺身亡后接任总统的安德鲁·约翰逊

统安德鲁·约翰逊接替了总统的位置。他坚定地推行林肯生前对南方的战后温和政策。南方参加过叛军和叛乱政府的人，只要在联邦政府印发的一纸宽恕请求上签字，获得政府的赦免令，就一概既往不咎，还能够继续享有选举权和被选举权，享有一切公民权利。

可是，很多战败的南方人还是不愿意向联邦政府请求宽恕，自尊使他们被排斥在战后正常生活之外。李将军知道，南方人仍然注视着他。明知自己是最不可能得到政府赦免的叛乱首领，为了让这个国家能顺利越过这条由战争划出的鸿沟，李将军带头向联邦政府申请宽恕。国会的强硬派反对约翰逊总统的温和政策，南北关系进入紧张而不和睦的“重建时期”。有了林肯总统处理战后问题的思路，几乎所有南方人都得到了政府的赦免，南方的代表又重新进入美国国会。在许多国家发生过的战后报复，没有在这里发生。但是，由于强硬派的坚持，李将军本人却至死也没有获得赦免。他就在莱克辛顿隐居，默默咽下一个战败的降将的耻辱。

将军的回归

我们从弗吉尼亚军事学院出来，几分钟以后，走进了一所大学。这时候，太阳已经高高地升起来了，老橡树们的遒干劲枝把影子长长地印在大草坪上。一幢幢大楼和古典形式的柱子，也沐浴在冬天金黄色的阳光里，透出了一份温暖和轻松。这是一所规模不大的私立大学，却和小镇的历史一样长，而且以美国历史上两位伟人的名字作为标志。这就是华盛顿—李大学（Washington and Lee University）。

美国独立以前，这儿原来有一所苏格兰和爱尔兰移民办的学校，在独立战争中毁于战火。独立以后，弗吉尼亚州议会于1782年正式通过立法，授权在莱克辛顿办一所私立学校，叫自由宫学院（Liberty Hall Academy）。就在我们脚下这俯瞰小镇的高坡上，学校建起了第一幢大理石的楼房。

1796年，美国的第一任总统乔治·华盛顿在两届任期结束后，坚决拒绝竞选连任，回归平民。那个时代的联邦政府官员还是没有薪金的职位，华盛顿从担任大陆军队司令开始就没有拿过一分钱报酬，二十年下来，已是两袖清风。为了感谢他对美国的无偿服务，家乡的詹姆斯河运公司决定，赠送一批股票给华盛顿，价值五万美元。这在当时是一笔相当大的财产。

华盛顿并不是一个很富有的人。他没有受过完整的学校教育，十几岁就工作，担任土地丈量员，用赚来的薪水买下一些那个时代很廉价的土地。但是北美人少地多，土地的收益十分有限。当他结束自己的总统生涯时，他需要钱来维持晚年的生活。这就是詹姆斯河运公司赠送股票的原因。

美国第一任总统乔治·华盛顿

但是，华盛顿却在这合法的赠礼面前犹豫再三。他去征求托马斯·杰弗逊的意见。杰弗逊是《独立宣言》的起草者，以后是华盛顿的国务卿，后来还担任过美国的第三任总统，是华盛顿几十年的老友。他们的经济情况也有类似的地方，不同的是华盛顿的生活更朴素一些，而杰弗逊结束公职的时候已经开始负债了。当华盛顿为这份赠礼征求杰弗逊意见的时候，杰弗逊说，这钱虽然合法，但不该拿，因为这事关荣誉。那么，怎么办呢？最好是捐出去，把它捐给公益事业。

就在这时候，莱克辛顿的学校在财务上陷入困境，面临破产倒闭的局面。华盛顿把这笔詹姆斯河运公司的股票捐给了学校。这是当时全美国私立学校所得到的最大一笔捐款。这笔钱救下了这个学校。两年后，校董会决定把学校改名为华盛顿学院。华盛顿总统在1799年去世以后，受他的名声吸引，当地的富商和银行纷纷向学校捐款，学校有了坚实的经济基础，渐渐地扩大，一直到李将军来到莱克辛顿的时候。

这时的莱克辛顿已经半毁于南北战争后期的一场炮战，弗吉尼亚军事学院被炸成废墟，所幸的是华盛顿学院没有遭到很大的破坏。李将军在此隐居，莱克辛顿民众感到非常骄傲和荣幸。华盛顿学院校董会立即开会，一致决定聘请李将军担任校长。李将军担心自己的叛军司令身份会给学校带来不利，坚辞不允。校董会三顾茅庐，恳求李将军出来主持校政。同时，其他地方也有类似的聘书送达李将军，甚至有远在欧洲的邀请。李将军看到，战后的南方需要重建，特别需要新一代人认同国家的重新联合。在辞去其他所有聘任以后，他接受了华盛顿学院的邀请，担任校长，直至1870年逝世。几个月后，校董会决定，将学校改名为华盛顿—李大学。

莱克辛顿的民众在校园里为李将军建了一个小礼拜堂，礼拜堂里有安放将军大理石棺的墓室。李将军生前的校长办公室原封不动地保

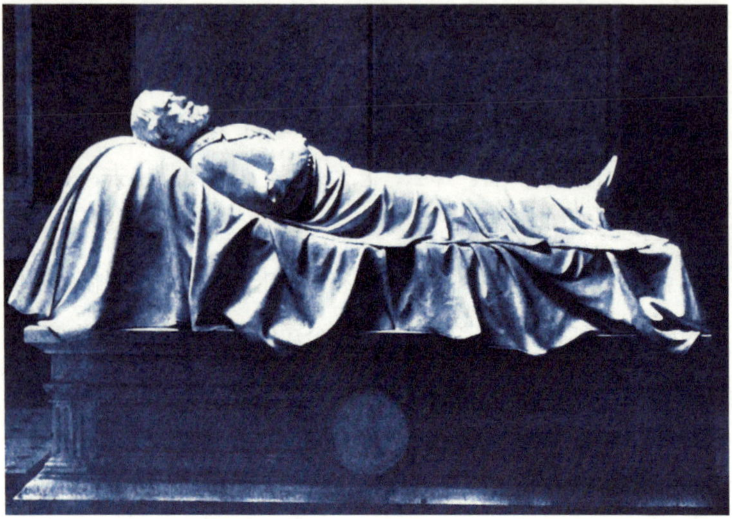

李将军墓室中大理石棺上的雕像

存到现在。李将军的坐骑，白马“旅行者”，死后也安葬在礼拜堂的院子里。

小小的莱克辛顿，以它独一无二的历史而骄傲。镇上有大大小小好几个博物馆。我们在一个博物馆里看到，小镇莱克辛顿的人说：我们这个地方，是全美国最幸运的小镇，因为我们这儿有幸是“将军归葬之地”。离开莱克辛顿的时候，我们不禁感慨，美国真是幸运，在南北战争临近结束的关键时刻，他们有一个以道德为最高准则的李将军。我们更感慨的是，这个国度的人民，竟能以降将李将军为荣。

最后一次内阁会议的缺席者
——访佐治亚州的华盛顿小镇

离我们家半小时车程的地方，在78号公路边，有一个典型的南方小镇，叫“华盛顿”。据说这是全美国第一个以他们的建国之父命名的城镇。驶进华盛顿镇，一路上还可以看到当年棉花王国“白色黄金”的痕迹，那就是南方种植园特有的大房子大花园，房前有宽敞凉爽的柱廊，很多房子还是所谓维多利亚风格。在现在的华盛顿镇上，黑人男女老少悠闲地逛着，他们想必是当年奴隶的后代。

和大多数南方老镇一样，华盛顿镇有一条十分耐看的商业街，一家一家小店，似乎家家雷同，却又家家不同。店主人会在门口摆上一张长椅，旁边放一盆盛开的花。街角的一家药店，墙上的铜牌镌刻着一百多年来主持药店的药剂师们的名字。

小镇的中心是一个广场。大多数南方小镇的广场就是十字路口，而这个小镇的广场却是在大街的一侧，由四周的建筑物围成。这样的广场有点像欧洲传统的城镇广场。四周建筑物的尺度和广场的大小很有讲究，给人既宽敞又有护卫的感觉。广场的中心是一座战士纪念碑。在美国南方城镇看到这样的纪念碑，不用问就可以肯定这是本镇居民竖立的南军纪念碑。广场的一端是镇上最壮观的建筑物，那是现在的法院。法院门口有若干纪念标牌，讲述这个小镇的历史和典故。

这个小镇上，有一个民间组织，名字特长，叫“最后一次内阁会议学会”。在法院门口，这个学会竖了一块纪念牌，讲述华盛顿镇在南北战争结束时的独特历史。

南方“邦联”在此解体

1865年春天，南方“邦联”总统戴维斯在南军司令罗伯特·李将军向北军投降以后，被迫撤离南方“邦联”的首都弗吉尼亚州的里士

华盛顿镇

满市，率领内阁人员向南方撤逃。车辚辚，马萧萧，兵败如山倒。五月初的一天，戴维斯逃到了小镇华盛顿，到了我们现在站立的小广场，下马驻扎。

南方“邦联”总统戴维斯

他们在小镇上休息了两天。镇上悲哀而怀着敬意的民众尽一切可能招待了他们当时的总统和政府官员。5月4日，就在广场上的一栋房子里，戴维斯召集了他的内阁部长们，举行了南方“邦联”政府的最后一次内阁会议，决定内阁化整为零，分头撤逃，到得克萨斯州会合。

这是一百三十六年前美国南方人十分悲哀的一天。历史记载，就是这一天，他们为期望独立而建立的政府解体了，以后再也没能集合起来。戴维斯和他的家人向南逃难，不久后被北军包围而被捕。其他内阁部长们也陆续被捕。南北战争结束了。

战争部部长布莱肯利奇将军

在阅读这段历史的时候，引起我注意而令我感兴趣的，不是这位戴维斯总统，而是戴维斯内阁里一位最重要但因故缺席最后一次内阁会议的阁员，那就是他的战争部部长约翰·布莱肯利奇将军（General John Breckinridge）。

布莱肯利奇出生于肯塔基州的一个“官宦世家”，他的祖父当过美国第三任总统托马斯·杰弗逊的司法部部长。他在大学里学的是法律，毕业以后当过律师，后来却从军，参加过墨西哥战争。从战场上回来以后，他又当选为州议员，年纪轻轻就文武双全。1856年，他作为民主党推出的候选人，当选为副总统。这时候，他才三十五岁，达到宪法规定的竞选总统、副总统的年龄才五个月。他是迄今为止美国历史上最年轻的副总统。他被史家称为“天生的政治家”，前途无可限量。可是有时候命运比人强，后来发生的事情，使他成为美国历史上又一个传奇性的悲剧人物。

四年副总统满期，刚好是1860年，又一个总统大选年。这一年，美国发生了历史上最严重的政治分裂。北方主张废除奴隶制的共和党推出了林肯作为总统候选人，而主张保留奴隶制的民主党却一分为二，推出道格拉斯和布莱肯利奇两个总统候选人，从而使得民主党的选票大为分散，这是最终林肯当选为总统的重要原因。而林肯的当选，被史家公认是促使南方分离，从而爆发南北战争的重要因素。

根据宪法，大选举团选出总统的结果是由参议院开票宣布的，而此时主持参议院开票的必须是上届副总统，也就是说，刚好是布莱肯利奇。由于当时南北方严重分歧，开票前就传出谣言，说南方人一定会在参议院开票过程中做手脚，阻挠林肯当选。结果人们看到的是，布莱肯利奇以“铁腕般的严格”，公正地主持了开票过程，甚至赢得了共和党对手的衷心钦佩。

与此同时，肯塔基州又把他选为代表肯塔基的参议员。这样，他从副总统位置上一下来，就在参议院里代表肯塔基发言。这时候，全美国最重要的问题就是奴隶制问题。他本人或许还算不上是个奴隶主。在他家里，他曾经有过一两个黑人仆人，可是一个人将另一个同类当作财产，这样的概念使他感到苦恼，所以他就主动解放了这些黑人仆人，还他们自由。在奴隶制问题上，他认为，既然美国宪法将是否保留奴隶制的权力划给了州一级，从理论推导，州政府就拥有这样的决定权。他成为林肯总统政治上的主要对手之一。巧的是，林肯总统也是肯塔基人。

南方“邦联”战争部部长布莱肯利奇将军

南北战争爆发后，对北方发动这场战争感到不满，位于南北之间的弗吉尼亚州、北卡罗来纳州和田纳西州加入分裂的南方，使南方实力大为加强。这时，同样位于南北之间的肯塔基州参加哪一方，有可能改变南北实力的对比，所以林肯总统非常重视肯塔基的态度。当肯塔基最终决定参加北方的时候，林肯总统立即命令北军开入肯塔基，并下令见到布莱肯利奇立即加以逮捕，尽管直到此时为止，所有的人都承认，布莱肯利奇还没有做过任何非法的事情。林肯总统之所以能下这个命令，是因为他已经用总统名义终止了宪法规定的“人身保护令法”。这是在政治学史上林肯总统所做的最有争议的事情。

布莱肯利奇从一开始就认为，南方的分离是没有成功希望的，为此而打一场内战是愚蠢的错误。然而，当知情的朋友把逮捕他的消息通报他的时候，他变得没有选择余地。他犹豫再三，最后决定带领愿意追随他的肯塔基志愿兵，参加南方“邦联”作战。

由于肯塔基州归了北方，他能够带走的肯塔基民兵数量就不多，所以一开始他在南军中的地位并不高。四年战争期间，他表现出了出色的军事才能和战场运气。在南北战争史上，只有他几乎没有打过什么败仗。布莱肯利奇在南军中的地位迅速上升，深得罗伯特·李将军的器重。到南北战争后期，他在南军中的地位上升到大约第十位，这完全是靠他的战绩，靠他的指挥才能，南方人开始把他看作第二个“石墙”常胜将军。

可是，四年打下来，北方渐渐占了上风。1864年冬天，南军处境困难。南方“邦联”总统戴维斯决定，任命布莱肯利奇为战争部部长。罗伯特·李将军得知消息，立即以个人名义敦促布莱肯利奇接受这个任命。李将军认为，这是一个能够影响总统的职位，而南方的命运现在到了关键的时刻。这个决定对于布莱肯利奇个人，也是命运的一个转折，他从战场上的一个军人又一变而为文官内阁的阁员。

布莱肯利奇接手战争部部长以后，运用他的管理能力，大力改善了处于冰天雪地里的南军士兵的给养。他和罗伯特·李将军，一个是内阁的战争部部长，一个是军队总司令，两人一致认为，南军败局已定，南方人已经为他们的理想奋战过，现在到了光荣投降的时候了。他们想说服戴维斯总统向联邦政府谈判讲和。以后的几个月，是布莱肯利奇企图全力说服南方“邦联”政府投降的几个月。他运用他的政治技巧，艰难地在南方“邦联”政府内阁中游说，成功地说服了几乎所有的人，但是却无法说服戴维斯总统。

1865年4月，李将军在战场上率军向北军投降。戴维斯带领内阁向南方撤逃。布莱肯利奇怎么办呢？

职责是政治家的天命

如果布莱肯利奇还像几个月前一样是一个带兵的将军，他大概会像李将军一样，为了自己的士兵而尊严地投降，然后坦然地接受一个降将的命运。但是，现在他是文官政府的一位部长，是总统任命的内阁成员。在他看来，只有总统有权宣布南方政府的投降，而他作为阁员是没有这个权力的。在他看来，作为一个内阁成员，他只有一个选择，那就是尽职尽责，在他卸下战争部部长这个职务以前，他必须做他应该做的工作。他唯一可以争取的是，只要一有机会，就继续说服总统投降。

这样，布莱肯利奇开始了他一生中最艰难的逃亡。

由于他曾经是一个善于打仗的将军，在南方内阁的逃亡过程中，他理所当然地担任殿后掩护。一路上，他带兵留在最危险的地方，掩护庞大的内阁队伍撤退。一有机会，在能够见到戴维斯的时候，他还是指望戴维斯能倾听他和李将军的意见，立即同北军展开投降谈判。可惜的是，戴维斯非常固执，始终没有改变抵抗到底的决定。

当布莱肯利奇的马队到达华盛顿小镇的时候，戴维斯一行在前一天已经离去。这就是布莱肯利奇缺席最后一次内阁会议的原因，他也因此而失去了最后一次说服戴维斯的机会。

这个时候，兵荒马乱，镇上到处是南军的败兵，像没头苍蝇一样乱窜。人心一乱，军纪开始涣散。布莱肯利奇在华盛顿镇停留期间，依然履行他战争部部长的职责。他要处理戴维斯留下的大量钱币和文件。他命令给南军士兵发饷。对那些队伍已经散了的士兵，他下令告诉他们，南军司令已经投降，他们可以在北军到来的时候，向北军要求签发证明文件，然后平安回家。对那些队伍建制依然存在的士兵，他下令士兵们要服从命令，保持纪律，不得骚扰民间。

他安排了一大笔钱，交给镇上同南北双方都有良好关系的民间贤达，要他们在北军来到以后将这笔钱交给联邦政府，并且说明，这笔钱用于将来戴维斯总统在法庭上的辩护费用，因为他预料，他们的总统被控以叛乱罪而上法庭的命运是不可避免的了。他还把一些重要的文件留了下来，要求妥善移交给联邦政府。

在这些文件里，有他调查的这样一个案子。

战争后期，有不少黑人加入北军。1864年10月，在一次战斗结束以后，一个来自得克萨斯州叫作罗伯森的南军军官，纵容手下的士兵，在战场上搜寻受伤的北军士兵，找到黑人伤兵就当场杀害，一共杀害了一百多个北军的黑人伤员。这一事件后来泄露了出来。差不多同时，布莱肯利奇被任命为战争部部长。布莱肯利奇一上任就下令调查这一事件，传讯证人、收集证据。他认为，杀害对方伤员和俘虏，这是一种绝不可饶恕的谋杀罪，必须受到法律惩罚。而调查和起诉这一罪行，是他这个战争部部长的责任。以后的半年里，虽然南方“邦联”已经到了分崩离析的最后阶段，他一直没有忘记要起诉这项罪行。可惜的是，尽管罗伯森一直追随在戴维斯周围，布莱肯利奇在掩护戴维斯撤退的一路上，却一直没有机会逮捕罗伯森。现在，他知道南方已经瓦解，他没有机会亲自把罗伯森送上南方政府的法庭了。他把有关这个案件的调查文件和证据都留下，要求把它们转交给北军，将来由北军把罪犯绳之以法。

在安排了所有一切以后，布莱肯利奇给随行人员下令，凡愿意回家的，都可以领一份薪水后回家。最后，他带领几个愿意追随他的人，继续逃亡。在他的概念里，只要总统还在逃亡，他就还是内阁成员，还有职责在身。

在往南逃亡的路上，他一面打听总统的行踪，一面放慢自己的行军速度，或者故意暴露自己的行迹，把追击的北军吸引过来，以保护总统。最后，他得到了戴维斯已经被北军逮捕的消息。他和随从逃到美国的最南端，佛罗里达州的海边，自己花钱买了一条小船，取名“无名号”，渡海逃到了古巴。那时候，古巴是在西班牙的统治之下。

就这样，历史在这儿创造了一点幽默。1865年的春末，北军抓住了南方“邦联”政府从总统戴维斯开始的所有官员，唯一出逃成功的是布莱肯利奇，而他恰恰是在战争一开始就认为南方必然失败，在战争临结束前还力主投降的人。

所幸的是，战后的美国渴望和解、恢复并迅速回到原来的法治状态。联邦并没有踏上向“叛乱”的南方报复的道路，没有像人们原来预料的那样，把南方政府的官员控以叛乱罪，送上法庭。布莱肯利奇在古巴用卖掉“无名号”的钱遣散了追随他到最后的人，让他们回家。他给他们每个人一份他的亲笔证明书，证明这些人只是听从他的命令，所有法律责任应该由他来负。这其中包括一位黑人仆人，这位仆人是一个朋友“借”给他的奴隶。他为这位黑人写了证明信，宣布这是一个自由的黑人，并借助自己在南方的威望，用自己个人的名义要求沿途的南方人善待这位黑人。

这个时候，他为自己拍了一张照片，托人带回家报平安。据说，他的夫人见到照片后久久无法辨认：才四十四岁的他，已经苍老衰弱得无法认出了。

战后三年多，他在英国和加拿大流亡。虽然他在联邦政府里的朋友纷纷劝说他回国，虽然他也知道，他回国是安全的，没有任何危险，但是他没有回来。他居住在尼亚加拉大瀑布的加拿大一侧，在那儿他可以看到边境另一边的星条旗在飘扬。他说，他不肯回国是出于这样的原则：在世界各地还有上千名原来南方政府的人在流亡，还没有得到联邦政府的赦免，而现在他是唯一和他们共命运的内阁高官。他在道义上不能把他们扔下不管。这仍然是他的职责！

回归

1868年，安德鲁·约翰逊总统颁发了圣诞节大赦令，赦免了所有仍然在流亡中的原南方人员。据说，布莱肯利奇坚守职责而不肯回国，是促使总统下达这个大赦令的原因。布莱肯利奇闻讯立即回国，回到了家乡肯塔基。地方上和联邦政府里的朋友们纷纷劝说他返回政界，这时候他还不到五十岁，远大前程仍然在等待他。特别是在肯塔基州，他的声望正隆，竞选州长或者联邦参议员是轻而易举的事。但是他拒绝了。南北战争，特别是后期的逃亡，似乎耗尽了他的精力。他对朋友们说："在政治上，我已经是一座死火山了。"

在华盛顿镇的小广场上，我坐在阳光下，静静地想象当年战乱中的小镇，想象当年的布莱肯利奇将军。我似乎被什么东西触动了。那个时候的布莱肯利奇，就像他们的祖父辈，像建立这个国家的早期领袖华盛顿、杰弗逊等一样，仍然保持着罗马古典共和主义的精神，他们用一种正面的态度来对待政治。在他们的眼睛里，政治，就像音乐、艺术一样，是高尚而道德的事业。政治家，就像艺术家、音乐家一样，是一种高尚而美好的生涯。好的艺术家要创作出美好的艺术，好的音乐家要创造出美好的音乐，而一个好的政治家，就要尽职尽责，把恪尽职守做到近乎完美的地步，而成败反而是第二位的事情。道德和荣誉，高于生命和权力。职责是政治家的天命，权力只不过是完成职责的工具而已。抱持这样的信念，他们有时候表现得几乎是天真迂腐、缺乏算计，毫无谋略可言。

在今天的政治运作中，人们越来越清楚，政治的清明，必须依赖制度的制约和平衡，而不是企盼政治家的个人道德完美。然而，这种近于艺术家般天真的政治观之可能存在，为我们留下了对“干净的”政治的最后一点信心。对于有如我们这样半生经历的人，几乎有一种精神救赎的意义。

布莱肯利奇蛰居民间，但是影响犹在。他频频发表演讲，呼吁民众要耐心和宽容，呼吁南北和解。他谴责双方的极端分子，包括那时刚在南方出现的三K党分子，他说，这些极端分子是成事不足败事有余的恶棍。他极力主张保障黑人在肯塔基州的合法权利，包括黑人在法庭上作证以证明白人嫌犯有罪的权利。他拥护南方的重建，主张南方发展工业。他还帮助修建了通往偏僻地区的一条铁路。而在当年的南方政要们争论战争中得失的时候，他拒绝发表任何意见，并且劝别人也不要再纠缠以往了。

1876年是美国建国一百周年。从分裂和战争中终于走出来的美国，一年前就准备在费城庆祝这个重新联合起来的国家的生日。这个时候，布莱肯利奇已经成为举国一致公认的南北和好的象征。庆祝活动的筹备者打算来年7月4日独立日的时候，邀请布莱肯利奇主持庆典的开幕式。不幸的是，战争时期的伤病这时突然发作，1875年5月17日，布莱肯利奇死于家乡肯塔基州莱克辛顿，距他离开华盛顿小镇开始最后逃亡的时刻，刚好十年。

战争不知道浪漫

——美国国家战俘博物馆记之一

安德森维尔在佐治亚州南部。沿着75号州际公路南下，经过南方重镇梅肯——当年宋庆龄姐妹上学的小城，折上49号公路，开上个把小时，就可以看到在公路左侧的战俘博物馆了。

安德森维尔是一个非常不起眼的地方，隐于佐治亚州的漫漫林海之中。一路上我们经过大片的国家森林保护区。走出梅肯之后，感觉就是地方越来越偏僻，人烟越来越稀疏。就在这样一个地方，一百三十多年前，曾经建立了美国南北战争时期最大的战俘营，也是当时生存条件最差、死亡率最高的战俘营。在南北战争之后，这个战俘营的主管威尔兹上尉(Capt.Henry A.Wirz)，成为这次战争后唯一以“战争罪”被处死的人。他的定罪是否恰当，是美国历史上一个经久不息的争论话题。

然而，不论怎么说，正是安德森维尔战俘营，在历史上第一次引起了美国人对战俘待遇问题的关注。而在十九世纪中叶，这样一种人道关注，可以被称为是人类进步的一个重要印记。

南北战争发生在1861年，是美国唯一的内战。这场历时四年的战争，双方阵亡人数高达六十二万人，受伤和被俘的数字也十分惊人。直至战争结束，曾经有三十五万军人被俘，是此后美国参与的历次战争被俘人员总和的二点五倍。

在战争开始后的第一年，双方就已经无法承受战俘的压力。当时的联邦军队，也就是北军的司令格兰特将军和南军将领罗伯特·李将军，都毕业于“美国黄埔”——著名的西点军校。他们对于战争中产生的类似问题，因循传统，有正常的沟通方式。于是在1862年7月，双方将领达成了一项交换战俘的协定，那就是著名的“迪克西—黑尔协议”（Dix-Hill Cartel）。这个协议规定，双方被俘的军人，

安德森维尔

必须在被俘十天之后相互交换。士兵与士兵交换，军官与军官交换。这样，在战争最激烈的时候，虽然双方都有被俘人员，却不需要规模巨大的战俘营。

南北战争的双方，条件都非常艰苦，士兵的基本生活没有保障，战俘营的状况更是等而下之。然而，战俘交换计划的执行，却在无意之中冲淡了战俘营存在的严重问题。战俘快速地流动，条件再差，他们也只不过待几天。谁知，战俘营问题在南北战争结束的两年前，突然变得严峻起来。

在“迪克西—黑尔协议”中规定，双方战俘在被交换释放之后，必须离开战斗队伍，“还兵为民”。联邦军队的被俘人员，在被释放之后，基本上都回到了北方的老家。可是，由于战斗主要发生在南方土地上，因此，南军的被俘人员在被交换释放之后，有相当高的比例又重新投入战争，事实上形成了南军的“违约”。这就使得北军逐步放慢了释放俘虏的步伐。终于，在1863年5月，北军单方面停止了协议的执行。这样，战俘营人员暴增，他们不再是熬一熬住上几天就能出头的短暂“住客”。各个战俘营原本恶劣的生存条件，被突然产生的拥挤恶化了。

安德森维尔战俘营是其中状况最差的一个。第一个到达这个战俘营的北军战俘是在1864年2月，此后的几个月，差不多以每天四百人的速度递增。到六月底，这里已经有了一万名战俘。这个数字就是这个战俘营计划中的最大容量。可是，最终它竟然被挤入了四万五千人。

在博物馆小小的后院尽头，是一堵“照壁”式的战俘浮雕和雕塑。绕到它的后面，我们眼前突然展开一片幽静的峡谷。四周是森

安德森维尔战俘营的浮雕

林，平缓的山坡顺势向中间下陷，一条不过一两英尺宽的小溪流，穿谷而过。今天，这样一片景致无疑是赏心悦目的。可是，没有人站在这里会感到轻松。这就是当年的战俘营营地。一百三十六年前，四万五千名北军战俘，就是被命运抛到这里自生自灭的。

在这二十六英亩的营地里，从来没有营房，仅有的构筑件，就是圈起他们的围栏。战俘营不发任何生活用品。战俘只能用自己随身带来的衣服毯子和几根树枝，为自己支起小小的“营帐”。现在有一个角落，向参观者展示着几个这样的“帐房”。只见在冬日的寒风中，小块的破布在那里瑟瑟飘荡。许多人则根本没有任何可以遮蔽风雨夜寒和南方烈日暴晒的材料。再加上食物不足，医药奇缺，卫生条件恶劣到极点，到战争结束时，这儿共有一万三千名战俘死去，死亡率高达百分之二十九。

战俘营的浮雕

在当时的条件下，面对如此巨大的一个战俘营，战俘营主管威尔兹上尉手中根本没有合理维持它的人力物力。战俘营中的混乱可想而知。不仅有饥饿、伤痛、病弱和死亡，战俘中也出现打架偷盗甚至谋杀。最后，战俘营的日常管理和秩序维持，就只能依靠战俘们自己的组织。在安德森维尔战俘营存在的一年多时间里，发生过的最大一件事，就是战俘中的一起抢劫谋杀。为首作案的六名战俘，被战俘自己组织的执法队逮捕，由战俘组织的法庭审判，被二十四名战俘组成的陪审团宣布有罪并判处死刑。

威尔兹上尉同意提供搭建绞架的材料。在死刑执行那天，他最后一次请求战俘们宽恕这六名被告，被战俘们拒绝。威尔兹上尉最后只能请求上帝关照他们的灵魂。今天，在安德森维尔战俘营的墓地里，我们依然可以看到那六名被绞死的谋杀者的墓地。六块白色的墓碑单独一溜儿地站在青草地上，就像当年他们一起站在绞刑架下。

这是1864年，距离《日内瓦战争公约》的问世还有整整六十四年。当时，在战争的非常状态下，人们还没有清醒地要求人道对待战俘的理性思考。威尔兹上尉，就其个人来说，始终没有发现他有贪污或克扣战俘营经费的情况，也并没有发现他有恶意折磨战俘的劣迹。

可是，那些逃跑后被抓住的战俘，曾普遍受到长时间捆绑在柱子上，甚至受到双手悬吊的体罚。在当时人们认为，对于“逃亡”，这样的惩罚是“不过分”的。

这个战俘营在1865年4月随着战争的结束而关闭。威尔兹上尉被判处死刑。他是美国第一个由于“虐待战俘”这样的“战争罪行”被处死的人，也是南北战争后唯一因“战争罪”而被处死的人。临死之前，威尔兹上尉说：“我担任的职责是艰巨的，也是不愉快的。但是，我感到欣慰的是，没人能够为那些我所不能控制的事情而指责我。可是，我却不得不承担众怒。战俘们为自己遭受的苦难而需要发泄复仇。”有关“威尔兹上尉之死”的历史争论由此而起。

争论的焦点是，战争罪责的承担者究竟应该是谁。应该说，除了相关的军队领导人，以及战争期间的严酷条件以外，当时人们人性觉醒的程度不高，也是造成悲剧的原因。南北战争时期，战俘的待遇普遍都很低。绝大多数战俘营的死亡率都在百分之十五以上。由联邦军队管理的、关押南军俘虏的纽约州埃尔米拉战俘营，死亡率也高达百分之二十四。那里的高死亡率，是由于冰天雪地中的战俘营，没有提供给战俘足够的御寒设施，他们大多是被冻死的。

在南北战争期间，有五万五千八百一十四个战俘，死在双方的战俘营里，还有大量战俘曾经生活在极端恶劣的条件下。这是美国人共同的耻辱。

在博物馆里，我们看到，一百三十多年前的南北战争期间，《纽约时报》这样的报纸，在整版整版地刊登双方公布的战俘名单。这些报纸要在交通状况极差的条件下，由马车或是步行，长途跋涉送

安德森维尔战俘营的墓地

到战俘家属手里。当时双方都有战俘登记和公布名单的制度。一个叫克拉拉·巴彤（Clara Barton）的妇女，在战争中受林肯总统委托，专门收集失踪士兵的情况，以便通知他们的家属。战争刚刚结束两个月，她和联邦军队的摩尔上尉（Capt. James M.Moore）以及一名十九岁的安德森维尔的前战俘多伦斯·安特瓦特（Dorence Atwater），来到安德森维尔。安特瓦特在作为战俘关押期间，曾被战俘营特别指派为登记死亡的书记员。他们带领三十四名士兵，在原来的战俘营地，在南军做的战俘营记录和安特瓦特原有的登记基础上，展开辨认和标明死亡战俘墓葬的工作。

两个月以后，一万两千多个死亡战俘的墓葬被确认和标明。最后，仅有四百六十个墓葬无法得到确认。他们最后被安葬在一起，这就是“无名联邦士兵之墓”。

战俘营的墓地

今天，我们仍然可以看到这片绵延伸展的墓地。入口的塑像是三个相互扶持的战俘，似乎以他们最后的生命力，在支撑着生的欲望。墓碑都是统一的形式，十分简朴，不过尺把高的白色大理石，整齐地在大片草地上排开。每一块墓碑，都有受难者的姓名并注明他来自什么地方。因此他们的后人今天依然能够找到他，给他放上一朵鲜红的玫瑰。当我们站在这样一朵靠着墓碑的玫瑰前，感受生与死的触摸时，才更深切地理解到，受难者的死亡记录对于人类的意义。假如忽略人类历史悲剧中的受难者，我们就是在轻贱人类和生命本身。

1970年，美国国会通过立法，将安德森维尔划归内务部国家公园局管辖，1999年4月9日，美国国家战俘博物馆正式成立。它是为历史上历次战争中的所有美国战俘而建。它是现今世界上唯一的战俘博物馆。它的建立，旨在伸张《日内瓦战争公约》的人道主义精神。战争不知道浪漫。战俘是战争苦难的最大承受者。当士兵在战场上被迫放下武器成为战俘的时候，对于他们来说，战斗已经结束，苦难却刚刚开始。他们将要遭受的肉体磨难和屈辱，是人类战争史上最悲惨的一面。他们为自己的军队和国家作出的牺牲最大，头上的光辉却最少。身为战俘，他们是最透彻地看到了战争本质的人。就像安德森维尔的一个战俘说过的："人生都有其经验。我的一生如果有什么经验的话，那就是，我们再也不要战争了，不管是为了什么理由。"

离开博物馆，我们穿过公路，又穿过铁路，来到不远的地方——森林中安静的安德森维尔村。那是一个小小的村子。村子里也有一个小小的历史博物馆。看管的老太太告诉我们，有很多人来这里参观，她已经习惯听到人们告诉她，他们来自非常遥远的地方。我们说，是啊，不论这里距离他们的家乡有多远，回去以后，他们一定都会记住安德森维尔的，就像我们一样。

南北战争的最后一个受难者

——美国国家战俘博物馆记之二

刚刚走进安德森维尔的国家战俘博物馆展览长廊，一张大照片立即吸引了我们的目光。人们一眼就可以认出，拍摄地点是美国首都华盛顿，因为照片的背景，是这里每个人都熟悉的联邦国会大厦仿古罗马式的巨大白色穹顶。可是，我还是下意识地揉了揉自己的眼睛，不由自主地凑上去看照片的说明，想证实自己并没有搞错。是什么在困扰着我们呢？

照片的近景是一个构筑物，但是对比它的背景，那洁白优雅的国会大厦，之间的反差实在太大。这个构筑物是临时的、深色的、简陋的。令人感到惊讶和震慑的不是一个表面上的对比效果，而是它所包含的内容。这个构筑物虽然正在搭建，但是即将完工，可以确信无疑，那是一个绞刑架。

我们没有看错。那是一百三十五年前——1865年11月10日的早晨，在美国首都华盛顿的国会大厦附近搭起的绞刑架。这个绞刑架将要执行的，是美国历史上第一个以“战争罪”被判处死刑的人。他就是亨利·埃·威尔兹上尉。

亨利·威尔兹上尉为什么会走向绞刑架？这是一百多年来，在美国历史学家中一直有人探讨的课题。

威尔兹上尉原来的生活轨迹是非常典型的“美国故事”。亨利·威尔兹出生在欧洲，他是瑞士人。在巴黎和柏林接受了多年教育以后，成为一名医生。在二十七岁的时候，移民来到美国，成了这个移民国家的公民。他在这里照样以行医为生。一开始，在肯塔基州的大城市路易维尔，他和一个从德国移民来的医生合作开业。然后，他搬到同是肯塔基州的另一个小城，靠自己的医术获得了当地人的敬重。1854

国会大厦前的绞刑架

年，他娶了一个三十一岁的寡妇，生活渐渐稳定下来。

亨利·威尔兹上尉

大凡当时的欧洲移民，假如不是因穷极潦倒而来，就总是有一点冒险精神的。威尔兹医生在自己的一个庄园主病人的鼓动下，除了行医，也试图在南方深腹地买下自己的庄园。此后，他不仅是一个成功的医生，也成了一个投资成功的庄园主。本来，这就是又一个移民实现“美国梦”的例子。

可是，就在这个时候，美国唯一的一次国内战争——南北战争爆发了。无数平民的正常生活被拦腰切断。当然，这场战争有复杂的起因，双方有各自的政治诉求。可是对于参战的民众来说，并不一定就是自觉地在追随这样的诉求。尤其在南方，由于战争的基本战场是在南方，所以许多南方民众投入战争，只是为了一个“保护家园”的简单目标。南方当时奴隶主的比例其实相当低，威尔兹医生虽然拥有一个庄园，可是他并不蓄奴。当时美国南方的人口普查，奴隶人口都计入主人家庭。在战前的最后一次人口普查中，威尔兹医生家里，除了他们夫妇，只有医生夫人和前夫所生的两个女儿，还有他们自己的两个孩子，一个五岁，另一个还是十一个月的婴孩。

很显然，这样和平生活着的平民不会想打仗。可是，打不打仗却由不得他们。一旦战争发生，就像一台恐怖的呜呜作响的绞肉机，一切都会被绞进去。开战时，北方的美国联邦军队，严重兵员不足，南方则根本没有军队。双方都依靠着临时招募的志愿兵。这样，威尔兹医生就和千千万万个美国普通平民一样，被卷入了这场战争。威尔兹医生渐渐变成了威尔兹上尉。

1861年8月，威尔兹参战不久，就被南军派到一个特殊的战争部门任职。那就是战俘营。

借用现代语言来说，战争就是一个巨大的“系统工程”。人们总是把注意力投向前线轰轰烈烈的胜负，却很少把目光转向它“输出”的另一端，也就是战争的牺牲品：那些肢体不全、被草率掩埋的战死者，那些在缺医少药、尘土飞扬的战地医院呻吟的伤兵，那些被愤怒的敌人俘获的战争俘虏。我们可以想象，在战争史上，人类文明进程越靠前端，这一个部分的状况就越差。

威尔兹被派往战俘营是十分自然的。一方面，他是个医生；另一方面，他又会说几个欧洲国家的语言。美国从一开始就遍地是移民，所以战俘营里也有不少只会几句英语的欧洲移民。威尔兹两方面的知识背景，在这里都非常适用。在此后的几年中，他辗转在几个战俘营工作过。1862年的春天，在被称为“七棵松战役”的战斗中，他肩臂受伤，而且始终没有痊愈。

1864年2月，已经成为上尉的威尔兹，被派往南北战争中最著名的南方战俘营，也就是今天的美国国家战俘博物馆所在地——安德森维尔担任战俘营总管，直至一年两个月以后战争结束。从此，“威尔兹上尉”和“安德森维尔”，就成了紧密相连的两个历史名词。

安德森维尔，这里如今是一片风景如画的峡谷，可是，当年这预定容纳一万名战俘的场地，却圈入了四万五千名战俘。说“圈入”，是因为这里只有“营地”，没有“营房”，也没有任何起码的生活设施。食物医药都严重匮乏，唯一的生命源泉，只是一条小小的溪流。

四万五千名北军战俘，拥挤、肮脏，在南方的烈日下暴晒着，生存条件极其严酷，而他们中的许多人，本来就是从恶劣的战场环境中，带着伤痛和疾病下来的。当战争结束时人们发现，这里的死亡率高达百分之二十九。有一万三千名北军战俘再也没有离开这个安德森维尔战俘营。

随着罗伯特·李将军代表南军投降，这个战俘营也随隶属的部队向北军投降。南北战争正式结束了。李将军和北军的格兰特将军，有过投降协议，作为降军的南方官兵都将回到日常生活，不受骚扰。所以，一场历时四年，阵亡六十二万人的惨烈战争，结束的过程显得十分宁静。没有一方追捕，另一方隐姓埋名四处躲藏逃亡的情况。战俘营随部队投降解散之后，威尔兹上尉还是住在战俘营所在地自己的居所，开始计划如何回到原来的正常生活中去。

可是，投降协议的执行出现了唯一的一个例外。1865年5月7日，一名联邦军官出现在安德森维尔的威尔兹上尉家中，逮捕了他，并且把他带往首都华盛顿。他的罪名是，与南方“邦联”的首领一起阴谋杀害和虐待北军战俘。

审判几经推迟，1865年8月21日终于开庭，威尔兹上尉被带往军事法庭。九名联邦军官，分别担任了这个案子的审判法官和陪审员。威尔兹本人则由于战争中旧伤未愈，身体虚弱，只能躺在一张沙发上受审。

经历三个半月的听证之后，1865年11月4日，军事法庭给出“罪名成立”的判决。同一天，由安德鲁·约翰逊总统给出死刑判决，定于11月10日执行。当时的绞刑架就搭在监禁威尔兹上尉的首都老监狱，位置在国会大厦附近。这就是我们在战俘博物馆看到的那张触目惊心的历史照片的来由。

1865年11月10日清晨，两名牧师和威尔兹上尉的律师去看望了他。他们后来说，威尔兹上尉只担心由于伤病体弱，不能自己走上绞刑台，会让别人误解他为怯懦恐惧。结果，围观的人们看到威尔兹上尉不用人搀扶，自己走上了绞刑架。临刑前，他说："我就要到我的上帝面前去，他会在我们之间作出判定。我是无罪的，我将死得像个男子汉。"

威尔兹上尉就这样死了。可是，一场异乎寻常的军事审判造成的震动和"我是无罪的"的声音，却并没有在美国消散。历史学家们在不断地对这个案子进行分析。他们在问，整个事件究竟意味着什么？从威尔兹上尉个人来说，他是否应该承担责任，究竟有多少责任，刑责是否公正？

为威尔兹上尉辩解的一方指出，当时的审理过程并不是公正的。其理由是，当时在军事法庭作证的证人有明显的撒谎。最具有杀伤力的证词，是指控威尔兹上尉枪杀俘虏，但是，证人却提不出确切的事件发生的时间和地点。而几名对被告有利的证人，却没有得到法庭的传讯。

同时，也有许多威尔兹上尉的同事熟人，提供了有关他的个人人品和管理行为的描述。他们眼中的威尔兹上尉，绝不是一个凶恶残暴的人。相反，似乎有足够的证据证明威尔兹上尉是品行良好和忠于职守的人。他们辩称，在当时的条件下，他只是没有可能做得更好。

为威尔兹上尉辩解的一方，甚至指责说，威尔兹上尉是“邦联”一方的战争罪责的替罪羊。这种说法也不是空穴来风。如此残酷的一场战争过去，普遍弥漫着一种情绪，人们总想寻找一个承担战争罪责的人，而这种罪责也往往总是由胜利的一方指向失败的一方。人们指出，在威尔兹上尉的审理过程中，无法找到南方“邦联”首领在安德森维尔战俘营案件中的任何罪责证据，于是，在威尔兹上尉的死刑执行之前，他曾被要求，假如他能提供这样的南方“邦联”首领的罪证，他将可以被赦免。可是遭到了他的拒绝。

最为有力的一个辩解是，在威尔兹上尉被处死不到一年的时候，战后的秩序已经基本恢复正常，美国的立法、行政、司法三大分支也恢复正常运作，这时联邦最高法院在一次裁决中作出声明：类似审判威尔兹上尉这样的军事法庭，都是违反宪法的。一个悲剧性的事实是，今天的联邦最高法院大厦，恰好建立在当年的首都老监狱旧址上。也

威尔兹上尉的墓碑

就是威尔兹上尉被处死的地方。

但是，对这个案子持肯定意见的一方，却似乎有着更为沉重的证据，那就是一万三千名埋在安德森维尔战俘营的死亡者的灵魂。假如威尔兹上尉无罪，那么，还有谁能够为这些惨死在恶劣生存条件下的俘虏承担责任？

辩解的一方提出，发生在一百四十年前的这场战争，事实上各方面条件都很差。士兵们都常常像乞丐一样缺吃少穿，战俘营的状况恶劣更是当时的普遍现象。而安德森维尔战俘营本身的客观条件，是被公认为最差的一个，这并不是一个总管有可能在短时间内改变的。根据战后的统计，各个战俘营死亡率都很高，例如在纽约州一个北军关押南军战俘的战俘营，死亡率也高达百分之二十四。

辩解的一方甚至提出，应该承担罪责的，是北方的格兰特将军——后来的美国总统。因为他单方面停止了战争初期双方缔结的战俘在捕获后十天即必须交换的协议，而假如这个协议照常执行，安德森维尔战俘营不仅不会超员，而且将是一座空营！然而，格兰特将军停止这个协议，又源于南军事实上没有遵守“释放战俘不得重回战场”的协议规定。但是，再反过来说，战场是在南方的土地上，南军被释放的战俘们，回家几乎就是回战场，他们也没有别的选择。

从事件发生的第一天起，人们就公开地在媒体上表明自己的态度，开始争论。争论延续了一百多年，至今仍然没有停止。就在这样的争论中，引申出了美国人认为值得深入思考的问题和深刻的历史教训。例如，特殊状态下的司法公正问题，战争的残酷性和如何避免的问题，战争俘虏的人道待遇问题，战争中军人的合法行为和战争罪行的问题，战争罪责追究的阶层问题，等等。

威尔兹上尉是一个悲剧人物，他是南北战争的最后一个受难者，他死在战争的炮声平息以后，死在林肯总统被暗杀以后，死在暗杀林肯总统的刺客们被处死以后。他死后，在宁静的林中小村庄安德森维尔，南方人为他竖起了一个纪念碑。我们看到，这些从一百三十五年前开始的围绕着他的讨论，事实上是十分超前的。那些一百三十五年前提出的问题，也已经非常“现代”。没有一个国家能够避免历史上发生的悲剧，但是，假如从事件发生的第一分钟起，就容许持有异见的一方公开表达，容许充分的争论。那么，也许这样的悲剧就只书写在那一页历史中，而不必在未来的历史中，让子孙后代一遍遍地重新记录。

安德森维尔村中威尔兹上尉的纪念碑

一个医生的故事

我们是在来到美国的第二年，搬到现在住的地方的。

算起来我们一共住过三个地方，好像是围着一个叫作“雅典”的小城团团转着，搬家是从近郊到远郊继而到乡村，环境越来越荒僻了。所以，遇到美国人问我们住在哪里，哪怕他和我们住在同一个州，我都不会报出地名，而只会说，那是一个微乎其微的小地方，因为报出地名来也没人会知道。

刚搬来的时候，我们就发现这个小地方相当“有文化”。小镇中心有一栋标志性建筑，造型古朴，红得非常别致。那是旧日的县法院。看来，这还是旧时代的小镇规划思路：为了突出“中心地位”，建筑物就正正地挡在主干道上，车马人等都必须减速绕行。所以每次回家，都会在邻近小镇的最后一个高坡上，看到这道以绛红色为主体的风景。然后减速，欣赏着画面的逼近，也暖暖地对自己说，要到家了。

在接近这栋建筑的时候，它的墙面就成为整个画面红色的背景。此刻，正对着我的一座白色大理石雕像会渐渐凸现出来，成为构图的主体。红白相映的色彩，对比非常鲜明。那是一个站立的人像，一个绅士模样的中年人。他微低着头，显得十分谦和。

我们一次次甚至一年年地，开着车经过这里。我们无数次和他相遇，又绕过他的身旁，却每次都“马不停蹄”，匆匆回家。我们没有想过要停车，迈上那个车流中的“小岛”，去拜谒这个绅士。也许，来自中国大城市的我们，内心中还是不由自主地隐匿着对小镇和小镇名人的轻视?

第一次去探访“他”，还是借了一个朋友来访的机会。朋友是研究历史的，对我们的小镇充满好奇，执意要登上这个“孤岛”看看。我们陪着上去了，才发现那里内容相当丰富。例如，有历次战争期间，这里的居民参战和阵亡的纪念铜牌，有南北战争期间留下的大炮等等。最后，我们来到这座大理石雕像前。底座上的文字非常简洁。我们这

白色大理石雕像

才发现，他是出生在这里的一名医生，似乎有过什么特殊的贡献，可惜这唯一要紧的内容，却牵涉一个对我们来说还很生僻的英语单词。也许是他谦卑的外貌、也许是我们潜在的傲慢令我们忽略普通的一名乡村医生。于是我们又一次错过，和他相遇却没有真正相识。但是，我们还是记住了他的姓名和生辰年月：

克劳弗德·威廉姆森·朗医生（Dr.Crawford Williamson Long，1815—1878）

万幸的是，这个记忆在不久以后派上了用场。一天，我们行驶在85号州际公路上，忽然在一块一晃而过的路牌上，发现了那个熟悉的名字：克劳弗德·威廉姆森·朗医生博物馆，杰弗逊县。

杰弗逊县，就是我们搬家之前在美国的第二个住处。朗医生和我们真是有缘，这次下了决心，我们一定要专程拜访这名乡村医生。朗医生的博物馆坐落在杰弗逊县中心的杰克逊镇上。那是一栋小小的普通房子，当年就是朗医生行医的诊所。博物馆今天是由地方上的私人基金会在维持。这是美国小城镇的地方历史博物馆通常采用的形式。

美国是一个出了名的没有历史的国家。可是，你却处处可以感受到一种浓厚的“历史感”。每一个微不足道的小村镇，都会有它们的历史保护建筑；他们都会在自己的小报馆的铭牌上，标出它起始于18××年，甚至17××年；有时，他们建一个小小的博物馆，虽然其中的展品可能只是些旧时的农具，锄头犁耙什么的，他们却因此而认认真真地在那里筹款捐款、做义工。你看了就能够感觉出，这个年轻的国家，似乎有什么东西是一直立在那里的，是持衡而且稳定的。也许，那是对家乡的一种热爱；也许，那是对栽树的前人的一种敬重；也许，那是对文化积累的一点意识；也许，对于他们那什么都不是，只是自由自在生活的一个自然而然部分。他们的生活里，长久没有别处的那些“争斗”内容，当然就要干点什么其他的事。

在朗医生博物馆里，我们才明白自己是多么的孤陋寡闻。他确实是一名普通的乡村医生，可是，他也是在这个世界树立了一块重要里程碑的人。当初，我们在他的纪念雕像前没能明白的那个英语单词，是“乙醚麻醉术”，这个使用至今、令全世界无数人受益的技术，是朗医生发明的，他是这项技术的第一个手术使用者。

克劳弗德·威廉姆森·朗医生是一个爱尔兰人的后裔。他的祖父和外祖父，都是被荣誉记录的美国独立战争老战士。不知是什么原因，他们不约而同地从北方移居到了我们现在居住的这个南方乡村小地方。因此，有了他们的孩子们的结合。也因此，这个无名乡村才在1815年11月1日，诞生了一个未来被载入史册的乡村医生。

朗医生的一生是平凡的。他高高的个子，宽大的额头，一双蓝得非常纯净的眼睛。他性格温和，行医认真，是一个好医生。他也有很好的艺术修养，兴趣宽泛，喜欢戏剧和文学。终其一生，他没有什么惊天动地的戏剧化的生活场景。他离世时非常突然。在他去世的时候，也没有发出什么惊人之语，而只是抓紧最后的时刻，妥善安排了他的遗产。一如惯常的作风，对家人他很负责也很认真。他是在二十七岁时结婚的，尽管他的家人长期住在乡村和小镇，可是他的妻子和孩子回忆起来总是说：“他使我们的家，成了一个真正的天堂。”

学医之后，他也曾在纽约行医，可是他最终回到家乡，决定做一名乡村医生。他和弟弟一起，开了一个小药铺。美国早期的生活是非常简朴的，当时的乡村医生，也是必须医药兼备，活像我们中国旧日的郎中。在今天的朗医生博物馆里，还陈列了他当年行医的诊所兼药铺，由于一些小手术也在里面进行，于是如何快速有效地麻醉，就成了乡村医生的一个大问题。

麻醉方式一直是医学界的一个重大研究项目。朗医生和其他医药界人士的区别，就在于他是一个乡村医生，因此更注重实际的操作。他在苦于麻醉问题无法很好解决的时候，想起了他们在学生时代的游戏。他是科班出身的医科毕业生，那些年轻的学生们，曾经在一次“乙醚晚会”上吸食乙醚。他记得一个学生在那天被意外碰伤，却由于

朗医生的诊所

乙醚的作用，一点不感觉痛苦。这个细节使他开始着手研究，并且立即付诸实践。

1842年，他首次运用乙醚为一个乡亲的颈部肿瘤做手术，获得成功。成功之后，朗医生的反应依然是一个乡村医生的本能反应。他很高兴。接着就继续用乙醚麻醉术为乡亲们治病。他丝毫没有想到这是一个难得的机会，他应该做的事情，是赶紧去登记这一发明，去因此成名。

所以，在四年以后别人做了同样的事情，并且登记了发明。朗医生听说了这件事情，同时也听说了有一笔可观的奖金。他不是富人，他需要钱。所以他也开了佐治亚州的证明，试图取得他应得的那笔奖金。可最终奖金被取消了。他并没有因此愤愤不平，他还是回到小镇，继续做他的乡村医生。

朗医生从没有过度关注过自己的贡献。他只是安静地享受生活，也做自己该做的事情。直到最后时刻，他还在为一名妇女接生。当孩子顺利降生，朗医生突然感到眩晕，几小时后，在病人的家里，他平静地离开了人世。

然而，淡泊人生的朗医生却似乎被命运注定也要经历一个传奇。朗医生经历过一次战争，那就是美国唯一的内战——南北战争。对于朗医生来说，不论发生了什么，他还是他，一个救死扶伤的医生。只不过战前他医治的是病患，战争中他抢救的是伤员。这场国家的重大变故带给他的传奇故事是：他的大学同班同学、同寝室的室友也是他的终身好友亚历山大·汉密尔顿·斯蒂芬斯（Alexander Hamilton Stephens）在南北战争期间，成了南方“邦联”的副总统。这可是朗医生怎么也没有想到的事情。

南方“邦联”副总统斯蒂芬斯

斯蒂芬斯是一个非常有意思的人物。他虽然持有维护奴隶制的观点，可是他曾坚决反对南方从联邦中分裂出去，并为此做了最大的努力。他的宪法意识很强，对于当时的美国总统林肯的谴责，也是从“毁宪”的角度出发。他和林肯的私交很好。战争之前，林肯总统曾经给他写过一封秘密的私信，试图通过建立他们之间的理解，以达到南方和北方之间的和解。战争结束之后，南方战败，斯蒂芬斯却潜心写了一本两卷本的政治学著作《南北战争的宪法观》。虽然他在书中阐述的是南方观点，可是这本书却受到整个美国学术界的重视，被公认是一本讨论“州权”以及“州与联邦关系”的重要学术著作。

朗医生一生没有涉入政治，自始至终就是一个医生。但是朗医生却和斯蒂芬斯这位美国历史上的重要政治人物，有着深厚的友谊，他们互相敬重。斯蒂芬斯比朗医生大三岁，却比他还多活了五年。那时，美国联邦国会曾决定由每个州送两尊本州的英雄塑像，永久地安放在国会大厦象征这个州的光荣。佐治亚州就“英雄的确定”展开了激烈的讨论。斯蒂芬斯在临终前的最后一次公开演说中强烈地呼吁，将朗医生——这个为人类幸福作出重大贡献的人和在美国建国之前建立佐治亚殖民地的英国总督奥格拉索普（Orlethorpe）一起，作为佐治亚州的英雄将塑像送往联邦国会大厦。

朗医生的雕像

做完这次演说的几个星期以后，斯蒂芬斯就去世了。他没有想到的是，他的呼吁起了一半的作用：佐治亚的人民果然推举了朗医生，但同时也推举了他——斯蒂芬斯，替代了他所推举的英国总督。就这样，当年在大学时代同寝室的两个年轻人，两个保持了一生友谊的好朋友，在他们死后塑像被一起送进了首都华盛顿的国会大厦，作为佐治亚州的英雄站在那里。

朗医生的大理石雕像被一式两份地制作了两个，一个被送去华盛顿，另一个就留在了他的家乡。那就是我们几乎天天都可以看到的，在老法院砖墙的红色背景衬托下，在大橡树的绿阴庇护下的大理石雕像。我们这才发现，原来我们天天生活的乡村，是一个平凡而又不平凡的地方。

朗医生的铜像

“眼泪之路”的起点

——访切诺基国首都“新艾乔塔”

记得那是来美国后第一次开车出远门。那时我们到美国不满半年，开的又是七百美元买的小号旧车，速度上不去。身边不停地有集装箱“巨无霸”大车，呼啸着超越我们。于是，这车就不免开得紧张。北上三个小时后，在75号州际公路边，看到一个休息区，决定转进去，歇口气缓缓神儿。

那是我们第一次见到这样的公路休息区，设施完备、整洁，室外花草树木疏落有致。转悠一圈，在建筑物的正立面，我们看到一块历史遗址标牌。牌子写着：离这里不远，曾经有过一个小镇。这个小镇是著名的印第安人“切诺基国”首都。切诺基人在那里创造了自己的文字，出版了自己的报纸，建立了自己的政府。美国联邦政府却在1838年，迫使切诺基国的印第安人，迁往八百英里之外的西部。这一事件，史称“眼泪之路”。

“新艾乔塔”，就是这个切诺基小镇的名字。去年冬天，终于专程去寻访了它。在75号公路上看到“新艾乔塔”的指示牌后，转向一条乡间公路，走了大约三公里就看到马路左边的入口标志了。现在，这儿是佐治亚州的州立历史纪念公园。要不是有入口处的纪念碑，只看芳草萋萋中散落的木头房子，大概谁也不会想到，这就是当年印第安人“切诺基国”的首都。

华盛顿总统的“光荣扩张”思想

二百三十年前美国成立的时候，北美洲移民与印第安人大规模冲突的年代已经基本过去。新生的美国，基于北美殖民地时期和印第安人冲突的教训，试图同印第安人建立起一种和平相处的关系。美国是一个地方自治的国家，而在合众国宪法下，印第安事务被置于联邦政府的权力之下，掌握在联邦议会和总统的手里，希望这样能够避免各州自行其是而造成冲突。联邦政府希望能够约束一些野心勃勃并且自私的州政府，尤其是东南部的南卡罗来纳州，以及切诺基部落所在的佐治亚州。

当时对比明显的现实是，人口很少的印第安人占有了数量巨大的山林土地；而随着大量移民的涌入，美国的土地资源势必日益紧张。由于印第安人在军事实力上的弱势，他们几乎无力对付移民的蚕食占有，更不要说一个强国的军事攻击了。他们的生存和权利，事实上必须依靠对强者的妥协。

在华盛顿总统时期，处理印第安事务的任务落在华盛顿总统的首任战争部部长亨利·诺克斯（Henry Knox）身上。他认为，印第安部落应该是具有主权的、和美国各州一样的自治邦，美利坚合众国应该承认他们自治政府的权力，承认他们的边界。他认为，白人不断进入印第安人的土地定居是引起冲突的首要原因，而持久和平的唯一办法是联邦政府必须约束它的国民。而且他还认为，联邦政府有道德上的义务来保护印第安文化免于灭绝。否则的话，发展差异如此之大的文化间的接触与冲突，导致文化上的灭绝几乎是难以避免的。

华盛顿和诺克斯，试图尽量善待印第安人。他们希望能够通过贸易条约，平等合法地从印第安人那里购买土地，以扩展美国其他地区的需求。这就是被史家称为“光荣扩张”的概念。

华盛顿总统一上任，诺克斯就开始了他的印第安政策。联邦政府承认，印第安部落是主权自治邦国，美国必须通过条约来和印第安人打交道。这种条约，根据宪法必须由参议院三分之二通过。国会通过了1790年的《印第安贸易和交往法》，要求购买印第安部落土地的事务，必须通过总统任命的印第安事务专员和印第安人谈判达成条约来进行，各州不得自行强取豪夺。

“文明化”政策和切诺基的变化

这样，在和平的前提下，诺克斯提出了长期保存印第安文化的问题。华盛顿和诺克斯都认为，印第安人的弱势是文化发展上的，而不是种族上的。所以，印第安人完全有能力也应该帮助他们变得“文明化”。他们认为，这不仅能使印第安人融入美国社会，成为合格的公民，也唯有这样，才能扭转他们的弱势，避免文化灭绝的命运。在今天，这一从多元文化的观点看来似乎大有毛病可挑的看法，在当时却算是善意自然的。因此，他们认为印第安人需要学习，而政府的作用就是鼓励这种学习。

华盛顿和诺克斯首先必须面对历史遗留的问题。他们看到，已经无法把以前侵入切诺基土地的白人定居者迁走，他们就和切诺基人谈判土地购买，把这些已经侵占的土地买下来，勘定新的边界，然后严格禁止白人进一步入侵。在1791年的《霍尔斯顿条约》（Holston）里，诺克斯要求写进了有关切诺基人“文明化”的条款，联邦政府将帮助他们从狩猎者转变成畜牧者和农耕者。国会在1793年《印第安贸易和交往法》里，增加了向印第安人捐赠农具、家畜和其他“文明”用品的条款，要求向印第安人示范这些用品的使用方法。

这就是华盛顿总统的“文明化”计划，也是“光荣扩张”概念的核心。这个时候，切诺基传统的猎取鹿皮的经济方式也确实已经难以为继，迫切地需要新出路。这也是切诺基人热情地欢迎美国联邦政府的“文明化”计划的原因。

1804年，基督教摩拉维亚教派的传教团在切诺基地区办起了第一所学校。到1817年，传教团纷纷到来，长老会、浸信会、卫理公会等新教教派都派出了传教团。传教团同时也传授农业技术。

这样，切诺基人的生产生活方式和文化构成在起着明显的变化。在联邦政府指导下，以传教团和南方白人农民为样板，切诺基人开始务农，种棉花，在市场上出售他们的产品，积累资本。甚至像白人一样，拥有黑奴。富有的切诺基人在路边开设酒店，外出贩卖，开办商店，在渡口经营摆渡。这些人家的妇女不再下田，而是让黑奴下田干活，或者把土地出租给白人。

经过短短二三十年的“文明化”计划，到了十九世纪二十年代，新一代的切诺基领袖出现了。他们中很多是白人和切诺基混血儿，有

新艾乔塔遗址上的切诺基议会

些人的切诺基血统只占八分之一。他们都从小在传教团学校里接受教育，能够流利地使用英语。有些人在战争中帮助联邦军队，还有些人曾经到费城或首都华盛顿，和白人共事过。由于他们生活在尚未废奴的佐治亚州，他们中的很多人甚至还有黑人奴隶。

今天的遗址博物馆里，展示着切诺基人塞阔亚（Sequoyah）发明的一套由八十五个字母组成的切诺基文字。这种表音文字对切诺基人来说，十分易学易懂。直到今天，在切诺基人中，会读会写这种文字仍然是他们的骄傲。1827年，切诺基人在如今佐治亚北部两条河流交汇的地方选定了切诺基国的首都，这就是新艾乔塔。

站在新艾乔塔的遗址上，印象特别深刻的就是切诺基文化演变的深度。他们仿照白人的制度，建立了自己的三权分立的政府。他们的大首领掌管行政，另外由议会制定法律。议会仿照联邦议会的结构，也是两院制。如今修复的议会大厦，是一栋两层的木头房子，立法的两院分别在楼上楼下开会。室内虽然简陋到极点，却完全模仿首都华盛顿国会的布置。切诺基国还有最高法院。我们还看到一栋简朴的两

新艾乔塔遗址上的切诺基最高法院

层楼房，就是当年切诺基人的最高法院。

他们的议会在1829年曾经立法：凡私自向外人出卖土地者，判处死刑。由此可以看出切诺基对于他们民族生存的紧张不安心情。在整个新艾乔塔存在的十三年里，共有二百四十六个案件在这里审理，其中大多是民事案件。不过，他们没有监狱制度，判定有罪的刑事犯即以绞刑、鞭刑或罚款处之，没有监禁的处罚。最使我们感兴趣的，是切诺基人用自己发明的切诺基文和英文，发行了他们自己的双语报纸，取名“切诺基凤凰”。当年的报馆已经修复，里面陈列着他们的铅字和印刷机器。

这是切诺基人“文明化”的高峰。他们完全改变了人们对印第安人部落文化的印象。可是，谁也没有想到，一场大灾难正在等待着他们。

切诺基的灾难

切诺基部落与印第安人命运的转折点是1828年，这一年安德鲁·杰克逊当选为美国总统。

安德鲁·杰克逊是美国建国以后第一位从平民中崛起并且是军人出身的总统。他得到南方选民支持的原因之一，是因为他一贯主张西迁印第安人，让出土地来。他上台后，就敦促国会讨论通过他的前任就开始考虑的印第安人西迁计划。

这一计划由于佐治亚州的压力而变得急迫起来。这是怎么回事呢？

在英国殖民地时代，佐治亚殖民地包括直达密西西比河的大片土地，就是现在的亚拉巴马州和密西西比州。后来，在“亚祖（Yazoo）土地买卖案”中，佐治亚州政府出了反悔丑闻，最后在1802年不得不把那片土地交给了联邦政府，而作为交换条件之一，联邦政府答应将来替佐治亚州买下他们州内的印第安部落土地，交给佐治亚州作为补偿。

佐治亚州一直对它境内具有主权的邦中之邦“切诺基国”很不满意，多年来催促联邦政府兑现当年的承诺，而托马斯·杰弗逊以后的两届总统门罗和亚当斯都一再地说，他们已经尽快地在办，但是法律规定，政府购买印第安土地必须通过谈判条约，联邦政府尊重印第安的自治主权，也必须尊重印第安拒绝出售的意愿。他们必须等待进一步的贸易谈判。

就在杰克逊总统上台、声称决心实现印第安人西迁的时候，又有一件事给“西迁”之议火上加油——在佐治亚北部切诺基的土地上，

安德鲁·杰克逊总统

发现了黄金。这下，佐治亚的白人再也等不及了。佐治亚州议会决心自己掌握局势，他们通过法律宣布州的民事和刑事司法权覆盖切诺基印第安人的区域，这显然违背了联邦政府和印第安人的条约，也侵犯了联邦政府的权限。但是杰克逊总统却不打算插手阻止，反而说佐治亚州有权统治它的边界之内的所有地区。

1830年5月，在杰克逊总统的倡导下，联邦议会通过了《印第安迁移法》。然而，在美国的法制约束下，这个法案并不能强迫印第安人迁徙，而只是拨出用于购买土地的资金，以便和五个印第安部落谈判西迁，让他们定居在密西西比河以西现在俄克拉何马州的保留地。

印第安人的切诺基国到底是不是拥有独立主权？佐治亚州到底有没有对切诺基的管辖权？切诺基人决定寻求司法保护，他们向联邦最高法院申诉。在“切诺基国对佐治亚”一案的裁决中，首席大法官约翰·马歇尔裁定印第安人不受州法律的管辖，但是他又说切诺基国不是一个独立的主权国家，而是“内部附庸国”（domestic dependents）。

尽管如此，切诺基国这样的印第安政治实体到底是不是独立的主权所有者，这个问题依然没有解决。事实上，一直到几十年后的1871年，联邦政府还是把印第安部落看作是独立的主权国家的，联邦政府和印第安部落的关系是条约关系。从1778年同印第安部落签订第一个条约开始，到1871年签订最后一个条约，总共三百七十个条约，除了一个例外，都认定印第安人是他们的土地的所有者，只有通过条约才能从他们那儿得到土地，这就像和外国的关系一样。

根据最高法院的裁决，切诺基人拒绝服从佐治亚州的法律，而佐治亚州则拒绝执行联邦最高法院的裁定。1830年年底，佐治亚州议会立法，禁止白人未经州政府允许进入印第安土地，这个法律的动机是不让传教士去鼓励印第安人反抗州政府。结果就有十几个传教士被逮捕关押起来，但是多数在保证不再违反佐治亚州法律以后就得到了州长的赦免。可是，一个叫塞缪尔·伍斯特（Samuel Worcester）的传教士宁可坐牢也不愿接受州长的条件。他向联邦法院申诉，要求恢复他的自由。这个“伍斯特对佐治亚州案”最后打到联邦最高法院，最高法院作出了对佐治亚州政府不利的裁决，指出根据联邦宪法和法律，佐治亚州没有管辖印第安事务的权力，佐治亚州对印第安区域的干预是非法的，必须马上停止。

在得知最高法院的裁决以后，杰克逊总统说了一句很有名的话，这句话几乎在所有有关的历史书里都要被重复。第一个平民总统杰克逊，表达了他对于这个制度本身的轻率，他说：

> 好啊，约翰·马歇尔作出了他的裁决。现在，让他去执法吧！

不幸的是，最高法院在作出这个裁决后进入休会期。杰克逊总统和佐治亚州政府对最高法院的裁决既不公开抗辩，也不实行，事实上让这个裁决胎死腹中。杰克逊总统一方面劝佐治亚州政府释放被捕的传教士，一方面让国会里和切诺基人关系较好的议员出面，劝切诺基人接受西迁的交易条件。

1834年2月5日，杰克逊总统在白宫会见切诺基国大首领约翰·罗斯。约翰·罗斯是爱尔兰人后裔，只有八分之一的切诺基血统。当时的联邦政府对西迁计划之所以一直抱有希望，也是因为切诺基的首领并不是一口回绝，而是在价格上有争执。罗斯之所以让杰克逊总统的计划屡屡受挫，是因为他对联邦政府西迁计划开出来的价格是两千万美元再加以前违背协议的补偿。这个要求使得杰克逊总统非常恼火。他指责大首领罗斯等人已经成为切诺基人中的一个自私的精英阶层，他们只想利用这个机会，牺牲切诺基人的整体利益，以寻求更大的权力与财富。

1835年12月29日，杰克逊总统的专员绕开罗斯大首领，与愿意妥协的切诺基领袖二十余人，就在这个切诺基国首都新艾乔塔，签下了西迁的条约。这一条约规定，切诺基国将出让他们在密西西比河东岸的所有土地，以换取联邦政府在西岸提供的同样面积的土地，同时切诺基国获得五百万美元的补偿费和三十万美元的安家费。

签署条约的切诺基领袖认为：虽然族人反对搬迁，在条约上签字会招致怨恨，但是这样的交换条件对切诺基的生存是有利的。切诺基领袖梅杰·利基在签字后说“我签署的是自己的死亡证书”。

1839年，主张签署条约的三个主要切诺基领袖：利基父子和切诺基国报纸《切诺基凤凰》的编辑埃利亚斯·博迪诺（Elias Boudinot），在切诺基人西迁以后被仇恨的族人暗杀。

切诺基国议会以七十九比七通过了西迁条约。不久联邦议会就收到一万四千个切诺基人的抗议，人们不愿意离开故土。可是，联邦参议院最后还是以三十一比十五通过条约，刚刚达到法定的三分之二。1836年杰克逊总统在协议上签字，并且给出两年时间用于切诺基人的撤离和搬家。两年过去了，没有人搬离。1838年5月23日，条约正式生效，联邦政府和佐治亚州的军人、民兵强行执法，强迫切诺基国执行条约西迁。

眼泪之路

于是，在佐治亚州民兵和联邦军队的逼迫下，切诺基印第安人被迫踏上了西迁的长征。

这是一条非常悲惨的路途。在长达八百英里的路上，被迁移的一万八千名切诺基男女老少中，有四千名由于旅途艰辛和冬季的疾病死在途中。所以，它被叫作“眼泪之路”。

在他们离开以后，新艾乔塔，这个曾经兴盛了十三年的小镇迅速衰败。镇上本来就只是一栋栋的木头房子，人去楼空之后，房子很快开始坍塌，渐渐被四周蔓延过来的树木野草淹没了。

印第安人悲惨的“眼泪之路”

在特意寻访新艾乔塔之前，我们找了一些介绍资料，了解到整个西迁协议的细节。作为一个历史旁观者考察这段历史，我们发现，从法律上来说，似乎并没有明显的违法“漏洞”，从交易的条件来说，也不可谓不宽厚。在俄克拉何马，切诺基得到的同样面积的新土地并非不毛之地，五百万美元的补偿费用和三十万美元的搬迁费，在1835年是一笔天文数字的巨款。然而，联邦政府给的钱是否落到每一个切诺基人手中，是一件应该探究的事情，因为它肯定也是酿成悲剧的一部分原因。我们感到意外的是，一般的介绍中没有这些细节。今天的美国人，在回顾这段历史的时候，也都忽略了这些细节。

对于今天的美国人来说，不论有什么其他原因，“眼泪之路”的悲剧和四千名切诺基人的死亡压倒了一切。一个弱势民族，他们在不情愿的情况下，被强势民族的武装人员逼迫离开家园，这样的图景压倒了一切。人们把这看作是历史上政府策划的一种罪恶。人们一再提到的是，早在1890年12月11日，当年参与押送西迁的白人联邦军人琼·克·伯内特（Jone G. Burnett）公开指责这一事件，他说这样的计划形同谋杀。他说："谋杀就是谋杀，必须有人回答这个问题。……必须有人出来解释这四千个作为切诺基迁徙标志的沉默的坟墓。我希望我能够忘掉，可是，那六百四十五个大篷车和那些人遭受的苦难，至今活在我的记忆里。"

今天的美国人认为，没有任何借口可以让这种历史悲剧发生。

随着对历史的反省，佐治亚州政府开始恢复"新艾乔塔"遗址。二十世纪五十年代，这里只剩下一栋房子还没有灰飞烟灭。遗址的恢复就从这栋房子开始。在西迁之后，为了防止切诺基人重新跑回来，佐治亚州有过一条禁止他们返回原地的法律。一百多年过去，这条法律其实早已不起作用，美国各地有很多这样的过时法律，它们不再立

"眼泪之路"的起点

法废除，只是因为早就失效、被遗忘了。为了治疗历史伤痛，佐治亚州议会特地宣布废除这条早已失效的古老法律。1962年5月12日，“新艾乔塔”遗址正式开放。许多切诺基人的后代来到这里，凭吊他们祖先的首都。

我们来到这里的时候，正值冬季，寒风凛冽，似乎提醒我们当年切诺基人西迁的艰难。除了那个博物馆，小镇只能说是象征性的，因为街区已经不存在了，作为城镇的生命就不存在了，那几栋被恢复的房子只是孤零零地站在冬季灰黄的草原上。我们只能在房子中间，依稀辨别那宽宽的街道，想象当年的小镇盛况。

在寒冬里，我们是那天唯一的参观者。离开小镇遗址时，最后一次回头，看到的是《切诺基凤凰》的报馆，那是我们很喜欢的一

《切诺基凤凰》报馆

栋老房子。它有一种怀着历史感的、朴素的美。整整齐齐垛起来的黄石基脚，托起粗重厚实的、深褐色的木刻棱建筑主体，端头伸出一个简洁的小盖檐，和下面的柱子短栏形成一个精巧的回廊平台，一头是门，通往室内，另一头是没有任何装饰的几级木板踏步，步向长着青草的地面。深褐墙体上方的三角形山墙封口，却是白色的，上面是当年切诺基报纸的标志——一只展翅欲飞的凤凰。

"石头城"的故事

我们一年要几次从不同的路径穿越阿巴拉契山脉。

凡跨州旅行，人们总是选择走州际高速公路，我们也不例外。原因很简单，长途旅行花的时间长，要想早些抵达目的地的话，走这样的道路更顺畅，可以达到的车速最高。可是，我们其实又很不喜欢这样的道路，因为它虽然是公路，却和火车道有非常相似的地方。路，虽然在山川河流中穿行，它和车子所经过的两侧却通常是半隔绝的。你坐在车里，会感觉到道路对周边环境的排斥，它颇为蛮横地一把将周围的村镇城市甚至风光景致推得很远。高速公路多有一张拒人于千里之外的冷峻面孔。

于是，路途常常就单调起来，而我是一个最怕单调的人。所以每次要经过阿巴拉契山脉，就会悄悄生出一点期盼，期盼一段开车人通常并不喜欢的盘山路。在那里，山脉以它石头的坚实身躯顽强地抗拒被公路推开，因此公路在这里被迫谦虚。它只能像是一条细细的山间裂缝，顺着山势曲折蜿蜒地爬行。车里的人也因此能够进入山中。不论春夏秋冬，你能感受山的呼吸，体验它的四季风情。虽然你会被前后左右的车们逼得仍然维持高速，复杂的地形也迫使你全神贯注，可是山紧紧地围绕着你，你还是融入进去了，阿巴拉契山脉的灵气不可抑制地已经进入你的身体，足以在很长一段时间里，慢慢地给你滋养。从佐治亚北部进入田纳西州的24号公路，就有这样一段穿越阿巴拉契山脉的路程。

阿巴拉契山脉有一线漫长的、风光秀丽的风景，却是一个相对美国其他地方拥有更多穷人的地区。它曾经有过煤矿兴盛的年代，却随着开采的终结盛极而衰。它的周边也有过许多小牧场和小农庄，却也因农牧业走向现代化大规模的农牧场而逐渐凋零。深山里还留下一些故土难离的村镇，生活得艰难。水往低处流，人往高处走，在哪里都一样。很多阿巴拉契人，也就此离开家乡，奔向经济更为活跃的地区。靠近公路，如同靠近水流，失望的人群更容易得到新的信息，也更容易被带走。弃留的小牧场上有一些建筑物，就像一座座旧日岁月的纪念碑一样，饱经沧桑地矗立在公路两旁。

这些建筑物我们叫它谷仓，其实是畜栏和饲料棚的结合。严格地说，它不是农业建筑而是牧业建筑。它们遍布美国南方，记录着这里曾经牛羊遍地的牧歌式的浪漫历史，多得就连我们家里都有这么一个。我们有个艺术家朋友阿兰·南斯，是个地地道道的南方老农民，从来没有进过艺术学院，和美术也从不沾边。但有一天他突然意识到，谷仓这样一种实物历史已经在日渐消失。于是他开始拿起画笔，精细地记录一个个坍塌中的谷仓。他的画是那么美，画中的谷仓就像一个个布满皱纹的老人的面容……

在南方的公路两旁，有许多这样神态各异的老谷仓。可是，在田纳西州24号公路的阿巴拉契山脉这一段，当我们贴近那些荒废的小牧场时，我们常常看到的谷仓与众不同，在它们歪歪斜斜的身躯顶着的枣红色大屋顶上，赫然可见巨大的几个白色的字迹，工整地铺满整个屋顶：

从石头城看七个州

我们一次次从它们身边驶过，虽总是行色匆匆，心里却存下个疑惑。石头城？这是一座什么样的城？渐渐地就寻思着，哪一天没准去看看？直到那一年十月中旬，初霜过去，就在阿巴拉契山脉秋色最浓郁的时候，我们在山脚下的一个乡村节日中认识了一个新朋友：摄影艺术家大卫·简肯。这才解开了这个“石头城”的谜：我们听到了一个有关石头城和谷仓广告的南方故事。

石头城原来只是大自然的一个杰作。那是深山中绿叶簇拥的悬崖、瀑布和清泉，景色充满奇异的魅力。在二十世纪初，这片三百英亩的山林属于噶奈·喀特和他的妻子弗丽达。喀特先生以男人的雄心创业，全力投资开发一个叫作“仙境”的居住小区，他的妻子弗丽达，却怀着女人天然对美的敏感，一心一意地在营造一个真正的人间仙境——石头城。

“石头城”的名字是来自当时的美国儿童乐园。那时的美国还是一个被欧洲人看不上眼的落后野蛮“开发中国家”，老百姓贫穷朴实，孩子们还没有迪斯尼乐园这样的现代儿童游乐场，人们常常在一片园地里竖立一些童话中小精灵的形象，吸引孩子来玩，其中一个孩子们熟知的小精灵，就叫“石头城”。

弗丽达有着儿童的天真和热忱，在山中建造的“石头城”是一个自然园林，它本来就有着天造的美景。弗丽达在其中修建步道，细心收集无尽的南方野花装点，野花的品种竟有几百种。就这样，“石头城”一天天趋近完美。美国南方一向是人们眼中没有文化的蛮荒之地，弗丽达在“石头城”的园林创作，却使她在1933年为南方人赢来了第一个美国园林俱乐部的杰出作品铜质奖章。而对于弗丽达来说，她得到的最大奖赏，是她享有了创造和生活的乐趣。

这家人的生活却不是一帆风顺的。三十年代大萧条，喀特投资的钢铁股票从二百九十八美元一股，跌至三十美元。他已经谈不上再发展事业，只差没有破产了。喀特遭遇重大挫折，当然很痛苦，这个时候他才第一次真正感受到，妻子营造的人间乐园能够给人带来怎样的心灵抚慰。他开始以一种从未有过的眼光来打量这个花园，“石头城”使他有所改变，他开始热衷于参与妻子的创作。当然，喀特先生仍然是聪明的投资者，1932年5月21日，他决定将“石头城”作为旅游点正式对外开放。喀特先生一生奔走、有心栽花的“事业”并没有成效，妻子的“无心插柳”反倒成为这家人最为成功的“业绩”了。

旅游点是要有人来参观才会有收入的。这座园林从本身条件来说无懈可击，不仅有天然及人工的景致，而且地处几州交界的深山之中。在悬崖上放眼望去，据说可以遥遥看到七个州的风光。可是在那个年代，并没有电视和现代化的广告手段，怎么才能用有限的资金打响广告，吸引人来呢？喀特想到了那些南方无所不在的谷仓。他托自己的好朋友，找来了一个机灵可靠的男孩，雇他去做在谷仓屋顶写广告的“广告人”。男孩来了，问喀特，写什么呢？喀特先生在小纸片上写下四个大字：看石头城。

这个男孩叫克拉克·巴易尔，现在已经八十多岁了。他还是和南方的农民们一样，习惯地戴着一顶草帽，怎么看都不像今天的“广告人”。但是在当时，他可是真正的广告人。从寻找推销对象、推销广告直到制作广告，一个人全包。他开着车寻找路边的谷仓，设法找到谷仓的主人。推销的方式说来简单，就是答应替对方免费油漆谷仓屋顶，以交换在屋顶上面刷上几个大字“看石头城”。然后，他就自己爬上屋顶，开始“制作广告”。老谷仓们的屋顶都是铁皮的，不用几年就锈迹斑斑，刷屋顶不仅花钱，还是个吃力的活儿。所以，他的推销总能一举成功。

一开始，喀特先生还不放心撒手让这个小男孩自己干，总是他亲自出马，选到合适的谷仓再派克拉克去。终于有一次，克拉克发现一个位置很好的谷仓，隐藏在几棵大树后面，他主动说服谷仓主人砍去那几棵树，结果“刷出来的广告一英里之外就能看到”。八十多岁的克拉克今天还对此十分自豪。因为喀特先生也走过这条线路，可是他压根儿没看见躲在大树后的谷仓。从此，这个好眼力的男孩克拉克就放“单飞”了。后来他越走越远，还带着两个帮手，足迹遍布美国东南部和中西部，我们所看到的“石头城谷仓”，原来只是数以百计的同类谷仓广告中的几个。克拉克干着干着，还会编些新的广告词自娱自乐，比如：“从石头城看七个州，世界第八大奇迹！”

“制作广告”是一个技术活儿。字迹要清楚漂亮不说，广告人至少要站在屋顶上能够保持平衡，不摔下来。这种“技术要求”我们倒是深有体会，因为我们刚给自己的住房、一栋百年的农家老屋换过屋顶。他们先给谷仓屋顶刷上全黑的油漆，干了以后再上去刷白字。最要命的是，如果一不小心踩上白字，那湿的油漆溜滑，一定是一溜到底。不但破坏了广告画面，往下跳还要技巧，既不要摔坏自己，还要让手里的油漆罐少洒掉点油漆。要是一罐子倒扣在草地上，还得挖去草皮掩埋，否则牛吃了要中毒。

这些广告过几年就要翻新，所以连新带旧的活儿干都干不完。克拉克后来还因此成为一个着迷的旅行者。可是，像只恋巢的鸟儿，离家一阵，他又惦着要回家。他会先寄张明信片回去通知喀特先生，有时写得挺风趣："用光了钱也用光了漆，我要回家去看我的妻。"（Out of paint and out of money, Going home to see my honey.）

就这样一份兢兢业业的谷仓广告人的工作，使克拉克挣到了自己的土地。1947年，就在他制作广告的一个谷仓附近，他成为一百英亩土地的主人，盖起了房子，和妻子一起抚养了三个男孩两个女孩。这是典型的所谓"美国梦"模式。在官不扰民的前提下，老百姓只要辛勤劳动，就能追求属于自己的幸福。这些"美国梦"的个体集合以及时间积累，就是美国强盛起来的秘密。这一次，克拉克爬上了属于自己的屋顶，自豪地漆上几个大字：看石头城。

从六十年代起，情况开始发生变化。美国开始建立跨州的高速公路网，从小公路带走了大量的旅行者，使得原来在小公路旁的广告突然间失去了读者。1965年，约翰逊总统夫人促成了《公路美观法》，也迫使他们停止在很多路边的谷仓顶上刷写"石头城"广告。这个特殊的谷仓广告的制作，渐渐走进历史。然而"石头城"已经"名扬天下"，成为美国东南部的著名旅游胜地。

又过了二十来年，喀特夫妇的外孙比尔·卡宾，成为"石头城"的新一代经营者。1988年，比尔·卡宾和我们的这位新朋友大卫·

谷仓顶上的“石头城”广告

简肯聊天。比尔·卡宾说自己一直有个梦想，就是为所有现存的谷仓出一本影集，只是他还不能立即投资去做。他请经常外出拍摄风景的大卫留意一下，假如顺路看到这样的谷仓，就先拍一些下来。他给了大卫一百一十个谷仓的位置。六年以后，大卫拿着一些谷仓照片和调查结果告诉比尔·卡宾，还像点样子没有全部坍塌的谷仓，不到一百个了。

比尔·卡宾凝视着这些照片，十五分钟后，他只说了一句话：我们做。

几天后，大卫收到了一个包裹，里面是一大包老旧的明信片，每张明信片上几乎都贴着一张小小的、已经发黄的“石头城谷仓”的照片。这是几十年前克拉克寄回给喀特先生的广告记录。原来，当年克拉克每做完一个谷仓，就会为新完成的广告拍一张照片，并且记录谷

谷仓顶上的“石头城”广告

仓的主人和位置。大卫告诉我们，这些照片透出的历史感，深深打动了他。此后，他尽可能抽出时间，以一个摄影艺术家的眼光，打量和拍摄这些“石头城谷仓”。两年后的1996年，大卫跑了三万五千英里，造访了五百多座“石头城谷仓”遗址，在十四个州里，在大大小小的公路边，发现了现存的二百五十五个谷仓，还没有坍塌的只剩八十五个了。

我们听着这个故事，又想起我们的老朋友阿兰·南斯和他画的老谷仓。他们在做着一件同样的事情，为一方土地描绘一部民间历史。他们都不是专家学者，他们只是热爱自己生活的地方。

就这样，我们的书架上又多了一本由大卫给我们签过名的摄影集：《石头城谷仓——一个过去的年代》。

洗不掉的血迹

——塞勒姆小镇和审巫案

从波士顿出来，沿95号州际公路往北开，不多久就可以看到通往小镇塞勒姆的标志了。塞勒姆是海湾边的一个老镇，它的历史几乎和英属北美殖民地开发的历史一样长。1620年，“五月花号”载

小镇塞勒姆

着第一批清教徒在附近的普利茅茨上岸，而五年后就有人在这个地方定居了。如今这个小镇就以它的早期建筑吸引游客。为方便外来的游客，小镇的人们在老城区街道上画了一条半英尺宽的醒目红线。人行道上的这条红线，曲曲弯弯长达将近三公里，沿途净是值得一看的老房子，房子的门后全藏着历史典故。说它是美国最老的小镇之一，那是当之无愧的。

塞勒姆这个小镇的名字几乎每个美国人都知道。我不知道在美国还有哪个小镇有像它那样家喻户晓的名气。不过，这么大的名气不是来自它在早期清教徒开发史上的地位，也不是来自它精心保护的老建筑老街道，而是来自三百年前这儿发生的一系列法庭审判案，来自这些案件在美国人心中投下的阴影，虽然案件发生的时候，还没有美国这个国家。

这就是写进了每一本历史教科书的“塞勒姆审巫案”。

塞勒姆怪案

三百年前，在塞勒姆镇西北还有一个塞勒姆村，现在叫作丹佛斯镇。1688年，塞勒姆村的教堂请来一个叫帕利斯的牧师。这个牧师是从加勒比海的巴巴多斯搬来的，带着妻子、六岁的女儿蓓蒂、一个侄女和一个黑人女奴蒂图巴。

1691年漫长的冬天又冷又阴，牧师的女儿突然得了一种怪病，她行走跌跌撞撞、浑身疼痛，还会突然发作痉挛，表情非常恐怖。随后，平时和她形影不离一起玩的一共七个十几岁少女相继出现了同样的症状。本地的医生试了各种治疗方法均无效，只得说，这种病症可能是某种超自然的力量造成的。在那个时候，这种说法就暗示着有人使用了巫术使这些少女中了邪。而这些少女的举止也变得怪诞离奇，她们结成一伙，形影相随，互相重复一些莫名其妙的话或者突然尖叫，又突然歪歪斜斜地摆出僵硬静止的姿态，实在是匪夷所思。

这些少女的奇怪病症没法解释，猜疑和不安开始在人们脑子里发酵，酿造着恐慌和流言飞语。人们必须得到一个解释，而在三百年前，这个解释看来只能是巫术。那么，谁在用巫术邪法呢？

人们首先怀疑的是帕利斯牧师从巴巴多斯带来的女奴蒂图巴。那时候就有这样的传说，事实上一直到现在还有这样的传说，说热带的巴巴多斯盛行种种巫术。巴巴多斯黑人的外貌、女奴的卑贱地位，都使得蒂图巴成为最容易遭受怀疑的对象。人们要这些“中了邪”的少女揭发，是谁对她们施了巫术，她们果然揭发的是女奴蒂图巴，还有一个女乞丐和一个孤僻的从来不上教堂的老女人。

这三个女人，恰恰都是少女们平时不喜欢的人。

村子里的头面人物向县政府投诉，县里安排了一次听证会，让这些少女和被指控的巫婆对质。1692年3月1日，听证会在村里的酒店举行，但是来了几百个村民，只好转移到村里的“会屋”。少女们活灵活现地讲述说，这些巫婆都有着一个光圈，她们看到巫婆的光圈就“中了邪”。当把那三个女人带到会场上的时候，这些少女果然一看到她们就发出惊恐的尖叫，然后摆出歪斜僵硬的姿态，凝固不动了。

随后，有些村民提供了一些他们认为也是巫婆作祟的现象：他们的牛奶和奶酪无缘无故地坏了。有一个女人来看过一家的牲口以后，牲口就生下了一个怪胎，等等等等。这一切，对于村民们来说，似乎毫无疑问是巫婆作怪的结果。如果不是巫婆作怪，那又会是什么呢？主持会议的官员一遍一遍地讯问那三个被指控的女人：你是巫婆吗？你见过恶魔吗？如果你不是巫婆，为什么那些少女见到你就中了邪？

终于，这个案件出现了一个缺口，那就是头号嫌疑犯蒂图巴。一开始，她还拼命地辩解，说自己和这些奇怪现象没有关系。后来，她明白自己是逃不过了，一味抵赖也没有用，而巫婆是要被处死的。为了救自己，她答应弃恶从善，揭发恶魔。她承认自己是一个巫婆，恶魔从波士顿来，是一个高高的男人的样子，来和她接头。恶魔有时候装扮成一条狗，有时候装扮成一头猪，恶魔要她签下字来，在村子里作祟行邪。然后，她当场还揭发了另外四个巫婆，她说，她们能够像传说中的魔鬼和巫婆一样，在没有月亮的黑夜，或者冬天潮湿的浓雾里，骑着扫帚飞来飞去。蒂图巴的坦白和揭发打消了所有人的怀疑，人们突然都明白了，在他们周围，有恶魔发展的代理人，那些巫婆巫汉，在危害他们的生活。

如今，这个会屋已经不存在了，但是在原址，福列斯特街和霍巴特街的交叉路口，人们立下了纪念标牌，纪念这一不幸事件的开端。

随后不久，马萨诸塞地方的总督费普斯从英国回来，他听说塞勒姆村的巫婆弄得人心惶惶，决定尽快采取法律行动。他下令组成正式的审判法庭（Court of Oyer and Terminer），把审判地点转移到县政府所在的塞勒姆镇。“塞勒姆审巫案”正式开始了。

在这个法庭上，共有五个法官，都是当地德高望重显赫一时的大人物。经过一番讨论，法官们决定，“中了邪”的人声称看到了巫婆身上的光圈的证词，是可以作为证据的。为了验证，他们还决定在法庭上进行“触摸检验”，就是命令巫婆嫌疑人当庭触摸声称是“中了邪”的人，看是不是发生了意料中的事。一些怀疑自己受到巫婆作祟伤害的人，说自己身上的红肿或者任何不能解释的印痕，都可以作为巫婆伤人的证据。

被揭发出来的巫婆立即被关押了起来。人们突然发现，自己周围平时看起来没啥两样的老实巴交的人，其实骨子里是心怀恶意的巫婆巫汉，这些巫婆巫汉早就在寻觅机会，要加害于人。这些不可思议的怪事原来都是因为这些暗藏的巫婆巫汉在施法。这可太危险了，太可怕了。一旦处于这样的惊恐心态里，人们好像被恐惧挟持了，对最为荒诞不经的事情也会深信不疑。

受指控而被关押起来的人发现，事情糟糕了，她们陷进了一个怎么也说不清的境地，弄不好就会被莫名其妙地吊死。为了避免这个命

剧作家阿瑟·米勒根据“审巫案”创作的话剧《验证》剧照

运，她们一个个走上了蒂图巴的同一条路，承认自己是巫婆，揭发别的恶魔和别的巫婆，用实际行动来证明她们弃暗投明、改恶从善，甚至夫妻互相揭发，女儿检举父母。有人被揭发为巫婆的时候，家人纷纷表示“划清界限”，赞同惩罚以表明自己的清白。

第一个受审判法庭审判的是村妇布列吉特·毕晓普（Bridget Bishop）。1692年6月2日，在法庭上一个农夫作证说，他看到毕晓普偷了鸡蛋以后，把自己变成一只猫溜走。有两个村妇，其中一个显然有精神病，都宣称自己是巫婆，说毕晓普也是她们中的一个。还有一个村民说，毕晓普夜里来到他的屋里拷打他。有几个声称自己受巫婆作祟的少女作证说，她们看到毕晓普就感觉中了邪。甚至有人声称，把毕晓普押解到法庭的路上，只要毕晓普眼睛注视过的房子，就会有一部分墙倒塌。这些天方夜谭般的指控都让法庭作为证据接受了。陪审团判定毕晓普有罪。有一个法官桑顿斯泰尔反对这样的审判，愤而辞职。而毕晓普坚持宣称自己是无辜的。

毕晓普被判处死刑，1692年6月10日，她被押往绞架山（Gallows Hill）吊死。7月19日，又有五个被审判法庭定罪的巫婆被送上绞架山受刑。

受到指控的人，面对漫无边际的控诉和证据，求生的唯一机会就是认罪，并且揭发别的巫婆巫汉和恶魔。但是还是有人即使面对死刑也不愿承认罪过，不祸及他人，他们最终只能在绞架山结束自己的生命。1692年的夏天，塞勒姆审判法庭的一系列审巫案，一共把十九个被告送上了绞架山，还有四个人死于监狱中。总共有二百多人被逮捕和监禁。还有一个叫吉尔斯·柯莱（Giles Corey）的人是一个八十多岁的老人，他和他的老伴都受到指控，而他拒绝接受这样的审判，以藐视法庭的罪名在塞勒姆监狱里关押了五个月。他仍然拒绝走上法庭接受审判。根据中世纪传下来的英国法律，对待这样的藐视法庭者，要施以peine et fort 的惩罚，即用巨石压在犯人身上，直到气绝身亡。柯莱在石头下压了两天后才死去。三天后，他的妻子和其他七个犯人被吊死。

历史证明，这些人全部是清白无辜的。

神与魔共舞

到1692年的秋后，审巫风潮像它的突然兴起一样，突然消退了。人们好像不约而同地从梦魇中醒来。塞勒姆镇受过教育的精英首先起来质疑审巫案。波士顿著名的牧师、曾经当过第一任哈佛学院校长的英克里斯·马瑟（Increase Mather）原来也赞成审巫，后来发现审巫案的株连愈演愈烈，连他的妻子也可能被别人揭发为巫婆了，终于大彻大悟。他发表了《良心案》（*Cases of Conscience*），被后世称为“北美的第一部证据系统”。他指出：“错放过十个巫婆也比冤枉一个无辜的人要好。”

这些质疑促使总督费普斯下令，审判法庭不能接受所谓看到巫婆的光圈的证词，不能采用当场触摸来检验巫婆的做法，定罪必须要有清楚的令人信服的证据。在排斥了“坦白揭发”的证据以后，最后一批三十三个被告，有二十八个被法庭认定无罪，其他的人后来也得到了赦免。1693年5月，在最初的审巫案差不多一年以后，总督费普斯下令释放所有被指控的人。塞勒姆审巫案结束了。

说来奇怪的是，塞勒姆的审判法庭一解散，巫婆神汉的怪现象也像当初突然出现一样，突然地消失了。一年前引出审巫案的那些少女，奇怪的病症都消失了，后来她们都正常地长大、出嫁，正常地度过了一生。当人们不再“一根筋”地认定有巫婆作祟的时候，那些不能解释的现象也消失了。

可是，塞勒姆审巫案在北美历史上留下的阴影却一直没有消失，三百多年来，人们一直在探索和思考，到底是什么原因，使得清教徒这块平静的英属殖民地会出现这样不可思议的事情，到底什么地方出了错。

人们无法不沉重，为什么会在一个公认有法制的地方，设立了正式的法庭，经过正式的司法程序而处死了几十个绝对无辜的人?

人们检讨了当时的社会状态，指出清教徒的宗教执著，在相对封闭的社区环境下会变成一种意识形态的偏执和狭隘，只承认自己认可的东西，只信任自己相信的东西，不见容于任何不同于自己的异端，并且把一切异端都视作邪恶。当年，清教徒在欧洲受到残酷迫害，他们怀着坚毅的宗教信仰，逃离欧洲，来到新英格兰建立殖民地。在他们有了自己的生存空间以后，他们也会像当年迫害他们的人一样，不能容忍和他们不一样的人。这种要纯洁自己心灵、纯洁世界的理想主义的执著，一瞬间就会变成残酷迫害异端的可怕动力。对神的追求，会变成同魔的舞蹈。正是基于这一教训，现在的人们把司法独立、政教分离，看作是现代国家的重要标志，把多元和容忍看作一种必需的进步。

对于塞勒姆少女的奇怪症状，长期以来比较一致的认识是，这是一种集体歇斯底里，多发于比较紧密而孤僻的少女群体，和环境的压抑也有一定的关系。这种歇斯底里症状通常会在一段时间以后消失。一直到二十世纪七十年代，人们才发现，真正的祸首很可能是一种寄生于黑麦的真菌：麦角菌。这种麦角菌会产生一种类似于现在的毒品LSD的毒素。吃了这种受麦角菌感染的麦子以后，抵抗力较低的人会产生幻觉。塞勒姆少女的奇怪症状，其实是一种麦角菌中毒。但是塞勒姆审巫案后来演变成一场大规模的迫害，其根源却在于当时司法体制和程序的缺陷，在于新英格兰的社会状态，和当时人们的不安全感。

塞勒姆审巫案留给后世的最重要遗产是法庭证据的严格认定原则。在塞勒姆审巫案中，被告及证人的坦白、互相揭发和道听途说都可以作为证据，逼供信是塞勒姆审巫案法庭失控的主要原因。三百年前在塞勒姆发生的事情给了人们一个严重的教训，只有经过一定程序认定的确切无疑的证据，方能在法庭上作为陪审团判断的依据。法庭必须排斥那些不经呈证程序检验的证据，排斥非法取得的证据。被告必须享有专业律师为之作辩护的权利。

至于很多人在法庭内外的坦白、认罪和互相揭发指控，其原因虽然很复杂，难以用一句话讲清，这种现象却并不是我们所陌生的。原本无辜的弱者互相指责、互相迫害，大规模地残害同类，是很多地方多次发生过的事情。这种事情在局外人看来十分荒唐，事后也显得不可思议，身处其中的时候却几乎无人可以逃脱，大部分人都会像吃了迷魂药一样，身不由己地参与互相迫害。

三百多年过去了。那条从审判法庭通往绞架山的路，还在马萨诸塞州塞勒姆镇的地图上清清楚楚地标着。当年牺牲在绞架山上的几十个无辜者，用他们的生命奠定了后世美国司法的一个重要原则：宁可放过十个，不可错杀一人。

历史的验证

在塞勒姆审巫事件中，有一个人，只有一个人，逆流而行，公开谴责这种审判。他叫约翰·普洛克特（John Proctor）。普洛克特是一个普通的农夫，还开了一个小酒店。审巫事件一开始，他就公开表示反对，谴责那些歇斯底里的少女是胡说八道。不久，有人揭发他的妻子就是一个巫婆，他立即大声疾呼地为妻子辩护，尽管他知道这样做对他非常危险，引火烧身几乎不可避免。果然，他家的女仆出来揭发，说他也是一个巫汉。

1692年8月5日，普洛克特受到审判。当他被关在监狱里的时候，普洛克特写信给波士顿的牧师，要求他们干预，要么把对他的审判转到波士顿去，要么掉换审判法庭的法官，因为塞勒姆审判法庭的法官已经形成偏见，审判纯属形式。受这封信影响，波士顿的八个牧师举行了一次会议。后世普遍认为，这次会议是促使塞勒姆审巫风潮结束的一个重要事件。可惜的是，对普洛克特来说，结束得太晚了。8月19日，他被吊死在绞架山上。他的妻子，因为怀孕而挨到了风潮结束，幸免于难。十九年后，1711年，他的家人获得了一百五十英镑以作为他被害以及他妻子被囚禁的赔偿。

二百六十年后，1953年，著名剧作家阿瑟·米勒根据普洛克特被害而创作的《验证》（*The Crucible*）在纽约百老汇上演。观众和评论界都认为，这是米勒继《推销员之死》以后最出色的作品。对于那个时代的很多观众和评论家来说，毫无疑问，米勒就“重大题材”创作的这个剧本，是对“麦卡锡主义”和“国会非美活动委员会”的勇敢回答。

《验证》的演出海报

塞勒姆审巫案和麦卡锡主义不同于历史上的民众私刑，它是在制度化的权力运作下进行的。恐惧和不安全感，是这种制度化的权力手里的工具，用来胁迫和挟持民众，冤枉无辜，迫害异己。塞勒姆审巫案的教训是，必须强调法庭程序，特别是有关证据的程序。麦卡锡主义造成严重后果的原因，也正是因为主持调查的是国会非美活动委员会，而不是法庭，因而回避了严格的司法验证程序。塞勒姆审巫事件警示所有的后人，即使在当时当地看来似乎确切无疑的事情，如果不严格按照独立的法庭程序和证据排斥方法加以检验，那么冤枉无辜的荒唐悲剧是随时有可能发生的。在制度化的权力的参与下，罪名是可以罗织的。

1992年是塞勒姆审巫案发生三百周年。马萨诸塞州议会通过决议，宣布为三百年前塞勒姆审巫风潮中的所有受害者恢复名誉。当年的人，不管是迫害无辜的人，还是受迫害的人，都早已在世界上消失了，历史却牢牢地记住了这一迫害无辜的事件。在当年审巫的法官中，有一个人叫约翰·霍桑。这个霍桑的后代里出了一个大作

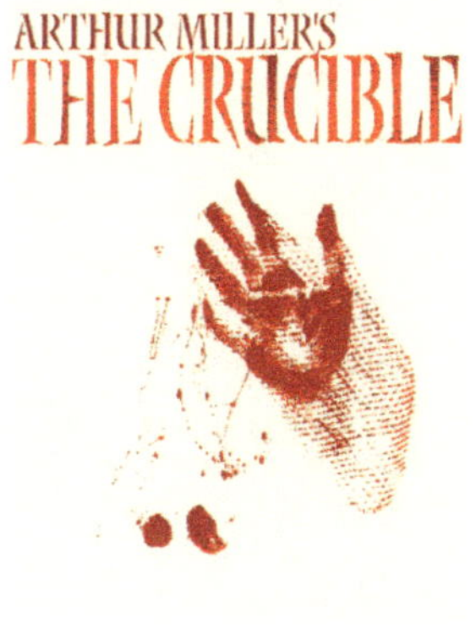

《验证》的演出海报

《验证》的演出海报

家，就是写了《红字》的纳撒尼尔·霍桑（Nathaniel Hawthorn）。这位作家霍桑在提到他这位先祖的时候说：在约翰·霍桑的身上，那些受害者的血迹，是再也洗不掉的了。

美国的摇篮

——访殖民时代威廉斯堡

如果有人问，什么地方是美国的摇篮，相信大多数人都答得出来，那是“五月花号”靠岸的地方，是清教徒们在马萨诸塞建立的殖民地。这个回答不错。著名的《五月花号公约》，就像我们的凤阳小岗村农民的公约一样，表达了民众自治的理念，就是相信普通人集合在一起，有足够的理性和智慧管理好他们的公共事务。这种信念和随之建立的地方自治的制度，是美国政治制度的核心之一。这种信念至今没有中断。

不过，这个答案只答对了一半。在美国的政治制度中，还有一个传统，一条从来没有中断的线索，那就是尊重以往的制度设置，重视过去的政治管理经验和政治智慧的保守主义传统。这一传统在美国的政治制度中非常稳定，究其来源，就不得不追溯到北美大陆最早的殖民地——弗吉尼亚。

1606年冬天，在伦敦的弗吉尼亚公司得到英王授权，组织了一批商人分乘三条船，前往北美大陆。次年5月13日，他们在如今弗吉尼亚州的詹姆斯镇上岸，建立了英国人在北美的第一个居民点。十三年以后，普利茅茨公司组织的“五月花号”才抵达北方的新英格兰。先来的这些商人，在弗吉尼亚的殖民地几乎是照搬了故乡的法律制度，建立了早期北美殖民地最正规的政府。

以后，为了安全，他们把政府所在地向内陆迁移，建立了一个小镇叫威廉斯堡。1693年，就在这儿，他们建立了北美殖民地仅次于哈佛大学的最古老的学院：国王威廉和王后玛丽学院。从1699年到美国革命成功后的1780年八十年里，这个小镇是弗吉尼亚殖民地的首府所在。在这八十年的时间里，就是在这个小镇上，美国最早的一代既有理想又具务实精神和操作技巧的政治家成熟了，包括乔治·华盛顿、托马斯·杰弗逊、派屈克·亨利等等，如果一一列举，几乎就是美国革命时期最重要的政治家的名单。

如今，这个地方叫“殖民时代威廉斯堡”。这儿是美国政治制度的真正的摇篮。

北美第一镇

威廉斯堡处于弗吉尼亚东部靠近海岸的地方，在一南一北詹姆斯河和约克河怀抱下的一个半岛上。这一带集中了殖民时代早期的遗迹，如今被划为国家殖民时代历史公园，但是殖民时代威廉斯堡这个小镇，却是一个民间非营利的历史遗迹保护机构的财产。

访问殖民时代威廉斯堡，交通十分方便。无论从哪个方向，按照指示牌下了高速公路，跟着标志走，很容易找到。在小镇外面，先碰

威廉斯堡

到一个十分现代化的旅游服务中心，有电影和录像介绍，有书面资料。汽车一律停在这儿的停车场上。殖民时代威廉斯堡恐怕是美国唯一一个不允许汽车进入的小镇。

在我们进入威廉斯堡的旅游中心，观看介绍录像影片的时候，一个细节让我感到震动：这里是美国革命的摇篮。影片描述在独立战争之前，两个威廉斯堡人在讨论动荡的时局，一个说："我最近打算回家（英国）去了，你呢？"另一个回答说："我已经在家里了。"而正是这样一种心态的变化，为人们的流亡情节画上句号。以主人翁的姿态热爱这块土地，才是威廉斯堡所象征的英属北美殖民地最终步入美国的前提，也是此后成千上万的各国移民逐步成为美国人的前提。

一旦进入殖民时代威廉斯堡，就好像科幻电影一样，你穿过时

威廉斯堡

光隧道进入了两百多年前的弗吉尼亚。漫步在殖民时代的威廉斯堡，感觉是非常奇特的。这种奇特感一开始说不上来是为什么，只是一种感觉，就是觉得这地方和其他地方不一样。这种感觉倒不是来自于那些打扮出来的十八世纪殖民地警官、铁匠、市民或村妇。他们虽然扮演得非常地道，兢兢业业，说起当年的历史来，都用第一人称，好像时光倒流，又回到了过去一样，而且一个个都十分地专业，有问必答，好像他们真的在那个时代生活过一样，连说话的语音腔调都是模仿当年的殖民者。可我们知道这毕竟是一种表演。这种感觉也不是来自于那些保护得很好的建筑物。镇中心的大街两旁，几乎每一栋房子都有一番讲究，都有一连串引人瞩目的历史故事。例如前面提到的小小的“国王威廉和王后玛丽学院”，就曾走出过三位美国总统。在独立战争期间，小镇上一栋被称为魏兹公馆的小屋，曾是华盛顿的独立军队司令部，而这栋房子原来的主人魏兹，不仅是《独立宣言》签署者托马斯·杰弗逊的老师，还是美国的第一位法学教授。

好半天以后，我突然明白了，这种感觉来自于这儿给人的独特的视觉印象。你走在殖民时代威廉斯堡的大街上，放眼望去，你就是看不到最近两百年里“新”发明的东西。这儿没有水泥铺地，没有电线杆子和蛛网般的电线。大街是砂石铺的，人行道是石块铺的，大到教堂、商店、监狱，小到门把手、窗搭扣，大大小小，点点滴滴，所有的一切，全都是两百多年前的式样。这时候方才感到一种震撼。我们真切地站在了殖民时代，站在了弗吉尼亚殖民地的首府。

我们参观了当年的总督府，这是一栋两层楼的红砖房，是镇上最壮观的建筑之一。给人印象深刻的是，总督府内部的大厅、楼梯、走廊，所有的墙面和天花板，都用两百多年前的亮锃锃的长枪短枪排列

威廉斯堡

成图案，这种特殊的墙面装饰，我们在其他地方还没有见到过。那个时候，弗吉尼亚殖民地的总督就是选举产生的。合众国成立以后，“总督”一词没有变，但我们却得将它翻译成州长了。独立战争以前，华盛顿是弗吉尼亚的一个民兵军官，也是总督府的常客。就是在这里，当年的华盛顿表示，他要自己出钱征募民兵，带他们前往北方，参加历时八年的独立战争。

在大街的另一头，是当年弗吉尼亚的议会大厦。议会大厦和总督府遥遥相对，很有点像如今联邦首都华盛顿市的国会大厦和白宫的关系。美国人习惯用建筑物来指称政府机构，这里头隐含着对政府结构的精心思考，建筑物的位置和布局象征着权力的区分、限制和互相制约。就是在这个议会大厦里，1776年5月，议员们通过决议，派出代表参加大陆会议，由此迈出了美国独立的第一步。

大街上所有的商店都按照当年的式样开张，有些甚至还做买卖，

威廉斯堡

出售的当然是应该作为旅游纪念品的东西。报馆里前店后厂，可以看到当年的印刷机在手工印制报章书籍。当年的邮局也开张着，可以寄出明信片，只不过用的邮票可不是两百年前的。铁匠铺里，炉火熊熊、锤声叮当。历史上名气最大的是一家酒店。当年，弗吉尼亚的绅士们到首府来开会或做买卖，夜里就在这家酒店畅饮高论，从而酝酿出了和英国决裂的独立思想。就是在这里，1765年派屈克·亨利慷慨演说，抨击英国强加给北美殖民地人民的印花税法。“没有代表不纳税”，这一呼声随后响遍了北美大陆。

就是这个小镇，就是弗吉尼亚，不仅向美国革命贡献了它的军队总司令和第一任总统华盛顿，不仅产生了《独立宣言》的起草者和第三任总统托马斯·杰弗逊，这儿也是美国政治制度设计方案的主要来源。1787年，前往费城参加制宪会议的弗吉尼亚代表们，带去了著名的“弗吉尼亚方案”。美国政治活动中的保守主义传统，就从这儿开启。它和北方来自于大都市和大学的更为活跃、更为开明的自由主义传统相抵平衡，取长补短，发展出美国社会既不断变化又相对稳定的两百多年历史。

这个殖民时代威廉斯堡，即使是在全盛时代也没有超过两千居民，却实在是一个值得一看的地方。当夜色降临，我们离开那儿的时候，一开始的奇怪感觉虽然没有了，脑子里却留下了一个疑问：这芝麻大的一个小镇，怎么会保存得这么好呢?

一个穷牧师的事业

1780年，弗吉尼亚议会决定，将首府向内陆迁移，迁到北面大约八十公里的地方，就是后来南北战争时非常著名的城市里士满。威廉斯堡一夜之间冷落下来。十九世纪的工业革命和都市化，使得威廉斯堡和美国几乎所有小镇一样，不可避免地衰落了。这种衰落是一种慢性的下滑：由于就业机会少，年轻人外流。居民的年龄老了，生活的节奏慢了，地方上越来越穷了。过了一百年，老房子倒的倒、塌的塌，殖民时代威廉斯堡，眼看着就要消失了。

1902年，威廉斯堡镇上一个历史悠久的教堂，由于经济困难几乎维持不下去了。教会派来了一个牧师威廉·古特温。他是一个普通的穷牧师，却是一个有历史感也敢想敢干的人。在这个衰败冷落的小镇上，他却为自己踩在华盛顿和杰弗逊走过的土地上而激动不已。他下定决心，只要他在这儿，就要设法不让这个“伟大的小镇”衰败下去。可他自己没有钱，只能四处动员有钱人捐款。

要打开有钱人的钱包，却是一件非常困难的事情。

1924年，校小名气大的国王威廉和王后玛丽学院在北方举行的一次活动上，穿着袖口磨光皱巴巴西装的古特温，偶然碰见了石油大王洛克菲勒。古特温几乎是习惯性地不放过机会，立即邀请洛克菲勒访问“历史名镇”威廉斯堡。这个邀请当场就被谢绝了。

四个月后，这位穷牧师到纽约办事，顺便就给百老汇的洛克菲勒办公室打了一个电话，要求富翁给威廉斯堡一栋老房子的保护项目捐款。他后来收到洛克菲勒秘书的一封短信，说洛克菲勒先生的捐款是通过专门的基金会机构进行的，他不会为威廉斯堡破例。

连连碰到这样冰冷而礼貌的钉子，要是常人就不干了，但却不会使专门为上帝工作的牧师泄气。第二年四月，古特温又给洛克菲勒写了一封信，邀请洛克菲勒来威廉斯堡。信里说了，你带着钱包来也好，把钱包留在家里不带来也好，都没关系的。穷牧师的这封信想来是让大富翁有所触动了。古特温又收到了表示谢绝的短信，但是这一次是洛克菲勒亲自签名的。

第二年，古特温听说，洛克菲勒要出席五十公里外汉普顿学院的一个活动。这是一所黑人学院，而洛克菲勒终其一生是以慷慨支持黑人教育机构出名的。古特温再次给洛克菲勒写信，邀请他活动以后顺便来威廉斯堡看看。这一次洛克菲勒答应了，他和他的儿子大卫一起来到威廉斯堡。

古特温陪着洛克菲勒在镇上转转，介绍那些衰朽但是历史悠久的老房子。在这个过程中，只有一次，洛克菲勒问道，你们有没有什么计划来保护这些老房子呢？这真是一个等候已久的天赐良机，他连忙抓住这个话题，急得“差点咬下了自己的舌头”。可是洛克菲勒随后什么也没有说。

也许就是从这一次威廉斯堡之行开始，一个念头在洛克菲勒脑子里渐渐地诞生了。以后，洛克菲勒派他的精干助手约谈古特温，还多次要古特温提供一些历史老照片。不久以后，洛克菲勒趁开会路过的机会又来了一次，和古特温谈得投机起来。他们谈到了这个小镇在历史上的重要地位，谈到保护这个小镇对于未来美国在教育上的重要作用。然而，精于理财的洛克菲勒却不肯轻易打开钱包，他只肯出点小钱要古特温请建筑师画一些测绘图纸。

古特温理解洛克菲勒的心机。要保护威廉斯堡这个小镇，光有钱还不行，还要精心地操作。关键是，这儿仍然是有人居住着的城镇，每一栋房子里仍然住着当年殖民者的后代。房子是他们的私产。要保护这些历史性的老房子，先得处理好房子的产权关系。

1926年年底的一天，古特温写信给洛克菲勒，告诉他镇上有一栋历史上非常重要的砖房，现在产权落到了原来主人的远房亲戚手里。这远房亲戚在不知什么地方，想立即就把房子卖了，“价格非常低”，开价八千美元。古特温描述了这房子的情况，告诉洛克菲勒，房子里的墙上，甚至还保存着殖民时代的招贴画！三天后，古特温接到一封电报，“用八千买下文物”，发报人写着“大卫他爸”。只有古特温一个人知道，这“大卫他爸”就是洛克菲勒。

就是从这个时候开始，洛克菲勒推出了他的计划，他要古特温用牧师的名义一栋一栋地买下威廉斯堡的房子，不管是旧的还是新的，然后开展修复计划。但是他要复原的不是一栋一栋老房子，而是整个殖民时代的弗吉尼亚首府，为了防止房价的混乱，精打细算的洛克菲勒要古特温出面全盘操作，绝对不让外界知道这后面洛克菲勒捐款的背景。

古特温十分了解威廉斯堡的居民。在这些老房子里住着很多老人，他们一辈子都住在这儿，不可能迁移到别的地方了。把房子买下来是可能的，但是你不可能让这些一生都住在这儿的人离开。古特温就制定了一个办法，叫作“现在买，以后取”，就是用一个慷慨而合理的价格从房主那儿买下房产，再把房子租给原来的房主直到他们安度余生，每年只收象征性的一美元租金。

就这样，人们只看到那个穿着皱巴巴旧西服的穷牧师，进出于那些开始歪斜的老房子，把它们一栋一栋地买下来，却一直猜不出是谁在经济上支持这样庞大的收购计划。洛克菲勒这时候对古特温说，你现在是在为基金会工作了，我可以给你开一份薪水。这一次，是穷牧师高傲地拒绝了大富翁。他说，自己是一个牧师，是在保护“我的历

威廉斯堡的房子

史名镇”，所以是不拿钱的。

一个庞大的修复保护计划开始了。这个时候，古特温才想到，古建筑的修复是专业性很强的工作，他是不懂行的，必须由专家来进行。早在1926年，波士顿有一个叫佩利的建筑师有一次来这儿游览，古特温陪他在镇上转。在一栋古特温正着手修复的房子前，这位对古建筑修复有相当造诣的专家告诉古特温，古建筑修复的第一步是扎实的研究考证，查明当初建筑的真实情况，然后全盘恢复原样。作为对这个他慕名已久的名镇的贡献，他指着一扇陈旧的门上失落了的门锁留下的印痕说，我会把这印痕原样拓画下来，然后查找到当年这种牌号形式的老锁。他答应捐给威廉斯堡一把当年式样的锁，原来他也是一个古锁收藏家。

修复计划在三十年代大萧条的岁月里全面展开，工作量非常大。有很多房子由于陈旧或火灾已经消失，现在要重新确定位置。为此，

威廉斯堡的砖墙

专家们硬是一锹一锹地挖遍了整个镇几百英亩的范围，根据残存的地基分毫不差地查明了原来所有房子的位置。凡是原有而后来消失的房子，要按照原样重建，凡是原来没有而后来加建的房子，以后一律拆除。有些房子后来经过改建，已经不是原来的面目，现在要恢复原样，为此甚至派人远渡重洋，到英国不列颠博物馆和牛津大学寻找当年的铜版设计图。威廉斯堡的居民们，很多人提供了自己家里的老照片、老辈人的日记和书信，从中可以查明老房子的真实原样。修复砖房的时候，发现以前的砖和现在的砖颜色有差异，经过再三研究才查明，必须在老式的砖窑里用硬木而不能用现在烧砖的松木才烧得出当年的砖。全镇所有的电线都要埋入地下，所有在殖民时代以后才加上去的东西，都要拆除干净。还要在附近各城镇收购一些老房子老家具，以便得到正宗的建筑配件和摆设。

古特温提出，在以后开放的殖民时代威廉斯堡，还要展示当年的手工艺和市民生活，包括弗吉尼亚历史上的缺憾，即奴隶制度的历史事实。1934年，当复原的殖民时代威廉斯堡重新向公众开放的时候，罗斯福总统前来主持仪式，朝拜这一美国历史的圣地。当殖民时代威廉斯堡的议会大厦修复的时候，弗吉尼亚州议会全体议员从首府里士满赶来，在议会大厅里举行了州议会相隔一百五十年的又一次会议。

就在这时候，小镇穷牧师古特温的身体不行了。1939年古特温去世，葬于威廉斯堡。洛克菲勒亲自在墓地里安放了一块纪念牌。殖民时代威廉斯堡这个美国最重要的小镇的历史，由于这位穷牧师的努力而延续下来了。

威廉斯堡的房子

没有电线的威廉斯堡

寻访高迪

我们是从法国南部进入西班牙的。邻近西班牙的时候，火车的一边是白雪盖顶的比利牛斯山，另一边是峭崖之下蓝得迷人的地中海。火车上的旅客都不由自主地站起身来，轮换地看着两边在移动着的景色。这一动人的开端，似乎在预示着前方将会出现别具色彩的风光。

法国建筑是浪漫和凝重的结合。它们就像一个个沙雕，似乎被海中推来的细浪，轻轻地扫了一下。所以，它们是微微下沉的，稳稳地站着。唯有金顶和无所不在的精美雕像，在那里诉说着浪漫情怀。而西班牙建筑，虽然也脱胎于中世纪的沉重，却越来越挡不住地多变而热情奔放。它们无可抗拒地开始扭曲、舞动，向上飞扬，似乎有一股活力压不住地要随时向外释放。

所以，当我们看到安东尼·高迪（Antoni Gaudi，1852—1926）这个二十世纪最奇异的建筑大师，出现在西班牙而不是别的地方，就没有什么可奇怪的了。西班牙，那是一块最富于幻想的土地，是毕加索的故乡。

西班牙的城市巴塞罗那，有着魅力无穷的海滨。我们来到巴塞罗那的第一天，原来打算先去旅馆卸下背上的重负，但却被这里的海滨吸引，背着身上的大旅行包，从火车站直直走到了海边。那里，是哥伦布出发去寻找新大陆的起点。今天，在海边高高的纪念柱上，在海一样蓝色的天幕下，哥伦布的塑像正站在顶端，顽强而固执地指着美洲的方向。巴塞罗那还有着令人流连忘返的老城区。在那里，中世纪的主教堂、一个个中世纪的广场和庭院，由夹在石墙中的狭小的古老街巷，谜一般地串联在一起。夜晚，在铸铁花枝街灯的昏黄灯光下，只听到萨克斯管在忧郁地随风飘荡，你循着那时续时断的摄人魂魄的音符去走，会在一瞬间完全失去对自己所处的时间和空间位置的判断，不知今夕何夕，身在何方。

可是，巴塞罗那的旅游宣传首先向来自世界各地的游人推出的，却是"高迪之旅"。一个大都市，以一个现代建筑师为最佳旅游卖点，这在世界上大概是独一无二的了。

高迪，他是谁?

安东尼·高迪并不是一个对我们非常陌生的名字。可以说，每一本有关"近现代西方建筑历史"的著作，都不会贸然越过高迪。只要看过这些历史书的人，不管怎么说，也都会对高迪留下一个印象。非常可惜的是，我们在很长的时期里，对高迪的印象大多是并不准确的。这个不准确，居然是因为我们这个发明了印刷术的国家，曾经一度非常忽略书籍课本上图像的印刷质量。谁知道，我们因此遏止了多少想象力被激发的机会，抹杀了多少奇

安东尼·高迪

思妙想。而这些，对于在读建筑历史的青年，对未来的建筑师们来说，几乎就是创造力的来源。

我们曾经糊糊涂涂地走过高迪身边。除去相当概念化的一些介绍，就是纸张粗糙、印刷拙劣的图片了。在那里，高迪的作品显得疙里疙瘩、丑陋不堪。我们甚至以为，高迪被留在历史里，就是因为他“丑得出奇”，才“别具一格”。就连当时学院里那些教授西方建筑历史的教师，也只能以其昏昏，使人也昏昏。因为，他们常常只是比学生早读了几年这些含混的教材，他们的面前也只有那几张不知所云的照片，也根本无缘见过真实的“高迪”。

值得庆幸的是，今天，这样的局面已被彻底改变，我们不仅可以看到注重精美插图的图书或杂志，我们甚至可以在巴塞罗那的街头，邂逅那些年轻的来自遥远东方的建筑教师。他们神气地提着炮筒子一般的照相机，利落地像剥花生米一样地剥着幻灯片的胶卷，犀利的眼光透出专业。这不仅是他们的幸运，更是今天的中国学生们的幸运。

高迪和今天的我们一样，成熟在世纪之交，只是比我们早了一百年。1852年6月25日，他出生于西班牙一个只有两万三千人的叫作雷乌斯（Reus）的城市。六岁之前，他一直是个病病歪歪的孩子，被严重的风湿性关节炎困在一个狭小的天地里。幸好，在慢慢长大起来的时候，他的身体也渐渐好起来，虽然其实一生都没有彻底痊愈，时不时地仍被病痛所困扰。人们说，小时候体弱的孩子比较敏感，人们也说，西班牙如画的景致孕育了一个艺术家。可是，我们也可以说，这些可能都是在高迪已经成为高迪以后，人们随意添加的注解。

我们只知道，他小时候是个普通的孩子，唯一表现出的艺术倾向，是他在一份和小朋友一起办的杂志上负责画插图。高迪一家后来搬到巴塞罗那，他在那里读建筑，读得非常刻苦。在此期间，父亲老了，家里重要的经济支柱又被折断——他当医生的哥哥去世了，五个兄弟姐妹，只活下了他和婚姻失败的姐姐。高迪读着书，只体验着建筑的语言，甚至没有女友。相对他给后人留下的那些建筑作品，他本人的生活似乎并没留给人们多少幻想的空间。

在我们周围，常常可以看到这样的情况。一些人是高度兴奋、妙语连珠的，本身就是一个散发着巨大热量的感染源。他们有能力即刻把周围的人调动起来。然而，也有一些人显得沉稳，有时甚至木讷和走神。可是，他们将热情倾注在他们的创造物之中。你只能间接地通过一个作品、一个不能言语的物件，感受他们心中的汹涌波澜甚至天真烂漫。这是两个极端的例子。至于高迪，不是一个极端，可他大概是接近于后一类人的。

高迪不是一个超人。从他走过的路径，你可以看到任何一个艺术家的常规痕迹。他们都是先开始学习，然后开始做专业化的但是并不突出的早期作业。然而，一个真正的艺术家和一个平庸者的区别，是在某一天或是某一刻，他突然能够把自己的灵魂糅入自己的作品。这个作品表现的内容和形式可以是灰暗的沉闷的，但是某种光亮会在深不可测的地方突然闪现，打动那些能够感应到的人们。这种情况我们称之为“悟”。它可能来得早，也可能在很晚才出现，可是没有它，一定不能算是艺术家。

而高迪开始发出的光亮，不仅是在作品的深处，他表现的内容和形式都是亮丽的、精彩的、焕发着宗教热情的。高迪是一个充满宗教感情的人，这种宗教性是西班牙式的。西班牙是一块浸透了宗教的土壤，但是西班牙人的宗教感情不走向抑郁的成熟，而是怀着热烈的献身的强烈向往。

巴塞罗那是高迪工作和生活的地方，有着高迪的主要作品。专家们分析他的作品是东方式的，但凭我的愚钝，很难看出这些理论的深层妙处，我只感到他是个地地道道的西班牙人。他设计的公寓，不论放到哪一个都市的大街上，也许都会有突兀和破坏城市整体感的风险，只有放在巴塞罗那就是恰到好处。公寓，那是多么令建筑师们沮丧的枯燥题材，可是高迪却把它们处理得神采飞扬。

人们很容易注意到，高迪的建筑是雕塑性的。可是，在外形非常大气的整体雕塑感后面，还隐藏着高迪对庭院和建筑内部的精心处理。这在他的米拉公寓（Casa Mila，1906—1912）中表现得很充分。他耐心地在这个交给他的空间里，里里外外做着他迷恋的事情，把一团团泥土捏成一个个精巧的作品，一点也不肯马虎。又用一串串铁花，舒服地把它们搭配连接在一起，一层又一层地盖上去。人们看高迪，不仅从外面看到里面，从下面看到上面，甚至要一直钻出顶层看到屋顶。那里，本应该是烟囱和通风口的地方，竟有一片扭动着的精灵的塑像，精致却又粗犷，仿佛天空有白云飘过，它们就会吟唱，而在乌云下面，它们就会嘶喊。

在欧洲，那也是一个早期印象派和新艺术运动的时代。高迪和他们并没有直接的联系，他是一个独立的探索者。但是新艺术运动在室

米拉公寓的外部

米拉公寓的大门

米拉公寓的烟囱和通风口

内设计上的效果，几乎是高迪建筑的最佳配合。那是上一个世纪之交迸发的光彩，流动的曲线连着梦幻的走向。在那个时候，艺术家用的还是相当传统的手段，可是他们开放的精神，却使他们的能力挣脱和超越了他们手中能够掌握的材料。

高迪也做园林。他做的盖尔公园（Parc Guell，1900—1904）也在巴塞罗那。那是用马赛克镶嵌成的一个幻想世界。从那个门口的小教堂，你似乎可以感受到高迪的巨手，在轻重恰如其分地捏塑着墙面。然后，在几乎是带着指纹痕迹的曲线里，高迪顽童般地用他对色彩的特殊感觉，一小块一小块地，向柔性的泥里摁进那些闪闪发亮、五彩缤纷的马赛克。登上公园的大平台，人们绝不会舍得转一圈就下去，平台的边缘是游动着的马赛克座椅，舒展着作为建筑作品的力度和气势，而每一段细细看去，又都是一幅小小的印象派美术作品。从那里向下看，你会看到公园“趴”着那只著名彩色大

高迪设计的小教堂

盖尔公园的彩色大蜥蜴

蜥蜴的台阶通向教堂、通向出口、通向外面的世界。这个时候你会问自己，人长大了为什么就不可以依然天真?

巴塞罗那最叫人服气的，是正在建造中的“圣家族教堂”(Expiatory Temple of the Sagrada Familia)。它始建于十九世纪末，而我们站在它的面前时，已经是二十一世纪之初了。是的，没有算错，它已经建造了一百多年。然而，它还仍在被建造之中。我不知道这是不是创了现代建筑的纪录。但是，这确实是现代社会罕见的对艺术的坚韧追求。在这一百多年里，许多著名的西班牙艺术家怀着对宗教和艺术的双重热忱，投入了它的设计和制作。大家也都承认，对它倾注了十几年心血，把自己最后的岁月完全交给它的高迪，使这个教堂获得了灵魂。

望着大教堂的照片，我又回想起在巴塞罗那的日子，想起在一个又一个教堂中的流连和静默，想起在巴塞罗那有过的心情。西班牙并不是哥特式教堂的发源地，它的发源地是法国。正因为如此，当这里开始修建哥特教堂的时候，已经是这个建筑形式的成熟期了。它们不论大小，都近乎完美，都非常适合呼唤一颗敏感的心。今天回想巴塞罗那，我都有一种近乎是尖利的痛苦感觉：在那些日子里，曾经有过的纯净和朴素，竟如此轻易地就被自己完全丢失了。现在是我最应该闭上眼睛，重新感受巴塞罗那教堂里一片烛火中的气味、遥望那消失在夜空中的高迪的教堂尖顶的时候。

高迪不是一个在生前就备受赞誉的人。人们并不理解这样一种奇异的思路。可是高迪已经不再环顾四周。在建造“圣家族教堂”的时候，已是高迪的晚年。他完全沉浸在宗教精神之中。这个教堂对于他，首先是一个宗教圣殿而不是一个单纯的艺术品，更不是一个冰冷的建筑物。在这时，他已经有足够的智慧面对世界也面对自己。一个仰慕他的年轻的德国建筑系学生，向人们打听，怎样才能见到老年的高迪。人们指着巴塞罗那主教堂对他说，每天清晨五点，当这里响起弥撒的钟声，你一定可以看到高迪。果然，在那个时候，在主教堂第一排的凳子前，他找到了跪在上帝面前的高迪。高迪不再寻找什么，他只寻找上帝的指引。没有人知道他那颗跳动的心在感受什么。人们只看见高迪全力营建的这座大教堂，那“基督诞生”正立面的钟楼，在一年又一年地缓缓升起。

它是浑厚的，有着千年的宗教根基；它又是现代的，有着最奇特的造型，顶尖缀着高迪式的马赛克，色彩斑斓，在阳光和月光之下，一闪一亮。它们升起来，在晨曦中，像是尚未苏醒的生长着的巨木，也像是上帝指引下的高迪那难解的心灵。每一个人在这个世界上有着不同的位置和能力，高迪是一个富于幻想的人，却不是一个有能力和这个世界纠缠的人。他只能希望这个世界忘记他，留给他创作和思考的清静。多少年后，人们打开一篇论述高迪的文章，前面以这样一句引言，使人们想起了当时真实的高迪，那句话是：

请远离我的生活和我的思想。

圣家族教堂

斯密森的神秘礼物

每个大国都有自己顶尖的博物馆。到法国，不可不去卢浮宫；到英国，不可不去大英博物馆；到俄国，不可不去冬宫。到我们中国来的“老外”，没有一个不去故宫博物院。这些博物馆，无一例外是当年的王室遗产，那里面几百年上千年的精华积淀，不是光花钱就能建得起来的。就像法国人说的，“世界上有哪个拍卖行，胆敢给《蒙娜丽莎》估价的？”美国只有二百年历史，没有王室遗产这一说，在艺术收藏上先就短一口气。可是，你要是跟美国人这么说，他们在点头承认的同时，或许会悠悠地回你一句：“不过，我们有斯密松宁，他们有吗？”

斯密松宁就在首都华盛顿。华盛顿的国会大厦前是著名的国家广场，广场的南北两边，有一座一座壮观的大厦，北边是美国历史博物馆、自然历史博物馆、国家艺术博物馆，南边有弗利尔美术馆、沙可乐美术馆、非洲艺术博物馆、艺术工业大厦、赫尚博物

斯密松宁大厦

斯密松宁博物馆

馆、雕塑园、国家航空宇航博物馆等等。这些博物馆和位于别的地方的威尔逊国际中心、国家动物园、肯尼迪艺术中心，以及在纽约的库伯惠特博物馆等等，就组成所谓“斯密松宁学会”（Smithsonian Institution）。而华盛顿市国家广场两侧的这些博物馆，号称是世界上最大的博物馆体系。

在国家广场北侧，有一座欧洲中世纪文艺复兴风格的大楼，伸展着高高的塔楼。和附近的宇航博物馆相比，虽然体量不大，但是古典的风格十分引人注目。这就是斯密松宁大厦。从南大门进去，在进入正厅以前有一段不长的走廊。走廊左侧是一个大理石的房间，正中的高台上放着一个花坛形状的大理石棺。洋洋大观的美国斯密松宁学会就是从这个石棺开始的。

二百多年前，大致在美国刚建国的时候，英国有一个年轻的科学家叫詹姆斯·斯密森（James Smithson）。他的生父是诺森伯兰公爵，母亲有皇室血统，可以说他身上流着英国最高贵的血。可惜，他是一个私生子。按照当时的法律和习俗，他不能继承父亲的爵位，而且一辈子受歧视。他天赋极高，聪明过人，而且由于受歧视而极其用功。二十一岁自牛津大学毕业，一年后就被选为皇家学会会员。他在科学上卓有成就，有一种锌矿就以他的名字命名。

由于是私生子而遭受的歧视，使他始终耿耿于怀。据说他曾经对他的父亲说，我会让自己青史留名，即使在将来人们把诺森伯兰这个名字忘得干干净净的时候，也还会永远记得我的名字。

1829年6月29日，六十四岁的斯密森死于意大利。他在遗嘱中把遗产留给了侄子。奇怪的是，在遗嘱最后他附加了这样的条件：如果侄子死的时候没有子嗣，那么这笔遗产就捐赠给美利坚合众国，“用于增进和传播人类的知识”。

这样的遗嘱，在当时就引起了人们的好奇。欧洲和美国的报纸上都披露了这个新闻，对斯密森的动机猜测纷纷。斯密森从来没有到过美国，他为什么要把遗产留给这个从未谋面的新兴国家呢？

六年后，斯密森的侄子去世，死时果然没有子嗣。1836年，美国第一个出身平民的总统安德鲁·杰克逊宣布，在欧洲有这样一笔私人遗赠有待美国领取。谁知道这一消息在国会引起了一场政治辩论。反对美国接受这笔遗赠的主要是州权的维护者，他们的理由是，宪法没有授予联邦政府代表整个国家接受这种遗赠的权力，这样做会在事实上缩减州的权力。参议员约翰·卡尔洪说：接受任何个人的礼物，美国就丧失了它的尊严。

当时有一位众议员是前总统约翰·昆西·亚当斯，他看到，这笔遗赠对于年轻的美国意义非常深远，因为这会是一个良好的重要开端，他主张拿这笔钱用于科学研究。

安德鲁·杰克逊总统是主张接受这笔遗赠的，他认为美国人民可以将这笔遗赠用于有益的事业，但是他也拿不准自己是不是有权这样做，所以他要求国会立法允许他派人去领取。

1836年7月1日，国会同意接受斯密森的遗赠。杰克逊总统立即派出外交官理查德·腊思前往英国。这个时候，斯密森侄子的家人已经向英国法庭提出申请，要把这笔遗产留在英国。

腊思是一个出色的外交家，本人也是律师。这一场遗产官司整整打了两年，腊思也在英国待了两年，被这场诉讼熬得筋疲力尽。1838年5月9日，英国法庭宣布，价值五十万美元的斯密森遗赠属于美国。腊思代表美国领取这笔巨款的时候，特地将自己在美国的所有财产折合美元作为抵押，以保证这笔国家财产的安全。

在那个时代，还没有现在这样发达的国际金融和信用制度，没有航空邮汇，没有电汇。腊思将斯密森的遗产换成金币，金币的正面刻有英国女王的头像，反面刻有英国的王冠。斯密森的遗产总共是十万零四千九百六十枚这样的金币，再加八先令七便士。腊思将它们装在十一个箱子里，再带上斯密森从事科学考察生涯中收藏的矿石标本、藏书、科学笔记以及其他私人物品，于1838年7月17日搭船起程，前往斯密森从没到过的新大陆。这一航程持续了六个星期。到达纽约以后，腊思将金币转交联邦财政部。金币重新熔化成金子，价值美元五十万八千三百一十八元四角六分。

这笔遗赠该怎样利用呢？怎样是最好的“增进和传播人类知识”的用法？美国朝野又兴起了一场辩论。一开始，人们集中在一个主意上，就是用它来建立一所国立大学。

当时美国是没有国立大学的。最早的大学比如闻名遐迩的哈佛、耶鲁，都是私立大学。建国以后，美国人开始重视公立教育事业，各州先后立法建立州立大学。但是联邦政府却一直没有能力在教育上有所作为，因为各州认为教育是州的事务，不愿意看到联邦政府扩大权力。国会不授权拨款，总统和联邦行政系统即使想搞教育，也是心有余而力不足。

现在，联邦政府突然有了这么一笔钱，主张促进教育的人们就提出，这是建立一所国立大学的时候了。建立怎样的一所大学呢？很多人主张，现在是科学昌明的时代了，要建立一所重视科学考察、探索、研究和应用的大学，而不要传统的哲学、文学和思辨的大学。用我们的话说，就是大家都主张办一所理工医农科的大学，不要办文科大学。

斯密松宁大厦门前

而在此前承袭欧洲传统的大学，都是以人文学科为主的。

众议员罗伯特·戴尔·欧文，是著名的乌托邦社团创办人欧文的儿子，他提出要实行免费的公共教育，为此需要培养大批中小学教员，他主张办一所师范学校，还要促进农业和化学的研究。

还有一些人有不同的看法。有些科学家提出建立一所国家科学研究所，有人提出建立一所天文台，有人提出建立国家图书馆。这些主意都不错，都符合斯密森“增进和传播人类知识”的初衷。这样的辩论从1838年持续到1846年，最终还是出于对州权的维护而放弃了办国立大学的方案。国会终于立法，用斯密森遗赠创建以他的名字命名的一个集博物馆收藏、展览、研究、交流和教育于一体的综合机构，这就是斯密松宁学会。

斯密松宁学会的第一座建筑物就是我们眼前的斯密松宁大厦，这座1855年落成的风格古典的大厦现在俗称“城堡”。这一城堡成为当时年轻的美国致力于促进科学和传播知识的象征，后来美国各地的大学学院纷纷仿效“城堡”的建筑风格。

在以后的一百多年里，很多人为斯密松宁学会慷慨解囊，国家广场两侧的博物馆大厦相继建造。随着工业化，民间财力增加，大量艺术珍品悄悄流入美国，成为一些富有的商人、工业家、银行家的私人收藏。其中许多收藏又悄悄地成为斯密松宁博物馆的收藏。二十世纪三十年代，银行家安德鲁·梅隆出资五千万美元为斯密松宁建造了“城堡”对面的艺术博物馆，并且捐出了自己价值一千五百万美元的艺术精品收藏。他拒绝用他的名字为大厦命名，坚持博物馆应该命名为国家艺术博物馆，因为只有这样，才会有更多的人加入到捐赠和维护艺术收藏的行动中来。

浏览于华盛顿的斯密松宁博物馆中，你可以感受到那种奋发上进的精神状态。在美国历史博物馆里，小到一根针大到火车头，历史上的锄头镰刀、瓶瓶罐罐，你可以看到各行各业的历史发展。在航空宇航博物馆里，有各种高科技的航空航天器。在艺术博物馆里，有价值连城的绘画雕塑精品。据说，以现在的价值估算的话，联邦政府全年的预算，也买不起艺术博物馆这一座楼里的绘画收藏。

1905年，在斯密森去世七十五年后，斯密松宁学会理事会的贝尔受美国之托，前往意大利一个叫日诺阿的地方，斯密森去世后就安葬在这儿的墓园里。贝尔将斯密森的遗骸，连同精美的大理石棺，带回了华盛顿，安放在“城堡”——斯密松宁大厦门厅的墓室里。每年有上千万的游客，从这里开始游览华盛顿的博物馆。“归来了，终于归来了！”也许，只有斯密森本人知道，他为什么要把遗产赠送给

詹姆斯·斯密森的大理石棺

在那个时代还显得相当蛮荒的美国，但是美国人都深信不疑，斯密森这样做绝不是没有理由的，绝不是偶然的。不知有多少人甚至相信，这是全能的上帝在借助斯密森向美国人传达一个信息。他们怀着对这个从未谋面的英国贵族后裔深深的感激之情，深信“增进和传播人类知识”的事业，是他们义不容辞的。

当沃尔玛来到小镇

阿希兰是弗吉尼亚州的一个小镇，位于州府里士满市的北面，就在95号州际公路附近。这是一个典型的美国小镇，只有一条短短的主街。和主街平行的是铁路线，当年就是铁路造成了小镇的繁荣。如果说它有什么特别的话，那就是偶然还会有铁路慢车在小镇停车，上下旅客。现在全美国只有这个小镇还保留着火车直接在主街上停车的传统。

美国公共电视台曾经播放过一小时的文献片，专门讲这个才七千二百人的小镇的事情。不过，文献片的独立制片人选择拍这个小镇，不是因为它特别，恰恰相反，是因为它太普通。这是美国无数其貌不扬的小镇中的一个，把它放到任何地方都可以。拍它，是因为它遇到了很多小镇都有的悲喜交集的问题：沃尔玛要来了！

永远便宜的沃尔玛

沃尔玛是全球最大的连锁零售商。

连锁店这种销售形式，在西方商业中历史悠久，不过却是美国人把这种方式的优势发挥到淋漓尽致的地步。美国的大宗消费品，从全世界都熟悉的麦当劳，到租录像带商店，从无所不在的加油站，到在某地租部汽车、开到哪儿算哪儿、随时随地可以还车的汽车卡车出租，连锁店都是最方便、服务最好，也是美国人最信任的商家。美国人把连锁店这种商业方式办得如此出色，既有制度和法律层面的条件，也有美国文化的影响。连锁店的成功反映出追求个人自由的美国人也具备的团队精神。连锁店中的佼佼者公认是沃尔玛。

沃尔玛的创始人山姆·沃尔顿，几乎是赤手空拳起家的。他出生在美国南方的小镇上，小时候当过报童，年轻时在连锁百货店里打工，靠勤工俭学在密苏里大学毕业。“二战”中他当过兵。战争结束后，他借钱和自己的兄弟一起开零售店。沃尔玛就此诞生。

零售商和房地产发展商有三大规则：第一，地段；第二，地段；第三，还是地段。开店最讲究的是地段位置。在沃尔玛以前，美国已经有不少历史悠久、实力强大的连锁零售商。这些大百货店和购物中心，清一色地选择最靠近大量消费者的地方，那就是城市的市区，人口集中的地方。而美国广袤大地上星散的小镇，很少能引起这些财大气粗的大连锁商的兴趣。就像我们现在住的那个偏僻乡下，买东西相当不便。

山姆和别人不同，他自己就是小镇出来的，他太了解小镇了。美国小镇确实是小，上了一万人口就算大地方。就小镇人口本身的消费能力来说，确实不大。但是，“二战”后公路网的发展，使得农村地区和小镇上的人们可以动不动就开车出门二十英里。而对消费者，尤其是低收入的乡下小镇人来说，低价永远是不可抗拒的诱惑。

山姆同样服从开店三大规则，却和别人反其道而行之，选择农村小镇为战略发展方向。他拿出乡下人的勤奋和固执劲头，将连锁店的优势用足。连锁店销售总量大，对于生产商来说就是一个大买主，就可以把采购成本降到最低；而连锁店本身，可以把利润率也降到最低，从而使商品标价达到别人无法竞争、消费者无法抗拒的低水平。

沃尔玛就这样发展起来了。1962年，沃尔玛的第十五家购物中心开张，1990年达一千七百家，到现在沃尔玛仅仅在美国就有三千多家，并且以每两个工作日新开张一家、每年打入一个新国家的速度继续发展。1980年销售额十亿美元，1989年就达二百六十亿美元。沃尔玛高居全球财富五百强。每个星期，全美国有一亿人次逛沃尔

沃尔玛购物广场

玛。沃尔玛雇用的工人人数，在商界位居第一，总数仅次于联邦政府，要知道联邦政府的雇用人数是把美国军队全算进去的。沃尔玛的成功，反映了“二战”后美国中产阶级生活水平大幅度扩展到广大农村地区的趋势。

沃尔玛超级市场和折扣商店，都有宽敞的停车场。店堂面积巨大，货品分门别类，从衣服百货、医药、珠宝化妆品，到汽车零件、五金工具，以至种类齐全的生熟肉类蔬菜食品，举凡美国人日常生活需要的商品，几乎一网打尽，而且质量有保障。店堂环境整洁明亮，全体店员永远笑容满面。沃尔玛给你档次不低之感，而它的口号却是别人无法模仿的“永远便宜”。

那么，沃尔玛要到阿希兰小镇来，为什么会引起紧张呢？

沃尔玛的破坏力

任何公正而了解实情的人都承认，沃尔玛也有它的可恨之处。沃尔玛来到小镇，其破坏力不能不叫人忧心。首当其冲遭受破坏的，就是小镇上原有的商家和小镇的文化。

传统的美国小镇，主街上集中着一些小商家。这些小商家向小镇居民和附近的农民们提供日常用品。它们全部是家庭经营，代代相传。它们的顾客也代代相传。小商店小本买卖，种类虽不多，但都是当地顾客需要的。这些商店和它们的顾客都相熟信任，可以订货、可以赊账。附近居民也可以把自己生产的东西放到小商店里寄售。这种商业是小镇文化的一部分。那儿的居民，就是在这样的互相照应中长大。孩子们身上可以不带钱，饿了就到店里吃，渴了就到店里喝，记账。小镇孩子们甚至上电影院看电影也记账。过一段时间，会有老奶奶来店里，把自己家孩子们欠的账付清。

传统的小镇生活方式和小镇文化是一种地方性的社区文化，它建立在人际信任的基础上，也维系着这种十分有特色的人际关系。它是舒缓的、轻松的，感性而浪漫。美国小镇清洁、宁静、如梦如画，十分适合朴素而注重生活质量的人们居住，特别是适合孩子们成长和退休老人养老。

沃尔玛却是另外一种风格。沃尔玛代表了全球化时代的肌肉和力量，它是紧张的、进取的，理性而冷峻。它的满面笑容服务周到的店员们，笑容面具下只有工作规范，没有人际关系。它知道它的力量不在人际文化，而在物质优势：多品种、高质量、低价格的商品及其服务，所向披靡。

沃尔玛所到之处，小商店顿时日子难过了。当小商店纷纷倒闭的时候，却看到周围几十英里范围的人们驾车来到沃尔玛购物。小镇周围道路交通流量大增，空气污染明显。沃尔玛停车场满满当当，小镇主街却萧条冷落。沃尔玛就像一个年轻的巨人，在它的压迫下，小镇显得苍老无力。伴随着小镇主街萧条的，是原有社区文化的衰落。

这一幕景象，在沃尔玛所到的小镇上重复出现。这就是阿希兰的人们，听说沃尔玛要来感到紧张的原因。

选 择

沃尔玛想在小镇阿希兰外围开一家新店，就得服从小镇的城镇规划法律，向小镇政府申请批准。

美国的小镇，承袭欧洲自由城镇的传统，从来就是自治的。小镇的行政官员全部选举产生，像阿希兰这样几千人小镇的大部分官员，都是兼职的市民，与其说是当官，不如说是义务劳动、为公众服务。小镇的事务，特别是涉及公共收入和支出计划的，都要按照一定程序展开。在北方的新英格兰地区，通常每年要召开所有成人居民都有权参加的“城镇会议”议事，事务都投票决定。这是一种不折不扣的直接民主形式。在美国的其他地方，通常由民选的城镇委员会为修桥铺路之类的事务作出决策。这种城镇委员会其实就是城镇的立法议会。为了对涉及多方利益或者有不同意见的事务作出决策，城镇委员会在投票以前，会安排一些听证会，听取各方意见。

沃尔玛来到阿希兰小镇，小镇的第一个反应，就是城镇委员会召集听证会，请本镇居民发表意见，我们该不该让沃尔玛在阿希兰开新店。

面对沃尔玛将为小镇带来的利益和冲击，阿希兰的居民分裂了。

同意沃尔玛在阿希兰开店的，主要是年轻一代。他们指出，阿希兰镇上有一家沃尔玛，就会引来其他商家，形成商业中心，第一个好处就是给小镇带来税收。任何人在这个商业中心购物消费，零售税都会有一部分留在镇上，镇上有了钱就不愁不繁荣。沃尔玛还会给小镇带来低价消费品，使小镇居民的实际生活水平提高。更重要的是，沃尔玛会为小镇带来就业机会，这些就业机会的综合效果会使房地产增值，带动百业繁荣。总之，沃尔玛将会给年轻一代带来机会。

反对沃尔玛的主要是年长的一代，首先是当地那些小商店的主

人，还有退休养老的人们。他们不愿意看到小镇的宁静被打破，特别是一些在大城市辛苦了大半辈子，退休以后特地来小镇安度晚年的老人，看中的就是小镇的宁静。他们指出了沃尔玛所到之处对环境的破坏，导致生活质量的实际下降。他们说，沃尔玛的进取性经营对雇员苛刻，增加的工作机会实际上都是低薪职位。而且交通流量增加，外来人员增多，夜不闭户的治安状况必然一去而不复返。

人们争论最激烈的，是沃尔玛对小镇传统文化的冲击。

美国历史短，小镇上住的都是底层农民工人。外界常常以为美国人缺乏文化底蕴，有时候美国人自已也这样以为。可正因为如此，一般美国人对历史文物、对文化遗产，有一种物以稀为贵的珍惜。几乎所有小镇上，居民都会自发组织历史学会，保存和传承本地区的历史。上了一百年的房子，稍微像样一点的，历史学会就会认为是应该保护的文物。小镇的地方法规会规定，在以后的发展建设中，这类房子的改建必须听取历史学会的意见或得到他们的认可。道理非常简单：虽然这些房子都是私产，房产是属于私人的，但是这些老房子的文化价值是属于全民的，首先是属于小镇全体居民的。私房的所有者，有责任为社会保护好这种文化价值。根据利益平衡的公平原则，这些老房子在维修的时候，镇上会用纳税人的钱来补贴。同时，美国人不停地开发出新技术新设备，以改造老房子的内部，使得这种老房子的内部居住舒适性达到现代标准。

这样，我们现在在美国的无数小镇上，还可以看到老的镇中心，那儿一切看上去都是老的，但是却保持了一种文化上的完整性。虽有三千个沃尔玛购物中心遍布全美国，却全部是在小镇的外围，没有一个能够打入小镇中心。

可是小镇文化上的完整性，离不开人的生活。如果原有的社区生活方式改变，镇中心即使得以保存，也不过是一种历史遗产了。原来小镇上熙熙攘攘，一旦人潮涌向镇外的商业广场，小街店面的橱窗就会纷纷挂出待租牌子，冷冷落落，一副濒临死亡的惨状。这是许多小镇已经发生过的故事。

阿希兰的居民们为此展开了激烈的争论。在小商店、酒吧、咖啡店、饭店里，在各种会议上、当地的报纸上，两派各执己见，心急火燎。两派都组织了起来，发动宣传，争取居民们的支持。在以后城镇委员会的一系列听证会场外，两派都集会示威。表示支持或表示反对的大小广告牌，到处竖了起来。最重要的是，在听证会上两派都精心收集材料，邀请专家作证，阐述沃尔玛来到小镇的利弊。沃尔玛也派人到听证会上阐述自己的计划，承诺要对社区福利作出贡献。除了缴纳税款以外，还承诺对小镇的教育、老人福利、基础建设捐款。仅仅针对交通流量的增加，沃尔玛就承诺在开张的同时捐出四百万美元用于道路建设。

最后，在第一次听证会以后过了整整一年半，阿希兰城镇委员会正式公开投票表决。表决结果是，小镇批准沃尔玛在其外围地区开张一家新店。

沃尔玛来到以后

沃尔玛是强有力的，阿希兰小镇最终还是没有挡住沃尔玛的到来，就像大多数小镇一样。迄今为止，尽管全美国有将近二百个小镇经过居民的民主讨论后拒绝了沃尔玛，但沃尔玛还是遍布了它想去的

沃尔玛的招牌

地方。一个重要的原因是，当沃尔玛在一个小镇上遭到拒绝时，它就转向相邻的小镇。沃尔玛自己的专家发现，它的每家超级市场，具有半径二十英里范围的吸引力。这样，当相邻的小镇上有了沃尔玛，人们就会到那儿去购物。沃尔玛周围的其他小镇，会受到交通流量、空气污染、小商店凋敝等负面影响，却得不到增加税收的正面利益。拒绝了沃尔玛，最终结果还是对小镇不利。分散而自治的小镇们也不可能联合起来一起抵挡沃尔玛。

今天全世界各地都有人在讨论要抵挡经济的全球化。而很多国家，在全球化之前，其实都先经历了这样类似的全国化。正面抵御之所以很难成功，就在于沃尔玛迎合了普通民众想改善自己日常生活的最朴素愿望。哪怕看上去非常正当的理由，要用来扼杀这种朴素愿望，都无法持久成功。很多人为沃尔玛毁坏小镇文化而忧心，然而大家都承认，沃尔玛的进军是无法扭转的。沃尔玛这样一种商业方式，能够给大多数低收入者提供丰富商品，实际上提高了人们的生活水准和生活质量。对付它的唯一办法是寻找某种平衡。

爱荷华州立大学的经济学教授肯·斯通，多年追踪考察沃尔玛对乡村发展的影响。他认为，要保持小镇的文化价值，首要之处是保持小镇中心商业繁荣。只有在小镇中心传统商业繁荣的基础上，才能够营造和保持传统的文化氛围和生活风格。他和小镇上的小商家一起，寻找在沃尔玛时代生存的策略。他在全美国旅行，到沃尔玛插足的小镇上，向传统小商家演讲。他的建议是简单而直截了当的：不要跟沃尔玛直接竞争。传统小商家要注重特色商品，提高质量，延长营业时间，强调为顾客服务。要增加广告，针对当地消费者宣扬传统镇中心小商业的文化内容。为此，更重要的是，镇中心小商家要联合起来，营造文化氛围。

这样的建议并不是不可实现的神话。例如在美国小镇，还有一种更为普遍的连锁的一元店。在那里，扫帚最贵的时候也就卖三美元一把。我们的朋友摩尔，毕业于佐治亚大学农业系，却选择了以做扫帚卖扫帚为业。摩尔坚持用墨西哥进口的上等扫帚草，用古老的传统机械和手工艺，编出好看的图案，用原生长于法国的、带皮的小树干做柄，刻上别致的头像，卖二十二美元一把，虽然是连锁店的数倍价格，却始终供不应求。沃尔玛的丰富是表面的，难掩其低价和大众化的实质，有它永远无法覆盖的漏洞，而这些漏洞，就是其他人的机会。

最近，美国西部有一个小镇，居民投票决定，拆除原来的现代化商业中心，恢复和重建小镇商业街，使大家对恢复小镇文化的远景建立信心。但是，必须注意到的是，这是建立在当地生活已经普遍提高的基础上，人们在满足了最基本需求之后，开始寻求商品和生活中更高层次的“味道”。而在此之前，不可能强制囊中羞涩的人们牺牲以低价换取更好生活的本能。

因此，像斯通教授一样，研究沃尔玛现象，在肯定它的正面意义的同时，也提醒社会注意它可能带来的负面效应，呼吁政府和社会扶助地方经济、寻找对策、学习先进的经营方式，是经济学、社会学等各类学者的责任，而激进地鼓动盲目抗衡，最后未见得就能获取预想中的成效。后者的思维缺陷，是忽略了沃尔玛的成功自有它顺应天时地利人和之处。

费镇的重生

1999年的感恩节长周末，我们打算去访问一个小镇。这个小镇和著名的大城市费城同名，只是不在北方的宾夕法尼亚州，而是在南方的密西西比州，位于密西西比的绵延森林之中。它在地图上只是一个最小的点。没有任何一本旅游手册会提到这个小镇。我们管它叫作费镇。想去看看这个小镇的念头，已经存了好几年了。

费镇谋杀案

驱车沿着20号州际公路往西，横跨亚拉巴马州。深秋的季节，虽然是南方，落叶树也都只剩下了虬干细枝，只有鹅掌楸，还在树梢上留着一抹一抹的亮黄，给风景带来生动。进入密西西比州的时候，已经是傍晚了，又下起了蒙蒙细雨，显得更加阴沉。不久，折上19号公路，进入森林向北。林中的公路，似乎没头没尾，路上看

马丁·路德·金在演说《我也有一个梦想》

不到一辆车，路边也很少有人家。我们不由得有点犯憷起来。我们之所以造访这个林中小镇，是因为这儿曾经发生过一起震动全美的谋杀案。

那是在1964年，美国民权运动到了彻底废除南方几个州种族隔离制度的关键时刻，而最顽固地维持种族歧视制度的地方，就是我们这一路走过的南方腹地，特别是亚拉巴马州和密西西比州。那年夏天，在马丁·路德·金领导下的南方黑人民权运动，把志愿者组织起来，三两成组地进入密西西比，在黑人大众中宣传，动员他们参加选举，用选票表达自己的愿望。而保守白人中以三K党为主的极端分子，也用放火烧毁黑人教堂等手段恐吓黑人。这年夏天，民权运动者们情绪高涨，而密西西比的城镇却气氛诡秘而紧张。

在从来没有实行过种族隔离的美国北方，有许多志愿者加入了民权运动的行列。就这样，有三个年轻人，在六月底从北方来到南方偏远闭塞的费镇。他们中的两个是白人，一个是黑人，其中一个还来自富有的纽约犹太人家庭。他们是民权运动“自由之夏”计划的积极分子。他们深入费镇周围的乡村，访问了黑人家庭，查看了被放火烧掉的黑人教堂。然后，在费镇附近，他们的汽车被治安警官普莱斯以超速名义拦截下来，并带往费镇警察局。深夜十点半，普莱斯要他们交出保释金以后，以取保候审名义释放了他们。

他们却就此失踪了。

民权运动组织很快发觉了他们的失踪，并且立即意识到无法依靠当地警察来查找他们，只能马上报告联邦调查局。联邦调查局的探员来到费镇，看到的是密西西比夏日阳光下非常宁静平和的一个小镇。他们向所有的人询问，都被告知：这三个外来的年轻人好端端地走了。

可是，联邦探员还是很快在19号公路附近的密林深处，发现了这三个年轻人的汽车。车子被彻底烧毁了，人却踪迹全无。这个事件立即轰动全国。约翰逊总统亲自过问，联邦调查局长胡佛派出了一百多个探员，再加上闻风而来的新闻记者云集在小小的费镇。随后开始了长达四十四天的调查搜索。联邦调查局出动了大量人力和设备，甚至借用了美国军队的丛林装备，对费镇附近的密林、沼泽和河汊像梳头一样地梳了一遍，甚至还在通往密西西比河的小河水底下发现了另一个被害的无名黑人尸体，却仍是找不到这三个年轻人的下落。探员们约谈了全镇和附近的上千个居民，没有得到一点线索，所有的人守口如瓶。

这时候，著名的1964年《民权法》在约翰逊总统的促使下，终于通过了。发生在费镇的这个失踪案件，其结果就将成为对新的《民权法》的考验，因而引起全国高度注目。约翰逊总统对胡佛施加压力，联邦调查局使出它的撒手锏：高额悬赏秘密举报。

这一做法终于奏效。联邦探员得到了一个人的密报：三个年轻人的尸体被埋在沼泽丛林深处的一个人工水坝下面。联邦调查局从法庭申请到开挖搜索的许可证，从外地调来大型挖土机械，终于在这个水坝下面发现了三个年轻人被伤残得惨不忍睹的尸体。

联邦调查局后来查出，这三个年轻人那天半夜被释放以后，费镇治安警官普莱斯和一伙三K党徒就尾随他们的汽车，在一个偏僻的地方截住了他们。他们被拖出汽车，三K党徒用铁链、木棍殴打他们，然后当场枪杀了他们。后来的验尸报告证明，他们被枪杀以前就多处骨折。验尸官说，这样严重的伤残，通常只有在空难事故中才会出现。

这个谋杀案有电视文献片，后来还拍成了故事片。我们在研究美国种族问题历史和民权运动的时候，曾经一遍一遍地看过讲述这个案子的电视片和书籍。然而，让我们真正震惊的是故事的后半部分。

对于联邦调查局的探员来说，这个案子是破了，他们终于调查出了谋杀案的真相。但是，按照美国的司法制度，这样的谋杀案司法权是属于州法庭的，必须由州法庭召集当地居民组成的大陪审团，根据证据同意起诉，才能由州检察官起诉。如果经过法庭审理，提供了合法取得的证据，最后也还只能是由本地居民组成的陪审团来判定有罪还是无罪。密西西比州当时的州长和州检察官，虽然必须依法秉公行事，他们个人却都同情三K党，都对联邦政府推行的民权立法心存不满。在这种情况下，州检察官要求联邦调查局公开他们掌握的证据，这一要求是合法的。

可是，联邦探员手里的主要证据是知情者的秘密证词，这些证据是联邦调查局打算在正式庭审的时候才拿出来的，指望依据这些证据在将来的正式庭审中给嫌犯定罪。在此以前，他们出于保护这些证人的考虑，不敢过早暴露，因为在当时费镇这样的环境里，提供证词的人一旦暴露，其风险是令人担忧的。既然联邦调查局不愿提前公布证据，州检察官和同样同情三K党的州法官，就以证据不足为由，不予起诉！

想起来真是不可思议。明明杀了人，明明已经破案，这个案件却被堵在了法庭门外。而且，即使案子在法庭开审，即使铁证如山，罪犯却还不一定能定下罪来。差不多同一个时期，在佐治亚州我们所住的小镇上，开审过差不多同样的一个谋杀案，三K党徒光天化日之下枪杀了一个外来的黑人军人培尼。由我们那个小镇上清一色的白人居民组成的陪审团，把马丁·路德·金领导的民权运动看成是对南方人引以为傲的秩序的破坏，把联邦调查局侦破谋杀案看成是联邦政府对州权的侵犯，居然面对如山铁证，宣布枪杀黑人的三K党徒无罪开释。

为什么杀人者没有得到惩罚？为什么会发生这样的情况？要理解这一点，你必须了解美国的司法制度，特别是陪审团制度和无罪推定的原则。除此之外，你还必须了解美国的小镇。

美国是小镇的国家

说到美国，人们容易想起纽约的摩天大楼，想起芝加哥、洛杉矶，想起繁华的大都市。其实这些大都市只是美国为数不多的特例。美国的基本面貌不是大城市，而是小城镇。照美国人自己的说法，美国是一个小镇的国家。你只有理解了美国的小镇，才算是理解了美国。

在西方文明史上，城镇曾经起着非常重要的作用。西方的城镇，很早就有自治的传统。自治的城镇，既不同于王宫所在的都市，也不同于贵族领主的城堡，它是具有自由身份的商人、手工艺人、文人们自愿的聚居地。西方城镇的最大特点是，它的居民一方面向国王纳税完赋，一方面自己管理自己。现代民主政体的很多基本程序和规则，比如行政长官的直选、代议制、全民公投、文官体系等等，都是从自治城镇发端的。而我们现在所说的公民权利和公共空间，比如公共事业、新闻自由、公共场所的集会和言论自由、结社的自由、宗教信仰和崇拜自己的上帝的自由，都是在自治城镇的环境下，才得以实现的。从政治制度的层面来看，自治城镇是处于国家和个人之间的最重要的中间体。在西方国家建立的历史中，这样的中间体起了非常重要的作用，没有它，个人的生活就无遮挡地暴露在国家强权之下，是根本抵挡不住强权侵犯的。

美国的小镇是城镇自治的典型。在北美殖民开拓的初期，如果殖民者意图向外开发，建立起一个新居民点，有点像我们在北大荒插队的时候建“地营子”那样，就得由殖民地总督代表国王颁发一封文书，称为“章程”（Charted），这个居民点从此就是一个小镇。这种章程文书，和国王向任何贸易商家颁发的许可状性质完全相同。也就是说，殖民时代的小镇，其地位和合法的商号公司是一样的。

有时候，在新开发地方的渡口要道上，聚居的人多了，管理的事务复杂了，居民们就商定建立一个有商号名义的合作社，按照公司商号的申请程序，向总督申请许可状。这样的合作社，在一个固定的地方管理协调居民内部的一定事务，也成为一个正式的小镇。

这个制度一直延续了下来。如今在很多小镇上，你经常可以看到这样的纪念标牌，告诉你这个小镇是十八世纪或十九世纪的哪一年“获颁章程”或者“成立公司”（Coorperated）的。不管是早期获颁章程、选地开发的小镇，还是后来大多数先有居民，再成立公司申请章程的小镇，他们和政府的关系，都类似于商业公司和政府的关系。在这样的小镇上，道路、公共建筑物、公园、公共设施等等，是属于小镇的，而不是属于州政府或联邦政府的。这样的小镇，它的自治是不言而喻的。对于大多数美国人来说，个人的种种自由，都涵盖在这样的自治小镇的外壳之下。小镇的自治，是个人自由的一个重要保障。

就在这样的自治小镇环境里，形成了美国人的传统生活方式和文化习俗。美国是小镇的国家，典型的美国人是小镇的居民，他们勤劳、朴实、直率、守法；典型的美国传统文化是小镇的文化，那是介于农村和城市生活之间的一种文化习俗。从政治学的层面上看，这种文化有很强的保守性和稳定性。

高度自治的小镇就像有着一个坚硬保护外壳的居民群落，它保护其中的个人免于外界强权，特别是免于政府强权的入侵，保障个人自由。可是，费镇谋杀案和我们所住的小镇上的培尼被杀案，却使我们不得不想到这样的问题：在这样高度自治的小镇上，如果出现了居民们一致的正不压邪，如果出现了多数人认可的黑道当政，怎么办？自治的小镇有没有可能演变成黑社会的山寨？如果存在这种可能性，怎么办？

美国人怎样扫黑

费镇谋杀案的艰难侦破和随后被法庭拒绝，以及同时期在我们居住的小镇上，培尼被杀一案的凶手被陪审团公然开脱，这种公然默许谋杀犯罪的事情，触及了美国司法制度中最受人争议的问题，也反映了宁静平和的美国小镇自治社会有可能趋向于“黑道”的一面。

当我们研究费镇谋杀案的时候，看到那时候当地居民抱成团地同情和支持杀人凶手，看到以治安警官为首的三K党人不仅杀人，而且面对法律表现出那种傲慢、放肆和不可理喻的顽固，看到联邦检察官面对法律程序上的障碍束手无策，看到被害年轻人亲属的悲哀、愤怒和无奈，这时，你会不由自主地盼着出现一个握有尚方宝剑的“包青天”，来到费镇除邪扶正。可是我们知道，美国没有包青天，美国不可能发生这样的“大快人心事”。美国人的概念里，只有法律，只有程序。即使是要扫黑，也只能根据法律，按照程序来。

美国的联邦政府和州政府，有强大的政府力量。费镇谋杀案引起轰动，全国舆论一边倒地谴责这个密西西比小镇纵容杀人犯罪，顽固地维护种族歧视制度。要说力量对比的话，联邦政府要把费镇名副其实地扫平，也不费吹灰之力。可是联邦政府不可能这样做。费镇的民众，虽然同情、支持和纵容了三K党的犯罪，但却是在法律的游戏规则下做的，他们并没有犯法。而联邦政府要主持正义、压倒邪恶的话，也必须根据法律，按照程序来做。

联邦法律没有司法权处理发生在费镇的谋杀案，但是根据新的联邦《民权法》，侵犯民权却是联邦《民权法》涵盖下的罪行，是归属联邦法庭处理的。在治安警官普莱斯等十九名三K党人逃脱谋杀案的惩罚以后，联邦司法部派出检察官，来到密西西比，向位于密西西比州的联邦法庭，控告十九名三K党人违反联邦《民权法》。与此同时，在我们住的小镇上，联邦检察官也向法庭控告培尼被杀案的被告盖斯特等人犯下了侵犯民权罪。

这两个案子，前者叫“合众国诉普莱斯等案”，后者叫“合众国诉盖斯特案”，在联邦法庭上也一波三折，其要害就是：联邦政府对这样发生在小镇上的罪案，如果仅仅是起诉侵犯民权罪，而不是谋杀罪，到底有没有司法权？被告的律师都申辩，联邦政府根本就没有权力管地方上的罪案，这样的犯罪案件的审理权是属于州政府的。也就是说，即使小镇上“黑”了，要“扫黑”也轮不到你。你出来“扫黑”是犯规的。盖斯特一案，联邦地区法庭的法官同意了被告的申辩，驳回了检察官的起诉。普莱斯一案也几乎以同样的理由被法庭拒绝。结果，这两个案件都因为联邦司法权的争议，上诉到联邦最高法院。

1966年3月28日，联邦最高法院对这两个案件作出一致裁决：根据宪法和宪法第十四修正案，根据南北战争后重建时期的法律，联邦政府都有合法权力对平民指控违犯联邦刑事法的第二四一和第二四二条，也就是可以指控两案中被告违犯了联邦《民权法》。

完善制度舞台

两案在各自的法庭上展开。在费镇一案中，联邦检察官向仍然是由当地居民组成的陪审团解释：“联邦政府不是在入侵费镇，入侵密西西比州。现在，这些被告是在密西西比的一个城市里，面对着密西西比的联邦法官，在密西西比的法院里，由于他们犯下的违犯联邦法律的罪行，接受来自密西西比的十二位男女公民的审判。判定这些人是否有罪的重大责任，仍然掌握在法定的裁判者手里，那就是你们——十二位密西西比州公民的手里。”他沉重地指出：“这是一个重要的案件。我今天在这里所说的话，其他律师今天在这里所说的话，都会很快被淡忘。但是你们十二个人今天在这里所做的判定，将会被后人长久地记住。”

这是对当地陪审员们的法治和人性教育。这个教育从案件发生就开始了。发生在两个小镇的案件所吸引的全国舆论，首度冲击了他们闭塞的心智。他们发现自己长久生活的地方被全国关注，长久自以为是的价值观被大家评判，全国民众对于死者的悲痛追悼和对于谋杀行为的愤怒，都在潜移默化地改变着这里的人们。

两案的陪审团最后都判定，大多数被告有罪，其中的主犯都判处了联邦民权罪的十年最高刑期。从两案的案发到这次审判，分别都经历了两年以上的时间。联邦《民权法》给这个案件提供了一个再度审判的机会，而来自当地的陪审员依然是一个重要的关键。高扬人道的舆论和畅通的媒体，仍是打开偏远小镇的精神封闭的重要因素。

这是具有重要历史意义的判决。它们重申了法治的核心原则：任何人都不能把自己置于法律之上。在一个高度自治的社区里，你可以享受高度自治带来的个人自由，但是也必须服从法律的约束。自治社区的“黑”和“不黑”，只有一个公认的标准，那就是法律。法治的体现是，任何人和事，只要是合法的就能得到法律的保护，只要是违法的就要受到法律的惩罚。

在研究二十世纪六十年代民权运动历史的时候，费镇谋杀案给我们留下了深刻的印象，因为它典型地表现了自治小镇上的民众和国家法律的关系。让我们深感震动的是，美国朝野在面对这样的民间“黑道”的时候，表现出的理性和法治观念。法律永远是一把“双刃剑”。这把锋利的正义之剑，既能斩除邪恶，也会约束正义。这就是自由必须付出的代价。特别令人感动的是，受害者及其家人所表现出的尊严和忍耐，当他们看到由于法律的局限，正义不能伸张的时候，他们寄希望于法律的完善、人性的觉醒、制度的改良。他们不要求政府特事特办，乱世重典，他们不指望在法律程序之外的报仇雪恨。他们知道，法律是不能图一时之痛快而滥用的，为一时一事而不按照规则行事，会对制度造成长远的伤害。作为所有人共同契约的制度框架，只能完善，不能砸锅卖铁，因为所有人的长远利益，只有在这个制度舞台上才能实现。

费镇谋杀案和联邦最高法院的相关裁决，在二十世纪六十年代民权运动历史和美国种族问题的历史上，写下了沉重的一笔。那么，今天，三十多年以后，费镇是怎样的呢？

在暮色苍茫中，我们驶进了费镇。

重生的费镇

天色已晚，我们只能在镇口的汽车旅馆里住下。在旅馆里，和柜台上的女士聊起来，我们直截了当地提起当年的谋杀案，问到今日的种族状况。

这位从外地嫁到此地的女士说，她知道这个谋杀案，谁都知道这个谋杀案。她告诉我们，如今的费镇已经变了。人人都看到了三十年来的进步，人人都必须承认，今天的世界比三十多年前“秩序井然的”种族隔离时代好。尽管今天有今天的问题，比如伴随着种族和移民问题的犯罪现象，但是谁都明白，今天相对于过去，是一种进步，是建立在人性觉醒的基础上的进步。她告诉我们，费镇仍然是典型的南方自治小镇，这儿的居民笃信基督教浸礼会，他们仍然有自己的价值观，行为做派仍然老式保守。在这个小镇的范围里，永远没有酒类出售，连小镇的饭店里都没有酒。但是，在小镇里工作的黑人已经很多很多了。

她还告诉我们，前些日子，从北方的大城市里来了一帮三K党人，他们特地来到费镇举行了三K党身穿白袍的集会和游行，想激发和动员这个著名小镇上“白人至上主义”的情绪，还指望发展一些新成员。出乎他们意料的是，费镇的人们，当年的白人和他们的后代，警觉而冷淡地注视着这些外来的三K党。没有人，没有一个人，响应他们的号召。

我们还得知，二十世纪六十年代发生在亚拉巴马州和密西西比州的一些迫害黑人的犯罪案件，在当年由于白人民众的偏见，检察官没有把握起诉而搁置，现在，三十多年后，正一个一个地重新走上法庭，将罪犯绳之以法。密西西比州司法部的检察官，这些年来一直想在州法庭上重新起诉当年的费镇谋杀案，可是难度非常大，因为时间久远，很多关键证人已经相继离世了。然而，对于我们来说，我们看到了费镇的重生，这就够了。

第二天，大晴天。森林里的费镇，沐浴在南方秋天的金色阳光里。我们悠悠地游览了费镇的老住宅区，那都是一座座精心维护的老房子，房子、台阶、花园，优美得就像童话里一样。看得出，这儿的居民为自己的社区非常自豪，保养得非常尽心。镇中心有一条街，有饭店、电影院、快餐店、百货店，就像大多数有点年头的小镇一样。

我们在阳光下，离开了密西西比的费镇。

美国十九世纪通俗歌曲作家斯蒂芬·福斯特

老家的歌

——那切兹镇法院地下室的新发现

肯塔基老家

不要哭了，我的女人，
我们今天不哭了。
我们唱一支歌吧，
为那遥远的肯塔基老家。

这是斯蒂芬·福斯特（Stephen Collins Foster，1826—1864）的著名歌曲《我的肯塔基老家》中的歌词。斯蒂芬·福斯特是十九世纪上半叶美国最伟大的通俗歌曲创作者。我们这一代中国人是熟悉他的歌曲的。在除了样板戏和语录歌就什么也没有的年代里，我们曾经在那些已经翻烂了的歌本里寻找他的歌曲，抄在自己的小本子里，照着谱子慢慢吟唱。福斯特的歌，那真是如泣如诉的灵魂之歌。

斯蒂芬·福斯特是出生和生活在北方大城市的人，但是他有一种游吟诗人的天生气质。真正打动他的是当时黑人教堂里的黑人们，和他们从非洲家乡带来的那种火一般的节奏、嘶喊以及与基督教唱诗班天使般的圣歌结合以后产生的黑人灵歌。他创作了大量这种黑人灵歌风格的通俗歌曲，比如我们都很熟悉的《啊，苏珊娜！》、《老黑人》、《家乡的老人》、《苦日子不要再来了》等等。而他最有名的作品，还数《我的肯塔基老家》。在这首歌里，黑人们回忆家乡的美丽，鸟语花香，亲人的欢畅，可是，“厄运来敲门”，黑人们只得告别家乡。思念家乡的那种苦楚，对命运的无奈，对不平的愤懑，让你听过以后就难以忘怀，旋律会在脑海里一遍一遍地久久回响。

到美国以后，新的流行歌曲排山倒海，而我们也早已过了照着歌谱学唱歌的年龄，可是斯蒂芬·福斯特是不那么容易被忘怀的。特别是在肯塔基州旅行的时候，你会时不时看到斯蒂芬·福斯特的痕迹。肯塔基州有名为“我的肯塔基老家”的州立公园，各地的商家也会时不时打出“肯塔基老家”的招牌。肯塔基州的州歌，就是斯蒂芬·福斯特的《我的肯塔基老家》。

不过，我们自然会有这样一个问题，肯塔基州在美国南北方之间、密西西比河的东岸。要说地理位置，它在早期的美国位于比较当中的地方。斯蒂芬·福斯特自己并不是肯塔基人，那么他是在替什么人讲述一个什么样的“肯塔基老家”的故事呢？

密西西比州的那切兹镇

那切兹（Natchez）是一个名副其实的老镇，它位于滔滔大河东岸的高坡上。镇的名字来源于原来在这一带生活的印第安部落的名字。十八世纪初，法国人来到这儿，立即发现这是一个非常适合居住的地方，所以那切兹镇的历史比密西西比河口著名的新奥尔良还要早。几十年以后，小镇易手到了英国人手里。美国建国以后，当密西西比州建立的时候，这儿是第一个州府的所在地。

那切兹的真正开始繁荣是在十九世纪的上半叶。轧棉籽机的发明，使密西西比河下游的美国东南部成为“棉花王国”，而那切兹镇以得天独厚的优越地理位置，成为“白色黄金”的集散地。南方阳光地带盛产的棉花运到这儿装船，顺河而下，出海运往北美东海岸的工业城市或者直接运往欧洲，又从欧洲运来家具、书籍、葡萄酒。在密西西比河边的庄园和城镇里，在堆砌起来的财富上，形成了一种奢华而优雅闲适的生活方式。

可是，白色黄金不是天上掉下来的，那是由黑人黑色肌肤上流下的汗水凝结而成，里面包藏着福斯特歌曲里回响的黑人对不公平命运的痛苦呼喊。那切兹老法院地下室里的一个新发现，为我们回答了“肯塔基老家”的问题。

地下室里的发现

那切兹镇是密西西比州亚当斯县法院的所在地。1999年的一天，州档案部门的工作人员汉纳，带着几个人在法院的地下室里清理堆积如山的、历史上遗留下来的老文件。这是州政府一个计划的一部分，要把地方法院历史上的老记录用新的技术重新整理出来。他们翻出了一厚本红色硬封面的账册，封面上只有简单的“记录本”三个字。也许是因为

在田间劳作的黑奴

这记录看上去不像是很老旧的东西，所以它不知什么时候被归置在二十世纪五十年代的文件堆里。汉纳打开记录本细读了两页，顿时惊呆了：他看到的是十九世纪五十年代的黑奴买卖记录。

这样的奴隶制度下的原始记录，现在已经十分罕见了。县政府和州政府立即将这些记录制成缩微胶卷，向公众开放。经过一番努力，全部记录被数字化，建立了数据库供研究使用。《记录本》所记载的南北战争前奴隶买卖的历史背景，渐渐清晰地呈现出来。

黑奴们从肯塔基来

在棉花成为美国南方主要经济作物以前，这儿种植的是烟草和大麻。进入十九世纪，南方开始种植棉花，突然需要大量黑奴劳动力。

美国的奴隶制是北美洲在英国殖民时期遗留下来的一个历史难题。由于美国是一个自治州的联邦，各州俨然是个小国家，尤其在建国初期，美国联邦政府的权力十分有限。所以，在无法达到各州意见一致的情况下，美国宪法给各州废除奴隶制留下了一个渐进缓冲期。第一步是限定奴隶问题的规模，禁止再进口奴隶。美国国会在1808年立法禁止从非洲或其他地方进口奴隶。需要劳动力的南方棉花种植园主只得依赖国内的奴隶市场。

肯塔基是种植烟草的蓄奴州中最北方的一个州，林地基本上都清理出来种植了烟草。市场饱和后，种植烟草不再需要大量劳动力，肯塔基州偏北地势又高，不能种棉花，奴隶劳动力出现过剩。恰恰在这个时候，密西西比河下游各州需要更多的黑奴。这样，奴隶贩子们就开始从肯塔基州向下游各州贩卖黑奴。当时的肯塔基州政府，见黑奴买卖实在是有利可图，就开了历史倒车，竟于1849年废除了自己制定的禁止州际进出口奴隶的法案。鉴于州自治的原则，美国联邦政府对此无权干涉。于是，这里的奴隶买卖又突然兴隆起来，肯塔基州每年出口黑奴高达两千五百名到四千名，全部卖往南方的棉花庄园。

奴隶贩子们从肯塔基的庄园里采购黑奴，登记造册。为了防止逃跑，将他们用锁链连在一起，赶着他们来到大河港口。然后装上船，顺着俄亥俄河和密西西比河来到那切兹镇，在奴隶市场上拍卖。这个时候的那切兹，有几十个大大小小的拍卖场。那切兹镇一下子成了当时美国南方规模第二大的奴隶市场。

奴隶买卖对于奴隶意味着什么，我们现在很难想象。《记录本》上记载着很多相同姓氏的奴隶，男女老少都有，那时的奴隶大多已经失去祖先从非洲带来的姓名，他们的姓通常就是奴隶主家的姓。这些同姓的奴隶，显然很多原来是同一个主人，他们之间很可能是夫妻、是母子。密西西比州政府法律规定，奴隶贩子必须出示“奴隶证”，证明这些奴隶来源正当、采购合法，《记录本》就是奴隶证的登记记录。但是在拍卖市场上，他们却被视同牲口。谁也不知道，《记录本》上同一个家庭的夫妻母子，后来被卖到了什么地方。奴隶的命运如秋风落叶，随风飘荡。

肯塔基州的奴隶们，多数已经世代在这里生活。虽然他们的祖先来自非洲，却已经把这里认作家乡。这样几代的生活，必然形成了黑人家庭稳定的亲属结构。奴隶买卖突如其来地破坏这样的家庭亲密关系，是格外残酷的。在肯塔基州的莱克辛顿，黑奴占人口的一半，在那儿的黑人教堂里举行结婚仪式的时候，神父要新婚夫妻说的结婚誓词，不是“直到死亡把我们分开”，而是“直到死亡或千山万水把我们分开”。

被出卖的姐妹

历史是需要细节的。

肯塔基州莱克辛顿的第一黑人教堂里，神父们还记录着历史上这样一件事：1860年，有个女黑奴南茜来到教堂，说她的两个女儿要让她的主人卖到南方去了。她的丈夫托尼是一个自由黑人，她却是奴隶，所以她的女儿也是奴隶。她告诉神父，丈夫生前已经用一生全部的积蓄，为两个女儿赎买了自由，在病逝前把自由证书交给了她。可是，她的主人和奴隶贩子见贩卖这两个年轻女孩有厚利可图，就设法骗走了她们的自由证书。如今奴隶贩子就要拍卖她的女儿了。她走投无路，只能到教堂来请求帮助。

黑人神父来到白人的浸信会教堂，请求普莱特神父的帮助。身为白人的普莱特神父答应尽力而为，唯一的办法就是在拍卖场上，用他的教堂积蓄把南茜的女儿再买回来。

1860年2月13日，在县政府法院旁边的奴隶市场上，南茜的第一个女儿开始被拍卖。竞标价格迅速上升，到达一千美元的时候，普莱特神父跳到了拍卖台上。他向台下的人们讲述南茜一家的故事，他用神父的名义恳求别人不要再竞标抬价了，因为教堂的财力有限，再往上喊价，教堂买不起了。

可是，当贪欲蒙住了人们的心时，他们听不见人性和良知的声音。价格还是一路上扬，南茜的第一个女儿被人用一千七百美元买走，第二个女儿用一千六百美元买走。南茜和她的女儿们，从此天各一方。这一家人，他们用的姓是“李”（Lee）。这两位少女也登记在那切兹的《记录本》上，可是这个记录本上有一大串姓“李”的，没有人知道她们是哪两个，也没有人知道她们以后的下落。

歌声依然

从1820年到南北战争爆发的1860年，肯塔基州的黑人人口，百分之六十被卖到了密西西比河下游的棉花和水稻种植园，密西西比州的黑人奴隶增加了百分之二百二十五。这是美国黑人的血泪经历。当年最大的奴隶拍卖场在那切兹镇的“岔路口”（Forks of the Road），那是今天华盛顿路和自由路的交叉口。拍卖场已经荡然无存，那切兹人在那里竖起一块纪念标牌，记载在这儿发生的野蛮和悲惨。一百多年过去了，黑人的痛苦经历留在了历史教科书上，留在了这

佐治亚州的奴隶市场

块纪念牌上。但是，历史的血肉是它的细节，今天的那切兹人认为，要讲述历史，要吸取历史教训、呼唤人性，仅仅竖起一块纪念牌是不够的，所以，他们在尽最大的努力，恢复修补这段历史的每一个细节。从法院地下室里《记录本》的发现开始，他们办起了网站，全部资料可以供公众研究，奴隶的后代可以在这里搜寻他们的祖先；他们号召学校、教会和群众团体利用地方政府的档案、法庭记录、教堂的文件记录、墓地的记录、家族遗嘱等等，来搜索、回顾和重新塑造当年奴隶制度的历史细节。只有当人们找到了细节，奴隶制度的残酷和不人道才在今天的人们面前呈现出来。他们要让那切兹镇法院地下室里那发黄发脆账本上的每一个名字，一次次地提醒我们，今天这个世界是从怎样的历史中走过来的。

我们听到，斯蒂芬·福斯特的歌，依然在讲述着离开了肯塔基老家的黑人故事：

不要哭了，我的女人，
我们今天不哭了。
我们唱一支歌吧，
为那遥远的肯塔基老家。

栗子树的故事

前不久，我们开车去芝加哥。美国中西部传统农区的平原，在身边缓缓掠过。感觉中，好像总是觉得有什么地方不对。猛然醒悟过来，那是因为辽阔的冬天原野上，我们所习惯的南方莽莽苍苍的森林，已经被一望无际的农田所替代了。一撮一撮的树丛成了大片空白中的点缀。我想，这就是“人”在地球上做的事情了。人的生存发展，不断在使这个地球的面貌产生变化，只是我们把这都视作理所当然罢了。

我们来到美国东南部，喜欢上这里的一个主要原因，就是无边无沿的森林。森林的神秘一直使我们着迷。我们也曾经在中国的一个北方林区生活过，只是那里过量的砍伐，早已使得超过“一抱”的大树差不多绝迹了。每年冬天要砍柴取暖，在近处已经找不到“出柴”的像样林子，砍柴的路途，必须一年比一年更为遥远地深入大山。森林倒下的地方，密密的灌木站起来。阳刚的山岭变得柔弱。原来听到赫赫有名的山岭的名字，以为自己终于走近了森林，没想到，森林却在后退，后退的速度甚至超过我们走近的脚步。森林重又变成一个梦，似乎触到了它的边缘，却又无法真切地看到它的面容。

栗树

一个多年的森林之梦却圆在了这里。这里有松柏，却以落叶乔木为主，有各种枫树，还有银杏、鹅掌楸、甜胶姆树、榆树、柞木和桦木等等。现在数着这些树名，眼前就出现它们的身姿叶形和四季色彩。它们有着生命的一切美好特征，亲和真实、宁静安闲，有气势却不逼人，不由你不动感情。在这里，无数棵的参天大树在天空挽起手臂，夏天茂密，秋天浓郁，冬天疏朗，在春天勃发的天真中，还会意外地放出一树花朵。尤其是无所不在的老橡树，像是活的历史，也像是你永远可以倾诉的老人。森林的四季变幻给我们带来视觉的丰富，更在无形中为我们平衡情绪、启迪悟性、抚慰心灵，成为人与未知神灵之间的一种奇特的沟通。我们庆幸自己能够择林而居，更是常常庆幸地对自己说：幸亏这里绝大部分的自然景观还没有遭遇人的大笔涂改。

然而不久就发现，我们还是错了。仅仅一百年前，整个美国东部的景象，是另外一种样子的。

原来，我们并没有看到过美国东部最壮美的森林景观。不知从远古的什么时候开始，直至一百年前，美国东海岸，从北部的缅因州之南，到最南端的佛罗里达州，东起皮特蒙，西至俄亥俄山谷，都生长着比我们今天看到的老橡树更为巨大的美洲栗树。

北美是一块移民者的土地。移民先驱们来到这里，栗树自然地被他们尊为“树王”。这里满山遍野地长着几百年树龄的栗树，称它为王，也许首先是因为它大。美洲栗树的高度可达一百多英尺。现在保存的栗木样品中，就有不少是直径八英尺至十英尺的，几个人都抱不过来，相传还有过更大的。不仅大，栗树还是美国东部地区森林里最主要的品种。这里几乎每四棵落叶乔木里，就有一棵是栗树。人们说，松鼠们只需在栗树的枝头跳跃，就可以轻松地从南方的佐治亚跳到纽约，爪子都不用沾地。在美国东部最著名的阿巴拉契山脉，许多山头都是整片的栗树林。初夏的晚风吹过，山民们系在河边的独木舟里，就盛满了簌簌落下的栗花，回头望去，整个山顶都如积雪一般，覆着乳白色花朵的华盖。这一切，对于我们的邻居杰米，只不过是他的父亲还亲眼看见过的景象。

对于处境艰难的新大陆移民来说，美洲栗树还提供越冬的最基本

被伐倒的栗树

保障——栗子，就如栗树千百年来为所有的鸟类、松鼠直至鹿和熊所慷慨提供的一样。栗子还是许多阿巴拉契山区贫穷家庭主要的现金来源。在收获季节，从那里运来的新鲜栗子、烤栗子，摆满了大城市街头的小摊小铺。渐渐地，这里的人开始砍伐栗树，因为栗树可以为他们提供上好的硬木。栗树历史悠久，遍布欧亚，品种却不同，美洲栗树有它很独特的地方。它的质地优良，又如北美有名的红木那样耐腐蚀。而且，美洲栗树的树干笔直挺拔，从地面开始能有整整五十英尺不出枝丫。所以，人们不仅砍栗树做家具，还用它建房，甚至做铁路的枕木。砍树，这当然是同样吃栗子的动物们不会去做的忘恩负义的事情。但是，由于这里美洲栗树资源的丰厚，相对来说北美的移民数量还不多，所以，他们的砍伐还远没有达到破坏森林面貌的地步。

可是，不仅是人类的生存需求会改变自然地貌，就是人的流动本身，也会导致自然界的突变。几年前，我曾经写过一篇文章，讲的是在美国举行的国际博览会如何使一支来自日本的藤蔓，在美国南方泛滥的故事。虽然，那也可以被称作是由人的交流而引起的一场阶段性植物灾难，但是不知为什么，那故事听上去总带点喜剧意味。现在这个美洲栗树的故事，就完完全全是一个悲剧了。

大凡移民都有同样的经验：历尽艰辛得到温饱之后，思乡之情油然而生。他们想到的会是一些非常具体的东西。比如，一罐特别腌制的咸菜、一杯飘散着特别清香的绿茶、一个母亲种在后院的果树上的果子。就这样，他们开始千方百计地寻觅这样的情感慰藉，一丝一缕、一草一木地向他们新的家园移过来。于是，移民不仅是人的迁徙，物种也开始超越它们本身的传播能力，开始漂洋过海地在各大洲之间流动。不但是移民，就是人的越境旅行和交往也带来这样的物种交流，中国的西红柿和土豆就是这样来的。西红柿的前缀指其来自境外的“西方”，而土豆在中国南方被称作“洋山芋”，此“洋”也就是“外洋”了。

北美的移民也不例外。在我们这里，有一种叫作“沙萨弗莱沙”的树，我们刚来就被它吸引。它长得很高，春天开花，秋天有着别致的亮黄。朋友塞林娜曾经特地在人们挖掘土地时丢弃的小树苗里，给我们找来一段树根。它的根部肥大，有一股奇异的香味，这就是它从遥远的欧洲来到北美的原因。因为法国人习惯用沙萨弗莱沙的根部泡茶，法国裔的移民就孜孜不倦地向北美移栽这种树苗，以此治疗他们的乡愁。沙萨弗莱沙特别不耐移植，我们曾试图从邻居那里移栽几棵小苗到自己的院子里，用尽各种方式，屡试屡不成。可以想见当年北美的法国移民千里迢迢地一次次尝试，是怀着怎样的思乡之苦和“植物疗伤”的坚韧。

同样，亚洲的栗树也是这样涉过大洋，进入了美洲。

一百年前，物种交流引起的一场大灾难，终于在美国东部爆发。灾难就发生在“树王”身上。1904年，在纽约市的布朗士动物园（The Bronx Zoo），人们惊讶地发现，一棵巨大的美洲栗树开始枯萎。更不幸的是，这并不是一个孤立事件。不久，美国东部的栗树相继开始枯萎和死去。植物病理学家很快发现，这是由亚洲移植的栗树所携带的一种霉菌所致。亚洲栗树对这种霉菌有很强的抗病力，美洲栗树对此却毫无抵抗能力。当时的科学家没有方法遏制这种霉菌的扩散。人们眼睁睁地看着一棵棵巨木染病，看着它们的绿叶开始失去光泽，继而蜷曲、飘落，生命的绿色汁液从枝丫的尖端开始，向下退去。从第一棵树的发病开始，只经历了短短几十年，到二十世纪五十年代，美国东部地区九百万英亩森林中的主要品种——美洲栗树，事实上已经全部灭绝了。巨大的栗树依然站立，却已经是一尊尊无生命的塑像，它们站立着，似乎只是为给人类以警示。

又经过四十年，待我们来到这里，美国东部的美洲栗树已经了无痕迹，就像一段历史的见证，被生生抹去。在我们感叹这里森林的壮观的时候，并不知道，眼前的美国东部森林，其实已经因美洲栗树的消失，整整缩小了一个尺寸。这里仍然有少量的栗树，那是亚洲栗树，可是出枝低，树干不那么直挺，树型也小得多。一百年来，美国的科学家一直在梦想着恢复美国东部原来的森林景观，在孜孜不倦地寻求培育能够抗御霉菌的美洲栗树的方法，包括和亚洲栗树杂交等等。1983年，美洲栗树基金会成立。基金会筹措资金，采取合作研究的方式。但是，所有的这些努力，在很长时间里都没有得到令人满意的结果。直到基因科学的发展应用到这个研究领域，人们才得到突破性的进展。他们今天至少知道，以前的研究错在哪里，更重要的是他们终于知道，解决问题的途径是什么，知道他们确实有能力，把失去的梦境重新寻找回来。但是，不仅需要资金，还需要时间。

美洲栗树基金会得到了大量科学研究机构的支持，也得到大量民众的捐赠，因为他们有着同一个梦想。最近，住在宾夕法尼亚的玛丽·安娜·欧南，把自己拥有的八十二英亩的土地捐给了基金会，作为美洲栗树的实验种植基地。这块土地正位于当年栗树林区的中心地带。玛丽从小就听自己的父亲一遍遍地讲述美丽的栗树林。现在，她捐出父母留下的土地，作为恢复古老的栗树林的实验基地。她觉得自己想不出更好的方式，来纪念自己怀着栗树之梦的父亲和母亲了。

自然生态的毁坏，常常是一件人类可以轻而易举就做到的事情，但是要恢复，却是如此艰难。大量物种消失之后，甚至永无恢复的可能。美国的科学家说，即使今天就培育出能够抗病的美洲栗树，即使今天就能够种植同样数量的树苗，要恢复当年的东部森林景观，仍然需要几百年的时间。

我们的邻居七十八岁的杰米老头说，一旦培育出了抗病的美洲栗树，他一定要立即去买一棵栽在自己的院子里。他虽然看不到重新站起来的栗树林了，可是，有人会看到的。

我说：是啊，我们也要种一棵。

居所

“居所”这个词儿，看着真是再简单再直白不过了。它显然就是指人类的“居住场所”，或者说是“栖身之所”。可是，就这么一个简单概念，却一直和人类文明发展史这样一个复杂沉重的东西挂在一起。这么一挂，“居所”二字也就变得含混暧昧起来。

于是，居所问题有时会变成经济问题。例如在今天，城市的人均居住面积，怎么说也算是一个起码的经济指标。居所又免不了成为一个现代社会学命题，在发达国家，无家可归者，也就是居无定所者的数量和状况，不仅是社会学家，也是全社会关注的对象。

冥冥之中，居所的定义在随文明的发展演变。就说穴居，它曾是我们祖先最正常的居住状态。可是今天，谁要说是找个石洞，或者刨个山洞就住进去，他自个儿怎么说冬暖夏凉都不管用，没人会承认他解决了居所问题。他至少得把那个栖身之洞来点加工，再简单也得加工到今天中国陕北窑洞的文明程度，才会有人认账。

更不可思议的是，一个简单的居所比较，甚至会引发出所谓文化比较这样的重大课题。岭南大学奠基人陈序经，就曾以其1924年对美国居所的考察，将我国“城市的达官贵人的住宅”，“与美国的一般工人、农夫的住宅相比较”，前者竟相形见绌。他以典型的居所比较作为重要的实证依据之一，构筑了他相当土气的“全盘西化”的文化主张，他直言不讳的理论，直到今天读来还让人们饱受惊吓。

建筑不仅仅是居所，可是居所属于建筑的范畴，这显然没有争议。因此，居所一向被建筑理论和建筑历史学家看作是自己当然的囊中之物。在传统的建筑研究中，居所落在建筑的住宅部分。它虽然从一开始就在建筑史上露头，但却迟迟撑不成一个大角色。其原因是传统的建筑理论研究，偏重于艺术风格和建筑结构的发展，以及文化内涵的表现。面对古典主义和新古典主义建筑、现代主义和后现代主义建筑，甚至建筑的典雅主义、粗野主义、浪漫主义、折中主义，这样很“主义”地庄严表述，我们就比较容易理解，住宅建筑为什么被迫谦虚，为什么它很难与公共建筑这样的大块文章相提并论。

在漫长历史中，宗教建筑、纪念性建筑，甚至帝王陵墓建筑，人类在它们身上所奉献的时间和金钱、智慧和信仰、才华和想象，已经耗尽自身心力，再没有多少余力去关照自己的居所。公共建筑自然地吸引了建筑研究者的主要目光。也许有人会说，皇宫算个例外。可是，就拿北京故宫来说，眼看着满朝文武呼啦啦地跪了一地，谁又敢说，这不是一个中央王朝的政府象征，而只是皇上的一个“居所”？

在中国余姚河姆渡村，距今六七千年前，已经有了榫卯结构的住宅。可是漫漫几千年，人类的居所似乎还停留在一个距河姆渡不远的水平，它只是一个避风雨的庇护所。居所开始有艺术风格，变得功能

河姆渡的住宅

复杂，发展成为“住宅建筑”，是在人对自身重视和肯定时开始的。人们常常以为，居所简陋是因为没有实力改进。从整体能力来说，长期的居所落后并不是财力不够，只是人类把钱投向了权势与庄严。个体的人本身既被忽略，也就更谈不上他们容身的居所。

居所本身的发展，几乎沿着人的尊严被发现的走向，在对文明发展触觉灵敏的城市，总是帝王神灵领先，然后是总督贵族，再是市民社会发展后的市民。这条线索是阵发性的，掀起过一个个住宅风格发展的小浪潮。例如中世纪到文艺复兴后贵族府邸的一波波浪潮，以及市民住宅的温情发展。而与此同时，另有一条稳定线索，就是在静穆乡间，人在与自然和睦相处之中取得自信和尊严，逐步创造出与自然相容的居所风格。这条线索发展缓慢，没有一个个明显如西方的巴洛克时期、洛可可时期的时髦浪潮的推动，但是它的发展却持久而平和。乡间居所风格以地域为界，脉络清楚，是在特定的自然环境中生长起来的蘑菇。

今天我们站在二十一世纪的开端，回首一百年前，在人类走到二十世纪初时，居所从住宅建筑的角度可以唱的重头戏，都已经唱过了。一百年前，在发展到风口浪尖的城市中，高层建筑已经此起彼伏；在近现代建筑历史上，最具革新意义的现代建筑大师们，也已经处于鼎盛期。此后，新理论依然层出不穷，甚至在言辞上耸人听闻。比如悍然宣布："新建筑死了"，否则，建筑理论家靠什么实现他们的人生抱负呢？但是，假如抛去理论家所需的面具，像个普通人那样俯瞰四周，在着意发展传统建筑理论的意义上，他们也许会承认：自己确实生不逢时。

这一百年，传统意义上的建筑风格，似乎并没有在质的层面发生多少变化，而只在量的层面有所改观。后现代建筑理论顺着老路，从建筑风格下手，试图脱颖而出，可是，与现代建筑时代的实质性力度相比，实在无法等量齐观。"后"了许久，还是挣不出现代建筑的怀抱。那么，这过去的一百年，人类的居所，是否也和建筑理论一样，没有什么实质变化呢？

假如我们仔细观察，会大吃一惊。居所是和人类最息息相关的一个特殊建筑，它在悄悄发生着根本的改变，却逃过了大多数理论家们的眼睛。这恰恰发生在我们刚刚走过的这一个世纪。

这一百年来，我们的居所在外观风格上并没有变成一个奇物，相反，它们呈现出相当保守的面容。翻开每期建筑杂志，都只有对一些小聪明产生的小惊喜，而不会受到什么大刺激。居所的变化是发生在它的内在本身。

今天的城市住宅

过去的一百年，是以技术高度发展为标志的世纪。高技术的成果不仅层出不穷，而且价格低廉。领先的发达国家，不经意中，门窗的密闭性开始越来越好；保温材料的使用越来越普遍；照明、通风、取暖、制冷、加湿、加负离子等设施的功能日趋完善。设备在造价中的比例大幅上升。人类在自己的居所，乐不可支地玩着一个前所未有的游戏：为自己制造舒适。

这一切意味着什么呢？人类对于居所舒适的追求，终于被高科技迎合，而且没有节制。于是，居所被灌注了一个有生命的基因。它开始活起来，张口开始呼吸。居所，从这一刻起，不再是一个简单庇护所，也不仅是一个建筑艺术品。它演变为一个次环境，演变为人的外延。它不仅遮蔽风雨，而且阶段性地隔绝了人与自然。生活在越“先进”的地方，隔绝的时间就越长。人们呼吸由居所预先呼吸过的空气，接受它提供的温度和湿度，也被迫接受在这个充满化纤地毯、化学涂料等人工制品的温暖躯壳中大量生长的莫名的化学分子、放射物质、微生物和病菌病毒。

听上去像是在故意耸人听闻，事实却远比想象得严重。居所千年修炼，终于成精。这时，居所不再属于经济学社会学，不是文化比较，甚至不是传统意义的建筑学，居所就是居所，它的外延也在扩大。此刻，没有理由只把住宅才叫“居所”了。对于室内工作的人，他们“居”于自己工作场所的时间，高达一天的三分之一以上。这样的居留空间，没有理由不称之为人们的“第二居所”。甚至，他们在往返于住宅和工作两个“居所”之间时，依然套着汽车这样一个呼吸着的外壳，一个变相的“居所”。

后果已经显现，首先在发达国家。那里绝大多数的人在“新居所”工作，在“新居所”生活，度过生命的绝大多数时间。居所呼吸功能的强化，导致了人的呼吸系统的退化，使得在自然界呼吸过敏的人数剧增。一些以前在旧环境生活的人，一旦进入新环境，也会很快产生同样的病症。更有一些莫名感染在发生。二十世纪末，美国终于决定炸毁两幢办公楼，其原因，仅仅因为居于其中的工作人员，都无可避免地患上莫名病症，只知和大楼的气息一定有关，却找不出确切病因。活的居所恐怖而神秘。

面对一个新世纪，虽然人类的大多数还没有进入二十世纪后期的居所，可我们并不因此轻松。今天的新居所，已是一个不可阻挡的历史潮流。许多人都在把进入这样的居所，作为新世纪的奋斗目标。即使今天尚不富裕的国家，它们率先富起来的一部分，都无一例外地踏入“新居所”。富裕程度增加，居所的呼吸功能也就加强，以至于在风和日丽的天气，我们路途中停在一个居所前，会猜测：今天里面呼出的是冷气还是暖气？回答是：不知道。

进化论有这样的观点，就是生物的进化不是意味着它从低级走向高级，而是它改善对环境的适应能力。人类凭着一颗聪明的头颅，在二十世纪末，智化了自己的居所，却大大弱化了自己适应自然的体质。人类在这个新世纪的当口，是不是应该停下来，先想一想，再往前走呢？

重新审视猴子审判案

一

一个世纪以前，戴屯（Dayton）是田纳西州一个默默无闻的小镇。

自从1859年达尔文建立学说，到二十世纪初，在美国公立学校的生物学教科书里，达尔文进化论已经是一部重头戏，宗教气氛浓厚的保守的南方州也不例外。美国人，包括科学家们，他们的宗教信仰和科学知识似乎可以和平共处，恰如布什总统曾经说的，百分之九十五的美国人是有宗教信仰的。美国是世界上宗教气氛最浓的国家，也是科学技术最发达的国家。进化论教学在美国南方的展开，就是一个证明。

1921年，著名政治家布莱恩（William Jennings Bryan）却发起了一个“反对在公立学校讲授进化论”的运动。经过几年努力，他们在本州推动了禁止在公立学校教授“任何否定《圣经》创世说而代之以人类由低等动物进化而成”的法律。它宣布教师在学校教进化论是违法行为，史称《布特勒法》(*The Butler Law*)。

布莱恩曾建议不要将惩罚内容写入该法，但州议员们还是写进了罚款。尽管如此，1925年3月21日田纳西州州长奥斯汀·佩里(Austin Peay)在签署此法案时宣布这只是“象征性法案”。所以此后，该州的学校没有变化，教师还是照讲原来的课本，并不担心受罚。而保守教派民众因推动立法成功，表达了自己反对进化论的立场，也感到满意。

有一个组织却把这个法案“认真”了，这就是成立于1920年的美国公民自由联盟(ACLU)。在民间组织多如牛毛的美国，ACLU近百年来独树一帜，名声响亮。它的宗旨是保护公民的思想言论自由。《布特勒法》是对进化论教学权利的限制和侵犯，他们就要去帮忙打官司。可要向司法挑战，必须有一个案子告上法庭。现在情况很特别：不是教师不敢教进化论，或是没有勇敢的人站出来挑战；而是《布特勒法》在田纳西州是个象征性法案，警察根本不去抓教进化论的教师。ACLU没有办法，就在田纳西州的各大报纸上刊登启事，承诺支付诉讼费用，“征”一名教师出来自愿“做被告”。

那是1925年的春天。在阿巴拉契山区的戴屯，小镇人并不关心这些，他们正在度过一个艰难时刻。阿巴拉契山区居民点多半依矿产生存，戴屯的矿业公司刚刚破产，前景莫测，戴屯人十分沮丧。这时镇上来了一个纽约人拉帕耶，来处理矿业公司的破产。这位都市年轻人曾给几个报社写信，表示反对《布特勒法》。5月4日早晨，他偶然在报上看到ACLU的启事，突然念头一闪：这个面对厄运的无名小镇，干吗不借这个事件振兴自己呢？

他兴冲冲地来到镇上的罗宾逊药铺。美国的学校是校董制，校董会都是当地人选出来的，药铺的主人罗宾逊就是校董会主席。他听了这个主意很是兴奋，当即找来了校董会的其他负责人。大家拍手叫好。是啊，这么有刺激性话题的官司开审，一定会吸引人来。有人来，小镇就可以有钱赚。经济困境也许能就此摆脱——“为什么不呢？”

他们算了算，就数单身的年轻教师斯寇普（John Scops）无牵无挂，最适合当“被告”。他们派人去网球场找来了斯寇普，他当即就答应了。

此事有关宗教和科学，有关思想言论自由，小镇的绅士们完全明白这个案子“炒大”后的新闻性。他们特地拿来照相机，留下“历史性决定”的合影。然后叫来警察。虽然这个“象征性法律”并不要求警察主动执法，可有人坚称自己就是违法，要求被捕，警察只好去开逮捕证。斯寇普则又回到球场。第二天，斯寇普如约被捕，罗宾逊打电话给报社联系ACLU，事情就这么“启动”了。

二

达尔文的进化论学说是一种复杂的科学假说，对于普通人来说，却总是落实到“人是猴子变的”这个并不准确却很形象的比喻上。对斯寇普违反《布特勒法》一案的审判被称为“猴子审判”，轰动全国。小镇名流们没有料到的是，他们不仅招来了全国的新闻记者、大学教授和科学家，带来了旅馆饭店客满的好生意，还招来了当时美国出

生物教师斯寇普

小镇绅士们与斯寇普合影

了名最善辩的两个人：来自芝加哥代表被告的名律师戴洛（Clarence Darrow）和作为检方律师的著名政治家布莱恩。

“猴子审判”在1925年的炎热夏天开审。首先要判定的是《布特勒法》本身是否违宪。7月13日，被告律师戴洛做了精彩发言，要求判定《布特勒法》违宪。7月15日，这个要求被洛斯敦法官否决。既然法官判定《布特勒法》不违宪，那么在第二阶段，就只是要证明被告是否违反《布特勒法》。因此，虽然被告律师戴洛从北方请来了一批科学家和大学教授，准备为进化论辩护，法官却否决了他们的出庭作证。不过在庭审第一阶段，辩方还是充分引用了科学家对进化论的说明。

从7月13日到7月21日，这个审判一共持续了八天。最后，陪审团只花了九分钟就得出了确认被告违法的结论。然而，对于检辩双方的律师来说，法庭审判的结果是不重要的。站在戴屯的法庭上，通过新闻传媒，他们面对的是整个美国，他们在留下历史记录。

被告律师戴洛的演说尽管没有布鲁诺、伽利略面对死亡威胁的悲壮，却同样铿锵有力：“假如今天，我们容许‘在公立学校教授进化论’成为罪名，那么明天，在私立学校这样做也会成为罪名，而明年，在教堂的讲台上宣讲也会成为罪名。下一次的法庭上，我们禁止的就将是书本和报纸。无知和狂热总是在骚动、总是需要吞噬的，总是贪婪地要吞噬更多的东西。今天吞噬的是公立学校的教师，明天是私立学校的教师，再下面就是牧师和演讲者、杂志、书本和报纸。尊敬的法官，这是在鼓动人与人之间对抗，信念与信念对抗，如此下去，直到有一天，伴随着飘扬的旗帜和敲击着的鼓点，我们会倒退到十六世纪的光荣时代，在那里，盲从者点燃薪柴，烧死任何一个敢于将知识、启迪和文化带给人类头脑的人。”

法庭呈证的最后一天，经验老到的刑事辩护律师戴洛，居然要求检方律师布莱恩作为对被告有利的证人出庭。布莱恩是一个老资格的政治家，出名的善辩，但是已经有三十年没有从事律师工作。这次他落入了戴洛设定的圈套。法庭对于证人有一套严格的规定，一般情况下，你只能对提出的问题做“是”或者“不是”的直接回答，你不能随意地详尽阐述自己的观点。那是南方最炎热的七月中旬，当时还没有空调设备，热到如此地步，法官不得不宣布在室外一棵大橡树树阴下的草坪上开庭，上千民众把四周“旁听席”围得水泄不通。戴洛知道布莱恩是一个虔诚的基督徒，就利用人们对《圣经》中一些传说的疑惑，通过法庭提问，用一个个《圣经》传说里的问题来“煎烤”布莱恩。他用这个办法让布莱恩表现得“愚昧”，一直到法官判定被告律师是在“骚扰证人”而宣布停止作证。

布莱恩有严重的糖尿病。在夏天的闷热里，他一杯杯地喝着凉水。他没有律师现场操作的经验，他知道在作证阶段，不能充分地表达自己的观点，但是在庭审最后有一个双方律师分别结辩陈述的程序，那是可以全面阐述自己观点的机会。所以，从此案一开始，他就在认真准备这个陈述。可是谁也没有想到，在最后一刻戴洛要了一个“程序性策略”，他宣布放弃他的结辩演说。这样，鉴于双方权利对等的原则，布莱恩也失去了最后陈述的机会。

最后，被告斯寇普被判罚一百美元。该案上诉到田纳西州最高法院，1927年1月，州最高法院以不符合程序为理由推翻了对斯寇普的判决，却并没有否决《布特勒法》。同时，州最高法院指示，为了维持田纳西州的宁静与尊严，任何检察官不得以该法再起诉任何人。使得《布特勒法》真正如布莱恩当初所建议的，成了一个非惩治的彻底的“象征性法案”。

戴洛一方，是典型的输了官司却赢得全国称道，此案成为“反现代宗教裁判”的著名案例，成为后世熟悉的故事。审判结束五天以后，1925年7月26日，在参加一场教堂弥撒后，睡眠中的布莱恩再也没有醒来。他被描述成一个悲剧性的负面人物，《巴尔的摩太阳报》的名记者曼肯（Henry Louis Mencken）对布莱恩“生命发端于一个英雄，结束于一个小丑”的评介，也广泛流传开来。

三

一年以后，布莱恩至死也没能面向全国发出的《最后的演说》出版了。可是时过境迁，再加上媒体倾向于被告，它并没有得到注意。布莱恩当年到底要说什么？如果我们今天仅仅用科学与宗教的对峙来看待这个事件，而不去深掘出它的历史背景，我们也许会遗漏一些历史教训。在布莱恩的法庭辩论以及最后的演说中，有大量为宗教辩护的内容，然而，同时他也表达了清楚的超越宗教范围的内容。这些内容是不应该被忽略的。

即使是最贬低布莱恩的人，也不得不承认，他的生命“发端于一个英雄”。布莱恩在政坛上几乎是一个神童。美国宪法规定总统的最低年龄是三十五岁，布莱恩刚满三十六岁就成为总统候选人。在他一生中，虽然从未当选总统，却总共有三次成为总统候选人。他被看作“英雄”，是因为他始终站在历史进步的一端，在当时的人看来，甚至还有一些超前。从十九世纪末，他就开始反对财团的腐败，呼吁妇女的选举权，代表底层工人、农民的利益。他因此被称为“伟大的普通人”。年轻的布莱恩非常英俊，是出名的银嗓子，他的政治演说和他的理念，都有着很强的感染力。只要是对美国稍有了解的人，都不会相信，一个三次入选的总统候选人，会轻易否定美国宪法中最重要的有关公民权利的思想言论自由。

事实上，在达尔文学说刚刚出现的时候，作为一个基督徒，布莱恩和美国大多数人一样，已经习惯宗教与科学的互容。一开始，他一直是以开放的心态对待进化论的。此后，达尔文进化论中所谓“社会达尔文主义”的观点，越来越普遍地被人们接受，被尼采等德国哲学家推向极端，这一切逐渐使布莱恩感到不安。他说：“达尔文学说声称，人类是在仇恨法则的作用下达到现在的完善程度的。进化论是一种没有怜悯心的法则，按照这种法则，强者群起杀死弱者。”他认为《圣经》是反击这种没有怜悯心法则的“爱的法则”。这正是他在未能发表的结辩演说中的重要内容——反对“社会达尔文主义”。

在一百年前的二十世纪初，清晰而道德中性的现代自然科学观念，事实上还没有形成。布莱恩所批评的，正是达尔文不应该把人类社会问题和动物进化问题完全混为一谈。他引用了达尔文1871年的论述，达尔文说：在原始状态里，身体和精神上的弱者很快就灭绝了；存活下来的一般都显示出健康活力。另一方面，我们文明人，却尽其所能地抵挡这种淘汰过程；我们为低能儿、残废人和病人设立庇护所；我们设立贫穷救济法案；我们的医务人员竭尽其技能救助每个人的生命直至最后一刻。有理由相信，牛痘疫苗救下了成千上万以前会死于天花的人的生命。这样，文明社会的较弱的成员也在繁衍他们那种人。任何曾经饲养过家畜的人都不会怀疑，这样做会极大地伤害人类种族。不注意这个问题，或者处理不对头，那么一点不奇怪，这会导致家畜品种的退化；几乎没有人会如此粗疏大意而任凭他的不好的牲畜繁殖后代，可是人类对自己这个品种却开了例外。

生物进化论在当时是一个全新的科学假说，它第一次把人类和动物如此紧密地联系在一起，对“人”的冲击，是前所未有的。人们在发现、研究、接受它的初期，很自然地会从进化论的角度，思考动物世界和人类世界的关系，甚至扩大外延，试图让人类社会沿用动物世界的法则，如弱肉强食的丛林法则。当时的人并没有意识到它可能包含的危险性，这种趋势非常容易从社会达尔文主义走向尼采的“超人”，也走向种族主义甚至军国主义、法西斯主义。

作为美国中学生物学课本主体的进化论教育，也是如此。戴屯的中学所用的生物学课本，是1914年在纽约出版的《亨氏普通生物学》（*Civic Biology Hunter*, George William）。这是田纳西州也是美国很多学校普遍使用的一本教材。

这本教材在介绍了“自然竞争和自然选择”，“适者生存”，“健康、体质和头脑强健者取胜”的生物进化理论之后，就将它引向人类社会。它指出，达尔文“给我们今天世界的进步提供了理论证明”。当时的进化论研究者普遍涉及的、非常容易失控而走向种族主义的人种问题，在教科书中也同样有所反映。《亨氏普通生物学》在“人类的种族”一章中，列举了五种“在本性和社会习惯方面，其基本构成都各自大不相同”的种族：发源于非洲埃塞俄比亚的黑人类型；太平洋岛的棕色种族；美洲印第安人；蒙古及黄种人，包括中国、日本和爱斯基摩人；最后，也是所有类型中最高的类型：白人，由欧洲及美洲的文明白人居民为代表。

经社会达尔文主义推论，带有强烈种族主义色彩的“优生学”，成为必然结果。在同一本教科书中，在“人的改进”标题下，提出了通过生物进化“选择”的法则，“对未来人的种族进行改进”。课本中的“优生”理论，不仅仅讨论疾病和低能的遗传，还列出了后来恶名昭著的道格代尔（Dugdale）和哥达德（Goddard）调查报告，他们的调查“发现”：犯罪、酗酒、贫穷和娼妓，都是可以遗传的。

于是，在“寄生和社会代价”一节，课本这样教育孩子：“大量上述的家庭在今天存在着，向全国散布疾病、道德败坏和犯罪行为……就像某些特定的动物和植物，寄生在别的动物和植物身上，这些家庭成为社会的寄生者。”接下来，在“救治”一节，课本作者指出，“救治”这些社会问题的“优生”方法是：“假如这些人是低等动物，我们大概就杀死他们，以防止他们扩散。人道主义不容许这样做，但是我们确实可以用庇护所、隔离区这样的种种方式防止生殖交叉，使得一个低等堕落退化的种族也可以生活着。”

布莱恩强烈谴责社会达尔文主义“不道德”，指责这样的“进化理论”，把“丛林法则”引入社会，只谈弱肉强食而从来不谈人的合作，指责它把带有种族歧视、贫穷歧视、对弱势群体歧视的所谓“优生”，作为人类适应自然的唯一方式。

当时正处于两次世界大战之间，社会达尔文主义很快被一些德国哲学家接过去，用于解释战争的起因，标榜战争是“为了人类的生存而举行的进化战”。事实上，这个理论的恶意推进和在德国得到刻意宣扬教育，成为民众支持希特勒发动第二次世界大战和屠杀犹太人的重要原因之一。正是有着进化论科学强劲的掩护，那些今天听起来不可思议的种族灭绝理论，在当时才可能振振有词。在二十世纪二十年代，在美国进行这样的教育同样是危险的，尤其是在几个还存在种族隔离制的南方州。不能说这样的“科学教育”和南方种族隔离制度的顽固完全没有关系。一个含糊不清的进化论，给种族主义打了一剂强心针。

回首去看，并不是《亨氏普通生物学》的作者特别邪恶，而是达尔文学说盛行的初期，人们确实不知如何将生物和人类既在进化上连贯看待，又严格区分动物界和人类社会的不同法则。这些复杂问题，包括人的基因遗传的课题，直至今天还值得探讨和研究。只是今天的人类，又进步了将近百年，懂得必须非常谨慎地对待这些问题了。而当时能够敏锐地指出其中的问题，能够在科学至上、新学科风靡一时的时候，提出潜在的道德问题却需要勇气。尤其是在美国，冒“反科学”、“反言论自由”之大不韪，更是需要加倍之勇气。

四

在法庭上，深知“言论自由”在美国的崇高地位的布莱恩，曾经说了一句让人惊心动魄的话：“思想也可以是危险的。”他提到了一年前的一桩刑事案件——里欧波德和罗伊伯案（The Leopold and Loeb Trial）。这是他的对手戴洛经手辩护的一个著名刑事案件。

里欧波德和罗伊伯，是芝加哥两个不到二十岁的富家子弟，都聪明过人。罗伊伯狂热地崇拜尼采的“超人”学说。1924年5月21日，他们无故杀害了一个十四岁的邻家孩子，只为了证明他们自己智力高超，能够干成一桩“完美谋杀”而不被侦破。他们在法庭上被定有罪，戴洛律师要以辩护使两名被告免受死刑。戴洛在法庭上辩解说：“谁应该受到指责？大学应该比他受到更多的指责；这个世界的学者们应该比他受到更多指责；这个世界的出版界应该比他受到更多的指责。尊敬的法官，由于大学里教给他的哲学之过错，就把一个十九岁的男孩吊死，这很难说是公平的。”戴洛的辩护成功了，也可见当时社会达尔文主义学说风行的程度。具有嘲讽意义的是，仅仅一年以后，戴洛却又成了“捍卫科学教育”的英雄。

戴洛其实也知道，所谓“言论自由的公民权利”和青少年教育问题，是有一定区别的。在里欧波德和罗伊伯案的法庭上，戴洛曾经表示，他支持伊利诺伊州一年前的一项法案，该法案禁止未成年人阅读有犯罪内容的故事，因为阅读这些内容是使他们产生犯罪思想的原因。可见他也并不把限制青少年阅读的范围，看作限制“思想自由”。戴洛在法庭上的立场态度之多变，是在一部分追赶新潮的人中间常见的现象。

相反，布莱恩去世的时候，有人评论说，随着他的逝去，“整整一个时代过去了”，因为像他这样全身心地追随道德目标，“把自己的政治行为完全建立在宗教道德之上”的政治家，在现代社会已经非常罕见。这表达了时代和观念的变化。而布莱恩对于这种变化充满忧虑。这也是他关注教育问题，认为教育不能违背人类基本道德底线的原因之一。戴洛律师则是一个风格完全相反的人。他是摩登的，带着无神论者对于宗教文化的倨傲。他曾经说："我只相信人的头脑，我是不会为自己的灵魂担忧的。"

五

那么，布莱恩所主张的是不是违反了"言论自由"的大原则呢？

布莱恩在他未能发表的结辩演说中解释说，此案与思想自由无关，教师作为个人可以持任何观点，信不信神皆可；此案与言论自由也无关，作为个人他可以在任何议题上发表任何观点。但是，当他以州政府雇员身份出现，就受到一定的约束。布莱恩提到，在1925年6月1日的"俄勒冈判例"（Pierce et als. vs. Society of the Sisters of the Holy Names of Jesus and Mary）中，法院认定州政府对教育有指导权，禁止教授"明显侵犯公众利益"的内容。美国的公共教育事务由地方民众选出来的校董会决定，包括选用什么课本、聘请什么教师等等，政府有权指导，无权干涉。可是，有一条必须遵守，如美国最高法院在某案判决中指出的，在任何行为"有违公共利益"时，立法机构有权禁止。简单地说，你不能在学校教孩子杀人、偷东西。这不是教师的"言论自由"。

考察当时公立学校的进化论教育，可以看到，它的某些重要内容是"明显侵犯公众利益"的。而当时的大多数人，不仅对此缺乏应有的警惕，他们自己也是把社会达尔文主义作为"进化论科学"照单全收地接受下来。在为罗伊伯辩护的时候，戴洛坚持罪犯不应该为谋杀

戴洛（左）与布莱恩

负责的原因之一，是犯罪来自于遗传："我不知道他的多遥远的一个祖先传给了他这样堕落的种子，我所知道的是，那是事实。而世界上没有一个生物学家会不支持我的说法。"对此，布莱恩一针见血地批评说，假如通过对孩子的教育，这种社会达尔文主义被普遍接受，那么，"自由意志（free mind）将被否定"，"这个世界有关责任和道德的信念，将会受到威胁和摧毁"。

布莱恩认为，除却当时的进化论内容违背了"不得明显侵犯公众利益"的判定，还侵犯了该法律判定的，家长有保护自己孩子的宗教利益的权利。此外，布莱恩在这个案子里要求人们思考"科学"本身的界定方式。什么是科学，而什么不是科学。

这个案子很容易给生活在美国之外的人一种错觉：是宗教和科学在争夺教育阵地，保守的南方是想以基督教"创世说"来取代进化论教育。其实并非如此。因为他们根本做不到。在美国历史上，虽然很多地区的民众希望学校有宗教教育，也不断有少数人在做出尝试，但是，美国政教分离的原则，明确规定公立学校不准教授任何一种宗教，不能用纳税人的钱来支持某一种宗教。必须说明的是，这并不意味着美国反对宗教，而是它吸取了欧洲和早期北美英属殖民地宗教迫害的教训，禁止多数人利用公共资源推行某一种特定宗教，而排斥或者迫害少数人的宗教。

1967年，田纳西州取消了《布特勒法》；1968年，美国联邦最高法院判定所有类似的反进化论立法为违宪，但是，必须同时看到，四十多年后的二十世纪六十年代末，不仅进化论教育本身已经进步和改观，不再包括那些社会达尔文主义的内容，而且保护弱势群体、保护少数族裔的立法，都已经在美国逐渐完善。但这个案子涉及的许多重大议题，直至今天也还没有完全解决。这不是一句“科学反愚昧”就能一言而概之的。

戴洛律师一开始是《巴尔的摩太阳报》的名记者曼肯要求他介入此案的。曼肯承认，他是带着偏见来戴屯的，他想象中这一定是个“肮脏的南方村子，黑人在懒散地打瞌睡，猪在房子底下乱拱，而住宅里不是蛇虫百脚，就是乌烟瘴气”，可是当他来到戴屯，他看到的南方小镇“不仅迷人，甚至是美丽的”，这使他“吃惊”。根据当时的现场记录可以看出，大多数戴屯和田纳西州人对待整个事件和其中之争论，就如同他们引入这场“审判”的方式一样，带着轻松的心情。他们编了许多诙谐幽默的乡村歌曲，调侃自己是不是“猴子变的”，报纸上刊登了大量漫画，多与猴子有关。在审判期间，一名女士天天把自己的一只宠物猴子带来，替它每天换一套新的衣服。庭审期间，人们的注意力都在两位全国闻名的雄辩家身上，把被告斯寇普几乎遗忘了。斯寇普那几天在干什么呢？那几天他在顶替一位临时有事而离开小镇的记者写审判的报道，有空的时候，他还和协助检方工作的、布莱恩的律师儿子一起游泳，相处得十分愉快。小镇跟过节一样热闹。而不论审判前还是审判后，田纳

每天换新衣的宠物猴子

西州都没有停止教授进化论，当时也根本找不到没有进化论的生物学课本。

六

布莱恩的突然逝世在美国底层民众中引发了极大悲伤。他毕生为“普通人”疾呼，拖着病体发出最后一次呼吁后，无声地死了。一列专车载着他的遗体前往首都，安葬在阿灵顿国家公墓。一路上，成千上万的老百姓列队铁路两旁致敬。戴屯人伤心痛哭，他们已经把他当作小镇的一员。1930年9月，在斯寇普教过书的中学旧址上，办起了以布莱恩名字命名的私立教会大学，校园今天扩展到了一百英亩的山岭。小镇人年年纪念这个审判。在三十五周年的1960年，当年的教师斯寇普重访小镇。他坦白说，自己其实并没有资格成为“被告”。他是生物教师，可也兼教体育，为了让学生多练球，他自作主张漏掉了许多课，结果进化论也就漏过去了，他根本就没有讲授过进化论。可是，谁也

政治家布莱恩

不认为这是重要的。斯寇普和那个《布特勒法》一样，只是一个象征。

戴屯人就这样把自己“标上了地图”。而引出的恒久思考，远远超出了他们的预料。

七

二十世纪三十年代，美国进入了空前经济大萧条，而在欧洲，纳粹德国正在崛起。1933年6月24日，著名女记者多萝西·汤普森（Dorothy Thompson）从德国发回来的报道发表在《星期六晚邮报》上，第一次报道了纳粹的反犹灭犹政策。她指出，这一政策建立在一种“科学理论”的基础上。

这种科学理论认为，人的体力、脑力和精神因素植根于人类染色体中，是随着染色体的移动而遗传的，是会散布的。不同种族有不同的染色体，由此而决定了他们体力、智力和文化上的特质。维护一个种族的文化特质，就依赖于维护种族的纯洁。纳粹用所谓先进科学理论使德国人民相信，日耳曼人种是最高等的人种，而犹太人是劣等人种。犹太人的存在，会在社会上散布堕落、疾病，并且会污染高等种族。所以，消灭犹太种族是日耳曼人保护自己生存的正当事业。

汤普森女士指出，这样一种“科学理论”，在一个自由的社会里，它必须先局限于科学界按照科学原则来检验、来判断，也就是要看历史事实和生物学实验是不是能够支持这种理论。但是在纳粹德国，这一理论成为一种不可怀疑的教条，没有一个科学家出来表示怀疑而不遭受迫害。希特勒用全国上下必须“统一”这个口号，禁止人们自由地探讨科学，从而把当时的一种科学理论当成了政治工具。以后几年的事实证明，纳粹的反犹太政策得到德国几乎全民族的参与，犯下了人类历史上罕见的种族灭绝罪恶。

汤普森女士对纳粹运动的报道和分析，使希特勒十分恼怒。1934年，希特勒亲自下令驱逐汤普森，她成为第一个被希特勒驱逐的美国记者。她回国后，从1936年起为《纽约先驱论坛报》主持叫作“立此存照”的专栏。她的专栏写作受到广泛关注，从1941年起被一百七十多家日报转载。在她的文章、无线电讲话和集会报告里，她再三提醒大众注意纳粹德国的活动。《时代》杂志把她评为仅次于罗斯福总统夫人的最受大众欢迎的妇女。

由于一代美国记者及知识分子的报道、分析和呼吁，在美国这个有着大量德裔移民家庭而且最重视先进科学技术的地方，纳粹的种族理论没有成为一种国家政策。当种族偏见在科学的掩护下向人类良知挑战的时候，美国人的道德信念坚守了阵地。

那个时代还有一个对二十世纪美国新闻业有重大影响的记者，

就是报道猴子审判案的《巴尔的摩太阳报》名记者曼肯。曼肯是德国人后裔，他对自己的血统非常自豪。这种自豪的来源是十分耐人寻味的。形成鲜明对比的是，曼肯在二十世纪三十年代访问德国，热心寻根，却在自己的报道里对纳粹的反犹太政策只字未提。在1938年访问德国时，几乎所有访问过德国的美国记者都报道和谴责了纳粹的反犹灭犹政策，曼肯却还是保持沉默。这种沉默是由于疏忽还是出于偏见？一直到二十世纪八十年代曼肯的日记发表，人们才从日记的反犹言论中看到了他不为人所知的种族偏见。这种偏见的来源也是十分耐人寻味的。

八

自从科学和神学分道扬镳，当代科学和宗教就在回应着人类不同精神领域的需求。科学寻求的是知识，宗教寻求的是意义。宗教不能代替科学为现实世界提供方案，同样，人类向宗教寻求的回答，科学也永远无法代替。布莱恩的历史局限，在于他有时试图让宗教越过这条界限。而事实上，人们在处理科学问题的时候，也有同样的倾向，社会达尔文主义就是一个例子。

近一百年来，我们民族的一代代仁人志士致力于从西方引进德先生和赛先生。我们的启蒙和救亡刚好赶上了西方科学革命和工业化背景下世俗化浪潮的尾巴。近百年来，德先生不幸经常缺席，而赛先生挟技术的冲击力，渐渐地成为一种语言强势。我们误以为有了赛先生就可以强国富民了。在引进的主义扫荡了传统儒佛道以后，我们把赛先生供了起来。

到了二十一世纪，回头看，我们看到的是一片道德的废墟。待到试图在废墟上重建道德的时候，我们才发现，一个对超越性事物不存敬畏之心的人类群体，不容易找到重建道德的材料。传统已经是一片废墟，缺席的德先生和供台上的赛先生却不能给我们这个民族提供我们亟须的道德资源。

早晚有一天，我们得重新审视以往，开始反省。

弗利梅森：自由的石匠

几年前，一个好朋友来到哈佛大学做访问学者。说来惭愧，在那个时候，我们游荡美国的旅程，向西虽然有过横越大陆的壮举，向北却还没有突破过纽约。这一下，北上的机会和借口就很充分了。

逛过哈佛离开波士顿之后，我们开车拉上朋友，一起在冰天雪地里到处瞎逛。大雪弥漫，有时车轮大概不算是在滚动，而是在玻璃般的路面上滑行。州际公路上白茫茫一片，实在是前不见古人，后不见来者。我们甚至都可以在高速公路上“当街”停车，拍个雪景留个念什么的。唯一遇到的同样不知好歹的旅行同好，是翻在公路上的一辆集装箱大卡车。回头想想，这个朋友对我们的车技也是过于轻信，居然肯在如此恶劣的天气，提着性命跟我们一起上路。

说好在分手之前，我们把他送到他的另一个朋友家里，那是在费城附近。我们当然乘机也逛逛费城。独立钟、独立宫之类的经典项目，当然不会错过。我到了独立钟前，在大家对历史的感情充分酝酿起来之后，才恶作剧地宣布我憋了两个月的新发现：我在一本历史书上读到，有关独立钟的故事，绝对是后人添油加醋的杜撰。

最后，我们无所事事，在费城大街上闲逛。这一天，倒是阳光灿烂。就这样，我们逛到了一个像是美国少有的古迹面前，好像是个大教堂。假如不是星期天，在美国想上教堂和上帝交个心，也还是要找到那个负责管教堂大门钥匙的。不像在欧洲，通向天堂的道路那么通畅。所以我们看了一下门口的牌子，发现这里果然像是一个古迹兮兮的东西，因为全天候对旅游者开放。只是，那天的开放时间只剩下十来分钟了。

我们不管三七二十一，先拔腿冲进去再说。进去才发现，里面似乎是个博物馆，可是好像又不像博物馆；铁定不是教堂，却又异乎寻常地富丽堂皇。印象比较深的，是在展品里不断重复看到一个特别的标记。那是用各种工艺制作的纹章，看上去很古老，应该都是些文物级的古董了。可是，它一反古纹章通常使用的美丽的曲线装饰，是一个很"科学"、很现代的标志：它由两部分组成一个菱形图案，上部是一把打开的圆规，下部是一把开口向上的直角尺。还没有等到搞清楚到底是怎么回事，一个在美国难得遇到的冷峻面孔过来提醒我们，参观时间已过。我们就像误闯入宫廷的流浪汉一样，稀里糊涂地又回到了外面的世界，只在脑子里留下一片梦幻般奇特的印象。临离开前，我们在门前读到，这是一个弗利梅森（Freemasonry）的会址。

弗利梅森标记

弗利梅森，弗利梅森，我们一边拼命搜刮肚子里的英语和知识，一边念念有词。我们只知道梅森（mason，masonry）是“石匠”的意思。可是这弗利梅森，按字面理解，应该解释为“自由的石匠”。可那又是什么路数？又一个基督教的教派吗？怎么没听说过？最后，一向在朋友面前假充“美国通”的我们，只好难为情地从实招来：我们一点儿不知道“弗利梅森”是何方神圣。然后，把这个败坏我们声誉的该死的“弗利梅森”撂在脑后，继续赶我们的路了。

夏天，朋友已经回国。我们去一个田纳西州的艺术节。开到停车场，走下车来，不经意地环顾四周。正对停车场的地方是一个几乎全封闭的、没有窗子的红砖建筑。造型简洁，像是个仓库，没有一点诱人之处，正面是一个关闭着的深色的大门，唯一的装饰是大门上方的一个标记。一时间，我们仿佛都有点愣愣傻傻的样子。记忆的某一个角落似乎开始蠕动，接着脑子里电光一闪，圆规、角尺！我们几乎同时叫起来，弗利梅森！

再也不肯轻易放过弗利梅森。我们找了一大堆书来探个究竟。原来，这是在美国历史上很风光的一个……写到这里，下笔迟疑，怎么定义呢，会道门？是的，一个会道门。也许这么定义比较恰当。

弗利梅森，也被称为共济会。为什么我们定义它的时候，会显得犹犹豫豫？看起来，它很像是一个宗教组织。因为它有着许多宗教的基本内容。它有明确的道德追求，其宗旨强调上帝对人类的父亲地位，以及人类间的兄弟关系。它教育自己的成员要认真学习和改善自己的技能，服务他人，善待他人。他们每次聚会的开场和结尾，都是一个祈祷的仪式。但是它显然又不是宗教组织。因为它在接纳会员的时候，没有什么排他性。既不排斥世界上的任何民族和任何政治倾向的个人，甚至也不排斥任何宗教的信仰者。可见在它宗旨中的所谓上帝，只是一个有点面目不清的笼统形象和抽象概念而已。所以，它显然不是什么特定宗教的教会组织。

弗利梅森常常被一些书称之为秘密团体，但很多专家却并不认同这种看法。理由是他们并不隐讳自己的存在，也不对自己的宗旨和所做的工作含含糊糊。尽管如此，局外人还是觉得弗利梅森是一个神秘莫测的深潭。这种神秘部分来自他们接纳成员的方式。

美国最常见的基督教会，总是张开双臂，期待着拥抱更多迷途的羔羊。弗利梅森从不出门“扩大招生”，只是静候在他们称之为“会”(lodge)的深院里。但是人们总会看到，一个，又一个，从不知何方走来，也不知为何被吸引，默默走进他们大门要求入会的新成员。在入会之前，他们还必须找到一个老会员愿意引荐和对新会员本人的品质做担保，否则还是入会无门。这显然与一般的宗教组织又有本质区别。众所周知，一般的宗教都不会对人们入教之前的罪恶斤斤计较。不要说基督教的原罪概念，就是佛教，也是放下屠刀，立地成佛。弗利梅森对新成员的高标准严要求，显然是另一条思路上的结果。

弗利梅森特殊的标记更引出过许多富于想象力的猜测。有的猜测，这是从伊甸园的故事中引申出来的；也有猜测，它和埃及的金字塔相关联。可是实际上，这个标记却是和这个会道门一样来源平凡。弗利梅森源自英国中世纪的建筑行会。有书面证据表明，弗利梅森至少可以上溯到十四世纪。中世纪的欧洲建造了大量石头建筑，特别是高耸入云的大教堂，这些工作都需要特殊的技艺，所以石匠是社会上的精英阶级。他们和农奴（serf）不同，不受严格的旅行限制。弗利梅森（Freemasonry）一词是从石匠（mason）发展出来的，“自由石匠”

的“自由”一词就源于此，只收男性入会的传统也来自于此。而他们的标记——圆规直尺，只是石匠的劳动工具罢了。

中世纪的欧洲盛行神秘主义。神秘主义是人类社会一种从来没有绝迹的现象。人们对神秘主义的追求，既有现实性的需要，也有精神性的向往。特别是在社会变动的年代，追求神秘色彩，追求神秘团体的归宿和保护，是一部分人的生存手段之一。越是社会动荡，越是弱势群体，越有神秘团体的需求。弗利梅森显然也受此影响。一个普通的同业行会，就在十八世纪初的英国演化出了这样一个有现代系统的会道门，从此不再是一个限于石匠的组织。

此后，由于种种机缘，他们开始向世界各地扩展。也随着英国的移民，来到了美洲大陆。现在世界上有大约五百万左右的弗利梅森会员，是全球最大的兄弟会性质的组织，其中美洲占了一大块，一种说法是，约有一百万在美国，三十五万在加拿大，另有五十万散布在各个南美国家。还有一种说法，说是今天世界上的弗利梅森，有一半在美国。

弗利梅森内部有一些外人看来颇有神秘味道的组织形式和仪式，其实仔细探究并不复杂，大多还是来自中世纪神庙教堂建筑的术语。他们有一个规矩，在他们之间是不谈论政治和宗教的，因为这是两个最容易使人们产生分歧和争议的话题。他们之间是提倡兄弟之爱的，但是会员在外面参加宗教活动和组织却受到鼓励。

这个神秘的会道门在美国建国之前就有了。北美殖民地是它蓬勃发展的一片沃土。因为这里的初垦开拓条件艰苦，而弗利梅森既给人以半宗教的精神慰藉，又有很强的互助意味。这两个方面的救助，精神救援和生活上的实质帮助，都是开拓者们最迫切需要的。据说，早期会员都戴着一个他们的标记戒指，不论走到哪里，只要伸手一亮，就有吃有住了。所以在弗利梅森中，自然地聚集起了一批北美最优秀的人物，在美国的建国历史上，深深地留下了他们的印记。

弗利梅森是美国独立和建国的一支重要力量。在独立战争中，弗利梅森相当坚决地站到了美国自由独立的一边。它的会员因此踊跃参加独立军，最著名的当然要数美国独立军司令乔治·华盛顿了。最初我看到这个美国历史上最受敬重的人物、第一任总统，居然是个神秘会道门的成员，大吃了一惊。我总觉得是哪里不对头了，甚至怀疑华盛顿是不是有些不为人知的隐秘。后来才发现，是自己大惊小怪了。是我们的思维中，太习惯把这样的对象格式化了。

乔治·华盛顿并不是什么特别的异数。在美国的开国元勋中，弗利梅森不是一个稀奇古怪的名词，包括大家熟悉的本杰明·富兰克林在内，有九名美国《独立宣言》的签署者和十三名美国宪法的制定者，是弗利梅森的成员。至于在美国各个领域的历史名人中，那就更多了。例如华盛顿之后，就还有八名美国总统是弗利梅森的成员，包括不久以前的福特总统。

弗利梅森在美国的发展相对比较顺利，一般民众也还能以平常心对待。大家都知道，弗利梅森对成员有严格的道德要求，也大量从事慈善事业。这些慈善事业包括老人院、孤儿院、伤残儿童医院、眼科基金会和血库等等。他们的基金会为学生提供奖学金，还资助一些图书馆和博物馆。他们显得温和，看不出他们从事的工作有什么必要披上一件午夜般的神秘外衣。可是，神秘性始终是弗利梅森传统的特殊追求，这也决定了它仍然是一个独特触目的民间社团，就像在一片平原上，突兀起来的一个锐利而玄秘的黑色尖角。

美国人最平常的社区活动，就是教会活动了。那是任何人随时都可以推门进去，坐下参与的。而弗利梅森的大门永远是紧闭的。就是在开会讨论做好事行善，也摆出一个黑帮会议的架势。这种与众不同，常常引出许多奇奇怪怪的传闻。弗利梅森维持神秘性的最基本做法，就是在新成员入会的时候，要宣誓为他所看到听到的一切终身保密。也就是说，假如他只是感恩节在里头聚餐一顿，压根儿没看到什么稀奇东西，出门也不能对外人说“我们今儿吃了个火鸡”，而是对火鸡守口如瓶。这就叫追求神秘。这么一来，看到这一伙人老是鬼鬼祟祟，有人自然会寻思，这帮家伙感恩节一定不是在吃火鸡，没准儿还杀了个人呢。所以，美国每次出现重大谋杀案之类，例如肯尼迪总统的被暗杀，都会引出有关弗利梅森的阴谋故事。

根据美国的宪法，结社自由是最基本的公民权利。宪法也没有对结社的方式做任何规定和限制。唯一的一条，是不得违反现行法律。由于美国讲究的原则是“好汉做事好汉当”，所以在追究法律责任的时候，是追究违法的个人，而不是连坐到这个人所参加的组织。因而，弗利梅森虽然始终在阴谋论的传闻笼罩之下，却还是能够在美国我行我素两百多年，维持神秘。

在美国历史上，弗利梅森遇到过的最大危机是在一百八十年前。那是1826年。当时有一个弗利梅森的成员威廉·摩根上校，破天荒地宣称要出版一本公开弗利梅森秘密的书籍。这对于弗利梅森来说，是前所未有的背叛事件。弗利梅森的组织并不是非常严密，各个分会之间有联系，也有总会分会的结构，但是迄今为止，美国没有一个统管全国弗利梅森的大总部。摩根上校事件是发生在纽约州的巴塔维亚。与摩根联系的出版社因此遭到攻击。摩根上校其后失踪。

近二百年过去了，这个案子没有确认的结论。一个最普遍的猜测是，摩根上校被弗利梅森的某个成员谋杀。但是，弗利梅森的当地会员却坚持说他是逃往加拿大去了。反弗利梅森的组织宣称，摩根的尸体曾经被找到和确认，但是另一种说法却并非如此。尽管这是一个谜案，然而考虑到谜案主角与弗利梅森的明显关联，将犯罪动因指向弗利梅森是最合理的怀疑。这个案件引发了美国历史上最大的一次反弗利梅森的浪潮。人们长期以来对于弗利梅森的疑惑终于被引爆。当时，反弗利梅森的最大团体甚至发展成一个政党，并且在1832年参与竞选总统。

弗利梅森遭遇史无前例的压力，可是压力是来自民间的各个方面，而不是来自政府。其原因在于，政府能够做的是按照严格的法律程序行事。既然该案没有充足的指控证据和确认的指控对象，就无法仅仅依据“合理的怀疑”采取任何行动。该事件引起的民间压力，还是导致弗利梅森的不少分会由于其成员的离去而解散。这种压力有的是来自家庭，还有就是既然弗利梅森不是宗教组织，它的成员就分属各个教会，他们普遍在这个时候也受到来自教会的压力。

经过近十年的衰退，弗利梅森逐渐又恢复元气。在没有确认犯罪指控的情况下，美国民间反弗利梅森的浪潮开始退去。弗利梅森又恢复了它原来的状况。它以自己的宗旨和神秘传统，吸引一小部分民众，形成一个稳定的小社团。聚会时依然紧闭它的大门。近二百年来，弗利梅森和美国社会和平共处，再没有什么轰动的事件发生。

也许，还值得一提的是弗利梅森在美国之外的状况。就世界范围来说，弗利梅森遇到的最大挑战，是在第一次世界大战以后。它第一次被一系列国家的政府列为必须取缔的组织。它们是：西班牙的佛朗哥政府、意大利的墨索里尼政府、德国的希特勒政府和苏联的斯大林政府。在第二次世界大战以后，除了苏联之外，随着一些国家的政府更换，弗利梅森又恢复了在那里的合法地位和正常活动。至今为止，在一些和当时的苏联有着共同原则的国家，弗利梅森还是一个被禁止的非法组织。从没有听说弗利梅森作为一个政治团体在什么地方上台执政，而那些禁止弗利梅森的政府还是烟消云散了。

读书

走向世界的起点

一

忘了中苏刚刚在那里打了一仗，也忘记了我们被送到这里来虽非士兵却为着“戍边”的布局。隐约之中，那首叫作“黑龙江波涛”的苏联手风琴曲在心中响起。我对自己说，这是货真价实的西伯利亚啊，最低气温摄氏零下四十八度。小说中读过的冰雪覆盖的俄罗斯，真的就活生生地站在我们面前。望着对岸建筑上的列宁像，我开始试着理解国境线的意义。

我想看看对岸列宁像背后的生活，仅仅是出于好奇——哪怕是看苏联的列宁像，我也希望走近去看。可边境线是绝对不可逾越的界线，我也已经学会万不可透露那一点点好奇，那是对好奇心不予承认的年代。旅行的好奇心假如越出国境线，不论向哪个方向，都等同有叛国和投敌的意图，而当时的法律给意图甚至遐想定罪。今天的人理解“冷战”，会把红色国家都扫作一堆归在一方，岂料它们之间也兵戎相见，如我眼前的中苏两方，此岸与彼岸正不共戴天。我们裹着离开学校前领到的厚厚棉衣，头上扣着翻下耳朵的棉帽，一水儿的“国防绿”，没人能看出里面有一半是女孩。当时真没有一点点预兆，预示将来某一天，我们中间会有人合法领到护照、越过国境、远远飞走。

最初的国境线经验，让刚刚涉世的我加深了对文字的怀疑，知道有一类被称作宣传的文字是靠不住的。怀疑的萌发，最初始于文字急剧下滑、流于粗鄙，后来更引出铺天盖地的颂扬文字和现实之间的巨大差距。我在国境线旁第一次试图对中苏现状作出自己的判断，无师自通地发明了戏称“国境线人群流向检验”的国家综合状况比较法。我假设，眼前双方的国防军和国境线瞬间消失，而两国百姓突然被告之可以自由通行，我闭上眼睛想象会发生什么事情：一开始定是一片混乱，大家都和我一样充满好奇，要去没有去过的地方看个新鲜、看个究竟。然后，假如两国间有很大差距，优劣高低将立见分晓。这里一定开始出现拖儿带女、背着包裹的定向人流，而流动的方向，就应着那句古话“水往低处流，人往高处走”。

这发明其实只是一个现状推理。二十世纪七十年代初的中苏两国，尽管社会制度相同，两边的越境状况却并不对等。苏方过来的几乎无一例外是谍报人员，而我们这里夜黑风高在冰封的江面冒死跑过去的，大多是和我们一样无知的青少年，理由很简单：此岸的校门都对我们关上，而对岸的学生们至少还在正常上学。

此后再读俄国小说、看“巡回画派”，总能穿过书页透过画布看出西伯利亚厚厚的积雪来。

二

我们寻找不同的借口回到出生的城市，整日游荡，有的是时间却无书可读。在力气无限、好奇心也无限的年龄，我们发现眼前的世界着实令人沮丧：书已经被烧得所剩无几，我们的视野被限，画地为牢。不仅是阅读，各路音乐戏剧诗歌电影摄影绘画都统统消失，只留下革命的那一路。等到烧书的同龄人醒来，“烧”万漏一、幸免于难的书籍早已迅速钻入地下，突然落得一片白茫茫大地唯余几堆灰烬。这时，烧书和被烧书的几乎一起陷入痴迷，忙不迭转身不假思索、上天入地追猎残留的书籍。我们以奇怪的方式阅读。先从读到某本书的幸运儿那里听得片段和转述，然后记住书名四处打探，直到最后从朋友的朋友的朋友那里，七拐八弯地把书借到手中。然后，自己就成了那个能够转述故事的幸运儿，绘声绘色地在另一批同伴中掀起另一波觅书的疯狂。

书籍向我们慢慢打开国门，我们在书籍中慢慢展开少年人的想象。我们游荡在一个个陌生国度的陌生乡村，游荡在一个个陌生城市的陌生街道，无声无息，如同忽暗忽明的幽灵，常常不明白虚幻的是世界还是自己。我无数次在梦中打点自己的行装，醒来却还是滞留在头上一片红旗、身上一片灰蓝的围城里。一切丰富的色彩都由书籍引出，又留在书中。我心中的良性循环是这样的，阅读带来旅行的向往，而旅行又诱发深入阅读的兴趣，而我们年轻的循环，始终没有离开自己的个人世界，一切尽在想象中。我们在书籍引领的想象中认识自由，也开始体验这种独特的自由。那是一种奇怪的体验，如同天使伸出手来，感觉自己飞速上升，发现自己的思维突然脱出环境的桎梏，突然有一种灵魂飘荡在空中的超逸。

是的，今天我还记得那种感觉，那种感觉只能叫作超逸。周围世界突然和我没有关系，我自由而且年轻，我虽然生活在一个单色的世界，却相信世界不会永远单色、不会永远是我看到的那个样子；我虽然无法走出去，却知道天外有天、世界上还存在另外一个世界。

脱离周围世界，我们成为特殊的一群，在各个角落都有这样的年轻群体，悄悄聚在一起。然而，无奈感仍然时时袭来。我记得我哥哥一辈的朋友告诉我，在人类第一次登月的消息传来时，他们正在一个小山村里。一个朋友冲进小屋激动万分："人类已经上了月球，看看我们还在干什么！"我们在干什么？我们无奈地被隔绝在完成学校教育和实现所有梦想的机会之外。这样的经历形成了一代人的逃离渴望，无论是怎样方式的逃离。我们似乎早已准备了一万年，也等候了一万年，把自己铸成搭在强弓之上的一支飞箭，就等待无形铁幕被挤出一条缝隙来，然后就会自由飞向天空，哪怕焚毁在自由之后的瞬间。

我看同龄人回忆那个年代，常常更多记得恐惧、压抑，甚至因此久久留在无形的阴影里。不知为什么，我更多记起的，是那些未曾谋面的作者译者引领下的欢乐时刻，记起自己超越恐惧的那个转折点。强势制造的恐惧还在那里，可是你自己骤然改变、变得能够面对世界也面对自己。那一刻你看到"强大"的虚妄和虚弱，你发现自己不再是一个纯粹的弱者，心中有一样东西在壮大起来。在周围的人都关心这个世界是不是红色政治正确的时候，你开始关心自己是不是和能不能做个诚实的人加入良善之列。书籍告诉了你，你知道另外还有一个世界，在那里，微笑是相互认同的依据，心里开始有了期待和被期待的朦胧。这样的记忆开始在我的心里扩展而压倒一切。我也因此开始相信，有能力步入阳光，才真正开始拥有在阳光里生活的能力。

三

我突然想到，在那个时代，书籍是一种特权，阅读是一种特权，人变得正常敏感、人得到帮助和提升，竟然都曾经是一种特权。甚至那种特殊的无奈感和逃离渴望，都源于这样一种特权。我们大多数的同龄人，在人类首次登月的那天，可能没有得到消息，也没有感受刺痛的机会。他们在劳作中麻木，他们也许也找过，却没有那份幸运，找到和读到我们当时读过的书籍。

在1976年中国突然结束“文革”之后，我们看到了自由的开端。但那时，汽车和出国还是同样遥不可及的奢侈品，我能够拥有的最大梦想，就是骑着自行车游遍中国。可惜这样的计划最终没有付诸实行。我抓住一切可能的旅行机会，哪怕背着大包一次次在山中独行。我在充满浓浓烟雾、挤得水泄不通的车厢里摇摇晃晃站立三十个小时，或是独自搭着牛车摩托车、搭着手扶拖拉机，在颠簸的小路上穿行，我是为了看一眼没有看见过的古刹？抑或只是为了告诉自己确实自由地走到了一个没有到过的地方？我不知道。还记得千辛万苦来到深山，和唐代古殿唐代彩塑静静相对，不敢相信，久远期待的历史撞击，真会在心中留下永久的震撼。只要活着，闭上眼睛，那一刻的惊绝，就活生生地在眼前再现。

所以，在离开国境的可能终于出现的时候，只要可能，我们几乎毫不犹豫别无选择地飞射而去。是父辈和自己多少年的铺垫，拉开了那张满满的弓。那一刻，我没有想很多。我只想到我终于可以自由飞翔，可以看看外面的世界。

我不知道为什么，也不知道别人是什么感觉，我只知道，看一看世界，对我而言比一切的一切都重要。我对自己说，我要走遍世界走遍已经读过的每一个国家和城镇。心里明知这不可能，我还是固执而不能放弃梦想——我想我会继续这梦想直到生命的最后一分钟。

辛劳和谋生自不待言，而旅行、阅读、写作，这样完美的循环似乎终于启动。每次上路，我在背包里塞进几本书，通常除了导游手册，还有那里的历史、前人的游记。有时候一路走能一路读上一堆；有时候带的书顾不上打开又原封不动背回。我问自己：这不是你很久很久以前期待的理想状态吗？我却忽然变得迟疑，我不知道，至少不那么确定。我只知道，任何一种状态中都有陷阱。

我们的自由渴望和创造力，局部来自于一种特殊的生活经历，我也看到，“经历”在这个特殊群体中也在越来越成为一种负担。周围的同龄人出现几种可以归类的趋同倾向：趣味、视角、观念、判断、兴奋点，以及理解方法、表述方式。一代人有自己的历史特征，也有它独特的历史责任，同时也有他们的局限、有等候他们的同一口历史陷阱。

同样，进入一种模式，就可能进入一条轨道。旅行可能为了写作而规划，阅读可能变为数据查询而失去乐趣，写作可能成为一个必须的工作，生活和你的初衷就在不知不觉中变味。你向着一个方向走了

黑龙江上的冰排

很多年，山重水复，什么障碍都越过，却可能在平原轻易迷失自己。于是，我在想象中回到那个原点。

在走过北美，走过巴黎、西班牙和意大利，回到亚洲，走过印度，又走过北非的摩洛哥、中东的伊拉克之后，我试着寻找那个站在原点的自己。曾有过那样的一天，这游历世界的旅途在想象中都绝不可能发生。那时我们的命运被动而没有选择，但却渴望读书，渴望见到世界。心在胸膛里怦怦跳动，健康而年轻。

那一天，黑龙江漂浮着冰排，我站在一个开端，内心没有负担。站在不可逾越的边境线，瞭望外面的世界。一无所有，却内心平衡，对世界充满好奇。

翻译家的故事

最近，看了一本很好看的书《一本书和一个世界》。

那是一些著名的翻译家之作。他们或写出一本书的翻译经验；或围绕原著、作者和译者叙述动人故事；或将几十年翻译生涯的体会娓娓道来。这些翻译家的年龄，从1909年出生到1954年出生不等，大多是年迈的长辈。在我读这本书的时候，其中一些长者已经离世。这本文集的编辑，捕捉了他们生命烛火的最后一亮，并小心保存了下来。

翻译家似乎总是在为他人做嫁衣裳，在我看来，名翻译家都是功夫深藏不露的人。没有人像他们一样磨炼文字、体验文学，对原著一字一句、一笑一颦细细地消化，又以自己的母语准确流畅地表达出来。他们让你读着优美的本国文字，异域之风却荡漾其中。更难能可贵的是，他们清楚译者的位置，在展露才能的时候，对自己很是克制。

就是这样一批有修养的译者，难得地从译著后面走出来，给我们透露一点他们自己。当然，这些文字风格各异，和读他们的译著感觉不同，这时候他们就是他们自己，有了自己的喜怒哀乐。

读了才知道，他们的故事原来并不是发生在文学仙境和幽静书斋里的。他们竟无法摆脱历史的纠缠，其中许多人几十年被政治风浪冲击，有些人几近没顶。当然，已经没顶的，哪怕是再著名的翻译家也消失了，无法再写出自己的故事，例如傅雷。仔细想想，仍然觉得这是一件很奇怪的事情，因为译者和作者不同。作者写书，文责自负。如若说有人要加害作者，总可以从字里行间找到“理由”，所谓“欲加之罪，何患无辞”。可是，照理说，要给译者加罪就很困难。因为译者只是语言翻译，只是力图准确转达作者原意。再“反动”的书，文责被作者“负”去，按说就没有译者的什么事了。就是有言论罪，对译者来说，言论也是他人的。《我的奋斗》几乎被译成全世界各种文字，从没听说有哪个国家宣称，他们国家的译者就是希特勒的代表。

可是，别不信，这样的事情就是在这里发生了。

翻译茨威格著作的翻译家张玉书，曾经在得到一本茨威格的原作之后，“如饥似渴地读了这些名篇，还没有敢闪过翻译它们的念头”。不是翻译水平不够，而是当时“《二十四小时》的译者、南开大学的历史学家纪琨先生为此受到牵连，理由是散布毒草，竟和当年在柏林焚烧茨威格的作品时为这位作家罗织的是同样的罪名”。

著名翻译家草婴回忆说：“1956年读到《一个人的遭遇》特别感动，并立刻把它译成中文，也是因为我对反法西斯斗争有了较深的感受，衷心希望人类不再受到类似的浩劫。但怎么也没想到，《一个人的遭遇》被说成是大毒草，我因翻译肖洛霍夫作品在‘文革’中受尽迫害，两次处于生死边缘……成了‘肖洛霍夫在中国的代理人’、‘肖洛霍夫的吹鼓手’。”1975年，五十二岁的草婴被强迫去背水泥，被水泥袋压断脊梁骨。因为他的翻译家身份，被医院拒收，“只嘱咐家属在家里搁一块门板，叫我仰天躺在板上至少半年”。

偷偷在家翻译也不行。1945年参加新四军的翻译家金中回忆说：“预料中的事情终于发生了。1969年中共‘九大’召开前夕，我家又一次被抄，连炕上的席子都被卷走。《风中芦苇》译稿自然逃脱不了厄运。我辛辛苦苦写下的几百页稿纸，被队长们当了卷烟纸，付之一炬，我心疼得差点昏过去。”

译者人人自危的气氛究竟到了什么地步呢，就是连编写辞书都不安全。学者孙绳武回忆说：“十年动乱之间，即使是编译辞书这类尽力远离现实政治的工作，也几乎全都悄然无声。”

1970年，法国文学翻译家袁树仁还是三十二岁的年轻人，他去北京图书馆借书。“法文书的卡片已经过筛选，许多‘封资修’著作被拿掉了。填了一个条《茶花女》。工作人员接过去一看，立即厉声斥责‘为什么要看这种作品？’把条给撕了。”

或许是不愿意回首往事，这本书里的一些译者，在细述自己的翻译生涯时，简单地跳过“文革”这段历史。

译者们由于异常的生活状况，开始和他们心中珍藏的文学，发生了深层的融合。德国文学翻译家傅惟慈曾“每日战战兢兢，总感觉头上悬着一把系在马鬃上的利剑……直到有一天高音喇叭宣布一串黑帮分子的名字，我也叨陪末座，被从办公室里拉了出来”，他突然想到自己喜欢的小说格雷厄姆·格林的《问题的核心》中的话：斯考比“望着她走出自己昏暗的办公室，好像望着白白浪费掉的十五年生命”。他恍惚间觉得自己走进小说中的情境：我“做着同样的噩梦。生活中到处都是陷阱，不管你如何谨慎，迟早仍然要跌进去”。他感觉，在这个时候，自己阅读主人公，就像是“一个迷失前途的人阅读一个身处绝境的人”。

翻译莱蒙托夫作品的翻译家顾蕴璞，二十世纪六十年代初大学毕业，由于“出生于地主家庭，又不注意靠拢组织”，被“安在了一个最难发挥自己长处的岗位上”。业余生活被人“汇报给组织”，他记得自己“感到特别的压抑”，“无人可以倾诉”。不由得把莱蒙托夫当作“忘世之交”。他回忆到当时，自己悄悄翻译着莱蒙托夫的诗《独白》，不由产生共鸣，诗中说：“……在祖国我们仿佛感到窒息，心头沉甸甸，思绪忧戚戚……”

读到这里，令我十分惊讶的事情发生了，翻译家突然开始表白，他说到自己有这样感受的时候，“当时绝对没有把人民当家做主的新中国和沙皇尼古拉一世的俄国等量齐观”的意思，他只是“和莱蒙托夫在人生感受上找到了某种契合点”。任何一个“过来人”都知道，翻译家为自己做的这个辩解，正是在依着“文革”最容易发生的指控逻辑，在那里作茧自缚地挣扎。

在这个时候，我突然明白，在“文革”结束将近三十年之后，阴影在他们头上还并没有全部消散。

瞬间华彩

一个人一生有多少分钟，有多少瞬间，几乎没有人去计算。有些人，像特蕾莎修女，一生几十年如一日亲自劳作，为加尔各答的贫病者服务。还有一些人，用他们一生中的几分钟、几秒钟，为人类的历史写下了精彩的一笔，就像美国宇航员阿姆斯特朗，没有人知道他一生其他时间是怎么过的，但是谁都记得他跨上月球的那一瞬间："这是一个人的一小步，却是全人类的一大步。"

在我的面前，有一张陈旧的美联社新闻照片。照片上是美国黑人短跑运动员汤米·史密斯，他曾经打破二百米短跑世界纪录，曾经代表美国获得奥运会金牌。可是这张照片记录下的，却不是一个短跑冠军冲向终点的辉煌瞬间，那样的瞬间辉煌并不罕见。照片记录的是汤米·史密斯的另一个瞬间，一个凝固、沉重却辉煌至今的瞬间。

故事必须回溯到二十世纪六十年代，那时候汤米·史密斯是美国加州大学圣荷塞分校的学生、校田径队的运动员。汤米出生在加州一个农民的家庭。家里穷，父亲从小就把孩子们赶到棉花地里干活，干够了活才能上学才能玩耍。摘棉花、卖棉花，汤米从小就有被恶意的白人称呼为“小黑鬼”的经历，从小就感受过黑人遭遇的不平等。尽管美国黑人的政治地位在战后起了很大变化，但是黑人从历史上承袭的贫穷和落后却不能一日改变。在那个时候，不少白人还抱着对黑色种族的偏见、歧视和敌意。

汤米是天生的奔跑者，他被加州大学圣荷塞分校的田径教练看中。这个教练召集了好几个出身贫穷的黑孩子，后来都成为世界田坛上的英雄。汤米是他们中的佼佼者，他的骨骼、肌肉和神经几乎是专门为短跑而生的。几十年后，这位教练还由衷地感叹，汤米从起跑、加速到冲向终点的每一个瞬间、每一个姿态、每一个动作都绝对地完美无缺，你看着他跑的时候，会有一种看慢动作电影的感觉，从技术角度讲，他跑得实在是太完美了。

汤米和别人不一样的是他内心非常敏感。他从小上教堂，在教堂唱诗班唱圣歌。进了大学依然如此。每天训练的时候，他背着一个大书包。他告诉他的黑伙伴们，我们必须上完所有的课，通过所有的考试，我们必须名副其实地从大学毕业，尽管他们所有的人都明白，这些出身贫穷的黑孩子，摆脱贫穷和出人头地的最佳机会，就是现在跑出好成绩、拿到奖牌。

就这样，他们迎来了1968年，那一年奥运会将在墨西哥举行。

1968年是全世界各种思潮大震荡的一年。那一年，发生了布拉格之春和苏军入侵捷克斯洛伐克的事件。美国还深陷在越战的热带丛林里，国内的民权运动却此起彼伏。在芝加哥，示威学生和警察对峙；在纽约，哥伦比亚大学的学生占领了校园；在巴黎，大学生和警察的对抗几乎要重现巴黎公社的街垒战。4月4日，马丁·路德·金被刺杀；6月5日，同情民权运动、主张结束越战的总统候选人罗伯特·肯尼迪被刺杀。全世界的空气中弥漫着愤怒、狂躁和不安。每个人都意识到，这个世界面临着一场变化。在美国，表面上的混乱掩盖不了这种不可逆转不可回避的深刻变化的主流：变革传统制度和习惯中腐朽的虚伪的不人道的东西，走向一个更符合人性、更尊重别人、更自由、更平等的社会。

美国的黑人运动员自然受社会思潮的影响，把眼光集中在黑人社会地位这一问题上。二十世纪六十年代是美国种族状况产生深刻变革的年代。自从1955年联邦最高法院在“布朗案”中裁定学校里的种族个例为非法以后，美国南方的民权运动进入了要求实质性制度变革的阶段。经过十年抗争，在几任美国总统的倡导下，1964年通过了历史性的《新民权法》，1965年在约翰逊总统任内通过了《选举权法》。到六十年代末，在制度和法律层面已经基本纠正了历史上遗留下来的种族不平等，并且用反向优惠的做法来弥补黑人弱势的“平权措施”也呼之欲出。但是，在社会文化层面上的不公正，在人们思想意识中的不平等，却不是一天两天可以消除的。黑人仍是相对贫穷的，还常常会遭到人们歧视的白眼。作为优秀的运动员，汤米·史密斯就有过很多这样的经验，穿上运动衣，人们为他欢呼；一脱下运动衣，他就还是被人叫作“黑鬼”。

将要参加十月奥运会的黑人运动员们在酝酿集体抵制奥运会，以抗议当时美国社会依然存在的种族歧视。美国奥委会的官员当然不希望这样的抵制发生。他们请出了大名鼎鼎的黑人运动员杰西·欧文斯，他曾经在1936年柏林奥运会上获得四块金牌，从而用事实粉碎了纳粹关于种族优劣的阴险理论。他来给后辈黑人现身说法，劝说黑人运动员们不要用轻率的行动自毁前程。严格地说，杰西·欧文斯是有道理的。

很有象征意义的是，全部是白人的哈佛大学划船队这些白人精英的代表，是支持黑人民权运动的。他们公开声明支持黑人运动员的诉求。事实上在美国白人中，最顽固反对黑人民权运动的，大多是底层的农民和工人。

最后，在赶赴高山营地集训之前，黑人运动员们放弃了集体抵制奥运会的念头，其原因非常简单：这些黑人青年作为个人，他们付不起放弃奥运的代价，这是能够使他们个人和他们家庭的生活改观的唯一机会。他们发起了一个叫作“寻求人权奥林匹克”的活动，呼吁每个人用他们个人认为合适的方式，各自表达他们对美国黑人人权状况的观点。

美国奥委会在落基山的高山上专门建立了田径集训地，这是在高山森林里开辟出来的跑道，跑道的两边古木参天，真是世外桃源。汤米·史密斯他们训练得非常专心刻苦，但是1968年夏天发生的事情，依然传到了这个高山营地，撞击着他们的神经中枢。

终于他们开赴墨西哥了。在此以前，墨西哥的民众和政府发生了流血冲突，由于经济恶化，学生和民众企图阻挠奥运会。在武力镇压下，民众死亡数百，受伤成千。尽管如此，墨西哥政府还是承诺奥运会如期举办。当各国运动员陆续到达的时候，墨西哥城处于戒严状态，到处是荷枪实弹的军人。1968年墨西哥奥运会就在这样一种奇怪而紧张的气氛中开始了。

美国的黑人田径运动员一开场就表现出色，出现了几个精彩场面。

黑人跳远运动员罗伯特·比蒙一跃，看台上随之一片惊叹声。奇怪的是三个裁判围着沙坑里比蒙的脚印愣住了，足足两分钟，显示板上打不出成绩。原来，沙坑事先就做好了长度测量标记，比蒙却超出了事先准备的最长标记足足两英尺多！裁判们只好临时再找一条皮尺来测量这一新世界纪录，8.90米。这一新纪录保持了二十三年没人能打破。

汤米·史密斯的二百米跑开始了。他疾风一样率先冲向终点，黑色的肌肤闪着亮光，就像一只黑豹。全世界都注视着他。19.8秒，又一个世界纪录。获银牌的是一位澳大利亚运动员。汤米的同伴、来自纽约的黑人队友约翰·卡罗斯获得铜牌。

作为一个短跑运动员，人生再也没有比这更辉煌的瞬间了。

就要走上领奖台了。他一身运动衣，穿戴整齐，在脖子里系上一条黑色的丝巾，胸口是一枚“寻求人权奥林匹克”的徽章。他向观战的妻子伸出手去，默默地接过一副黑色的皮手套。他把左手的那只手套递给卡罗斯，对这位一向信任他的兄弟说：“看着我，我怎么做，你就怎么做吧。”

他们登上了领奖台，俯身戴上了亮闪闪的奖牌，看台上观众一片欢呼。待欢呼声停寂下来，升国旗的时候到了。

当美国的国歌在运动场上响起，当星条旗冉冉升起，当全美国全世界都注视着这里的时候，汤米·史密斯缓缓地、坚定地举起了他戴着黑色皮手套、紧握拳头的右臂！他把黑色的拳头举得高高，直指云霄，却把头深深地低下，目光低垂，俯视着脚下的土地。约翰·卡罗斯看着汤米，毫不迟疑地举起了他戴着黑手套的左拳。

在美国的国歌声中，在国旗庄严升起的时候，他们两人像两尊黑

汤米·史密斯的瞬间

色的雕像。他们是沉默的，就像他们祖先的家乡非洲大地，就像美国黑人四百年的屈辱和苦难。他们就用这个沉默的姿态，提醒全世界注意美国黑人的处境，向全世界表达他们作为一个人，要求尊严、要求自由和人权的强烈愿望，他们要告诉全世界：

> 黑人依然未能获得自由；黑人的命运依然被隔离的镣铐和歧视的锁链悲惨地束缚着；在一个巨大无边的物质繁荣海洋中，黑人依然生活在贫困的孤岛上；黑人依然在美国社会的角落中潦倒，在自己的土地上过着被放逐的生活。（马丁·路德·金语）

全场观众愣住了！美国奥委会和国际奥委会的官员惊呆了！美国和全世界的人们，不管是什么肤色，不管是什么观点，看到这个镜头，都被深深地触动了，有些人吃惊，有些人感动，有些人震怒。

这就是我面前的这张美联社新闻照片。这是奥运会金牌短跑运动员汤米·史密斯和他的黑人兄弟约翰·卡罗斯人生最辉煌的瞬间。在时间的长河里，这只不过持续了两分钟，但是只有这两分钟，汤米和约翰真正表达了他们对人权和人的尊严的追求。这瞬间，被记录在几乎所有有关1968年的年鉴、百科记录和照相集中。这真是瞬间华彩、瞬间辉煌，一切只是为了表达一项个人的理念。

为了这样瞬间的表达，汤米·史密斯和约翰·卡罗斯付出了沉重的代价。

当时的国际奥委会认为，汤米和约翰的举动，是把政治带进了体育，是一种破坏行为。而美国奥委会的官员，像美国的很多保守民众一样，认为这样的做法是公开地羞辱美国，是一种不爱国的行为。国际奥委会当天开会责令美国奥委会处罚这两个运动员。美国奥委会命令汤米·史密斯和约翰·卡罗斯立即离开墨西哥回国，并且终身不得参加奥林匹克运动会！

只有他们自己明白，这个代价是什么分量。从此以后，他们必须和其他底层黑人民众一样地谋生了。尽管开始一段时间会有人请他们去做报告，他们是黑人的英雄，但是作为一个短跑运动员，他们离开跑道的那一刻，体育生命就结束了。他们和所有凡人在这样处境下的经验一样，经历了生活的磨难。找工作、失业甚至饥饿，他们的家人也跟他们一起吃苦，尝尽世间炎凉。

很多年后，汤米曾经有一度在洗车站以给人洗车为生。有一次，他洗的一辆高级汽车玻璃上贴着他的照片，原来这人是他的崇拜者。汤米看了，想起当年，不禁感慨万千。

岁月如水，几十年就这样过去了。汤米·史密斯和约翰·卡罗斯当年的行动，到底是对是错，是表达了黑人的正当呼声还是错误地混淆了体育和政治，人们已经不再深究。奥运会还是四年一次地如期举行。美国黑人早已不像昔日那样受到公开歧视。马丁·路德·金的《我有一个梦想》里描绘的那一天，已经到来。为了这一天的到来，汤米·史密斯在他田径事业的最高峰上选择了他的瞬间表达。他所表达的理念是正义的，今天再不会有人怀疑他的爱国与忠诚。而当年，他却几乎付出了一切。

再一次仔细辨析这张照片，我们可以清楚地看到，汤米·史密斯和约翰·卡罗斯表达的力度和深度是有所不同的。汤米·史密斯和约翰·卡罗斯亲如手足。当汤米在上领奖台之前匆匆把手套递给约翰，让他行动起来的时候，他毫不犹豫地做了。他行为的依据，除了作为黑人运动员表达信念的愿望，还有他对于汤米的一贯信任。从照片上可以看得出来，他并不是不可抑制地一定要以这样唯一的方式表达自己。而照片上的汤米却不同，他是在燃烧自己，照片上的他就是一把火炬。任何看到这张照片的人，都可以强烈地感受到，这是一道生命的闪光在划破一个历史的瞬间。对于汤米来说，这就是生命的意义。为了一个理念的瞬间表达，他愿意点亮和焚毁自己。

1996年，奥运会要在美国佐治亚州亚特兰大市举行。美国奥委会找到了五十一岁的汤米·史密斯，邀请他担任传递奥运火炬的荣誉接力跑步。那天是星期六，汤米·史密斯举着奥运火炬，跑步穿越洛杉矶的繁华闹市区、穿过唐人街。人们挥舞国旗，美国的国旗和中国的国旗，在路旁欢呼着，叫着："好样的，汤米，加油！"在同一届奥运会上，国际奥委会主席萨马兰奇为美国拳击运动员阿里补授了他当年获得的一枚金牌，间接表达了国际奥委会对于当年美国黑人运动员表达人权理念的理解和支持。全场掌声雷动。在场的人们都知道，原来的那枚奖牌，曾被阿里奋力扔进了河水，以表达一个黑人运动员和汤米·史密斯的共同理念。

汤米说："我只是做了千百万人应该一直做的事情，为争取人权而努力。"

国王，请恪守你的诺言

在我们面前，是一个玻璃柜子，光线有点暗，再加上玻璃的反光，一下子很难看清柜子里的东西。我们却充满好奇地站在柜子前面。这是在美国首都华盛顿国会大厦的圆形中央大厅里。1999年底，我们路过华盛顿，再一次游览国会大厦，这一次就是为了看一看这个玻璃柜子。

国会大厦的这个中央大厅，是整个建筑物最富丽堂皇、最壮观的大厅，光线从高高的穹顶上射下来，照耀着四周的雕塑、油画，特别是圆形拱顶下四周墙上三百六十度的浮雕，讲述着美洲和美国的历史，吸引了参观人群的目光。这儿是参观国会大厦的出发点，是人群的集散地。可以看的东西实在太多，每一件陈列物后面都有一段历史故事。来不及看，来不及记，在这儿待的时间再长，你还是感觉自己过于匆忙，走马观花。

相比之下，这个玻璃柜子太不起眼，它靠着墙，静悄悄地。我们读着说明牌上的文字，不敢小看它的静默。在这个柜子里，曾经陈列过《大宪章》。

《大宪章》是七百八十五年前，英格兰的国王和贵族之间的一个协议、一份合同书。八百年前，英国的国王和诸侯贵族们经历长期共处，形成了互相之间的义务和责任。国王把土地以采邑的形式分赐给贵族，贵族则向国王提供劳役和赋税。国王策划战争，贵族出人出钱去为国王打仗。国王和贵族约定，打大仗或征重税以前是必须和贵族商量的。

十三世纪初，英格兰国王约翰在对法兰西的长期征战中运气不佳，战争升级，贵族的负担逐级加码。到1204年，约翰国王丢掉了祖上传下来的在法兰西北部的土地：诺曼底和安如。国王只好再加税再征兵，这次他没有得到贵族的同意，违背了一向和贵族之间的约定。

这时，英王约翰还和罗马教皇英诺森三世起了纠纷，教皇宣布对英格兰动用褫夺教权的禁止令，不再提供宗教服务，这立即在民众中引起了不安。英王内外交困，只好向教皇妥协。他接受了教皇任命的驻坎特伯雷的大主教，并于1214年承认罗马天主教会在英格兰的权力，承认自己是教皇在英格兰的封侯，教皇则将英格兰作为采邑回封给英王。

英王约翰为了夺回诺曼底和安如，准备多年，要和法王菲利普二世决战，为此必须更多地征税征兵，负担都落到了那些诸侯贵族的头上。国王害怕下面不服，就采用严厉的手段逼迫服从。这一仗，倒霉的英王又大败而归。

当英王回到英格兰想征收更多的钱用于战争的时候，贵族们终

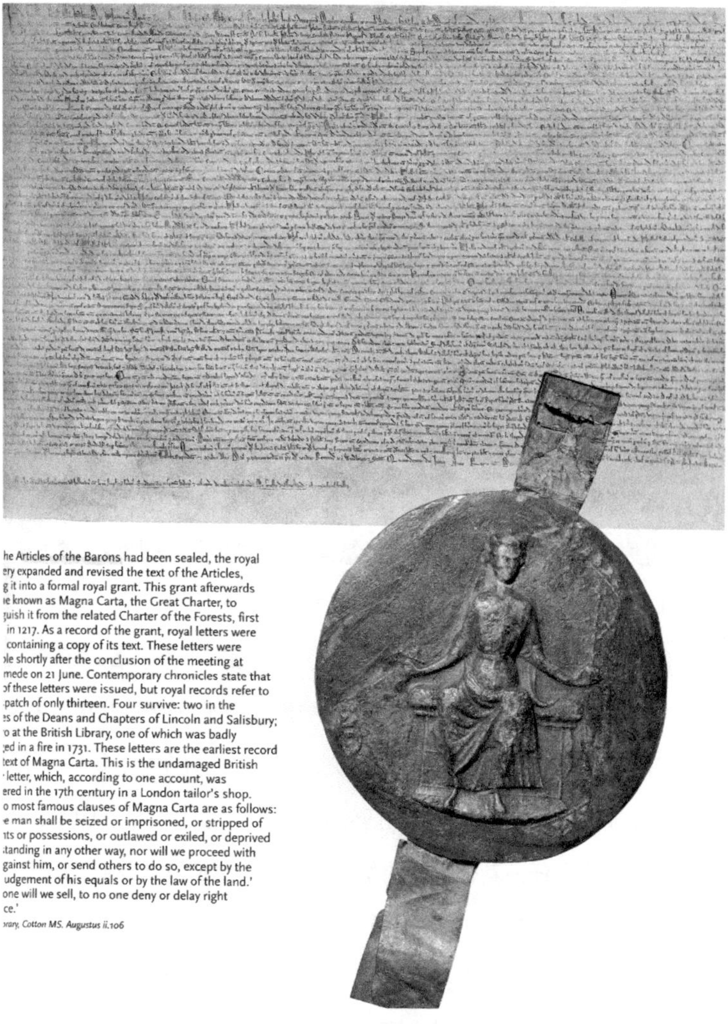
he Articles of the Barons had been sealed, the royal
ery expanded and revised the text of the Articles,
g it into a formal royal grant. This grant afterwards
ie known as Magna Carta, the Great Charter, to
guish it from the related Charter of the Forests, first
in 1217. As a record of the grant, royal letters were
containing a copy of its text. These letters were
ole shortly after the conclusion of the meeting at
mede on 21 June. Contemporary chronicles state that
of these letters were issued, but royal records refer to
patch of only thirteen. Four survive: two in the
es of the Deans and Chapters of Lincoln and Salisbury;
o at the British Library, one of which was badly
ged in a fire in 1731. These letters are the earliest record
text of Magna Carta. This is the undamaged British
letter, which, according to one account, was
ered in the 17th century in a London tailor's shop.
o most famous clauses of Magna Carta are as follows:
e man shall be seized or imprisoned, or stripped of
its or possessions, or outlawed or exiled, or deprived
tanding in any other way, nor will we proceed with
gainst him, or send others to do so, except by the
udgement of his equals or by the law of the land.'
one will we sell, to no one deny or delay right
ce.'
rary, Cotton MS. Augustus ii.106

有国王封印的《大宪章》

于不干了。1215年春天，他们起兵占领了伦敦，和英王形成对峙的局面。贵族们开始和英王谈判。1215年6月15日，在离温莎城堡不远的兰尼米德，贵族们将一份文件面呈国王，国王在文件上加盖皇家封印。这就是英国历史上，也是西方政治史上最重要的文件之一——《大宪章》。

《大宪章》立即被快骑送往各郡，向所有的自由人宣读。

《大宪章》共计六十三个条款。这是国王和手下二十五个分封贵族的权力划分协议书，是互相对义务和责任的承诺。国王承诺实行较宽松的统治，而贵族们承诺将国王做出的权益让步落实到下面的佃户身上。很多重要条款涉及司法制度，国王承诺实行较为公正和宽宏大量的司法。最后，在条款中包括了怎样实行这些承诺和协议，在任何一方违背承诺的时候，另一方有些什么样的权力。

《大宪章》中，有两条极其重要的条款。第四十条承诺："任何人的权力和公正都不能被出卖、被否决、被拖延。"这一条从此在历史上开创了所有公民在法庭面前平等的原则。在第三十九条中，国王承诺，未经法律或陪审团的合法判决，任何自由人都不能被拘捕、囚禁、驱逐、流放，或受任何其他形式的伤害。这一条款确立了这样的规矩：国王想要惩罚一个人，也必须遵循一定的法律程序。

对国王的权力作出限制，是英格兰贵族的长期努力，而在纸面文件上明确作出规定并且由国王盖印保证，这是第一次。这是西方政治史上一件非常重要的事件。

英王约翰几乎立即就想反悔。他向教皇申诉，说他是被胁迫的，是在武力威胁下才盖章作出承诺的，要求教皇出面宣布《大宪章》无效。然而《大宪章》有条款规定，二十五个得到授权的贵族在国王违背承诺的时候，有权使用武力强迫国王遵守承诺。教皇宣布废除《大宪章》的消息传到，贵族们立即起兵。1216年，英王约翰死去，他的九岁的儿子亨利三世继位。

贵族们组成的摄政委员会重新颁布了《大宪章》。以后亲政的亨利三世宣布遵循《大宪章》。所以，除了1215年的原始版本外，还有1217年、1225年等后来版本的《大宪章》。此后的英王们也相继表示受《大宪章》的约束，陆续多次重新颁布《大宪章》。《大宪章》成为英王和贵族关系的一种保障。

在《大宪章》诞生后的七百年里，它在英国政治史上的作用时大时小，有时几乎要被遗忘了。但是在关键的时候，它仍然是国王头上的紧箍咒，是对抗国王权力膨胀、防止滥权枉法的武器。1628年，英国女王伊丽莎白的司法大臣、詹姆斯国王的大法官、同查尔斯一世作对的爱德华·科克（Sir Edward Coke）在议会里吼出："在《大宪章》面前，没有君王。"他向斯图亚特王朝的国王们强调，即使是国王，也必须服从法律。

今天的人们看《大宪章》，它的意义已经远远超出了它纸面上的内容。《大宪章》诞生的时候，只是二十五个贵族要求国王承认他以前允诺的权力，恪守自己的承诺。它仅仅是国王和贵族之间的分权协议。但是，从《大宪章》到今日的英美法制，有一条清晰的成长脉络。可以说，今日英美法制的几乎所有重要原则，都可以在《大宪章》中找到萌芽。《大宪章》种下了今日西方法制的基因。

最重要的是，《大宪章》明确了任何权力都必须受制约的原则。国王的从上到下的权力，必须有一个对立面。国王不能垄断一切权力，不能包办一切，不能一手遮天。国王必须把一部分权力出让给这个对立面来制约国王。而这样的分权和互相制约，必须通过共同的契约，通过互相的承诺来实行，这就是法律。《大宪章》第一次明确了，国王也必须服从法律，没有人能够置自己于法律之上。

从《大宪章》的条款中，演化出了现在西方法律体系中的一些重要原则。在《大宪章》以前，西方历史上的国王拥有对臣民的生杀大权。君要臣死，臣不得不死，那时还没有司法独立这一说。从《大宪章》中产生了英美法律中极其重要的“人身保护令”原则，从而有了今日妇孺皆知的法律思想：只有法庭有权判定一个人是否有罪，在法庭判定有罪以前，任何人都是无罪的。

也是从《大宪章》中，直接推导出了“没有代表不纳税”的思想。凡纳税人都有权利派出代表，参与立法。从《大宪章》中产生了英国关于请愿权的法律，从而演化出一系列保障公民个人权利和自由的法律。《大宪章》是后来英国《权利法案》的先声。

1765年，在经过耗资巨大的七年战争以后，大不列颠陷入了财政困难，议会决定把困难转移到北美殖民地身上，通过了《印花税法》。根据这个法律，北美殖民地的几乎所有文件，报纸、许可证、保险文件、司法文件甚至扑克牌，都必须贴有印花，都必须缴纳税款才是合法的。这个法令没有经过殖民地自己的议会通过，也没有殖民地的代表在英国议会里辩论过，完全是从上面、从外部强加于美洲殖民地人民的。这个时候的殖民地上层都熟知此前爱德华·科克对《大宪章》的阐述：共同法居于国会之上。根据科克的思想，如果议会通过的法令违背了共同法，违背了法理，或者是无法实施的，那么就必须按照共同法而宣布国会的法令无效。

《印花税法》造成了北美殖民地和英国议会之间的对抗。就像五百五十年前英国贵族要求英王承诺他们的权利一样，殖民地民众要求英国议会恪守承诺，保障他们的权利，没有代表不纳税，法律面前人人平等。然而英国议会不愿意交给北美殖民地以同样的权利，北美民众就决定用战斗来夺取自己的权利。美国革命就这样爆发了。在革命的前夜，马萨诸塞州的议会通过了他们的印玺，那上面是一个民兵，他一手拿着剑，一手拿着《大宪章》。

十五个月后，托马斯·杰弗逊写下了《独立宣言》。

现在，在美国首都华盛顿国家档案局的中央大厅里，和《独立宣言》、《联邦宪法》和《权利法案》这几项通称为自由宪章的国宝陈列在一起的，有一份1297年版本的《大宪章》。这是国家档案局从佩罗特基金会（Perot Foundation）无限期租借来的。

《大宪章》的原本，世界上现存十七份。最初的1215年版本只有四件，都在英国国内，其中两件在伦敦的不列颠图书馆，一件存于索尔兹伯里大教堂，一件存于林肯大教堂。

1976年，美国民众庆祝建国二百周年。英国议会十分慷慨地把一份1215年的《大宪章》借给美国国会展览一年。那一年，这份历史性文件就放在我们面前的这个玻璃柜子里。历史学家说，观念能改造世界。细细想来，二十世纪西方文明的强大势头，完全立足于他们的法制文明，而这种法制文明的源头，无论是原则上还是技术细节上，都可以追溯到那几页陈旧的纸上。

我们站在玻璃柜子面前，思绪凝固在七百八十年的漫漫岁月里。可惜我们没有看到那份原件，我们看到的是用金子复印在玻璃上的《大宪章》手稿文本。蓦然回首，想起来，1976年，是“文革”才刚刚结束的时候。

原始版本的《大宪章》

读三十年前《新闻周刊》的封面文章

三十年前是1977年。那一年是我们这一代中很多人生活的转折点。那是世界要“变”的一年，空气中弥漫着“变”的气息。这种“变”的气息，是从前一年年底开始出现的。那时候，我们这一代人还年轻，学业荒废了十年后，大学突然开门、高考恢复了。大批荒废了中学教育的年轻人，不知从什么地方找出了中学的教科书，匆匆上了考场。在正式考试以前，很多单位还举行了“资格考试”。几乎所有的人，打开考卷的一刹那，都紧张得不能自已，许多人钢笔在手中颤抖，甚至抖得写不出一个像样的字。

然后，这一代中的幸运者，怀着劫后幸存的心情走进大学，这就是“文革”后的第一届大学生，被称为“七七级”。那一年我们开始发奋读书了，但现在回想起来，那时这个世界上其他地方发生着什么事情，我们仍然是懵懵懂懂的。

最近，一个偶然机会，我读到了三十年前——1977年6月27日星期一——那天的美国《新闻周刊》。这一期的封面人物，是当时西班牙王国年仅四十五岁的首相苏亚雷兹；这一期的封面文章，讲述的是刚刚发生的西班牙全民大选。

佛朗哥

那也是西班牙空气中弥漫着“变”的气息的年代，“变”的气息也是从一年多前一位老人的逝世开始。1975年11月20日，维持独裁统治长达近四十年的佛朗哥将军逝世了，这一期《新闻周刊》的文章，上来就引用了佛朗哥在1938年说的话：

> 我们不相信投票站选出来的政府。选票箱从来没有自由表达过西班牙民族的愿望。西班牙没有愚蠢的梦想。

西班牙的历史经验，使得佛朗哥在有生之年，相信强人治国，尽管在那之后，他又活了将近四十年，这一期间，西班牙已经换了整整一代人，和西班牙内战时相比，那已经是一个新的世界、新的欧洲、新的西班牙了。可是佛朗哥在晚年仍然拒绝让民众有自由组织政党、自由组织工会、自由结社的权利，他沉溺在四十年前的记忆中，怕西班牙再度陷入混乱而导致内战。佛朗哥不能看到，在这个时候，“压”反而孕育了“乱”的隐患。就这样，佛朗哥把他的独裁统治维持到自己生命的终结。他咽气的时候，西班牙被欧洲看成一个落后于时代的另类国家。

佛朗哥死后几天加冕的国王胡安·卡洛斯一世，是个不到四十岁的年轻人。也许因为年轻，他能更多地朝前看，他的思路显然和佛朗哥不一样。他选了一个同样是年轻一代的苏亚雷兹出任首相。他们一致的想法是：西班牙是改革的时候了，不改革没有出路；旧体制内的保守派也已经能够接受温和的渐进改革；改革必须由旧体制内的改革派来启动，必须通过体制内和体制外改革派的对话来实现。

也许是西班牙人没有“摸着石头过河”的文化传统，也许是苏亚雷兹担心“摸着石头”未必安全，也有摸到鳄鱼的危险，所以苏亚雷兹的改革，从制定政治改革法案开始。1976年10月8日，佛朗哥死后不到一年，他留下的西班牙国会对苏亚雷兹提交的政治改革法举行表决，四百二十五票赞成，十五票反对，十三票弃权。1976年12月15日，西班牙对政治改革法举行公投，赞同的高达百分之九十四点二。半年后的1977年6月15日，西班牙举行第一次大选。《新闻周刊》的封面文章，介绍的就是这次大选的情况和它的改革背景。

当时，西班牙已经四十年没有举行过选举了，所有六十四岁以下的西班牙人，都一辈子没见过选票。可是，很奇怪，在遍布全国的三万八千个投票站，人们来投票的时候显得自信和老练，好像他们从来就习惯选举。很多人在家里就已经把选票填好，来到投票站，亲眼看着自己的选票落入密封的透明票箱里。各票站都有警察值班，全国武装力量处于戒备状态，可事实上选举秩序良好。要求区域独立的恐怖活动分子在各地放了几个小炸弹，却没影响民众去投票的心情。有一个左翼社会党的年轻女士说："那是多么自然，让你觉得好像我们过去四十年一直是生活在民主之下。"而几个月前才从巴黎流亡中归来的老资格共产党总书记卡里约则说："投下我那一票的时候，是我最快乐的瞬间。"

这么大一个国家的选举，当然也不会没有一点意外。在一个票站，有个投票者一定要把一张佛朗哥的画像塞进票箱。有两位老妇，来到投票站才知道，这次大选，和佛朗哥时代举行过的公投不一样，不是只有"同意"和"反对"两个选项，而是要在众多候选人里挑选。她们慌得不知所措，竟没有投票就回家了。

有一位杂志编辑说，他投票的时候激动到了极点，简直无法相信，他一遍一遍地说："四十年了，四十年了啊！"

被称为"小俄罗斯"的工人区，一位左翼社会党人说：我今年三十四岁，这选举对我来说，是太好了，对我的孩子来说，是将要更好。

《新闻周刊》的长文，勾画了佛朗哥死后一年半里，西班牙政治改革转型期最困难的时候，政治家们如何求同存异，坚定地走向民主体制的方向。为了让流亡三十八年的西班牙共产党取得合法地位，苏亚雷兹和共产党总书记卡里约谈判，要求卡里约改变共产党的形象，承认西班牙王室和君主制。为此，卡里约一方面号令冒雨举行二十万人的群众集会，展示共产党的力量，一方面甚至考虑改名为"皇家共产党"。

读着三十年前的这篇文章，不能不让人想到此后西班牙的三十年。《新闻周刊》登这篇文章的时候，谁都不敢确保此后民主进程完满成功，那时的西班牙仍然面临着经济和社会演变的巨大困难。我们现在知道，西班牙的改革被誉为一次较完美的改革，甚至是个奇迹。英国报刊说，西班牙改革的成功，重要的一点是，国王的着眼点，不是老一辈的政治人物，也不是中一辈的政治人物，而是像他一样的年轻一代的西班牙人。马德里一位知识分子说，这次转型深得人心，因为人们终于用一种文明的方式来共同生活，来处理他们之间的分歧了。《新闻周刊》长文的最后一句，引用了政治改革时期传奇般的首相苏亚雷兹在1976年8月说的话：

西班牙将让你从梦中醒来。

这就如同是在回答文章开头引用的佛朗哥对西班牙不要民主而下的断言。

三十年过去了。上帝一视同仁，给了所有的人三十年。这三十年，我们也有了很大变化。回想三十年前的1977年，我常常会庆幸，如果1976年的事情不发生，我们如今又会怎样呢？

一个国王的命运和理想

胡安·卡洛斯一世是今日西班牙的国王，也几乎是西班牙人心中崇拜的偶像。在西班牙旅行的时候，看到国王的画像，听到西班牙人谈起国王，回味一下，又感觉“偶像”的概念在这里有点不一样。国王当然是一个政治人物，可是西班牙人对这位国王的崇拜，不是子民对国王的臣服，也不完全是对君主的敬意，里面还有一点“迷”的味道，有点像对一个明星着迷。国王长得挺拔神气，在西班牙人心中不是高大领袖的形象，倒是有点对俊勇男子欣赏的意思。他们既赞赏他的平民化，又不妨碍他们牢牢记得，这是他们引为骄傲的君主。虽然今天胡安·卡洛斯一世在西班牙的位置、起的作用和英国女王不相上下，可是在西班牙人眼中，金色冠冕不是一个皇家摆设，这位国王在精神上是一个对西班牙有实际意义的支撑。西班牙国王胡安·卡洛斯一世来自欧洲最古老的皇室家族波旁王朝，却是现代民主西班牙的象征。西班牙人会永远记得，胡安·卡洛斯

西班牙国王胡安·卡洛斯一世

一世是西班牙民主转型过程中一个最关键的人物。

西班牙内战前最后的国王

今天的西班牙国王，1938年出生在意大利的罗马。他出生的时候，祖父阿方索十三世已经流亡海外。阿方索十三世是西班牙内战前的最后一位国王，他当政的时期，世界和西班牙政局都在激烈动荡。他竭力使得西班牙在第一次世界大战中维持中立，却无法应对“十月革命”对本来已经岌岌可危的国内局势的冲击。事后，历史学家说，在那个时候，西班牙只有“军队和无产阶级的对决”。这也是此后西班牙内战对决的基本阵营。

在局面终于面临崩溃的时候，1931年，阿方索十三世选择了引退，去国流亡。历史书上记着这样一个故事，在最后时刻，他的手下官员报告说要惩处抓住的反国王人士，阿方索十三世说了一句被载入史册的话："我再也不要看到流出一滴西班牙的血了。"史家公认，他确实是想避免西班牙的更多流血冲突。可是他在位的后期，西班牙已经是暴力冲突的流血之地。他能够做的，也就是让自己的手上不再更多地溅上西班牙人的鲜血。而作为一个君主这等于是在承认，自己无力面对和处理国家的混乱。阅读西班牙历史，对欧洲君主制传统会有更多了解。无疑，君主把国家看作是"自己的"，可是从另一面说，这种传统也意味着，国王必须"爱自己的子民"，这是国王的责任。二十世纪最初二十年里，左右翼思潮涌入西班牙，在那块炙热干旱的土地上形成互不相让的冲突局面。面对暴力和混乱，阿方索十三世出走后还说过另一句被载入史册的话："我再也不爱我的人民了！"这句话所传达的绝望，大概只有王族能够真正理解。

在他离开的时候，他看到了旧制度下君主的悲哀。临离开王宫的时候，他手下的人对他说，在外面大厅里，有将近五十个人在那里等候着和他告别。宫外的局面已经非常危险，他非常感动地说，我一定要见见他们，竟然现在还有人冒如此危险前来告别。当他走进大厅，他发现那都是宫中的仆人和厨娘，还有这些人的家属甚至孩子们。当他是一国君主时，围绕在他身边的显贵们一个都没有出现。他回到自己房间的时候，发青的嘴唇一直在颤抖。

阿方索十三世流亡法国又转到罗马，直至去世再也没有离开。欧洲的宫廷里有一种说法，就是王室应该是游走的，你必须深入自己的民众，让百姓了解你，你也了解自己的百姓。而胡安·卡洛斯一世的家族流浪游走在外是被迫的。阿方索十三世的儿子、胡安·卡洛斯一世的父亲起初想住在今天以电影节闻名的法国戛纳，可是不久西班牙内战开始，在西班牙共和政府的压力下，法国政府迫使他们离开。他们先到意大利的米兰，然后转到罗马。胡安·卡洛斯一世就在这个时候出生，那正是西班牙内战的后期。给他施洗的是一个红衣主教，也就是后来的教皇皮乌斯十二世。西班牙内战后，意大利在法西斯墨索里尼带领下又开始备战，环境凶险。他的父母后来去了葡萄牙。

虽然流亡在外，但胡安·卡洛斯一世似乎从一出生就在西班牙的氛围里，他的父亲就是一个王子，他长在一个王子的环境里。不论他的家在哪里，父母身边永远围绕着许多西班牙人，其中不乏王室支持者。他从小是听着许多西班牙的真实故事长大的，而这些故事又常常带着暴力和血腥。做王后的祖母告诉他，在她的婚礼那一天，一个无政府主义者朝她的马车里扔上一束鲜花，而鲜花里包裹着一个炸弹。于是，新婚的白色衣裙溅上了马儿和车夫的血。当然，还有爷爷阿方索十三世离开西班牙的故事。

多少年后，胡安·卡洛斯一世曾经被问到，你是在什么时候觉得自己是个西班牙人的。沉稳的国王突然有点激动，他说，我躺在襁褓中，耳边听到的就已经满是西班牙、西班牙了。

流亡中的西班牙王子

有的时候，君主责任甚至是一个过于沉重的负担。他的父亲唐·

胡安相信，自己可能有朝一日会承继父亲的王位，而他在自己的王位还完全没有着落的时候，已经想到必须给儿子严格的王子教育，因为儿子将是自己的王位继承人。

于是，胡安·卡洛斯一世在八岁就被送进了纪律严格的寄宿学校。校门一关，父母音讯全无，小王子感觉自己已经被父母抛弃了。他后来猜想，或许是父亲不让母亲给他打电话，流亡中的父亲深知西班牙是一个长期以来局势凶险的国家，本能促使他要训练王子性格坚强，否则未来他将无法应付这个坚硬的国家。最后，还是祖母前来探望，祖母也是他的教母，是巴黎公爵的女儿、流亡中的西班牙王后。最后，他总算离开学校，在祖母的温暖陪伴下，回到父母身边。

可是好景不长。1948年冬天，在里斯本一个清冷的车站，年方十岁的胡安·卡洛斯一世在父母的送别下，永远告别了和父母一起的家庭生活，独自前往西班牙。其原因是，他必须完成王子的教育，而根源又是他未来的君主责任。

在胡安·卡洛斯一世的祖父离开西班牙之后，西班牙就是共和国了，通过选举，左右派都执掌过政权，也都在自己执政的时候，无法消除敌对也无法免除暴力。如今我们都知道，真正的民主政治必须是在反对派可存在的状态下运作，可是人们也常常忽略一点，就是在民主政治下，任何一方执政，反对方都必须有现实意义上的平等地位。选举得胜的一方，是获得包容对方、主导建设国家的机会，而不是获得一个利用民众给予的国家资源，去消灭对方的有利位置。在野一方，在提出反对意见的时候，也应该是出于对全民有利的考量，同样不可以有那种恨不能要消灭对方的仇恨和行动。它的前提，就是双方要认同一个核心价值。这是实行民主制度的先决条件，否则民主制度就变成没有规则约束的游戏，两圈以后就玩不下去了。二十世纪三十年代西班牙共和国的左右双方恰恰是缺乏共同的核心价值，民主游戏也就肯定运作不下去，从政治对抗开始，走到不是你死就是我死的局面，所有的人都被拖向两端，中间地带反而无法生存。

当最后是内战决出胜负的时候，不论哪一方赢，民主游戏都只能刹车。走到这一步，只能说西班牙注定要有一段独裁政权的命运。

西班牙独裁者佛朗哥被公认是个出色军人，却是个谜一样的政治人物。在所有人都认为他是纳粹同党、法西斯分子的时候，他却和希特勒周旋，不仅使得德国兵没有踏入西班牙一步，而且使得西班牙奇迹般地置身于“二战”战火之外，甚至还一度成为犹太人逃亡的一条通道。他既冷酷镇压左翼，也镇压要求接回流亡国王的极右保皇派。他曾经宣称自己尊重西班牙传统，将在合适的时候恢复君主政体。人们认为他最在意的是自己的权力，他在西班牙维持了四十年独裁统治，可是出乎意外的是，他并没有自己坐上王位。“二战”结束后不久，佛朗哥把年幼的胡安·卡洛斯一世接回西班牙，让这位“西班牙王子”在自己的国土上接受传统王室应该接受的严格教育。事实证明，他理解中的君主政体，和保皇派的理解并不相同。可是人们仍然不知道他葫芦里到底卖的什么药。

1948年11月，那个寒冷的里斯本火车站，十岁的胡安·卡洛斯一世没有哭，他觉得父母不希望看到自己哭。面对“西班牙”，这位十岁的王子充满了困惑的心情。西班牙王室在近代历史上可不是一个轻松的位置。他记得有一个对西班牙王室忠心耿耿的人写过一本书，其中有三条警告：第一是永远不要住马德里的王宫；第二是永远要对“上层”紧闭你的大门，而对“中层”打开大门，他们才是社会的脊梁；

第三条是，在你从流亡中归来，不要打开你的行囊，因为你随时要准备再次卷起铺盖走人。

流亡者总是每分钟都在咀嚼自己的“丧失”，失去的东西很具体：从小熟悉的景观、气味、色彩和感觉，甚至还有那些“家乡才有、别处无法寻觅到的食物”。这些都在加深流亡者的情结，更何况一个王室的政治流亡。在胡安·卡洛斯一世眼中，父亲的流亡是真实的。父亲生在西班牙，在那里度过青少年岁月，离开西班牙的时候已经十八岁。对父亲来说，死在流亡中是世界上最坏的事情，而他们就始终处在这样的焦虑下，内战正打得凶，假如左翼胜利，他们就永远休想回国。虽然战争的结果是另一方胜利，可是，唐·胡安仍然有很多年无法回西班牙，他不得不作出这样的痛苦决定，让幼年的儿子先回去接受必需的教育。

就这样，十岁的胡安·卡洛斯一世离开父母，独自前往西班牙。

从西班牙王子到未来国王候选人

火车跨越边境，陪同他的人说“殿下，这就是西班牙了”，小胡安·卡洛斯一世把自己的脸紧紧地贴在车窗上。可以想象他的失望，西班牙很多地区是一片干旱的大地。胡安·卡洛斯一世形容自己第一眼看到的西班牙，就是龟裂的土地，贫穷的村庄，麻木的老人。他后来形容自己脑子里只有一个念头：这就是我父亲整天念念不忘的那同一个西班牙吗？

那么，你爱西班牙吗？胡安·卡洛斯一世说，作为一个王子，他受到的基本教育，是要用“心”而不是眼睛去看西班牙。

去西班牙之前，父亲对他与佛朗哥的会见很焦虑不安，他再三关照说，你认真听他说话，自己尽可能少开口，做一些礼貌应答就可以。后来胡安·卡洛斯一世才知道，自己到达西班牙后，本来安排马上要见佛朗哥，可是就在那个时候，发生了一个君主主义者的学生在监狱被殴打致死的事件，当时正在安葬他，有上千拥护绝对君权的民众冲击墓园。王子来到西班牙的消息很快传开，这些民众又试图从墓园到他住的地方去，表示对旧君主制的支持。这样更加剧了紧张气氛，会见也就延后了。

在他终于见到佛朗哥的时候，他觉得佛朗哥比看照片感觉的要矮小。佛朗哥称他为殿下，从一个孩子的眼睛看上去，他很和蔼。以后很多年里，佛朗哥给他安排的教育，是欧洲传统的王室教育，和今天英国威廉王子大概差不多，只是他更多地接受学者的私人授课。二十世纪五十年代初，佛朗哥和胡安·卡洛斯一世的父亲唐·胡安见了一面，讨论他的大学教育和军人训练。父亲希望他在国外名校上大学，然后回西班牙读军校。佛朗哥认为这样不妥，因为部队里都是十七八岁的年轻人，读完大学回来，胡安·卡洛斯一世的年龄就会比军中同伴大一截，很难再和同伴建立深厚的同袍之谊。佛朗哥还认为，胡安·卡洛斯一世应该先在西班牙完成军事训练取得军衔，再在西班牙国内完成大学教育。他们谈了两个小时，最后是父亲让步，原因是他不得不承认佛朗哥的看法是对的。佛朗哥逐渐使得唐·胡安信服了他对儿子的教育安排。各军兵种的军校和军队服役，使得他因此在军队里有一批忠心耿耿的朋友，这在西班牙特别重要。和英美传统不一样，西班牙军人在他们认为的国家危难之际，要“挺身而出”来干预政治，这种观念和做法，长期在西班牙被认为是一个“优良传统”。胡安·卡洛斯一世认为，假如不是他在军队的根基，他是绝对不可能做到他后来做的事情的。

在佛朗哥时代，胡安·卡洛斯一世和当时所有的西班牙人一样，留在宗教传统中。他还记得在一个天寒地冻的日子里，十二岁的胡安·卡洛斯一世被带到天使山的修道院参加弥撒。在地理上，天使山正好是伊比利亚的中心，山顶上有一个巨大的基督雕像，张开双臂迎接信徒。1919年，他的祖父阿方索十三世曾经在这里举行仪式，郑重宣誓把西班牙置于神的庇护之下。为了纪念这个仪式，在那里修建了一个天主教加尔默罗白衣修道院。1936年内战早期，一群左翼士兵，在这里审判了这个耶稣雕像，判其死刑。酒醉的士兵在这里盲目地射出子弹，这个地方一度因此成为左翼的胜利象征。王子记得，他在寒冷中听这些故事，他从历史中看到西班牙的图景：它总是被划分为两个极端，胜利者在一端，被征服者在另一端。这一切和他父亲的梦想，一个团结的西班牙图景完全相反。此后他在修道院参加弥撒，他似乎期待能够永远保存弥撒留给他的和平感受。

1962年胡安·卡洛斯一世成婚。他已经结束了学业，他去问佛朗哥，我应该做什么，佛朗哥说，让西班牙人民认识你。他先随几个副总理学习政务，然后走遍西班牙的城市和大小乡镇。多半的西班牙人欢迎他，可是也有人向他扔土豆和西红柿。

七年后的1969年7月，佛朗哥宣布，胡安·卡洛斯一世将成为他权力的未来继承人，在他自己死去之后，胡安·卡洛斯一世将登基成为西班牙国王。这是佛朗哥一个人的决定，这个决定并不顺理成章。先是王位的继承有争议，胡安·卡洛斯一世的父亲唐·胡安，是阿方索十三世的第三个儿子，前面两个王子一个有病，另一个是聋哑人，也都没有表现出未来国王的素质。因此，阿方索十三世自己最终是要把王位传给唐·胡安。但是，前面两个王子并不愿意放弃王位，直至他们去世，争议也没有消除。他们的儿子们，也就是阿方索十三世的其他孙子们，也在不断声明自己对王位的权利。

排除其他支系以后，另一个争议自然是在父子之间。唐·胡安还在，佛朗哥对儿子的任命等于是剥夺了父亲的王位继承权。在胡安·卡洛斯一世成长过程中，他在放假时还曾回到父母身边，平时也一直在电话中交流。最终，父亲是一半无奈也一半出于父爱和对儿子的信任，接受了这个现实。他在经历痛苦之后对儿子说，很抱歉，是我当年自己的决定，把你置于如此为难的状况中。

外界认为最可能生变的因素，是在1972年，阿方索十三世有一个孙子娶了佛朗哥最钟爱的外孙女。当时胡安·卡洛斯一世还没有登基，许多人转而支持作为佛朗哥外孙女婿的那个王孙当国王，可是佛朗哥并没有因此改变他认定的主意。

向彼岸缓慢过渡

西班牙内战是一个震动世界的事件，能够这样把大半个世界都拖进一个国家的内战中去，是很少有的。对西班牙内战的研究、对随后四十年佛朗哥政权的解读，都在很长时间里，被战争和内部的残酷对抗所封杀。研究者深入不进去，还没有进门，就被漫出来的血污浸没了膝盖，再进去就没顶了，所以，简单地给一个是非判断是最安全的做法。于是世界上的左翼就认定佛朗哥一方是法西斯，而右翼则认定失败了的共和派是苏俄的赤色分子。可是，别人尽可以在外面隔岸指点，西班牙人已经被圈在里面。分裂、暴力对抗、血流成河，从一个已经无法改变的现实，渐渐变成无法改变的历史。生活在西班牙的人有一个如何走出历史陷阱的问题。

可以说，在独裁统治下，所有的人在如何走出历史的问题上都是被动的。唯一似乎有更多“主动”空间的人就是佛朗哥。对胡安·卡洛斯一世的前途和培养方式，成为了解佛朗哥的一个窗口。

佛朗哥是一个独裁者。可是，现代社会的独裁者和独裁者之间，在某种意义上来说，也可以有本质差别：就是有明白的独裁者和不明白的独裁者。这话听上去很奇怪，其实是很真实的存在。明白的独裁者知道民主社会是一种历史潮流，自己只是一个冲突社会无可奈何的结果，是一个历史过渡人物。而不明白的独裁者，会梦想独裁制度是社会的必然，会如古代帝制一样，千秋万代传下去。从胡安·卡洛斯一世的回忆中，可以看到佛朗哥非常明白，自己只是一个过渡人物。

佛朗哥只给胡安·卡洛斯一世提供一流的教育机会，很少和他谈起政治，也几乎不给他处理政治问题的指点和劝告。面对佛朗哥时代的西班牙社会，年轻的王子会不由自主地主动问佛朗哥，面对这样或者那样的情况，我该怎么办？胡安·卡洛斯一世回忆说，在这个时候，佛朗哥会说：“我真的不知道。可是，在任何情况下，殿下，你都没有必要做那些我不得不做的事情。当你成为国王的时候，时代已经变化了，西班牙的人民也将和现在不同。”在胡安·卡洛斯一世要求旁听政治上层的会议时，佛朗哥还是那句话：“这对你是没有意义的，因为你不可能去做我要做的事情。”

对于胡安·卡洛斯一世，这是非常困顿的状态，国家冲突的历史，再加上他处在父亲和佛朗哥之间的复杂关系，可以说，他后来成长起来，他的民主政治理念的形成，是他所接受的西方传统教育的逻辑结果，包括欧洲的历史、法律、政治学，等等。这样的教育不但是佛朗哥在一手安排，而且佛朗哥显然知道这样教育的结果是什么。国王后来回忆说，胡安·卡洛斯一世的政治法学老师，后来是改革初期最好的帮手和议长，曾经告诉他，你不必担心自己要向保守派发誓维护佛朗哥时代的原则，我们可以逐渐合法地改变它，我们一条条法律地逐步修改。最终，他们确实这样做了，而且做到了。

他回忆说，佛朗哥非常相信“瓜熟蒂落”这样的民间老话，相信时间的流逝会解决许多当时不可能解决的冲突。胡安·卡洛斯一世成长的时代，也是西班牙逐渐变化的时代。非常重要的一点是，内战之后有了新一代的西班牙人，胡安·卡洛斯一世是和他们一起成长起来的年轻人。他们没有内战一代人相互之间的深仇大恨。

胡安·卡洛斯一世的状况很是复杂，一方面，他知道在很多年里，他的一举一动都可能被汇报给佛朗哥；另一方面，他在佛朗哥的安排下接受最好的教育。佛朗哥没有儿子，后来，胡安·卡洛斯一世感觉到，在某种意义上佛朗哥在把他当作自己的儿子。可是，佛朗哥天性是一个态度冷静、沉默寡言的人，从不对他流露感情。佛朗哥给了胡安·卡洛斯一世充分和自己父亲交流的条件。胡安·卡洛斯一世认为，从政治理想来说，给他最大影响的就是自己的父亲。不可否认的是，佛朗哥给王子安排的教育，正是他接受父亲理想的坚实基础。

可是，胡安·卡洛斯一世也回忆到自己和父亲的分歧。父亲住在距离西班牙那么近的地方，却不能回来，而胡安·卡洛斯一世在马德里年复一年地读书，父子之间的交流一度因为对“西班牙”的认识而变得困难。胡安·卡洛斯一世说，十八岁就流亡海外的父亲，就像任何一个长久流亡、长久没有回到故乡的人一样，故国越来越变成一个梦幻，西班牙成了他旧日记忆和想象的反射。可是，胡安·卡洛斯一世自己生活在这里，呼吸着这里的空气，他对自己说，父亲告诉我的那个西班牙已经是过去时了，西班牙在变化，今天生活在那里的男人和女人，已经不是他记忆中的西班牙人。可是他又不能对父亲直说："你错了，父亲，一切已经都变样了！你的西班牙和我的西班牙已经不再是同一个地方！"父亲一度对他生气："你怎么变得和佛朗哥的看法一样。"胡安·卡洛斯一世对父亲说，因为他和佛朗哥生活在同一个现实的西班牙。还有一个重要原因，就是他时时在以一个未来执政者的眼光看这个复杂的西班牙政局。所幸的是，父亲最后能够接受"西班牙在变化中"的现实，开始愿意倾听儿子对现实西班牙的介绍和儿子一些看法的来源。这种交流使得理想和现实之间有一个调整，这对未来的西班牙国王非常重要。

在胡安·卡洛斯一世眼中，佛朗哥是个明白人，完全知道在他死后西班牙绝不会维持不变。对于作为他的权力继承人的"国王"位置，他也并不认为是旧制度下的绝对君权。胡安·卡洛斯一世也明确表明，在他执掌西班牙之后，他要实行民主制度。在去世之前，佛朗哥逐步向下属转移权力，他的部下也开始尝试对于新闻自由等等立法的尝试。可是，独裁体制本身以及地下反对派和地区独立运动的冲击，往往使得任何改革都处于进两步退一步的摇摆中，不可能有本质的转折。在佛朗哥病危的时候，胡安·卡洛斯一世去看他，佛朗哥拉住他的手，用力握住说："陛下，我对您唯一的请求是维持西班牙的团结。"在表面上看，佛朗哥似乎留给他一个完整的西班牙，在他的统治下，西班牙人似乎是"团结的"。可是胡安·卡洛斯一世清楚地知道，这个团结只是一个假象。因为，处于另一端的西班牙人并不能发出自己的反对声音。在那一端，有流亡海外的共产党，有在高压下如火山在间歇喷发的区域独立运动等等。在高压撤出的一刻，很可能立即分崩离析。

独裁政治与生俱来的问题，就是权力的滥用，独裁政治下有太多的侵犯人权的残酷事件发生。独裁政治的另一个问题，就是哪怕是明白自己只是一个过渡政权的独裁者，仍然本能地害怕权力的退让，因为手上沾染的鲜血太多。因此，即便是明白的过渡者，也往往把过渡时期的长度定为自己生命的长度。这都是具有民主思维的胡安·卡洛斯一世所无法认同甚至常常感到难以忍受的，虽然他比其他任何人更理解佛朗哥的复杂处境。这也是他和佛朗哥在感情上始终无法真正走近的根本原因。

试图提前脱离这种独裁困境的一个尝试，是以明确的对独裁者不予追究的承诺，来换取他早日交出权力，换得国家的早日解脱。这就是智利对皮诺切特的做法。皮诺切特是一个和佛朗哥十分相近的独裁者。智利人民让皮诺切特在独裁执政十七年后提前交出了权力。可是，智利对皮诺切特处理的后续发展证明，这样的做法显然还是具有极大的争议。最后开始试图起诉皮诺切特的正是后来民主化以后的西班牙。

在这样的独特处境下，胡安·卡洛斯一世学到了“观察、倾听、自己保持沉默”。1974年，胡安·卡洛斯一世对一位历史学家说：“我要做一个现代的国王，维护国内和平，否则任何进步、任何发展、任何公正都是不可能的。而目前我还不能有任何作为。”佛朗哥的统治维持了四十年，在胡安·卡洛斯一世看来，变化应该可以更早到来，后期的佛朗哥其实是在浪费他和西班牙人民的时间。然而，也由于他对佛朗哥的更多了解，在胡安·卡洛斯一世成为国王以后，人们注意到，他从来不在公众面前批评佛朗哥。

新的起点

1975年11月20日，统治西班牙四十年的独裁者佛朗哥终于去世。在佛朗哥的葬礼上，只有智利的皮诺切特前来出席。

佛朗哥的独裁政权树敌无数，而胡安·卡洛斯一世又是佛朗哥一手培养起来的国王候选人，因此，在那一天，胡安·卡洛斯一世对站在他身边的人说，他一点也不知道，现在他是将戴上西班牙人民给他的王冠，还是将看到一个“人民卫队”向他走来，手里拿着逮捕令。

两天后的1975年11月22日，胡安·卡洛斯一世正式宣誓，加冕成为国王，世界各国政府的政要大多出席了他的加冕仪式。

胡安·卡洛斯一世是当时整个政府中唯一的“新人”，全套班子都是佛朗哥留下的。这些人感到紧张，他们知道变化是必然的，可是他们不知道变化会如何发生。他们的担心并非没有理由，因为在西班牙历史上，几乎只有两个极端的轮换，没有整个国家和睦的政治共处。假如另外一端上台，他们本人的安危都会成为问题。而整个国家和睦的政治共处，正是胡安·卡洛斯一世所追求的父亲的政治理想：“要做全体西班牙人的国王。”

胡安·卡洛斯一世明白，自己最终的角色，应该是君主立宪制度下英国女王那样的虚位君主。可是现在，如同佛朗哥是内战后的一个过渡，他必须是介于佛朗哥独裁统治和真正的君主立宪制之间的过渡。他必须利用佛朗哥留给他的权力来尽快地、和平地完成这个过渡。

在以后的几年里，胡安·卡洛斯一世所做的事情，是将西班牙从专制政体安全平稳地过渡到一个君主立宪的民主体制，所有的反对派都被容许公开站出来，表达自己的意见，争取公众的选票。这个过渡被所有的人称为是二十世纪的一个奇迹。在这个过程中，虽然曾面对最激烈的反对，但时过境迁之后，在西班牙“就连最保守的人都承认，哪怕是佛朗哥本人在，也会认为已经死亡的东西不可能维持不变”。

胡安·卡洛斯一世也一生都敬重自己父亲要团结所有西班牙人的政治理想，在他自己成功主导西班牙民主转型之后，他感觉父亲的政治理想是通过自己的手实现了。他说，我不必否认这是一个奇迹，没有一个国王做到过这样的事情，“我是一个合适的人，合适的时候，恰在合适的位置之上”。

国王和共产党

1976年，东方的中国曾经因为一位领导国家二十七年的领袖去世，引发了一个历史转变。当时，生活在中国的人们却几乎没有注意到，就在一年之前，西方的西班牙也由于一个统治国家长达三十九年多的国家首领去世，引发了一个深刻的历史转折。

1975年11月20日，统治西班牙将近四十年的佛朗哥终于去世。两天后，由佛朗哥一手培养出来的胡安·卡洛斯一世，按照佛朗哥的遗愿，正式宣誓加冕成为国王。这是一个皇家血脉的传承。在二十世纪三十年代著名的西班牙内战之前，胡安·卡洛斯的祖父阿方索十三世，曾经是西班牙的最后一个国王。多年之后，面对一个作为家族世交的作家，胡安·卡洛斯一世曾经问了这样一个问题：在我1975年11月22日登基的时候，西班牙有没有君主主义重归的感觉？那位作家想了一下回答说：那些对陛下祖父还有记忆的人会有，大多数人并没有君主主义重归之感，然而不久，大家就有了“卡洛斯主义”在兴起的感觉。

这回答点明了国王胡安·卡洛斯在西班牙民主改革中的关键地位。可是，国王根据自己的体会却说了一句很重要的话：我们大家都欠了卡利约的人情。卡利约是当时西班牙共产党的总书记。这个说法其实指点了西班牙向民主制度过渡的一个关键，就是从单一政党走向容许反对派存在的多党派民主政体的过程中，原来长期主导着政府的大党与反对派之间该如何互动？这一点有可能成为这个国家政治体制改革成败与否的关键。正如胡安·卡洛斯所诚实指出的那样，西班牙民主改革的成功，绝非单方面的成就。

到哪里去找共产党

在佛朗哥去世之前，西班牙已经开始一些有限的改革，包括在1966年已通过的新闻法，也包括西班牙在试图通过的新“结社法”。佛朗哥也希望能够显示西班牙在加入世界民主的进步潮流。可是在那个时候，佛朗哥和政府中的保守派仍然顾虑重重，这些法案也总是不能彻底实行。根源既来自佛朗哥这一代人对内战“你死我活”政治生态的刻骨铭心记忆，也来自他们对社会开放之后未知状态的恐惧。“放开”之后，是不是打开了一个“潘多拉的盒子”？放出来的是不是妖魔鬼怪？作为旧制度的代表，他们固然担心新时代中自己的安危，但是也没有理由说他们的担心是百分之一百自私的，他们应当是也担心四十年前内战前后的状态在西班牙重演，从而毁了这个国家。

胡安·卡洛斯一世就在这样很不安也很不稳定的状态下，被佛朗哥宣布为未来的国王和佛朗哥的接班人。他是战后一代的新人，他公开自己对西班牙未来将是君主立宪民主国家的设想。可是佛朗哥仍然认为，胡安·卡洛斯的未来西班牙，并不包括西班牙内战中与之最对立的一些左翼党派。因此在佛朗哥最后的时期，胡安·卡洛斯的行为必须非常谨慎。一方面，他不可能干等到佛朗哥咽气才开始自己的改革，他必须有所准备：正因为独裁政权的高压下，反对派是在暗处，就可能在暗处埋下了高压下难以爆炸的炸药包，但在高压撤离的瞬间，很可能就一起炸起来。当然，最好是在事先就和埋炸药的人沟通，拆掉炸药的雷管。另一方面，他又不能轻举妄动，使得自己失去佛朗哥对他的信任，这样，他就将失去全部机会。

于是，胡安·卡洛斯先开始在暗中和左翼的社会党一些领袖接触，把自己未来的改革计划和他们沟通。可是，最敏感的还是如何和西班牙共产党的沟通。共产党更左倾并且组织严密。他们的领袖虽都流亡海外，在国内却有着一层层的地下秘密组织，谁也搞不清楚，内战将近四十年之后他们到底还有多大的能量，到底在想些什么。也就是说，他们可能是真正危险的不可预测的力量。时间已经到了1975年，佛朗哥的最后一年，他健康欠佳的消息已经在西班牙公布。这是最后的关头了，胡安·卡洛斯再三斟酌还是决定试试，但是到哪里去找共产党呢？

胡安·卡洛斯想起来，他在1975年出席伊朗的一个庆典活动时，曾经和罗马尼亚的共产党总书记齐奥塞斯库有过一面之交。齐奥塞斯库在得知他是西班牙王子时，就顺便告诉他，我还认识贵国的共产党总书记卡利约，我们每年国庆都邀请他来参加庆祝活动的。回忆中的这句话，成为胡安·卡洛斯寻找西班牙共产党领袖的唯一途径。他决定派一个绝对可靠的朋友带着他的介绍信，去罗马尼亚请求齐奥塞斯库帮忙，给流亡中的西班牙共产党领袖卡利约传话。

胡安·卡洛斯把这位朋友找来，对他说了自己的想法，事后国王回忆说，从他脸上的表情就可以知道，他并不赞成这件事情，可他对胡安·卡洛斯确实忠心耿耿，还是冒着身败名裂的可能，甚至冒着生命危险去了。直到后来，胡安·卡洛斯的朋友一直都不肯让他暴露自己的姓名，他始终不希望公众知道，自己参与了这么一件“不光彩的事情”。而胡安·卡洛斯在西班牙民主改革完成之后多年，也仍然对讲出这样一个故事犹豫不决，他对自己的传记作家说，民众的想法是各不相同的，有人在听到这样的故事后，或许会想，原来在还没有登基的时候，你就做了这样的事情，他们也许会觉得国王背叛了他们。可见在当时的情况下，这是多么敏感的事情。

回想起来，这真是一个万分困难的决策。两方之间的障碍，是两大对立阵营由战争及杀戮的历史堆积起来的深仇大恨和不信任。卡利约来自内战一代，胡安·卡洛斯虽然和这一代无关，可是他承袭的却是西班牙共产党的死对头佛朗哥的政权。对于双方来说，都有两个巨大的问号：第一个问号是，和对方做政治沟通，是否意味着背叛自己阵营的民众，是否意味着背叛了被对方杀害的自己一方的牺牲者，是不是在向一个不应对其妥协的敌人做违背良心的交易？第二个问号是，在历史经验下，在双方经历多年来暴力相向和欲除对方而后快的经验后，即便是沟通了，又如何能够相信，对方送来的信息就不是一个“兵不厌诈”的计策？前者涉及在道德上双方沟通是不是一个罪恶，后者涉及基本的信任基础。不管怎么说，胡安·卡洛斯还是迈出了这一步。

这位信使通过巴黎前往罗马尼亚，尽管他带着西班牙王子给齐奥塞斯库的介绍信，还是在一个黑暗的地下室被关了两天，在小小的通风口中他可以看到过往的厚重皮靴，因此猜想自己大概被关在兵营。那里的人不断放录像给他看，内容都是齐奥塞斯库政权的丰功伟绩。他一有机会就重复声明，说自己是西班牙王子派来给你们总统传信的信使，可是对方好像并不理睬他。他一度绝望地以为，自己大概再也回不了西班牙、见不到家人了。

此刻，胡安·卡洛斯在西班牙也忧心如焚，苦苦等了两个星期，音讯全无。最后，信使终于平安回来。齐奥塞斯库最终还是接见了他。他带的口信总算传出去了。

口信的意思大致是这样：请求齐奥塞斯库能够仁慈地向他的朋友卡利约传达一个信息，波旁王室的唐·胡安·卡洛斯，即未来的西班牙国王，打算在他登基之后，让西班牙共产党同其他政党一样获得合法地位。同时请求齐奥塞斯库劝告卡利约信任唐·胡安·卡洛斯。假如卡利约顺此去做，事情将往最好方向发展。假如不是这样，他应该知道，西班牙王子认为，假如国王被迫面对来自共产党的抗击，西班牙的局势将会变得非常困难和复杂。

此后没有任何回音。直到大约在胡安·卡洛斯登基戴上王冠的前一个月，王子的朋友被告知，罗马尼亚的一位部长抵达西班牙首都马德里，求见西班牙王子。这当然是一次秘密出访，西班牙政府对此一无所知。胡安·卡洛斯在会见时问道，你怎么做到避开西班牙官方来这里私访的，对方微笑着低声说，我们有我们的路子。国王事后说，这显然是西班牙共产党的“路子”。他带来齐奥塞斯库的口信：“直到你当上国王，卡利约连个小指头都不会动一下。然后，在一段时期里（不能太长）实现你的承诺，使共产党合法化。”

很久以来，胡安·卡洛斯第一次长长地舒了一口气。他赢得了时间，和平推动改革的时间。胡安·卡洛斯知道，虽然前途仍然充满凶险，但卡利约总算承诺，不会在佛朗哥咽气的当口，就把民众推上街头。

传完话，那位罗马尼亚部长没声没息地走了。

一个月后，胡安·卡洛斯戴上了西班牙的王冠。

对西班牙共产党法律地位的思考

西班牙的政体在佛朗哥时代是一个事实上的独裁政体，在这一时代的后期，佛朗哥开始退入幕后、离开职务，那种状态有点像垂帘听政。前面有总理和议会，可是他们并不能违背佛朗哥把握的基本大局。佛朗哥也没有在自己的任期中恢复君主政体。局面似乎迷惑不清。佛朗哥留下了完整的议会和行政班底，都是他的老人马，也在佛朗哥生前维持运作。现在有了一个国王，按照佛朗哥遗愿，国王是佛朗哥的权力接班人；而按照国王的设想，自己最终应该是君主立宪民主国家的虚位君王，必须交出权力。可是此时此刻，他却必须利用佛朗哥留给他的权力，完成这个过渡。

过渡是如此困难。国王没有佛朗哥“打出来”的绝对权威，哪怕要做的是好事，也不能我行我素，得罪佛朗哥留下的顽强班底。更何况，极端左翼虽在国际上留下了内战中民主代表的声誉，在西班牙国内却并不拥有这样的好名声。这确实是一件很奇怪的事情。

这让我们想到，政治团体、社会团体以及公共人物，他们的主张和行事作风各异，也许多少都兼有正面和负面因素。在一个民主社会，这些团体和人物可以在法律的范围内充分表达、表现和表演。民众可能一时被某种主张吸引，可是兼听则明，最终也能渐渐明辨是非好歹。那也是一个民众学习的过程。然而，在一个有政治压迫的环境中，被压制一方的正面意见得不到宣扬，负面的表现也被掩盖起来。因此可能一些英雄被指责为恶魔，也可能一些凡人被误造为英雄。民众对压制一方的支持，很可能只是在表达他们反对的是压制本身。民众还没有机会细细辨别被压制一方的究竟。

在西班牙内战中，左翼曾经吸引了一半的西班牙人，表现了极大的能量，极端左翼也呈现了极大的破坏能力。而四十年过去了，掌权的右翼本身的变化人们可以看到，但在西班牙却很少有人知道，左翼的流亡者和地下组织究竟现状如何。对于国王来说，一个向所有西班牙人开放的民主社会是他的政治理想，可是，放出曾经有过极大杀伤力的极端左翼，容许他们站出来公开号召民众，是不是因此会把西班牙带入灾难，这也是国王内心曾经很困惑的一个部分。

国王有个私下的好朋友，是法国驻西班牙的大使简—弗朗索瓦·德尼奥。在西班牙国王对他讲出自己的担忧时，德尼奥大使对他举了葡萄牙大选的例子。在历史上，西班牙和葡萄牙是同一个大文化区，有许多类似的地方。他说，葡萄牙共产党一直认为自己的理想代表了人民。在葡萄牙的竞选中他们获得了百分之十四点四的选票，也就是说，有这样比例的民众确实相信他们的理念。对于还在地下状态的西班牙共产党，德尼奥大使也不明就里，他说他个人认为，西班牙共产党可能很成功地得到民意支持，即便如此，合法化这一步还是要走。你把一个政党排除在外，那么整个国际社会观察员和媒体看在眼里，都会说西班牙的选举不是真正的选举，西班牙的民主也不是真正的民主。

这位法国大使还说了一句话，就是最终结果究竟会怎么样，还是依赖于西班牙共产党本身——它会怎么做?

今天回想这句话，可以看到，作为对西班牙民主化之后局势的估计，这句话只说对了一半。四十年过去，西班牙民众也在变化，同样的宣传，在四十年前能够使得一般西班牙人热血沸腾，却未必能够在四十年后同样奏效。这句话说对的那一半是，当政的佛朗哥留下的班底，尤其是军队中的大量右翼及一些极端右翼，他们在半信半疑中，被动地被体制内的改革派推着走，假如西班牙共产党在合法化的过程中，表现出激进和鼓动暴力推翻政府的倾向，体制内反对民主改革的力量马上会增大。国王并没有和佛朗哥同等的、能够扭转乾坤的力量，这样，好不容易走出来的局面，很可能就半途而废了。

四十年后的西班牙共产党

在四十年前的内战前后，西班牙左翼就在不断分裂。在西班牙内战中，左翼有社会主义者和无政府主义者。最极端的无政府主义在战后坚持和佛朗哥政权公开硬顶，也就迅速失败消失。社会主义者分裂为社会党和共产党。西班牙共产党在1920年4月15日就已经诞生，逐渐以它的理想主义、献身精神出名，在历史上发展成为仅次于无政府主义的极端左翼。但西班牙共产党讲究策略，有坚持地下斗争的技巧，因此四十年来从没有中断。

在流亡期间，西班牙共产党有过一次权力转移。这次转移象征了政党思维方式的改变。在内战后西班牙共产党流亡时，领袖是被大家称为“热情之花”的一位著名女性，她的名字是多罗蕾丝·伊巴露丽(Dolores Ibarruri)，一个巴斯克矿工的女儿。

西班牙内战后，左翼虽然战事失利，流亡异国，可是从获取国际左翼阵营的支持来说，却获得空前成功。西班牙共产党的领袖们，在各个共产党执政的国家和一些左倾国家受到英雄般的欢迎，不仅从来没有生存问题，而且经费充足，只是内部仍然争斗不断。最初，流亡法国的卡利约还只是西班牙共产党在法国分部的负责人，在“热情之花”来到巴黎的时候，他马上为她找了一栋兼有数位保镖和保姆的房子。而“热情之花”住了不久，就搬去法国南部，她最初流亡的大多数时间是在世界各地巡回演讲，只在冬天回巴黎小住。

流亡中的西班牙共产党也有狂热的个人崇拜，当时的崇拜对象就是“热情之花”。1945年，“热情之花”五十岁生日，包括毕加索在内的三千多人聚集在一起庆祝。此后一直到1956年，每年的这一天，西班牙共产党中央委员会都会举行庆祝活动，以类似苏联对斯大林的崇拜之词赞扬“热情之花”。他们的机关刊物上有大量对她的颂扬甚至献给她的诗歌。后来，青年卡利约的党内地位逐渐上升，成为四大领袖之一。

作为一个流亡政党，西班牙共产党又沉浮在国际共产主义运动的复杂局势中，例如介入苏共和南斯拉夫共产党的斗争。同时，西班牙共产党在流亡中的党内斗争之激烈和残酷，读来也令人瞠目。由于健康原因，“热情之花”逐步退而成为一个精神领袖，卡利约渐渐成为西班牙共产党的实际操作者。真正导致变化的，是1956年2月24日赫鲁晓夫在苏共二十大上的秘密报告。报告指责了斯大林的个人崇拜并且揭露他的恐怖统治，苏共开始为斯大林的牺牲者恢复名誉。

“热情之花”是会议的外国代表之一，他们只能出席开幕式，事后才看到这份报告。这份报告可以说是引起了西班牙共产党的一场地震。在这个变化中，处于最被动地位的，就是相当于西班牙的斯大林的“热情之花”，而年轻的卡利约转弯的空间最大。经过党内又一轮复杂斗争，“热情之花”虽然通过谈判向对手妥协，换取了四年的总书记位置，可是大家知道，真正的领导权已经转移到卡利约手里。

更本质的变化，还不是领导权的转移，而是对流亡二十年来思维方式的全面检讨。例如，是不是坚持用革命的方式推翻佛朗哥政权？这是不是唯一的方式？他们有秘密潜回国内的组织成员，看到西班牙发生着巨大变化。和西欧其他国家相比，西班牙固然还是落后的，政府仍然是严厉而不民主的，可是二十年来，在公共项目建设的同时，投资环境大幅改善，外国资金在大量涌入，旅游业兴起，中产阶级在成长，经济在起飞。国际社会在以一种松弛的态度对待西班牙，对于欧洲人来说，新西班牙的标志，是它杰出的马德里足球队已经五次荣获欧洲杯冠军。一代对内战毫无记忆的年轻人涌入大学校园，虽然共产党成功地在他们中间发展秘密党员，可是他们已经是面对新的现实的新一代人。最终，历史学家说：不管原因是什么，就连“热情之花”也不得不公开承认，佛朗哥已经不是十年前的佛朗哥。在这场变革中，卡利约站在前沿，除了名分不是总书记，大家已经公认他是西班牙共产党的最高领导。

就在1956年7月，西班牙共产党中央委员会关起门来开会。在这次会议上他们开始了一个本质转变，提出了“民族和解”即“和平转变”的口号。历史学家认为，新一代西班牙共产党领导人的改变从此开始，他们在逐渐改变自己极权主义政党的形象，开始现出现代政党的面貌。

作为老一代的“热情之花”，对变革深感痛苦。她崇拜的斯大林面目全非，她的敌人佛朗哥却不但逐渐被西方世界接受，同时也被苏

西班牙共产党领袖卡利约

联接受了，新一代取代了她在党内的权力。1956年她陷入抑郁，常常向身边的人提到自杀的念头。也在那一年，她访问中国，受到毛泽东、周恩来和朱德的接见。

那时，分歧不断在西班牙共产党内出现，例如匈牙利事件，“热情之花”认为这是苏联战士击退了反革命政变，年轻一代的西班牙共产党人却不以为然。终于在1959年，“热情之花”对西班牙共产党的领导结束了，卡利约成为新一代的总书记。他在就职演说中提到，形势前所未有地好。这是事实，佛朗哥政权处在后期，西班牙已经在开始变革，越是压力放松的时候，反对力量就越是容易成长，西班牙共产党在国内秘密发展了大量学生和知识分子。

这就是新一代西班牙国王面对的新一代西班牙共产党领导人。

艰难的合法化操作

西班牙社会的变化是公开的、可见的，而在西班牙国内，却很少有人知道“秘密团体”共产党也在经历着变化。国王要让共产党合法化，如何具体操作、如何面对来自右翼的反对，是一个非常棘手的难题。

在阅读这段历史的时候，我也曾经感到奇怪。西班牙共产党从开始意识到要变化，提出“民族和解”已经二十年，他们在国外一直公开集会和发表演说，也在公开呼吁民主，声明自己要加入和平的民主进程。可是，为什么在佛朗哥死后，西班牙国内仍然对他们难以信任？

再把西班牙共产党这部历史读下去，就会慢慢明白。1956年后，在一个党内才能够感受到的短暂沉寂之后，“热情之花”仍然回到了西班牙共产党精神象征的位置。此后苏联共产党换了一个又一个领导人，虽然“热情之花”在苏联入侵波兰时发表声明谴责，弄得东道主很不开心，可是她基本上是西班牙共产党中最真心赞赏苏共的一位。她始终作为贵宾住在莫斯科。而卡利约等新一代西班牙共产党领导人，虽然对她的大多数观点感觉陈旧，却也对“热情之花”所处的地位乐观其成。其重要原因是，在后来的几十年里，苏共的资助已经是西班牙共产党的唯一经费来源。他们是靠苏共养活的一个友党。1956年之后的二十年，“热情之花”的生日依然是欧洲各国共产党的节日，例如意大利共产党就年年在罗马庆祝这个日子。

在1956年之后的二十年里，卡利约和“热情之花”仍然在全世界，尤其是欧洲各国举行集会演说，常常是两人联手而行。主题仍然是要坚持西班牙共产党自内战以来一脉相承的光荣，当时的口号就是“为民主而战”。演讲内容依然是内战的回忆、内战中的革命歌曲、继承当年的精神。主题本身是由听众决定的，对于欧洲左翼来说，他们之所以有集会的热情，就是因为西班牙“为民主而战”的战斗一向是他们的旗帜和精神上的强心剂。他们需要这样的回顾和缅怀，流亡中的西班牙共产党人本身又何尝不需要。这段历史，几乎是西班牙共产党之所以存在、有别他人而永远立于不败之地的理由。卡利约所代表的潜在的渐进变化，时时被掩盖在对“历史遗产”的颂扬中。

因此，在外界眼中，他们的情况和苏共有些近似，1956年地震的震中是在苏联，苏共的改变究其根源也应该追溯到1956年。可是从外部看来，仍然没有理由说，1956年之后的苏共就是一个本质不同的政党。从外部看西班牙共产党也是一样，他们或许在1956年后有了开始变化的契机，可是那还是一股潜流，水深水浅，外人不得而知。在这样并不是公开明确转变的状态下，某个掌握党内大权的领导人，他的决定和作为，也就显得特别重要。在佛朗哥去世的时候，卡利约仍然面临选择，他仍然可以决定带领西班牙共产党夺取政权，毕竟西班牙共产党仍然是最有号召力的反对大党。所以，卡利约的一句承诺，在国王眼中才有如此重大的意义。

在西班牙长期的冲突历史上，这样的运作还是第一次，过程充满张力。如何具体操作，是一个非常棘手的难题。

在西班牙共产党带来的口信中，承诺的和平期是有限的，更何况，国王并不能完全控制极右分子的作为，如同卡利约也并不能完全控制他手下的极左分子。这两端都可能认为自己一方的领袖在“背叛自己的事业”，因而做出什么极端举动来刺激对方，引发冲突，

西班牙内战中的青年卡利约

使得进程毁于一旦。这个过程需要双方的克制，克制必须建立在信任的基础上，而这个基础是如此脆弱，常常出现意外，危机四伏。

政党合法化的讨论涉及西班牙共产党，所以存在巨大分歧，反对一方认为：作为新一代共产党总书记，严格地说卡利约本人并不是一代新人，他也是内战一代，只不过当时年纪比“热情之花”小了一辈而已，他本人也留有内战的血腥印记。西班牙人都知道这段历史：在内战中，记者向佛朗哥一方的摩拉将军问起进攻马德里的战术，将军说，我的四个纵队都将进击，第五纵队已经埋伏在城里。就这样一句兵不厌诈、信口开河的话，导致城内的左翼大开杀戒，以消灭子虚乌有的“第五纵队”。他们本来就抓了大量看上去“非无产阶级”的无辜者在牢里，被抓的原因只不过是在街上系了领带戴了礼帽之类，大多是中层阶级人士。模范监狱据说就关了五千人。这些人全部被当作“第五纵队”在一个小村子里被屠杀。西班牙人一直认为，当时担任警卫头目的青年卡利约必须对此负责。有人据此提出应对卡利约和西班牙共产党起诉“反人类罪”。政府找到一个法官，法官的意见是反对起诉，理由是“反人类罪”的罪名是“二战”之后才建立的，模范监狱屠杀发生的时候，法律还没有建立这个罪名。根据西方法律“不得追溯既往”的原则，不同意依此罪名起诉。他的意见有充分的法律依据，同时这位法官的父亲和兄弟都死于这场屠杀，这样的背景在客观上使得他的意见更能够被接受。

当然也有断不接受的。国王登基之后，卡利约遵守承诺，没有立即呼唤革命。可是，由于形势松动，他也开始不断进出西班牙进行活动，用着假的法国护照，戴着根本骗不了人的假发。既然共产党还没有合法化，卡利约作为共产党总书记自然就还在要抓的名单上。一般的警察对他睁一眼闭一眼。却偏偏也有警察在边卡把卡利约给抓起来了。局势一下就变得紧张。这很容易进入一个恶性循环。

要解套，西班牙共产党一方必须克制：理解这是一个“事故”，而不是国王“背信”。一天，马德里的法国大使馆里来了一个高阶的共产党领导人，对法国大使说，我们请求你给法国共产党的高层带个口信过去。法国大使说，我们并没有这方面的联系，不过，你先说说要带什么口信吧。来人说，你知道，我们西班牙共产党的总书记卡利约被抓起来了。现在法国共产党要声援，要在巴黎的西班牙大使馆前示威抗议。当然这是好意，可是请转告他们不要声势过大。在这样的时候，我们不希望因为法国人的介入，倒过来刺激几百万西班牙人走进广场。请转告他们克制。法国大使感到非常奇怪地问道，干吗你们自己不去告诉你们的法国同志，而要我传信？来人说，很不幸的是，我们试过了，他们不相信也不尊重我们，可是他们尊重您。结果，法国大使果然帮助他们传话，在巴黎的示威规模很小，也相当克制。

政府一方要设法放人也得经过法律手续，要有法官正式宣布，依据什么理由而不对卡利约起诉。就在宣判前，预定的法官却突然心脏病发作去世。好不容易又找了一个合适的法官继续进行，卡利约被释放，双方终于渡过危机。卡利约的释放，被看作是西班牙共产党合法化的前奏。可是，卡利约刚刚出狱，就发生了一个更紧张的危机，极右分子在马德里暗杀了几名左翼学生和律师。当年的西班牙内战，就是由极端分子的暗杀引发的，这一次，左翼政党们没有以暴力相向，而是和政府站在一起，发表联合声明，共同谴责和反对暴力。

西班牙共产党终于在第一次民主选举之前合法化，并且在1977年6月的第一次大选中获得了百分之九的选票。

将反对派纳入公平的民主竞争这一关，西班牙终于顺利地过去了。

成功的妥协仍然不是完美的

在这个和解过程中，确实存在许多困扰。其中很重要的一个，是如何面对双方的血腥历史，如何面对那些历史所造成的牺牲者。

就卡利约来说，他始终否认在模范监狱屠杀事件中负主要责任。他辩称自己当时只有十九岁，他也曾私下向质疑者提出书面辩解，指出更应该对屠杀负责的不是西班牙共产党，而是当时更为极端的左翼无政府主义政党。其实，在西班牙的内战前后远不止这一件惨案，内战中更是血流成河，对杀戮无辜双方都脱不了干系，任何一方要说手上没有鲜血，连他们自己都不相信。这是西班牙血腥历史的现实。

和解和妥协，其实是在取得协议，对罪行不再追究个人罪责，或是以此换取政治制度的和平过渡，或是换取独裁者提前放弃权力。这种做法的代价是显而易见的，就是受难牺牲者的正义未能伸张。他们的正义被牺牲了。而这种做法的社会获益也是显而易见的，那就是避免更多流血、避免更多牺牲。

例如，把西班牙的佛朗哥和智利的皮诺切特比较。佛朗哥有过四十年独裁统治，而皮诺切特在执政十七年的时候，以变通方式获得终生免予起诉的保障，因而交出权力。这个政治交易传达了智利社会渴望提前步出困境的强烈意愿，当时也获得成功。但西班牙对皮诺切特提起的诉讼同时引发了智利的起诉，这又传达了死难者正义未能得到伸张的智利社会，仍然面对极大的道德困惑。智利社会决定违背当时承诺的契约，其实也是在支付另一种代价。

这是无解的难题，因为我们面前的社会并非完美，也就没有完美的解答。这也是一个需要说出来的话题。清楚说出来，社会至少可以明白自己面对的究竟是什么状态，即便是困境也知道是什么困境。再要讨论也就可以有的放矢。

在西班牙的民主进程中，强大的执政者和反对派的成功互动，也许会一遍遍地被不同地区的人们提起，希望成为借鉴。这个成功有许多细节和具体操作，而其中不可或缺的最根本基础，是朝野双方历经不同的曲折路径之后，都真的走到了一个共同点。站在这个善意基础上，朝野的关系突然变得平等，所有的党派终于退在同一起跑线上。1977年6月，西班牙第一次大选，卡利约带领自己的政党，平静地接受了民众选择的结果。只要是任何一个了解西班牙共产党历史的人，都会理解卡利约如此选择的分量，都会理解，国王说大家欠了卡利约的人情，不是一句轻松的话。

一个首相的故事

1975年年底，西班牙著名独裁者佛朗哥去世；1977年，包括流亡海外的共产党在内的所有西班牙反对党合法化，举行第一次民主选举；1982年，制宪后的西班牙举行第二次大选，执政权力向反对党和平转移。西班牙在短短几年的时间里，完成了从佛朗哥独裁体制到现代民主体制的政治转型，被誉为二十世纪后期全世界最成功的民主改革。在这个政治转型过程中有个传奇性的人物，就是当时的西班牙首相苏亚雷兹（Adolfo Suarez）。

旧制度的可靠接班人

从1939年西班牙内战结束开始，佛朗哥维持了将近四十年的独裁统治。四十年里，西班牙的唯一合法政党，就是佛朗哥亲自领导的“民族运动”。工会、青年组织、妇女组织等一切群众组织，都只能归

“民族运动”统制。西班牙灾难性的冲突历史，使得佛朗哥相信只能以镇压取得稳定。他严酷镇压一切政治反对党，镇压巴斯克和加泰罗尼亚的区域自治呼声。从第二次世界大战前到二十世纪七十年代，谁都知道，世界已发生了翻天覆地的变化。外面已经是一个新世界，西班牙也已经完全不同于内战时期，虽然从六十年代开始，西班牙经济起飞，制度层面开始有限改革，但是佛朗哥独裁的基本格局没有改变。到佛朗哥晚年，要求变革的压力形成了表面稳定下的不安张力。这是很自然的发展规律，强人国家在减少，镇压不可能永远是治理之道，人们都明白，变革的转折点就在眼前。该变不变，强压的反弹反而会形成不必要的不稳定因素。

有意思的是，如果说佛朗哥作为西班牙历史过渡人物的地位，这时已被所有人看清，那么可以说最早明白这一点的，其实是佛朗哥自己。佛朗哥也和大家一样看到，旧制度最危险的时候，就是开始转变和改革的时期。因此，他培养了一个知识构架完全属于新时代的预备国王，却又并不想在晚年给自己找麻烦。这几乎是老人政治的规律。在他突然病重的一刻，他曾经被迫向国王交出权力，可是稍一好转就又匆匆收回。把既定局面维持到生命最后一刻，是晚年佛朗哥给自己开的药方，而这锅药却要全体西班牙人陪着一起喝。连佛朗哥自己都知道，他一撒手西班牙必定会发生深刻变化。

可是问题就摆在那里：大变革是最危险的时刻，拖得越久越是如此。面临危险一刻，西班牙何去何从？

佛朗哥死后，第二共和前西班牙国王阿方索十三世的孙子，年仅三十七岁的胡安·卡洛斯一世，加冕成为西班牙国王，西班牙正式恢复了君主制。但是胡安·卡洛斯一世早在佛朗哥去世前就公开表示，

苏亚雷兹宣誓就任西班牙首相

未来西班牙是君主立宪的民主体制。佛朗哥死后，西班牙将展开政治改革转型，从佛朗哥时代的专制，向多党竞争的体制转变。胡安·卡洛斯一世本人，只是一个虚位君主，并没有行政权，不能干预政务。所以，胡安·卡洛斯一世需要选一个首相，来具体领导这场变革。

1976年，佛朗哥留下的旧国会根据国王指示，开始讨论新首相人选。经过一系列复杂的政治运作，新首相候选人，从一个长长的推荐名单缩短到只剩几个人。名单最后是大家都认为不过是个陪衬的年轻人，四十三岁的苏亚雷兹。当时旧体制内还有不少经过内战的佛朗哥战友占据军政要职，多数人都认为怎么也轮不到这个小伙子挑大梁。可是完全出乎意料，国王选择了苏亚雷兹做他的首相。

一般来说，一个打出来的政权，资历是按照战功排队的。那么，一个年轻人怎么就上了这个名单？这也是一个打出来的政权在长年累月维持之后，培养接班人的常规做法。在体制内的老人们眼里，苏亚雷兹经得起检验。他虽然没有经历过内战，但他的人生道路一开始就在佛朗哥体制内，和体制外的反对派没有丝毫瓜葛。他是从参加“民族运动”的青年组织开始，一步一步爬上政坛。三十岁出头，他就担任过塞哥维亚省长，积累了地方行政经验。后经佛朗哥亲信的推荐，担任官方西班牙电视台台长。佛朗哥去世那年，他是“民族运动”副秘书长，掌管着最关键的意识形态方面的职位。苏亚雷兹能适应体制，也是个善于察言观色的年轻人，任电视台台长期间，他尽量满足老前辈们塑造自己形象的愿望，也就皆大欢喜。所以，他不但在年轻一辈中脱颖而出，能进入首相候选名单殿后，而且在当选时并没有引起体制内的反弹，因为他毫无疑问地被看成是可靠的接班人。

对苏亚雷兹来说，于这个意外也许不那么惊讶，他肚子里存着一段和国王的老交情。在当电视台台长的时候，他和国王一个三十六岁一个三十一岁，结下了年轻人之间的友谊。那时候，保守的老一代还不把作为王子的胡安·卡洛斯放在眼里，而苏亚雷兹和王子却很有共同语言。他们都没有老一辈的负担，能够用年轻的眼光来看待社会变迁。作为专制体制内的新一代政治家，他们确信，制度改革是西班牙的唯一出路。西班牙停在老路上，就总是欧洲的异类，不能真正进入欧洲先进国家的行列。

在佛朗哥去世的1975年，苏亚雷兹受命起草了一个报告，在这个报告里苏亚雷兹认为，西班牙军队里的将军们、现有体制的老一代人，能够接受温和渐进的政治改革。现在回头来看，这似乎平淡无奇，但当时要下这个判断却很难，这不仅需要对旧体制内的人事有详尽深刻的了解，而且必须有洞察力。这一判断，为政治改革找到了一个出发点。苏亚雷兹的过人之处是，当他作为旧体制的食禄者，在官僚阶梯上一路爬得春风得意的时候，他仍是有政治理想的。他看到了改革的必然性，愿意站到前列。苏亚雷兹的这一判断，给了未来国王以深刻印象。当新国王需要一个首相时，一方面他只能选择一个可以被旧体制接受的“自己人”，另一方面他需要一个有强烈改革愿望、坚信改革可行性的人。他要善于和体制内的保守人士对话，引导他们参与改革，还要有能力和体制外的反对派沟通，把他们整合到政治转型过程中来。

唯苏亚雷兹有这样的个人能力。

走出政党合法化的关键一步

苏亚雷兹领导的政治改革，是要把佛朗哥留下的旧体制转变成现代民主制。转变的关键是从法律上认可各在野党的合法性，即政党合法化。在佛朗哥时代，所有反对政党都是非法的，但是共产党领导的地下活动小组遍布全西班牙。政治改革一经启动，左右翼政治力量都看到了未来多党制不可避免，纷纷开始组党，有体制内人士组织的右翼政党，也有受到社会党国际支持的左翼社会党。但是，组织良好的共产党却被旧体制看成死敌。军队保守人士警告说，政党合法化不能包括西班牙的敌人共产党。如果让共产党也合法化，保守的将军们就可能运用西班牙军人干预政治的传统，动用武力阻挡。

于是，怎样让保守派接受共产党的合法化，成为政治改革初期最困难的事情，很多人认为根本没有可能。苏亚雷兹的又一个过人之处是，他能看到“可能性”。他和死板的教条主义者不一样，始终认为现实政治需要智慧、需要妥协，对谁都是如此。他也和经常抱怀疑态度的现实主义者不一样，始终认为理想是可能实现的，成败不能预定，很大程度上取决于怎么操作。他是一个有政治想象力的政治家，他认为，在变局深不可测之际，有时一个重大变革成功与否，可能取决于事后看来微不足道的细枝末节，比如发生的时间、地点和行事分寸，甚至一句话该怎么说、在什么场合说。特别是在不透明的专制体制下，什么可做，什么不可做，全凭个人判断。而苏亚雷兹一辈子就活在原来的体制内，做这种判断不仅是他的特长，也几乎成为他的本能。

1976年下半年开始，西班牙政治改革起步。那一年，开始撤除已经维持久远的高压，这是最危险的时刻，最容易引起左右翼极端派出头肇事，改革可能缩回去、半途而废，或可能一乱而不可收拾。此前，国王和苏亚雷兹已经分别派密使去法国会见过共产党领导人，承诺让共产党合法、参与西班牙民主政治，条件是在撤除高压阶段，共产党不利用形势发动暴力革命。苏亚雷兹也知道，这样的默契只是临时的，他必须抓紧实现承诺，否则对方会认为“你不仁，我也可以不义”。

从1976年9月到1977年6月，苏亚雷兹以一种令人叹服的方式，一步一步地走向民主政治。

政治气氛逐步宽松，一些失踪了几十年的左翼组织重新出现，其中最大最老牌的是西班牙社会党。这是个重新组建的政党，承继的却是老牌子，总书记冈萨雷斯只有三十岁出头。苏亚雷兹和他多次会见长谈，取得共识。社会党是信奉社会主义理论的左派政党，但他们也大幅度修改纲领，放弃了完全摧毁现政权的政治举措，认为只要实现国会的自由选举就是成功。

显然，不论政治上的左右两派有多大差距，年轻人之间对未来取得共识要容易得多，难的是如何说服保守老人。

1976年9月8日，苏亚雷兹拜见西班牙军内最有势力的保守派将领，通报他的政治改革计划，主要是让政党合法化。他告诉将军们，计划是国王同意的。他请求这些爱国的西班牙将军们支持他实施。对将军们来说，国王同意分量很重，而苏亚雷兹的低姿态，使他就像是“自己的孩子”来向长辈求助。事实证明，苏亚雷兹对他们能够接受温和改革的判断是对的。他们问到最关心的问题，政党合法化是不是包括共产党？他们与共产党在内战中结的仇难以消融，让共产党堂而皇之回到西班牙，这是军内保守势力无法接受的。可是，他们尚能接受没有共产党的多党制。苏亚雷兹回答将军们，以共产党现在的状态，让他们合法化是不可能的。

这一回答，让将军们放下心来，将军们承诺会支持苏亚雷兹的政治改革。

两天后，苏亚雷兹主持内阁讨论政治改革法案，军人阁员们没有反对。几天后，内阁起草《工会组织法》，先开放工人组织工会。一位将军阁员表示反对，理由是：当年就是众多工会组织先乱，继而失控而导致内战。可苏亚雷兹认为，工会是让工人参与政治的必要途径，这是必须走的一步。将军坚持反对，苏亚雷兹出乎意料地采取强硬态度，迫使这一反对的将军从内阁辞职。

1976年10月8日，佛朗哥留下的西班牙国会，对苏亚雷兹提交的

《政治改革法》表决，四百二十五票赞成，十五票反对，十三票弃权。这也体现了改革是历史潮流、体现了议员们的勇气，他们并非不知道，旧国会这样做是在签下自己的死刑执行书。苏亚雷兹的判断再次得到证实，旧体制自身启动改革，而不是由外界政治反对派来推翻旧体制，是可能的，也是当代和平的政治改革必然的一步。

1976年12月16日，西班牙为《政治改革法》举行全民公投，百分之七十八的选民参加，其中高达百分之九十四点二的人投票赞同。按照《政治改革法》的计划，半年以后西班牙将举行全民选举，所有国会议员将由选举产生。佛朗哥时代留下来的权力结构即将寿终正寝。这时，体制内外的政治家都开始组党，投入选举前的竞选活动，因为这意味着权力来源将发生一百八十度的转变，原来权力来自上面，你对上面负责，以后权力来自下面，是民众的选票决定权力的分配。可是，此刻的共产党还没有合法地位，还是地下非法组织。苏亚雷兹认为，如果把共产党排斥在政治改革之外，民主政治不可能成功。

1977年2月27日，苏亚雷兹和共产党总书记卡利约举行了长达八小时的密谈，取得了共识和协议。苏亚雷兹要求卡利约先从改变自身做起，公开宣布承认西班牙的君主制，放弃暴力革命，遵从法律，遵从民主政治的游戏规则。在这个前提下，苏亚雷兹承诺尽快宣布共产党合法化，参与即将到来的大选。

1977年4月，西班牙政府宣布，西班牙共产党合法化。流亡国外三十八年的共产党领袖立即回到西班牙，参与了6月举行的第一次大选，在议会中得到二十席。苏亚雷兹本人率领一个中间偏右的多党联盟民主联合会，成为国会的最大党，继续担任西班牙首相。

佛朗哥的独裁体制正式结束。但是，这只是转型的第一步。

何塞·路易斯之夜

第一次大选成功后，还有一系列制度建设步骤要走，其中包括制定一部新宪法，在法律上确立民主制度。新宪法必须回答一系列既涉及国体政体，又牵涉千家万户生活的问题，比如君主立宪制中国王和王室的地位、国家权力的分布，经济体制、劳工关系，宗教、婚姻、家庭制度，区域自治和独立等等。这些问题都在西班牙近代史上引出过交错纠缠的麻烦。四十年前就是这些问题的分歧，令左右两翼众多党派和工会组织，都坚持自己的主张是唯一正确的，各不相让引致暴力冲突，以致滑向内战深渊。现在，西班牙左右各政党赞同的只是政治改革的必然，面对具体问题仍然分歧多多。可是，绕是绕不过去的，制定新宪法，就是要对这些具体分歧达成妥协共识。

走出政治改革第一步后，整个国家突然减压，出现了一些社会问题，也出现了经济困难。民主改革第一步后出现经济危机，几乎是二十世纪后期民主转型的一种规律性现象。有大变革带来的新旧衔接问题，也有改革前已有经济隐患的滞后发作。当时西班牙通货膨胀，原材料价格上涨，失业率上升，福利保障制度不良，人民生活水平下降。通货膨胀率在百分之十五以上居高不下，失业率比1973年增加了两倍半。民主改革并不能承诺立即改善经济，可是对政治改革抱着希望的民众，却首先是对经济和生活抱着希望。如果政治改革随后的经济表现和期望相反，人们自然而然地就会认为，是政治改革搞坏了经济。

在这样的情况下，要民众继续支持政治改革就特别困难。这时候，也是所有反对政治改革的人，出来表示自己“先见之明”的机会。经济困难事实上会在民众中造成困惑和怀疑，如果这种困惑和怀疑持续下去，政治改革仍然有可能中途夭折，仍然会有人出来呼吁民众拥护旧的秩序，拥戴强权出来整治经济。

苏亚雷兹面对经济困难，仍然坚定推行政治改革计划。他非常清楚他手里的有利条件是什么。现在的西班牙和四十年前第二共和时期完全不同。二十世纪三十年代的西班牙左右对立，各种国际思潮在西班牙安营扎寨，引发民众四分五裂的局面。而现在，西班牙第一次大选之后，从大选前蜂拥而出的几百个政党，迅速整合成中间偏右的民主联合会、中间偏左的社会党两个大党，再加右翼的人民联盟、左翼的共产党两个小党。这样两大两小，中间大两头小，是比较稳定的格局。苏亚雷兹本人是中间偏右的民主联合会的代表，是第一次大选获胜的第一大党。苏亚雷兹看到，这种格局对于政治求同非常有利：民众没有四分五裂，没有哪个政治组织或反对派别是在政治改革进程之外、一心和政治改革作对的。也就是说，第一次大选后，虽然西班牙还没有一部宪法，但是各政党具备了共同的核心价值。这一点，是和历史上的西班牙完全不同的。

一个社会将走向良性进步，还是恶性退化，要看政治家对形势的期盼。在恶性政治态势下，对手就是敌人，敌我关系即“你死我活”的关系，政治家会盼着对手分裂，盼着对手之间大打出手，对方越分裂，自己越有可能坐大。对手不分裂的话，甚至要用点离间计来促使对手分裂。而在良性政治下，政治家是打算通过与对手谈判来处理问题的。这时候最麻烦的则是对手不断分裂，自己找不到单一的谈判协商对手，政治问题可能拖而不决，渐渐酿成大麻烦。对手如果统一稳定、令行禁止，那么政治运作反而好办了。只要和这样的政党沟通、谈判，甚至讨价还价，以求共识，那么千千万万民众的说服工作也就好做了。这就是国王和苏亚雷兹在政治改革初期，要煞费苦心到国外去寻找流亡中的西班牙共产党，设法把他们请回来的原因。同样是出于这个理由，苏亚雷兹设法到法国去把加泰罗尼亚的地区流亡政府首脑请回国，甚至答应他回到巴塞罗那的时候出动军事仪仗队进行正规迎接仪式。

苏亚雷兹的有利条件是，他只要说服为数不多的各反对党的领袖，就等于是说服了各阶层的民众。而进行面对面的谈话，苏亚雷兹是一个天才。

在苏亚雷兹看来，西班牙政治家之间的沟通对话，不是抽象的观点传递，而应该是一个西班牙人和另一个西班牙人之间的交谈。同样一句话，在什么时间、什么场合、什么气氛下来谈，效果可能完全不一样。苏亚雷兹担任首相主导政治改革的时候，经常和反对党领袖进行这样面对面的谈话，成功率极高。西班牙各政党领袖之间，也经常进行这种极具个人色彩的谈话。这种面对面谈话，把政治家之间作为政治机器的动作，变成了人和人之间的正常交往。这样的私下面谈，有段时间经常借马德里一家叫作“何塞·路易斯”的饭店进行。桌上没有笔记本，只有葡萄酒，周围没有秘书，只有饭店的侍者。这样的面谈经常通宵达旦，于是这种政治沟通方式有了个浪漫的名字，叫作“何塞·路易斯之夜”。

1977年9月，第一次大选后经济危机趋重的时刻，首相苏亚雷兹邀请各大政党的九位领袖，住进首相官邸蒙克罗阿宫，讨论国家经济问题。这些人覆盖了西班牙从左到右以及自治区域的整个政治层面。这是一次“何塞·路易斯之夜”式的对话。不知道他们谈了多长时间，开了多少次会，最后他们宣布，他们已经就经济、政治政策达成一致意见。10月21日，他们发表了长达四十页的文件，各党派的三十一个代表在文件上签字，这被称为“蒙克罗阿盟约”。

这次达成的协议，苏亚雷兹代表执政府方作出了一些承诺，国家更多干预经济，控制工资水平，提高退休金百分之三十，将失业福利提高到最低工资水平，增加教育投入，改善城市住房，控制城市土地投机，实行农村土地改革，等等。而社会党和共产党等在野方承诺，说服民众承担经济困难带来的困境，不恶意利用经济困难来给政府制造麻烦以获取反对党的政治利益。

一个政党和政治家有正派和不正派的，不正派的政党会盼着对方犯错出事、经济恶化，盼着对方让老百姓过得苦不堪言，老百姓越苦，自己的机会越大。而正派的政党、政治家会真正以民众利益为重，在国家面临困难的关头，不顾自己眼前的机会，而是协助自己的对手挽救国家的危机。这次危机考验了西班牙左右不同立场的政党。

这次盟约的具体实施，在以后的数年里，有利于政府继续在政治改革的道路上走下去，而民众必须作出最大的牺牲。但是，这种通过对话达到朝野政党政治整合的方式，使得以后的政治改革得以顺利展开。

下一步，起草新宪法。西班牙各大党的七个代表组成宪法起草委员会，称之为“求同联盟”。1978年1月，起草委员会完成了初稿。这一初稿回避了西班牙历史上左右对立最激烈最敏感的问题，留待进一步沟通。在议员们审阅批评以后，起草委员会逐条讨论议员们提出的一千三百三十三条修改意见。在地区自治、宗教问题、教育问题上，“求同联盟”开始分歧，分歧一度愈演愈烈，中间偏左的大党社会党愤而撤回代表，一个月后才回来。最后，“求同联盟”终于拿出了初稿，西班牙制宪进入第二阶段。

从1978年5月起，国会宪政委员会的三十六个委员开始公开讨论宪法初稿。这是非常艰难的讨论，多次到达了分裂的边缘。渐渐地，中间观点占了上风，左右两翼的激进观点被边缘化，人们开始意识到，只有各让一步，走中间路线，才可能达成一致，坚持激进观点则永无出路。

可是，5月22日，委员会又在教育问题上陷入僵局。这天晚上，左右两大党的四个代表，在何塞·路易斯饭店会谈。左右翼的另外两党：左翼共产党和右翼人民联盟则预先表态，不管这何塞·路易斯之夜达成什么协议，他们都将签字，因为他们知道，不管怎样，制宪必须成功，协议必须达成，如果他们不签字，他们就会在政治舞台上被边缘化。第二天清晨，这次谈判终于达成了协议。

经过一百四十八个小时的议会辩论，总计一千三百四十二次演讲，议会宪政委员会终于在6月20日签字，完成了宪法文本。1978年10月31日，议会以压倒多数通过了宪法。12月6日，西班牙再次全民公投，通过新宪法。百分之六十八的选民参加投票，其中只有百分之七点二投了反对票。12月27日，国王胡安·卡洛斯一世签署了宪法。西班牙君主立宪的民主体制，在佛朗哥死后两年终于正式确立。

五年首相，历史留名

在制宪确立民主体制后，西班牙于1979年举行制宪后的第一次全

首相与国王

民大选，苏亚雷兹继续以最大党领袖身份出任首相。进入八十年代，政治转型以后必然出现的经济和社会转型问题，加上西班牙特有的巴斯克地区自治要求，对民选政府呈现越来越大的压力。军队里的顽固保守势力则认为，是苏亚雷兹把西班牙带上了一条歧路。由于健康原因等多种因素，苏亚雷兹在处理这些问题上渐渐感觉力不从心，萌生急流勇退之意。1981年年底，他向国王提出辞呈，请求国会批准国王任命的临时首相。

此时的苏亚雷兹还不到五十岁。在佛朗哥体制下，他是从底层辛辛苦苦爬上国家领导层的官员。他不会不懂，正是旧制度给了他官运亨通的时机。如果旧制度再维持几十年，他会驾轻就熟、游刃有余，不会没有他的官当。但是他和国王一样明白，改革是必然的，顺应时代潮流，在体制内启动造福百姓后代的政治改革，是自己的责任，也是命运给予自己的机会。他不会不懂，启动历史性政治改革的人，注定是一个过渡人物，改革以后自己铁打的官运就到头了。国王是终身的，自己却随时要做好下台的准备。

命运给了苏亚雷兹最后一次亮相的机会。1981年2月23日，国会为通过临时首相的任命举行投票，电视对全国实况转播。突然冲进来一批军人，朝天花板开枪，命令议员们趴在地板上。这是几个保守军官领导的一次军事政变。在突如其来的袭击下，议员们惊恐地趴在地板上。只有两个人面对士兵的枪口，端坐在座位上纹丝不动：一个是老资格的共产党总书记卡利约，另一个就是文质彬彬的首相苏亚雷兹。

这次政变，在国王的亲自干预下被化解了。苏亚雷兹面对政变士兵毫无惧色的尊严姿态，留在了如今还记得他的人们的记忆里。此后，苏亚雷兹渐渐地淡出西班牙政治舞台，渐渐地不再有人提起他。我们在西班牙旅行的时候，在各地城乡都看到国王的照片、画像和雕像。在西班牙的报纸新闻上，还时不时地能读到政治改革时期，和苏亚雷兹一起活跃在政治舞台上的左右各大党领袖们的消息。可是，新闻中从来没有苏亚雷兹的消息。一直到2005年3月，苏亚雷兹的儿子透露了父亲的情况。多年来苏亚雷兹身患老年痴呆症，渐渐地失去了记忆。他现在已经记不得自己曾经是西班牙首相了。

西班牙在二十世纪七十年代进行的和平的政治改革，使西班牙从一个落后的专制国家，重新成为一个现代民主国家。这是二十世纪政治史上的一个奇迹。和这个奇迹一起流传后世的，还有创造奇迹的重要人物。

历史为苏亚雷兹镌刻留名。

面对历史的难题

十字路口的选择

写完一连串佛朗哥身后的西班牙改革故事，常常会想起那些故事中的主角。

胡安·卡洛斯一世，今日的西班牙国王：他身为流亡西班牙王子的儿子，尚在十岁幼龄，就肩负他并不明白的国家重任，独自踏上从未踏上过的干旱土地。对这片国土的感受，渐渐从一个王室传统的必尽责任，变成了融入血液的感情。1975年，按佛朗哥遗愿，他成为佛朗哥权力的接班人，又按照佛朗哥的原定计划，登基成为西班牙国王，恢复了西班牙已经中断了四十四年的君主制。胡安·卡洛斯戴上王冠的时候就站在了一个十字路口上。他可以往前走，把祖父阿方索十三世遗下的君主制，用佛朗哥留下的独裁余威充实起来，成为一个握有实权的君主。在最初的一年里，胡安·卡洛斯确实利用了这权力的惯性，不是为了自己，而是去扭转历史走向。这条路对于他本人来说，从一开始就很明确：事成之后，国王必须交出他自己的个人权力。

西班牙共产党总书记卡利约：他内战时只有二十三岁，掌管战时马德里的治安。内战后卡利约和共产党被佛朗哥政权逐出西班牙，双脚深陷历史，成为西班牙内战的特殊遗存。近四十年的流亡生活中，他坚决反对佛朗哥独裁。1975年，当胡安·卡洛斯一世提出请西班牙共产党进入民主改革的时候，卡利约也站在十字路口。作为境内最大地下反对党的流亡领导人，他可以借助民众长期对独裁的不满，乘虚而入，一举起事。这样获得政权的机会更大，一旦掌控国家机器，维持的时间可以很长。他应该知道，走竞选之路，国家权力就不是他头上的一颗成熟果子，稳稳就可落入自己口袋。参与竞选，他多半得不到政权。但他选择以自己在党内的威望，带领大家和平接受了第一次竞选失败的现实。四十年紧绷的张力自然松开，使得西班牙民主迅速成熟，年迈的卡利约本人很快退而成为历史人物。等候了四十年的权力，就这样从手中滑过。

苏亚雷兹：改革时期最关键的首相，一个旧体制内的年轻高阶官员。在佛朗哥时代，他能够自如地适应体制内操作，担任了一系列重要职务，很有未来接班人的势头。1975年，苏亚雷兹也一样站在十字路口。旧体制的升迁逻辑，要讲究论资排辈，年轻有为如他，政治前景看好，可望旱涝保收。一旦启动政治改革，他先是断了自己的退路，万一改革失败，他可能里外不是人。即使改革成功，他也必须从零开始。苏亚雷兹虽然在第一次竞选中成功，但在民主政治的快速变化下，苏亚雷兹也很快淡出政治舞台。这也是他从开始选择就已经料到的结果。

站在十字路口的，还不仅仅是这些政治领袖们。1976年10月8日，佛朗哥留下的旧西班牙国会，对苏亚雷兹提交的政治改革法表决，四百二十五票赞成，十五票反对，十三票弃权。议员们并非不知道，旧国会是在签下自己的死刑判决书。

西班牙由此向现代社会迈出关键一步。

民主政治成熟的条件

西班牙政治制度平稳转型后，国王胡安·卡洛斯一世作为这场改革的幕后领航者，成为一个传奇人物。各国首脑和国王们都好奇地提出同样一个问题：他是怎么做到的？胡安·卡洛斯一世曾经对一个家族世交的朋友，回答了这个问题。

他说，西班牙政治转型有其成功的必要条件。其中包括自己在童年返回西班牙接受教育，是完成历史使命必要的一步，虽然这并不是他自己的选择。这不仅使得出生在罗马的他能讲一口流利的西班牙语，更使得他在漫长的预备期里，每分钟都在贴近西班牙的脉动。他知道西班牙人的喜怒哀乐，知道大大小小问题的根源都在哪里。他谈到社会准备的重要性，他认为，1975年的西班牙如果没有长期的社会准备，那么当大转折发生的时候，他自己很可能无法阻挡社会动荡和经济灾难。他认为，面临改革的时候，西班牙的社会准备比较充分。

胡安·卡洛斯一世认为，他当时手里握有两张制胜王牌。一是军队的服从。非常有意思的是，国王补充说，在关键的最初阶段，军队服从他的主要原因是：他是佛朗哥将军指定的接班人。在转折最脆弱的时刻，胡安·卡洛斯一世在军队中的权威保证了西班牙度过危险关头。而更有意义的是，胡安·卡洛斯一世主导完成的最初立法中，就有“军人不得干政”的条款。他利用自己的军中威望，在军人和政治之间划出一条不得逾越的界限。

第二张王牌，国王认为是因为他的背后，站立着智慧的西班牙民众。政治改革能够成功，它的主要动力当然是民众的愿望，也就是说，是民众对佛朗哥长期独裁的不满。可比较麻烦的问题是，国王恰是这位独裁者的指定接班人。胡安·卡洛斯一世不仅承继佛朗哥的权力，还从童年开始就在佛朗哥的亲手安排下接受教育。民众在有力量的时候，完全有理由把胡安·卡洛斯一世当作独裁附庸余孽一起扫掉。但1975年的西班牙民众愿意等待。他们耐心地等待，给国王充分时间做出自己的表现。这只能说是智慧，虽然极端分子永远是有的，可是照国王的说法，四十年的和平和开放，使得西班牙民众在1975年成熟而富有智慧。国王说，他们已经不再一有风吹草动，“嘴里叼着一把刀就冲上街头”，而这种危险状况，正是在二十世纪三十年代内战前经常发生的。这就引出一个非常敏感的问题：那么，在四十年前内战后的西班牙是否可能立即实现民主？胡安·卡洛斯一世诚实地回答，他不认为那是可能的。当时的民众因左右两极分化而冲动，没有使理性立足的基础。回答这样的问题需要勇气，对胡安·卡洛斯一世来说，尤其是这样。

国王的成功无疑和西班牙的社会准备有关，里面甚至包括了国王本人的教育和准备，而作出准备的则是佛朗哥本人。世界各国在民主转型前的专制制度，是可能有很大差别的。有政治理念差别带来的经济制度、法律制度、传统文化保存的状况和教育状况的差别，同时也有专制者本人对自己位置的不同理解：认为专制社会是一个不得已的过渡，还是一个应维持不变的永恒制度。这些认知的不同，会导致专制社会究竟是处在预备、过渡状态，还是朝反方向走向恶化的状态。人们常常不愿意触及这类话题，而倾向于对不同的专制作同一的简单批判，因为这样对评论者的个人名声比较安全。然而，深入探讨社会准备，其实是非常必要的，对于一个还没有完成过渡的国家尤其如此。

胡安·卡洛斯能够客观地面对佛朗哥时期正负两方面的遗产，而不是以简单化的态度来树立自己的道德形象，给人们留下深刻印象。而西班牙民众能够接受和理解这样的诚实，更是一种难得的素质。

为了正义要不要清算罪过

在转型过程中甚至转型之后，是否能智慧地对待旧制度，仍然是一件重要的事情。因为转型不是一句空话，妥协更不是一句空话，它由许多具体处理的细节组成。首先难以回避的就是如何消解历史仇恨。在西班牙的转变关头，可以说，左右双方都有旧账要算，佛朗哥独裁政府的政要中想要算账的就更不用说了。国王加冕后的第一年，他的首相就是佛朗哥亲手挑选的老首相那瓦罗。在内战时期，那瓦罗执掌右翼军事法庭，曾被左翼称为“马拉加屠夫”。在愿意支持改革的旧体制上层里，手上有血的官员绝非一个两个。

那么，在野的反对派阵营呢？有个假设一般不会错：被独裁政府打压的反对派，一定会高举民主大旗；进一步的推理是：反独裁政权的人，必定对独裁深恶痛绝，一定是民主先锋。可惜，这常常只是个推理误会。西班牙共产党在内战中参与掌控过马德里，当时不仅右翼无法生存，左翼之异端也无法生存，连中层阶级也人人自危，大量看上去“非无产阶级”的无辜者被捕被杀。事实上，即使在国王上台的最初时期，仍然没有能力立即彻底纠正监狱中囚徒的非人处境，过渡是需要时间的。

双方让步的前提，是双方民众认识到，自相残杀是一个历史悲剧，必须把这一页翻过去。这些有过敌对历史的人本身也在变化。在西班牙激烈冲突历史中的个人，不论是反对派，还是体制内改革派，都必定是复杂的。而对共同的核心价值的认同，是政治转型得以开展的最重要条件，能够退让和妥协，和政治人物在动作中不煽动斗争与仇恨有关。在谈到这些问题的时候，胡安·卡洛斯一世说，他认为，为了伸张正义而坚持清算，从而陷入复仇和个人仇恨，这绝非是个好主意，这很容易进入内战后的仇恨氛围中。他自己在当时不断强调，西班牙需要平稳过渡，“在旧制度和我们要的民主制度之间，不要有突然转折点和断裂点”。

西班牙在南美的历史余澜

不清算和追究个人罪责的前提，是双方都公正对待历史中的受难者，还历史本来面目，还受难者一个公道。这些问题不是抽象的，牵涉到的可能是对千千万万个人的公正和对社会道义的追求。凡涉及具体的人，究竟妥协到哪一步，选择永远是困难的、有争议的。西班牙历史余澜甚至波及南美。近几年，两个南美退位的前独裁元首分别因任职期间的罪行被逮捕甚至起诉。一个是智利前总统皮诺切特，另一个是阿根廷前总统庇隆夫人（庇隆将军的妻子）。对两名南美前独裁者的最初发难，都来自西班牙。

从哥伦布发现新大陆开始，西班牙、葡萄牙是南美的最早殖民者，也是后来的主要移民地。西班牙国王说，他一般称南美国家为姐妹国，反倒是南美国家总是干脆把西班牙称为“母国”。胡安·卡洛斯一世讲述自己访问南美的经历时说：访问哥伦比亚的时候，总统说，我们等待西班牙国王到来，已经等了四百年。街上的孩子们追着他的汽车叫喊：我们的国王回来了！胡安·卡洛斯一世也曾经对墨西哥在1936年大批收留西班牙内战的流亡者表示感谢。有的西班牙省份，一度移民南美的数量超过本土居民。其结果之一，是南美复制了西班牙热情奔放的拉丁性格，也复制了左右翼的激烈冲突，只不过在时间上慢了一拍。内战后流亡的西班牙左翼回国无门，定下心来，选择在异国他乡继续自己的理想实践。智利就几乎复制了西班牙的道路。而许多左翼革命者终身维持了他们的西班牙国籍，这是今天的西班牙政府有权向南美独裁者发起司法追溯的起因。

二十世纪的世界在很大范围内经历了一个强人政治时期，而左翼和右翼的强人政治引出的社会准备不同，主要体现在经济制度和追求目标的差别上。

智利和西班牙不同的是，佛朗哥尽管知道自己是个过渡人物，却把过渡时期定为自己的生命长度——将近整整四十年，因为权力是他本人的安全保证。皮诺切特在执政十七年之后顺应历史潮流和民意交出权力，使得智利提前向民主体制转型。这是一个实际上的妥协交易，交换条件就是皮诺切特的终身参议员职位，这个职位保证他不因为在任时期的罪行被起诉。这也是在西班牙起诉皮诺切特之后，智利的司法部门为智利能否起诉皮诺切特，进行了很长时间研究的原因。

两个制度的转型，实际上在法律上也同样有一个“转”的过程，

智利独裁者皮诺切特

是否要用严格法制的新制度，来清算转型前的旧罪行旧官员，结论并非理所当然，这更是一个非常难做的决定。

当年西班牙的转型期间，在国王主导之下，其实是变相宽赦历史罪行的，目的是减少冲突，换来过渡时期的和顺。大多数西班牙人认同了国王的决定。在南非也有这样类似的过程。可以说，宗教情怀在其中起了一个重要作用。可是对西班牙来说，社会上仍然留有难以平息的怨气，这在西班牙起诉南美独裁者罪行的行动中就可以看出来。对智利来说，多年后对皮诺切特的起诉，已经无碍大局，更有伸张正义的作用，所以一般人都感觉振奋并持正面评论。很少有人愿意正视它的另一层意义，就是妥协契约是对双方有利的，单方面违约的一个简单逻辑后果，就是以后其他的独裁者不肯再如此退让。因此，这仍然不只是单纯的道德判断。

理想和信心从何而来

一个政治派别兴起，总是因为出现了一个政治理想，不同派别总是宣称自己的理想在代表民众的利益。确实，民众并不总是知道自己的利益在哪里。在社会不成熟的时候，民众可能在政治家的鼓动下，作出违背自己利益的选择。可是，在社会条件成熟的情况下，如果仍然阻止民众的表达和选择，这表现了政治家对自己的政治理想是否代表民众意愿，并没有太大信心。

政治有其很诡秘很复杂的一面，而在新旧交替、制度转型的关口尤是。西班牙之所以能够成为二十世纪制度转型的一个奇迹，与西班牙拥有一批愿意也敢于在政治上诚实的政治家有关。他们的存在，又和西班牙始终没有离开欧洲的政治文化传统有关。在朝的没有利用权力资源维护专制，在野的在得到权力之后，也没有利用制度转型来彻底清算和扫除前朝官员，在该退的时候他们后退，退出的舞台留给了普普通通的全体西班牙民众，这就是今日之西班牙。国王也退出去了，他和王后住在马德里的郊外，如同是一个象征：马德里是权力中心，虚位君王在中心之外。

西班牙怎样处理两个区域自治问题

两个有着独立诉求的典型地区

历史上，西班牙王国是以卡斯蒂里亚和阿拉贡为核心，整合各个不同民族、不同独立区域组合而成。西班牙各民族和区域都产生过独立诉求，其中最典型的就是加泰罗尼亚和巴斯克地区。

从古代至近代，一个语言文化独立的地区，常常处于“身份不明”的状态。追究它的历史会发现 ，在动荡年代它需要依靠大国保护时，就服从一种纳贡的依附关系；一旦有长期安定的外部环境，它又有疏离甚至完全独立的倾向。它因此和周边国家处于一种若即若离的状态。一个最基本常识是，一个自然形成的文化独特地区，它们总是自然地要求按照自己的文化传统生活，不愿意因为政治从属关系而被其他文化强制改变。当这种自治能够维持，也就是当这个区域的传统文化有所保障时，它一般并不在乎纳贡从属关系，这也是当年巴斯克和卡斯蒂里亚王国的关系。可是当传统文化受到强制改变的威胁时，关系就会变得紧张，脱离的愿望也就更为强烈。另一方面，它所从属的大国，也时时会有并吞的冲动。在历史上，大国不去吞的原因，更多不是出于对这个地区文化的尊重，而是因为没有能力、吞不下去。唯有在不太久远的现代，才逐渐产生强势民族尊重少数民族自治的思维方式和概念。

巴斯克和加泰罗尼亚在西班牙内战前都有一定程度的自治。在内战后的佛朗哥时期，它们失去自治，于是独立意识都变得更强。对佛朗哥来说，这两个地区都隐含着双重危险，不仅是自治意愿强烈，而且是政治左翼地区。假如在政治文化上放开让它们自治，它们很可能立即选出一个左翼的自治政府，而刚刚在内战中败退的西班牙左翼，很可能立即以这两大地区为基地死灰复燃。这是佛朗哥最不愿意看到的局面。在这种民族自治诉求和政治左翼诉求纠缠的复杂局面下，作为军事强人的佛朗哥，他解决问题的思路只是快刀斩乱麻地以强权压制。

在西班牙的民主转型初期，强权压力突然撤去，两个地区的独立诉求相应达到高潮，成为最危险的时期。1978年新的西班牙宪法规定："宪法的基础是不可分割的统一西班牙国家，是所有西班牙人共同和不可分割的家园；它承认和保障团结组成西班牙的各民族和地区的自治权利。"看得出来，这样的表述在刻意划出区域自治和独立之间的界限。但是正式操作起来，情况还是很不相同。

加泰罗尼亚相对比较温和，又有一个能够被该地区民众认可的领袖人物，因此在民主化之后，以高度自治作为前提，加泰罗尼亚独立诉求的谈判消解也就相对比较容易。而巴斯克地区在内部的民族诉求上一直不统一，又有“埃塔”这样坚持不改初衷的激进组织，西班牙政府找不到一个所有巴斯克人都服膺的精神领袖、找不到一个能够一锤定音的谈判对象。结果，也就无法一劳永逸地杜绝巴斯克的暴力。这使得西班牙支付了更大的社会不安定代价。

但是，不管困难的程度如何，民主的西班牙政府仍然坚决贯彻民族自治的原则，立即宣布了加泰罗尼亚、巴斯克地区和南方的安达卢西亚这三个地区为“历史上的自治区”，并且简化手续，快速恢复了它们在历史上的自治地位。这样做的结果是迅速缓和了原来的区域紧张形势。同时，西班牙宪法也规定，已经成为自治区的区域，不得有两个或两个以上区域的合并，以防止“区域联盟”带来西班牙分裂的危险。

民主改革前的加泰罗尼亚问题

加泰罗尼亚是西班牙的一个自治区域，位于西班牙东北部，濒临地中海，首府即世界名城巴塞罗那。如今旅游者在那里闻不到一点点火药味，但只要读读他们的报纸，就不难发现加泰罗尼亚的不同：那里的人不只认为自己仅是西班牙人，还以自己是加泰罗尼亚人而骄傲，以使用完全不同于西班牙语的加泰兰语为荣。他们在西班牙王国框架内有一个自己的政府，他们是自治的。当奥运会在巴塞罗那举行的时候，奥运官方语言是英语和加泰兰语，而不是西班牙语。

以巴塞罗那为中心的加泰罗尼亚，是西班牙经济最发达、文化最先进的地区之一。加泰罗尼亚人在历史上一直认为自己不同于以马德里为中心的西班牙王国，一直要求独立。1932年第二共和时期，加

加泰罗尼亚首府巴塞罗那

泰罗尼亚实现自治。第二共和以及随后的内战时期，该地区倾向于左翼和共和国。内战后的佛朗哥独裁阶段，加泰罗尼亚受到的压制特别严重。

内战后期，巴塞罗那是共和国最后的临时首都。佛朗哥在1939年占领巴塞罗那以后，宣布废除它的自治地位，解散了自治政府，在巴塞罗那残酷镇压左翼人士。原自治政府的官员，以主席贡巴尼斯（Luis Companys）为首，都流亡法国。不久，第二次世界大战爆发，纳粹德国占领法国，逮捕了贡巴尼斯，将他交给佛朗哥。佛朗哥把贡巴尼斯押到巴塞罗那，以军事法庭名义判处死刑，于1940年10月15 日在巴塞罗那的山顶要塞里执行了枪决。

从此，加泰罗尼亚就成为西班牙的一个区域“问题”，那里的人民从未忘记他们的领袖是让马德里的佛朗哥给枪毙的。在将近四十年的时间里，那里的民族文化受到压制，但人民从未停止要求自治。

贡巴尼斯死后，原加泰罗尼亚议会在流亡中成立政府，任命了主席。但政治流亡者难以团结合作，大多一事无成。1954年，原加泰罗尼亚议会在墨西哥的原西班牙大使馆开会（墨西哥不承认佛朗哥独裁政府），这群人议决把加泰罗尼亚自治政府延续下去，还选出了新的自治政府主席：塔拉德拉斯（Josep Tarradellas）。

塔拉德拉斯曾是1937年的加泰罗尼亚自治政府总理兼财政部长，在此后长达二十多年里，他流亡法国 ，过着清贫的生活，长年住在廉价旅馆，甚至请不起一顿饭，屋里放着水盆接漏雨。但是，他始终以加泰罗尼亚自治政府的名义和外界打交道，也和流亡中的各种政治力量保持联系。他刻意保持政治中立，不代表任何一派政党，而只代表要求自治的加泰罗尼亚人民。塔拉德拉斯身无分文、手无寸铁，只有一个政府主席的名分，而这个政府早被佛朗哥宣布解散。二十多年里，没人把他和他的自治政府放在眼里，连佛朗哥也不认为他是一个威胁。他似乎只有自生自灭这一条路。

民主改革后加泰罗尼亚回归自治的过程

1975年年底佛朗哥死后，新国王胡安·卡洛斯和新首相苏亚雷兹开启了民主转型：政党合法化，新宪法将要起草并交全民公投。区域自治问题也重新凸现出来，加泰罗尼亚问题是其中之一。

从政治理念来说，国王和首相都是维护西班牙王国主权的君主立宪派，但这开启民主改革的一君一臣有个很清楚的现实考量：不能无视民众的区域自治要求。他们明白，中央政府如果根本不打算给自治要求以生存空间，要求区域自治一方就会分裂，越分裂越不会对中央政府造成威胁。但对于民主的中央政府，自治一方本身如果四分五裂也将使要解决的问题更为棘手，因为你找不到单一的谈判对手，只和一个对手谈判达成的协议，可能被其他的对手破坏。

塔拉德拉斯

1976年10月，佛朗哥死后一年，一位和马德里有紧密联系的加泰罗尼亚银行家向国王提出，流亡中的塔拉德拉斯很可能是解决该区域问题的钥匙。塔拉德拉斯虽一无所有，却是西班牙王国应与之谈判的对手，因为他是全体加泰罗尼亚人承认的领袖，只要和他达成了协议，加泰罗尼亚的自治问题就迎刃而解。这时，七十七岁的塔拉德拉斯，名义上还是西班牙王国的一个叛逃者。

首相苏亚雷兹派自己最信任的人秘密前往法国，找到塔拉德拉斯，释放善意，请求他在民主转型过程中，在自治问题上给予合作。交换条件是让他回到巴塞罗那来主导组织民主的自治政府。密使回来报告说，塔拉德拉斯阁下十分重视首相的民主改革进程，看好加泰罗尼亚的自治前途，愿意给予充分配合。但是，七十七岁的流亡主席提出，未来他回到巴塞罗那，要检阅加泰罗尼亚武装仪仗队，“荣誉回乡”。处于改革初期的首相，最顾虑的是右翼保守军人反弹，他对这一条件感到为难。他认为，这或许是那位流亡三十八年老人的一种虚荣心。

其实，塔拉德拉斯比他更明白这一荣誉待遇的意义。在有争议的区域自治问题中，无论是对要求自治的地区政府，还是对力图保持主权完整和法治统一的中央政府，该地区民众的统一和团结都非常重要，而其基础是共同的文化身份认同。在具体操作中，这种认同意识要用象征性的方式来表达。塔拉德拉斯要求返回乡时有加泰罗尼亚地区的武装仪仗队迎接，就是一种极具象征意义的表态。尽管那是有风险的举动，但是只要这一关过了，以后自治政府的组织运作就顺利了。

1977年6月西班牙第一次大选，加泰罗尼亚地区左翼政党在大选中占上风。与此同时，军中保守派却扬言，决不让加泰罗尼亚重新落到左派手里。他们甚至扬言，只要左派得票数超过一定比例，他们就会把坦克开上街阻止大选。这时首相才再次认识到，政治上非常活跃和不安的加泰罗尼亚，需要一个超越政治派别、为全民所认可的领袖，这个领袖，非塔拉德拉斯莫属。

民主改革，时机非常重要，此时需要塔拉德拉斯回来。首相苏亚雷兹迅速采取行动，他派出专机，前往法国迎接塔拉德拉斯回国。登上专机的塔拉德拉斯，不禁想起他的前任贡巴尼斯，于是对身边机务人员说了一句听来沉痛的玩笑：但愿他们不要一下飞机就把我给枪毙了。

1977年6月27日，塔拉德拉斯回到马德里，立即和首相展开有关区域自治的谈判。在西班牙民主转型中，年轻首相苏亚雷兹表现出杰出的谈判诚意和才华，很多难以逾越的障碍，是凭首相个人与对手面对面谈判而克服的，这一次同样如此。一开始，谈判并不顺利，他们各方面差距太大，以后越谈越顺。首相承诺，加泰罗尼亚将重新获得1932年第二共和时期的自治地位。塔拉德拉斯则承诺，加泰罗尼亚将忠诚于西班牙王国，接受在统一的西班牙宪法框架内的自治地位，尊重西班牙的军队和军人。这一次他们都同意，当塔拉德拉斯回到巴塞罗那的时候，将有武装仪仗队的荣誉迎接。

军中有些保守军人果然对最后的条件表示无法接受。国王亲自出面予以说服，高调接见塔拉德拉斯，以表示国王对民主转型和加泰罗尼亚自治的支持。1977年10月23日，理论上始终没有中断过的加泰罗尼亚政府主席、流亡了三十八年的七十七岁老人塔拉德拉斯回到巴塞罗那，在到达仪式上检阅了加泰罗尼亚武装卫队。回到巴塞罗那的塔拉德拉斯立即组阁，随后他的部长们展开和马德里中央政府部长之间一对一的谈判，以便把首相级谈判达成的自治原则落实到具体的法律法规中。

在以后的岁月里，一直到1988年八十九岁时去世，塔拉德拉斯始终是西班牙民主改革的坚定支持者。虽然他的前半生是反对君主制的共和派，但他非常尊重国王，和国王配合默契。他赢得了加泰罗尼亚人民的拥戴和西班牙国王的敬重。更重要的是，他为加泰罗尼亚赢得了自治。

巴斯克的曲折道路

巴斯克地区在西班牙北部，一部分和法国交界，有优美的海港。据说远在美洲被探险家“发现”之前，每年捕捞季节，巴斯克的渔民就悄悄顺着自己摸索出来的海路，前往北美海湾捕捞鳕鱼。那里曾以渔业、林业为主，是蛮荒古朴之地。直到现在，民间传统运动就是伐木比赛和搬大石头比赛，以体力取胜。 近代发现那里富产金属矿藏，

巴斯克地区

在冶金业和造船业带领下，巴斯克从一个渔夫山民的贫困地区，突然变成西班牙经济发达的最先进地区之一。

巴斯克是个非常有意思的民族，它语言独特，不属于任何一种欧洲语系，据说是世界上最难学的一种语言。他们自认祖先在十万年前来自一个不为人知的遥远地方，而古巴斯克人可能在七千年前已经在说巴斯克语了。巴斯克人认为，自己有别于其他地区的标志，是它的“民主传统”。在十三世纪，他们虽从属卡斯蒂里亚王国，后来却从国王那里拿到了自治章程（fueros）合法自治，开始所谓“古法时代”。巴斯克地区的格尔尼卡博物馆前小广场上持剑站立的特约大公，就曾在1366年成为自治国家的“国王”。

巴斯克人坚持说，从十三世纪自治之后，他们就建立起了民主政府，民众代表们定期在一棵大橡树下议政议事，决定国家重大事务，这是他们非常独特并延续的民主制度。学者认为，自治章程极富弹性，它不是僵死的文本，而是能随着社会发展与时俱进的。为强调这个“独特”，为把自己的古代传统和现代自治连接得天衣无缝，那棵老橡树就变得万分重要。老橡树寿终正寝之后，巴斯克人种下了由老橡树种子培育的接替橡树；接替橡树染病死亡后，巴斯克人在它残留的枯干周围盖起圆亭，把它作为圣物留存，身旁时时刻刻有穿制服的武装警卫看护，同时又用这棵树的种子培育了新橡树。在今天议会大厅的展览厅里，整个天顶上的玻璃画，就是巴斯克人引为骄傲的十三世纪“民主议会”的象征——老橡树。

巴斯克人之所以非常强调他们“独特民主雏形”和现代自治的连接，刻意用现代政治学语言来描述、诠释自己的古制，给它抹上一层神秘色彩，就是想说明：他们不仅是独特的，更重要的在于他们的独特之处是连续的民主政治，自治，自成体系。换一句话，他们从来是一个政治体制特殊的“独立国家”。

从十九世纪开始，西班牙的能力增强，巴斯克的自治因此开始变得没有保障。三次失败的战事之后，它逐渐失去自治地位。1876年7月21日，巴斯克持续了几百年的自治章程被宗主国西班牙王国明令废除，只有一个和纳税有关的部分在修改后存活下来。六十年后的1936年10月1日，西班牙共和国议会通过法律承认巴斯克的自治地位，巴斯克有了第一个现代意义的自治政府。可是西班牙内战此时已经爆发，所以巴斯克自治政府的权力有限。四年内战之后，进入佛朗哥统治时期，巴斯克和西班牙进入前所未有的关系紧张阶段。

巴斯克地区建立学校很晚，学校刚刚建立几十年，1939年佛朗哥就禁了巴斯克语，一禁就是三十六年，同时被禁止的还有加泰罗尼亚语。这两大地区从发展阶段来说，和西班牙其他地区没有什么差别，

巴斯克首府圣塞巴斯蒂安

甚至在经济发展上还更快一些。它们的左翼政治诉求和文化同时受挫，这种态势反过来更加催生独立的意识，一个耐人寻味的现象是，在独裁专制体制下，民众缺乏一些基本自由，在生活不自由的状态下，他们自治甚至独立的诉求就会自然和反抗专制的诉求结合在一起，也更容易引起整个地区民众的共鸣。假如他们生活得自由合理，或许就不会一致强烈地萌生去意。从民族性格来说，加泰罗尼亚人要温和得多，巴斯克人则更为强悍一些。于是各种巴斯克地下反抗组织相继成立。其中最著名的是成立于1959年的极端暴力组织“埃塔”，“埃塔”是巴斯克语“巴斯克祖国与自由”(Basque Homeland and Freedom) 的缩写ETA。他们的诉求是把西班牙和法国南部的巴斯克地区合成一个独立国家。这样产生的结果是恶性循环，巴斯克民族主义运动越没有表达和活动的余地，就越是只能诉诸暴力行动，镇压也就更加残酷。

巴斯克面对着一个没有任何通融余地的独裁政权，独立变为追求自由的天然部分。任何组织，只要是鼓吹民族独立，巴斯克人就觉得是追求自由的必然路径，即便是恐怖组织，都可能获得巴斯克民众的普遍同情。这种困扰在当时甚至延伸扩展到国际社会。 佛朗哥既然是专制统治，就难以维护司法的独立公正，常常把属于社会的司法，变为政治压迫的工具。1970年的前九个月，西班牙政府审判的政治犯高达一千一百零一人，很多是巴斯克民族主义者。9月18日，佛朗哥出席巴斯克首府圣塞巴斯蒂安的公开活动，一个巴斯克人当场自焚抗议，于是国际社会开始重视巴斯克民族的处境。这是许多国家曾经遇到、正在遇到或者将来可能遇到的情况，即区域独立和国家政权之间如何互动。任何一个国家遇到这一类状况，其实都是伤透脑筋。例如，过去的英国和北爱尔兰地区，今天的俄国和车臣地区。在一个司法不公的社会，这种互动，更是非常容易步入恐怖活动和镇压无度的恶性循环之中。1968年，寻求巴斯克独立的“埃塔”开始诉诸暴力，是年恐怖活动有了第一个牺牲者。在这种情况下，国际社会也表现出极大的困惑：假如单纯地反对恐怖活动，好像就是支持了专制者的镇压；反过来，又变成是支持了恐怖活动，真是左右为难。

民主化是解决巴斯克区域问题最重要的一条分界线

西班牙三十年多前展开的民主转型，对巴斯克人来说是一条最重要的分界线。从此佛朗哥对区域文化的压抑突然消失，巴斯克人在学校开始教授自己语言的同时，也开始有机会在自由的天空下，发展自己的民族文化。巴斯克人恢复了自治政府，他们也开始考虑是不是还需要独立。1978年制宪公投时，在冒着大雨参加宪法公投的巴斯克人中，高达百分之七十六点四六的人赞同新宪法，也就是赞同巴斯克是统一的西班牙王国宪法框架内的一个自治区，而反对独立。 就在西班牙宪法得到批准的时候，巴斯克发生了一次关键性的分裂，那是巴斯克的两大党决

“埃塔”

裂，有一部分人站出来反对恐怖主义，在毕尔巴鄂的大街上，游行队伍的前头，有人举起了两只和平鸽。从此以后，不再是纯粹的西班牙和巴斯克的对决，巴斯克人也开始和自己对决。

民主转型后的西班牙全然改变了对巴斯克地区僵硬的对峙和压制，这也同时消解了“埃塔”的暴力反抗形象，在此之前，“埃塔”的民族主义诉求是与反佛朗哥独裁和反暴政相连的。现在，随着西班牙民主转型完成，“埃塔”的形象日渐清晰，它是和民主西班牙政府对抗的分离组织，这样，“埃塔”获得巴斯克民众的支持迅速减少，开始走向边缘化。

1981年2月3日至5日，西班牙国王胡安·卡洛斯和王后对巴斯克地区做了一次正式访问，这是自1929年以来，西班牙国王第一次踏足巴斯克地区。巴斯克人把国王的访问，看成是王室和巴斯克地区的直接对话。这让他们回想起久远的巴斯克“古法”时代，那时候卡斯蒂里亚的国王，给予巴斯克以自治的“古法 ”，那是巴斯克人引为骄傲的光荣时代。可是，在格尔尼卡古老议会大厅里举行的欢迎仪式上，却发生了一件意外：国王刚刚站到讲台前，准备对巴斯克议会发表讲话，一个议员突然站起来，大喊大叫打断国王，开始高唱巴斯克“国歌”。会场顿时非常尴尬。面对突发事件，国王表现得沉着和有尊严，待现场平静，他照样发表讲话。国王在讲话中说：“对那些采取不宽容做法的人，对那些藐视我们的共存，不尊重我们制度的人，我要重申我对民主的信念，重申我对巴斯克人民的信任。”在此后的很长时间里，“埃塔”没有停止他们的恐怖行动，可是，“埃塔”的暴力活动终于明显减少。二十世纪七十年代，每年有将近百名被“埃塔”杀害的牺牲者，在2003年，只有三名被害者。一个重要原因，是取得高度自治权的巴斯克民众对“埃塔”越来越强烈的反对态度。2006年“埃塔”宣布永久停止暴力。虽然此后还有过零星的暴力事件，可明显已是强弩之末。不久前，巴斯克还有三颗炸弹爆炸，“埃塔”宣称对爆炸负责，但是他们事先电话通知，未造成人员伤亡。极少数人的暴力终于不能再赢得巴斯克民众的支持，也不能再成为推动巴斯克民众和西班牙民众对立的因素。

今日西班牙的区域问题

在1979年至1983年之间，所有的西班牙区域都在宪法之下成为自治区域。今天的西班牙，有着十七个自治区，另有两个自治城市。加泰罗尼亚和巴斯克只是自治区域中的两个。自1979年以来，加泰罗尼亚在文化、环境、通讯、交通、商业、公共安全等方面的自治权在不断扩大，地方政府也在和西班牙政府分享教育、卫生和司法的管辖权，地区拥有自己的警察部队，其权限也在不断扩大。加泰罗尼亚和巴斯克都是西班牙拥有最高自主权的地区。

然而，西班牙在民主成熟、经济发展之后，一些富裕地区的民族意识在新的历史条件下受到新的呼唤。加泰罗尼亚和巴斯克的特点都是经济上大幅领先，尤其是旅游业发展迅速。巴斯克成为西班牙的最富有地区，2004年巴斯克人均GDP比欧盟的平均水平高出百分之二十点六。加泰罗尼亚也被公认为西班牙经济最具活力的地区，2005年它的人均GDP在西班牙的十七个自治区中排名第四，它的金融业和投资业都具领先地位。因此，原来的民族意识又和经济考量结合，生出富裕人家要自己单过的意思，独立问题再次有所提升。

2005年，加泰罗尼亚议会以百分之八十八点九的赞成票提出，要定义加泰罗尼亚为一个"国家"（nation)，后来在西班牙政府和反对派的压力下，最终改回"民族"（nationality)。其实这两个词在英语中，"国家"、"民族"两者的意思都有，而"nation"的"国家"意味更重一点。虽然加泰罗尼亚后来又做了一次公投，通过把加泰罗尼亚称为"nation"的说法，但是并不具有法律效力。2003年，巴斯克政府也试图改变现状，让自治再跨前一步，把巴斯克对西班牙的关系改为"盟国"或者"自由国"，介于自治和独立之间，结果被西班牙国会否决。

我们可以看到，虽然西班牙一些区域中的部分民众之独立诉求还没有完全消除，有新的状况发生。可是，民主转型前激昂冲动的独立危机已经不复存在。一个重要原因，是自治区域有了民族发展的充分自由，区域之间也开始更多地相互理解和尊重，在价值观念上变得越来越接近，思想交流也就越来越容易，这是他们渐渐走向不求分离、携手互惠的基础。同时，在这个渐进过程中，一个民主制度下宪政法治和契约文化的建立，也成为双方不断相互协调和制约的依据。

英国下议院议会厅随想

美国专为报道国会的电视频道C-SPAN，周末经常会播放英国下议院的辩论，看英国首相舌战众人。虽然听不懂他们辩论的具体内容，旁观他们的唇枪舌剑却饶有意味。让我感兴趣的是他们的辩论规则。

现在英国议会下议院的议事厅，是“二战”中让德国人空袭炸了以后重建的，已经是下议院的第三个议事厅了。它和大多数国家议会大厅不同，不是以主席台为中心放射形布置的，而是承袭传统，布置成一个狭长的长方形。当中一条空地，两边是一排排长椅，后排逐级升高。像一个缩小挤扁了的室内篮球场。端头的高靠背椅是议长的席位。两侧议员们的长椅没有扶手，男女议员们坐得相当紧凑，要舒服地跷个二郎腿都不行。长椅前连个放文件的小台子都没有，坐在那儿肯定远不如一般的电影院里舒服。下议院的直译是“平民院”，故而长椅是绿色的，象征着“草根性”，“代表民众”。相反，上议院里的椅子

英国下议院

不仅宽敞豪华，而且是红色的，象征的是对皇室的“忠诚”，因为上议院的直译是“贵族院”。

下议院议长右侧的长椅上，第一排坐的就是首相和他的内阁成员，后面是支持他们的执政党议员们。对面第一排，坐着主要的反对党成员，如“影子首相”、“影子内阁”，后面就是反对党的议员们。完全是两军对垒的阵势。在第一排椅子前面，地毯上有一条鲜明的红线，任何人不可越过。谁要是说着说着激动起来过了线，就会遭到议长的训斥。两条红线间的距离长度，是两边的人若都拔出剑来的话，刚好互相够不着，可见英国议会历史的久远，当年议员们一激动，弄不好会拔剑打起来的。

议员们质询首相的时候，想发言的就站起来，由议长从中挑一个，点到的就站在原地发言。提出问题之后，首相就站起来回答。可见，议长的权力很大。议长是议员们选出来的，一旦当选，议长就必须取消自己的党派身份，公正地主持会议。这很要紧，否则议长所不待见的议员岂不是永无说话的机会了。别看议长“风光”，历史上这可是个危险的职位。因为下议院提出意见，得由议长去禀告

英国女王出席下议院的仪式

国王，若是惹得国王龙颜大怒，没准就先斩了议长出气。英国历史上总共有五六个议长，就是这样丢了脑袋的。当然，现在的国王是没有这个权力了。

最有意思的是议员们和首相的问答。名义上，问和答都是对着议长说话，而不是问答者之间的对话，直接你来我往的对话是规则所禁止的。这样，他们发言里的第二人称就只能是议长，提到对手只能使用第三人称，更不允许直呼其名，而必须称之为“我尊敬的朋友”，或是“某某选区的我尊敬的朋友”。这样一来，话说得再激烈，听起来也成了这样的味儿：议长先生，事实是怎样怎样的，而不是如我尊敬的朋友说的那样。在这个问题上，某某选区的我尊敬的朋友是撒谎者！

为什么要这样规定呢？道理很简单，就是要避免直接的争论、避免话语的纠缠。面对议长说话，发言者只注重于把自己的意见表达清楚，听者就集中精力理解对方的本意，辩论就是对事不对人的。

下议院质询首相的时候，节奏非常快，议员们的问题在变换，首相就得当场作答。议员们会当场对回答发出呼应，满意的就叫："Yayh!"不满意的就叫："Nayh!"议事厅楼上的座位向公众开放，看过他们的辩论，你不得不承认，英国首相可不是随便什么人都当得了的，光是这一关，就不容易过。

英国议会的整套议事规则，后来成了各国议会规则的样板。美国国会参众两院的议事，也有类似的规则。从十九世纪六十年代起，美国民间制定并延续到现在的《罗伯特议事规则》，专为开会提供了发言、辩论、提议、附议和表决的规则。它也是以英国议会规则为基础。可以毫不夸张地说，英美政治的特点，就是议事决策讲程序讲规则。这一点对于民主政治非常重要，因为说到底，民主政治其实就是一种程序性的东西，就是一套议事决策的程序规范。

通常人们认为，在欧美民主史上，以法国革命为代表的大陆模式是一种激进革命的历史，他们满怀理想地追求自由、平等，追求社会公正等目标；而英美模式是保守的缓进改良的历史。可是，如果考察两百多年来欧美各国的政治变迁，就会发现英美模式导致的变化程度，也是天翻地覆的变迁。之所以给人保守缓进的印象，无非是因为反复小，血流得少。而这种变迁的成功，至少有一半得归功于人们对程序、对规则的尊重。

美国革命史上，最重要的事件是1787年的"费城制宪会议"。来自分散的十三个州的代表，既代表着不同地方的不同利益，又互不熟悉、互不信任、互相提防，他们关起门来几十天，居然成功地制定了人类历史上的第一个成文宪法。

"费城制宪会议"为什么会成功呢?

会议一开头的第一件事,他们制定了开会的程序和规则:发言、提案、附议、修正动议、表决等等大家公认的一套规则。遵守规则的后面,是这些革命者的绅士风度和荣誉感。有规则而且守规则,是制宪会议成功的第一个条件。

然后,他们选出了主持会议的主席:大家都服膺的前大陆军队总司令乔治·华盛顿。华盛顿是一个把荣誉看得比生命还重的人,严于律己,特别讲究细枝末节,服从规则到了刻板的地步。整个制宪会议期间的几十天里,华盛顿天天在主席座位上,凭他的威望、尊严和对权力恰如其分的使用,保证会议一天天地按照规则进行。这是制宪会议成功的第二个条件。

在制宪会议上,华盛顿自始至终没有发表过一点点意见,因为他知道,由于他的身份和威望,只要他开口,代表们就会把他的话看得很重,反对的意见无形中就会受到压制。还有一个原因是出自他谦虚的本性,他知道自己所持的观点很可能一点不比别人高明,别人也许有更好的构想。以后在第一任总统任内,他也经常这样,沉默地听别人的意见,表现得"不自信"。但我们回头看历史,近代史上几乎所有人祸,无一不是出自有权势的人过分自信。

只有一次华盛顿发了火:会议一开始大家约定,为了防止外界的猜测和谣言,这是一次秘密的代表会议,谁也不能向外界泄露会议的争论。所有人的笔记必须妥加保管,不可丢失。可是,有一个代表不小心将笔记失落在走廊里,让人捡到交给了华盛顿。华盛顿在下一次会议时,非常严厉地责备了这种疏忽,然后把笔记放在桌子上,让失主自己取走。

美国国会众议院，楼上为民众旁听席

正是这种在规则面前谨慎谦虚的态度，使制宪期间的各种不同意见和不同利益都能和所有代表见面，从而为妥协创造了条件。制宪会议的成功是妥协的成功，正是程序和规则使妥协成为可能。

还有一个人对达成妥协起了很大的作用，那就是他们中年龄最大的八十四岁的本杰明·富兰克林。富兰克林不仅是老资格的革命家，而且是世界知名的科学家、作家和思想家，还是费城人都很熟悉的成功的商人。在制宪会议争论得不可开交、眼看着就要散伙的时候，富兰克林提议，请一位牧师来，带领大家祈祷，祈求上帝帮助大家，驱散大家心里“唯我正确”的邪念。在“自我”之外有所敬畏，对“自我”能够反省，代表们不再“唯我正确”。这是制宪会议成功的第三个条件。

纵观英美三百年的历史，他们稳定进步的要点说穿了并不复杂，就是在议会厅里通过民主程序解决问题，而不是诉诸街头的流血。而议会厅的成功，关键是规则。这对我们也一样。什么时候大家靠公平规则来议事决策，而不是靠实力和谋略来获取成功的时候，事情也许就好办一些了。

美国的镇国之柱：联邦最高法院

美国首都华盛顿市，位于波托马克河边、马里兰州和弗吉尼亚州交界的地方。作为联邦政府主要机构的所在地，这个城市有很多值得观光客停留的地方。除了脍炙人口的国立斯密松宁博物馆系统，以及一系列闻名世界的纪念碑纪念堂以外，联邦政府的各大机关也有值得一看的地方。国会大厦、总统府邸白宫、国防部五角大楼、联邦调查局大楼还有国会图书馆、档案馆，都向公众开放。这些艺术博物馆也好，纪念馆也好，凡是联邦政府的机构，都不要买门票，不管什么人，都可以长驱直入，这个门进，那个门出，如入无人之境。相比在世界其他地方看博物馆，这可省下数目不小的门票钱。

和国会大厦隔开一条马路的国会图书馆旁边，有一栋白色大理石的建筑，一排排台阶把希腊神庙式的建筑抬起，正面粗大的大理石柱子，顶着饰有石雕的三角形屋顶，蓝天白云下十分壮观。这就是联邦最高法院。来此游览的观光客不多，其实这儿很值得一看。

美国联邦最高法院

联邦最高法院和全美国所有大大小小的法院一样，依照法律必须向公众开放。最高法院专门有展览区，介绍最高法院从建筑到历史令人感兴趣的内容。展览区陈列着美国司法史上的一些文物，有接待人员回答问题，还提供免费的书面资料。最高法院的听证和辩论也向公众开放。在最高法院举行听证和辩论的日子里，台阶下的小广场上通常会排有两列队伍。一列是专门供好奇者进去听三分钟的，法庭里最后两排座位就是这样的流水席。还有一列是供认真想从头听到底的，按先来后到的原则，坐满为止。由于最高法院的法庭里从来不允许电视摄影记者拍摄和录音，最高法院的工作状态就从来没有出现在电视屏幕和广播上，所以到了重要的听证会举行之前，想一睹真相的人唯一的办法就是早点儿来排队。比如2000年总统大选危机的那次听证，有五十个人提前两天冒着深秋的寒风细雨在此排队，才得以幸运地进入法庭。美国排队的事情很少，可这时候粥少僧多，也得排，还得防止加塞儿的。这时候也不顾政治观点的分歧了，先得维护排队秩序。他们发明了一套编组登记、定时点名、三次缺席则除名的制度。我发现，这套办法和我们当年在上海通宵排队买火车票发明的办法几乎一模一样。可见老百姓到了要自己管理自己的时候，天下英雄所见略同。

美国联邦最高法院是美国政府三大分支之一——司法分支的最高机构。在这栋大楼里，有九个深居简出的大法官，他们是总统任命并经参议院通过认可的，一经任命即终身任职。这种终身制在美国政府的所有官员里是独一无二的。最高法院最令人注目的是它拥有“司法复审权”，即通过对上诉案的裁决，对宪法作出解释的释宪权。美国建国二百多年来的重大社会变革，比如政府对经济活动干预范围的认定和限制、取消种族隔离制度、被告权利的保障、妇女自愿堕胎的权利等等，几乎都是通过最高法院的裁决才得以在制度上确定下来。美国社会生活中的分歧和争端，尤其是民众和政府的分歧和争端，通常都会层层上诉到最高法院，由这九位大法官投票作出裁决。在历史上，最高法院的裁决化解了不知多少次的危机。美国社会的进步和稳定，最高法院功不可没。可以说，联邦最高法院是美国的镇国之柱。

可是说到这个镇国之柱的来历，却还要从二百多年前建国初期讲起。

在1787年制定宪法的时候，美国的立国者们意识到必须让司法分支有足够的独立性。在建国初期对理清思路起了重要舆论和解释作用的，是当时报纸上的一系列文章，这就是闻名于后世的《联邦党人文集》。写作这些文章的是三个人：一是和华盛顿总统一起度过戎马生涯，后来担任第一任财政部长的亚历山大·汉密尔顿；二是《宪法》的起草者，被后世称为“宪法之父”的詹姆斯·麦迪逊；还有一个人叫约翰·杰伊。

1793年，正是第一任总统华盛顿任内，他遇到了一系列法律问题。根据英国的旧传统，“法庭是国王的法庭，法官是国王的法官”，国王可以召集大法官，要求他们提供咨询意见。所以，华盛顿总统指令国务卿写信给最高法院大法官，要求他们就总统遇到的二十九个问题提供意见。这时候的最高法院有六名大法官，首席大法官就是那位约翰·杰伊。

几天以后，1793年8月8日，华盛顿总统收到了以约翰·杰伊为首的五名大法官的回信。回信中，大法官们毕恭毕敬地告诉合众国总统，宪法规定三权分立，司法系统则是在这个国家其他机制都失效的情况下，依然有效的“最后之倚仗”。为了保证这一点，他们这些大法官经过慎重考虑，认为如果他们经不起诱惑而对与法庭职务无关的国家大事发表意见，那是不适当的，因此他们不得不拒绝发表意见。他们还提醒华盛顿，总统只是行政分支的首脑，宪法规定他只有权召集行政分支的官员，法官们是不归他管的。这等于是向合众国的总统重复了西方司法系统几百年来的主张：国王也不能置自己于法律之上。

当时，按照那个时候绅士们的惯例，他们称自己是“总统阁下最恭顺和最谦卑的仆人”，然后一个个慎重地签上了自己的名字。

1793年初秋的这封短信，在美国制度史上有十分重要的意义。大法官们的拒绝，看上去是放弃了参政议政的权力，其实是用“最恭顺和最谦卑”的姿态，向政府其他权力部门明示了自己的地位。如果他们接受总统之邀对国事作出咨询，那就等于和政府其他权力系统建立了某种合作关系，而由于法庭一没有钱包、二没有枪杆，是最弱的一个部门，一旦和其他部门建立关系，就难免落入一种依附性的地位。当进入法庭程序对案件作出裁决的时候，由于此前发表过咨询意见，就失去了原有的高居于双方之上的独立立场和地位。更危险的是，如果他们发表意见参与国事，万一他们的意见与立法及行政系统的意见不同，在以后对涉及这一分歧的案件做出司法裁决以前，他们已经失去了司法裁决的权威。

就从大法官们发出这封短信的那一天，开始了美国法庭“司法自制”的传统：美国的法庭从不主动出击，世事闹翻天，他们也不闻不问。对告上门来的案子，他们先考察是否在自己的司法权范围之内。除了判案，他们从不吭声。他们用这种独立性和自制性，建立起人们对法庭公正的期待和信心，这就是法庭的司法权威的来源。美国的法庭不管执行，它没有能力也没有职责来执行自己的判决，执行是行政系统的事情。可是一旦法庭对案件作出判决，在美国几乎没有“执行难”的问题。

1800年是美国的大选年。这次大选把联邦党人的总统亚当斯选了下去，选上了反联邦党人的领袖托马斯·杰弗逊。在政权向反对党转移的过程中，发生了一件涉及多方面的争议事件，这就是著名的“马伯里诉麦迪逊案”。联邦最高法院在对这一案件作出裁决的时候，当时的首席大法官约翰·马歇尔虽然政治上主张联邦党人的观点，但是处理这一争议时却对双方各责其咎，煞费苦心地维持自己的中立姿态。在判决词中，借宣布1789年司法法案第十三条违宪的机会，他宣布，对法案进行违宪审查并解释宪法的权力属于联邦最高法院。这一宣示，得到了当时各方的认可，可以说是典型地表现了美国政治家善于妥协的能力。

从此以后，联邦最高法院拥有了众所瞩目的“司法复审权”。社会上的重大争议问题，就会通过层层诉讼途径上诉到最高法院。什么东西符合宪法，所以是合法的，什么东西违反宪法，所以是非法的必须废除，就由这几个深居简出的大法官说了算。

整整二百年后，2000年美国大选，选情在佛罗里达州出现了争议。布什和戈尔在佛罗里达州的得票差额只有几百票，而仅仅在棕榈滩县，由于选票设计的缺陷（所谓蝴蝶形选票）和投票设备的问题（所谓穿孔卡片机问题）所造成的废票或失误就有一万多张。这些问题，在不同程度上都是美国这样分散的地方自治的选举制度不可能完全避免的。所以这次选举争议的本质是，如果承认有数千万民众参与的一场选举，必不可免地会出现一些操作误差，那么当胜负双方的得票差别小于可能的操作误差的时候，依靠选举程序来产生多数民众意见的这样一种民主机制就失效了。也就是说，2000年发生在佛罗里达州的实质上是民众五五分裂，在技术上无法产生令人信服的多数意见。

这是一种民主程序的危机。这一危机持续了三十六天。那些日子，我们天天在电视上看到佛罗里达民众在街头示威，天天听到电视和广播里专家们在争论到底应该怎么办，法律到底是怎么定的，到底怎样才是公平的。几乎从第一天就看得出来，民众的这一争议是不可能达成一致的。这样的争议，谁也不可能说服得了谁。就是我们这样纯粹的第三者，也难以看出到底谁更有理一些，到底怎样更公平一些。也几乎是从第一天，美国人就知道，最终会通过法庭来解决争议，因为其他的人都有公开的政治倾向，只有法官们至少在理论上必须持中立立场。

二百多年前，以约翰·杰伊为首的大法官们所说的，法庭作为其他机制都失效的时候依然有效的“最后之倚仗”的作用，现在体现出来了。美国政治制度在碰到2000年大选中百年不遇危机的三十六天，是紧张而和平的三十六天。那些日子里，有十几个大大小小的法庭依次开庭。从升斗小民到贵为州长和副总统的候选人，一样要请律师在法庭上阐述他们的理由。

2000年12月12日晚十点，首都华盛顿秋雨绵绵，最高法院宣布了它对佛罗里达州选举争议的裁决。我们在电视上看到，各大电视网守候在最高法院大厦外的记者们，用寒风中冻僵了的手指，笨拙地翻动那长达七十多页的裁决书，徒劳地想言简意赅地告诉观众，大法官们到底是什么意思。我想，大多数的美国人大概和我们一样，最终也并没有弄懂裁决的法律意义，但是大家都明白，这场危机和平地结束了。由于佛罗里达选民的五五分裂，由于全国总计支持戈尔的选民实际上超过布什，可以肯定至少有百分之五十的选民不同意如此结果，但是他们百分之百地颇为悲壮地接受了最高法院的裁决。他们知道，这个时候，重要的不是谁当总统，重要的是必须有人按照程序作出裁定，重要的是这样的裁定能够再一次地维护制度的健康。

有资格作出这一裁决的，只能是美国的镇国之柱，那作为“最后之倚仗”的联邦最高法院。

司法要有一种独立人格

——两本辞书中同一词条的比较

对于美国的法庭用普通民众组成的陪审团判案这一点，我们最难理解的是：判案事关重大，怎么可以如此放心地相信普通民众的素质和法律知识。美国的普通法体系，由于尊重历史、经验、判例，因此浩如烟海，盘根错节，没有一个人敢说自己掌握了所有的法规条例和判例，所以法庭上讲究对抗、反诘和质疑。即使是法官，脑子里也始终得有一个警示：你所说的每一句话，是有可能受到质疑的。法律已经成为庞大而精密的知识体系。那么，普通民众如何具备这种知识，如何应对随时被召入陪审团判案呢？

其实，加入陪审团判案就是一个受教育的过程。在听取法庭呈证的过程中，陪审团就像上课一样，虽然不能提问，却是在学习。在陪审团接手案子准备裁决以前，法官将对陪审团作出指示，告诉他们如何引用法律条文，如何对待证据——什么可以，什么不可以。由于公开性是法庭程序的原则，于是每一个案子在媒体上的报道、书本里的重现，对于民众来说，都成为点点滴滴的法律培训过程。尽管美国人嘲笑律师的幽默故事很多，但是相比其他一些国家，却还是信任自己的司法制度的。

美国最高法院，两百多年来承担着解释法律和宪法的职能，他们要在每年几千件上诉案中挑选一百多个案子，在听取辩论、投票表决后，公开发表最高法院意见书。这些意见书不仅是以后联邦各级法庭对同类案件的判决依据，而且同样具有教育民众的功能。所以，最高法院的意见书，和我们以前想象的法庭判决不一样，不是板着面孔凶巴巴的几句话，而是一堂讲课笔记，它不仅要说出最高法院的意见，还要讲解这一意见的历史背景和理由，以及对反面观点的思考。每一份意见书，包括被否决掉的少数大法官的反对意见书，都要注明是哪一位大法官起草的。因此，为最高法院起草的意见书，就等于是大法官们在美国历史上留下的痕迹，法官们无不精心撰写。意见书不仅面向司法体系的各级法庭和法律界同行，也面向公众，它们是在向公众解释为什么最高法院采纳这一意见，本身就是最好的美国法律教科书。

可是，对于我们这样没有进过美国法学院，没有经历过法律专业训练的人来说，最高法院意见书并不好读，第一个原因就是其中难免有法律术语。最高法院意见书在引用先例的时候，甚至会引到中世纪英格兰的古老法律和案例，即使是法学院学生也要查资料才能明白。所以，读美国最高法院意见书，得有一部法律专业术语的辞书。

《牛津美国联邦最高法院词典》（*The Oxford Companion to the Supreme Court of the United States*，北京大学出版社发行的中译本为《牛津美国联邦最高法院指南》，以下称牛津版词典）是我从历史书俱乐部买来的。这本书在历史书俱乐部常销不衰，是为一般读者准备的工具书。有了这样一本书，再读有关最高法院的裁决报道和意见书的时候，碰到术语障碍就有救了。

但对于我们这样的中文读者来说，一个专业词条如果没有找到对应的中文词，有时候就会觉得隔了一层，似知非知。终于，我们从《南方周末》的报道中得知，前东吴大学的一批我国仅有的老一辈英美法学教授，虽年事已高，可在极其困难的条件下，编写出我国第一部大型的英美法词典——当这部词典终于问世的时候，很多历尽沧桑的编写者甚至已经离世。我们立即托国内朋友购买这部词典，朋友则好不容易才通过互联网买到，这就是《元照英美法词典》（以下称元照版词典）。

《牛津美国联邦最高法院指南》

《元照英美法词典》

这下好了，我把这两部工具书放在一起查，阅读最高法院意见书经常遇到的一些术语，现在第一次知道中文应该怎么说。比如最高法院发表意见书的时候，说这是一"Certiorari"，这是一个拉丁文词，法律术语里经常有这种源于拉丁文的术语。查元照版词典，应叫"调卷令"，并且说明了在英国司法体制中的来龙去脉。美国最高法院对新伦敦市征地案的意见，引起了很大争议，在我国也曾广为报道。我怀疑反对者大多没有仔细读过最高法院的意见书，在此意见书中，最重要的概念是“Eminent Domain”，这两个英语词的组合用中文怎么说最合适，在一般的词典上你永远也找不到答案。元照版词典里，这翻译为“国家征用权”，词典还对这一概念在英美法律中的来源、内涵、要件和使用，解释得清清楚楚。

美国是一个多元的移民国家，有着非常复杂和尖锐的内在矛盾，几乎没有一件事情是全国上下一致的，没有一件事情没有人反对。可是美国又似乎是一个十分稳定的国家，所谓“政权危机”在两百年的历史中从来没有过。在经历了2000年的大选危机以后，人们大概不会有异议的是，当矛盾和危机到了没有出路的危险时刻，最高法院九位大法官一言九鼎的拍板定论，是重要的因素。全国国民对这种司法尊严的服从，好像有一种预先约定，即使不同意大法官，却也会表示服从。这种全民一致的对司法权威的态度，不可能是仅仅建立在国民的理性思考上，一定和司法本身的性质有联系。遇到无法达成一致和相持不下的事情，到了最后的关键时刻服从司法的决定，先决条件是：必须有一个令人信服的司法制度。但是，一个社会，必须有什么样的司法，才能够起到这样的作用呢？

我的两部工具书，都以英文为序排列，很多词条可以一一对应，不同的是一个用英语解释，另一个用中文解释。不过，我碰巧查到一个词条，意外地没有这种对应性。这个词条是“Judicial self-restraint”。

元照版词典用了两行半来解释这个条目，全文是：“法官自我克制原则指法官在裁决案件时，避免放任其个人的与现存的判例或制定法不符的观点和意见，以免影响其判决。”

牛津版词典的相应条目由高露洁大学（Colgate）的斯坦利·布鲁贝克（Stanley Brubaker）教授撰写，用了差不多整整两页的篇幅，如果再阅读条文中交叉参考的其他条目，那么捧着这本书读上整整一天可能还不够，想要仔细研究文中提到的案例，大概真的需要一些法律专业的训练才行。

“Judicial self-restraint”翻成“法官自我克制原则”是有点狭窄了，因为这不仅是针对作为个人的法官的原则，更是针对整个司法体系的制度性原则，应该译成“司法自制”。

牛津版词典说，“司法自制”是这样一个术语，它包含几个不同而有联系的思想，这些思想都引导法庭约束对自己权力的动用，特别是依据分权和共和政府的理念，约束司法复审的权力。这一术语不同层面的含义，可以分成技术的和普通的两大类。技术类的含义，植根于有关司法分支的宪法第三条，要求法庭将自己的职能区分于立法和行政，严格将自己限制于根据法律来解决“具体的案件和诉讼”。法庭在接受审理案件的时候，必须考察是否达到一定的标准。法庭不应该出面来解决如下类型的争议：如果不存在司法判决能够予以救济的伤害（这一标准叫standing），如果两造的争议还只是一种可能性而没有实际存在（这一标准叫ripeness），如果争议早就过时（这一标准叫mootness），如果并不存在双方对峙的案件，而只是要求法庭对某法律问题提出意见（这一标准叫advisory opinion，即咨询意见）。如果对一个争讼，在宪法中没有发现司法能够掌握的标准，如果发生的情况是宪法规定的政府另两个分支之间的事情，这种情况就是“政治问题”，法庭也不应出面干涉。宪法中规定的国会对总统的“弹劾”就是典型的“政治问题”。

“咨询意见”的标准，十分有意思。参读“advisory opinion”一条，讲述了确立这一标准的历史事件。1793年7月18日，第一任总统乔治·华盛顿写信给最高法院，要求大法官对1778年《法美条约》产生的法律问题提供咨询意见。当时，法国大使根据这一条约，要求在美国征召志愿兵，并且已经准备了一条船，打算将这些士兵派出去。这和华盛顿总统刚宣布的中立政策相冲突。华盛顿是一个特别忌讳独断专行的人，他认为无论如何决策，都涉及法律问题，而自己可能并没有掌握这些法律知识，于是他将这些认为需要澄清的疑点归纳成二十九个问题，请教最高法院的大法官。

当时的最高法院首席大法官是约翰·杰伊。他先给总统回信要求宽限时间，说这个要求十分困难，他要等大法官都到齐，开会以后再回答。1793年8月8日，在最高法院所有大法官都亲自签字的给总统回信中，拒绝了发表“咨询意见”的要求，理由是政府的三权分立原则。法官们认为，除非将具体的诉讼送到法庭，除非这一诉讼案件符合司法权的标准，法庭不会发表意见。这一拒绝是历史性的。从此，美国总统需要咨询有关意见，通常是找下属的行政部门司法部，而作为司法分支的法庭，完全独立于总统。这是一个历史性的开端。美国的司法从此形成了一种独立人格。

“司法自制”的另一层技术性含义是，法庭要将自己的权威局限于自己的司法功能。法庭不应预想一个宪法问题，在这个问题实际出现以前就发表司法意见。也就是说，法庭不应该先知先觉。法庭在为宪法问题制定规则的时候，也不能搞外延扩大，不能超出具体存在的事实，法庭不搞假设，不对假设的问题作出裁决。司法分支将自己严格地局限在法庭里，它只对提呈到法庭的具体案件和诉讼作出裁决。

除了技术类的含义外，司法自制还有普通类的含义，这类含义接近元照版词典里说的意思，就是法官本人怎样对待自己的观点和法律的意思。这一含义是，法官在作出司法判决的时候，要克制自己个人的观点和看法，即克服自己本身的偏向、寻找法律的真实意义，再按照法律来作出判决，即使这种判决令自己不快，即使自己个人认为这样判是不对的。而所谓法律的意思，就是一切法律条文和规则所依据的宪法的“原始意义”，也就是当年制定宪法的建国者们心里想的意思。

显然，这是一个非常复杂而有争议的问题。斯坦利·布鲁贝克教授用了一页多来讨论这类含义。大家知道，美国最高法院的司法复审职能使得它具有这样的权威：可以通过对一个案件或诉讼的裁决意见书，来宣布国会通过的某法令是违宪的，这项法令于是作废。可是，国会是人民的代表，是共和政府的立法机构。最高法院的复审作为一种制衡，不能代替国会的立法功能，那么在什么情况下司法出面宣布违宪是正当的呢?

司法自制原则要求司法具有一种自觉的“谦卑性”。司法自制就是司法要尊重共和政府的权威，即尊重国会的立法权威和总统的行政权威。只有当法律明显违宪的时候，司法才作出违宪的判决。可是，什么叫明显违宪呢? 这不是一个理论问题，在具体生活中，它依赖于常识。尽管二百年前几十个建国之父们在费城写下的宪法，并没有将一切都说得黑白分明，于是后世产生了对宪法“原始意义”的揣测和争论，但是，宪法中的大部分条款的意义，对于一个“合情合理”的人来说，有一个常识下的“合理范围”。如果在这一合理范围之内，最高法院大法官们的个人意见和国会不合，即有可能你对，也有可能我对时，司法自制原则就要求最高法院服从国会的立法权威，让国会发挥民主的立法功能来确立法律。只有在国会的法案超出了这一常识下的“合理范围”的时候，司法权威才能超越国会的立法权威，出面宣布违宪。

于是从“司法自制”这一术语,可以看出美国最高法院在行使司法权威时的自我克制和自我约束。司法是社会正义的化身，而司法的首要原则竟然是它的“谦卑性”,它对自己的要求是：能够不出面就不出面，能够让共和政府其他分支担负的功能，自己就不要抢功劳跃跃欲试。司法的谦卑性和独立性相辅相成，正是在这种谦卑和独立的基础上，生长出使民众相信司法公正的意识，从而确立了司法的权威——最高法院要么不说话，它一旦开口的时候，矛盾就解决了。

牛津版词典和元照版词典在“司法自制”词条上的落差，出乎我的意料。我无从猜测可敬的元照版词典编写者们为什么只用了几行字来解释这一重要术语。也许是因为，我们还没有认识到现代法治社会下，司法制度本身建设所涉及的种种问题的重要性。也许现在谈论这些问题还为时过早，不过当我们真的要确立正义基础上的司法权威的时候，司法内在性质的问题却是绕不过去的。总有一天我们得回到司法的独立人格和“司法自制”的话题上来。

劳动节春秋

劳动节是美国的法定假日。不过这可不是我们以前年年过的五一国际劳动节，而是每年九月的第一个星期一和九月的第一个周末一起，刚好成为初秋的第一个长周末。这一春一秋两个劳动节，都是起源于十九世纪末的美国。一个世纪过去，再回头看这两个不同版本劳动节的春秋变迁，可谓寓意深长。

春天版的劳动节

一个多世纪前的美国工人，每天要工作十到十四个小时，生活非常艰辛。1881年成立的最大的工人组织：美加产业和劳动工会联合会（Federation of Organized Trade and Labor Union of the United States and Canada，即美国劳联的前身）把争取八小时工作制作为首要的目标。他们在1885年宣布，八小时工作制将在第二年，即1886

年的5月1日开始实行。这一号召得到了工人们的广泛响应和支持。当时领导着工人运动的，有激进的无政府主义者和左翼社会主义者。工人运动的中心是芝加哥，工人斗争的主要手段是罢工。在以往的大罢工中，比如1877年的铁路工人罢工中，各州政府都应企业主的请求，派出警察、国民警卫队来打击罢工工人。大企业则出资为这些警察和国民警卫队购买武器装备，以对付罢工工人。在那个时代，罢工很容易造成暴力冲突，其原因在于罢工是工人一方的唯一对话手段，而企业主一方没有接受这种对话的习惯。工人罢工，企业立即可以招收其他人干活，罢工等同于自寻解雇。罢工工人的唯一办法是堵塞工厂入口，阻止别人上班，而这种做法却是非法的，企业方面就可以寻求警察帮助，粉碎罢工工人的纠察线。

到预定的那一天，1886年的5月1日，芝加哥的很多工人迫使雇主让步，争取到了八小时工作制，但是在更多的工厂里，企业主和罢工工人形成了互不相让的对峙局面。1886年5月3日，工人集会，警民冲突中，警察向麦考米克机器公司的罢工人群开枪，造成一人死亡、多人受伤。无政府主义者号召第二天在草集广场（Haymarket Square）集会抗议。

5月4日草集广场的集会一开始是和平的，因为刚好碰上一个下雨天。当最后一个演讲者还在台上的时候，人群已经开始解散，广场上只剩下二百来个人，这时候却来了一百八十多个警察，命令集会解散，并开始驱赶工人。就在这最后的时刻，不知什么人向警察扔了一颗炸弹，当场炸死一个警察，还有六个警察后来死于医院，有七十多个警察受伤。

警察立即向工人开枪。有多少人被警察的枪弹打死打伤，后来一直没有确切的统计。到底是什么人向警察扔的炸弹，也一直没有查出来。但是，警察随后袭击了工会领导者的家，数以百计的人被逮捕，恐怖一时笼罩着芝加哥的工人区。受打击最重的是无政府主义者和左翼社会主义者。

八名最活跃的无政府主义者受到起诉，他们被指控犯下了谋杀罪并被判处死刑。1887年11月7日，其中的四人被处以绞刑，一人在狱中自杀。当局将这些人的遗体交给他们的亲友安葬。他们的葬礼是芝加哥历史上规模最大的送葬队伍，几十万人列队路旁为草集广场的烈士送葬。在安葬他们的墓地里竖起了纪念碑。1893年6月26日，伊利诺伊州州长宣布赦免剩下的三名草集广场事件被告。

这是典型的矛盾循环激化的“革命前夜”图景。在人类向工业时代迈进的时候，这几乎是普遍景观，因此也产生了顺应时势的革命理论。

所以，对于激进无政府主义者和左翼社会主义者来说，1886年发生在芝加哥草集广场的事件具有深刻的象征意义，它象征着资本主义制度下工人利益和企业主利益的不可调和，它象征着工人阶级除了针锋相对的斗争别无出路，只有这样它才能争取自身的解放，摆脱被奴役被剥削的命运。1889年，在巴黎召开的第二国际首次代表大会决议：每年的5月1日是“国际劳动节”，全世界劳动者庆祝的节日。

此后，全世界几乎所有工业国家的工人，都在这春天的日子里庆祝劳动者的节日。直至今天，很多西欧国家的工人，年年“五一国际劳动节”还要走上街头，举行游行，红旗和《国际歌》的歌声到处飘扬。

美国工会领袖彼得·马奎尔

可是，有两个工业化国家例外，这就是加拿大和美国。北美的工人不庆祝“五一国际劳动节”，因为这儿已经有了另一个劳动节，一个秋天版的劳动节。

秋天版的劳动节

1863年，美国南北战争期间，一个贫穷的爱尔兰移民应征上了前线，他十一岁的儿子彼得·马奎尔（Peter McGuire）为帮助维持一家生计，在纽约街头给人擦皮鞋、做清洁小工。这些移民家庭在新大陆的生活并不轻松，很多家庭不论男女老少都得辛勤工作，才能维持温饱。他们必须每天工作十几个小时，疲乏生病也必须干活，不干就会被解雇。

彼得十七岁的时候，他开始在一家钢琴店做学徒。这个工作比较好，他可以学着怎样做买卖，但是工作时间很长，赚的钱却很少。到晚上，他去开会听课，学习经济学，参加讨论社会问题。工人们讨论的一个重要话题，就是工时太长、赚得太少，工人们太苦。他们谈到，工人们要组织起来，成立工会来改善工人们的处境。1872年，彼得参加了有十万工人的大罢工，上街游行要求缩短劳动时间。

从此，彼得认识到，组织起来的工人运动对于工人的未来是至关紧要的。以后数年里，他经常在工人集会上演讲，还游说地方政府救济失业工人。在那个时代，彼得走的这条路可不轻松，他被看作是一个捣乱者，常常丢掉自己的工作。以后，他还到其他城市演讲，鼓动工人组织工会。1881年，他搬到密苏里州的圣路易市，组织召开芝加哥木工大会，成立了全国木工工会，他成为美国木工兄弟会的总书记。

彼得的木工工会成为了一个样板，成立工会的风潮席卷美国。工厂工人、码头工人，到处都组织起来要求保障劳工权利：八小时工作，稳定的有保障的工作职位。彼得和其他工会商议，要设立一个劳工者的节日，这个节日定在7月的独立日和11月的感恩节的中间，让工人们在这四个月的辛劳中多一天休息和娱乐。这就是9月的第一个星期一。

1882年9月5日，第一个劳动节大游行在纽约举行。两万名工人穿过百老汇大街，他们的旗帜上写着："劳动创造了所有财富"，"八小时工作，八小时休息，八小时娱乐"。游行过后，他们举办野餐，吃喝歌舞。入夜，他们放了焰火。

这样的庆祝活动立即传播到全国。每年到这一天，工人们纷纷用这样的办法来庆祝自己的节日，表达自我觉醒的意识，要求劳工权利。十余年后的1892年，美国联邦国会立法确定这一天为"联邦劳动节"。

然而，美国工人为改善自己的工作条件和生活处境，所走过的道路却远不是一日庆典那样轻而易举的。

艰难的起步

美国工人为改善自己生存处境选择的“解放之路”，其核心就是组织起来成立工会，并且以法律手段保护自己的利益。

早在北美殖民开发时期，有技艺的劳工就在各殖民地起着重要的作用。随着“五月花号”来到普利茅茨的清教徒中就有工匠。落脚在詹姆斯河口的弗吉尼亚殖民地，也曾要求英国多派出工匠。早期殖民地城镇里的铁匠铺，常常就是镇民们议事集会的地方。美国的劳工从一开始，就有地方事务主人的意识。《独立宣言》中宣布的原则，每个人都有“生命、自由和追求幸福的权利”，理所当然地包括所有的劳工。

早期北美的劳工又有从欧洲带来的按照行业组织工会的传统，比如木工工会、石工工会、印刷工人工会。在工业革命的过程中，各地工人组织过很多小规模的工会。

到1881年，美加产业和劳动工会联合会建立的时候，爱迪生发明电灯刚两年，第一次电话试验刚五年，社会生产和信息传播的技术条件远不如今日。可是，在英国工会运动的影响下，美国的劳工踏上了全国性组织的道路。1886年，美国“劳联”诞生，彼得·马奎尔担任书记。劳联号召工人争取八小时工作制，而且特别注意发动女工参与工会运动。

有三十万名会员的劳联发动过几次罢工，有些失败，有些则成功地争取到了八小时工作的条件。劳联发动的这些罢工都是和平斗争，尽管在那个时代，多数企业主还没有意识到有必要和工会谈判，有必要作出让步。工会的每一次成就都来之不易，但是工人的自我意识却在一步一步地觉醒。

非常难得的是，在矛盾冲突紧张的年代，对立的双方中却都有人意识到，激化矛盾并不是唯一的出路，人们必须运用理智和智慧来处理遇到的问题。

1893年6月26日，伊利诺伊州州长宣布赦免剩下的三名草集广场事件被告。他说，这三个人被赦免不是因为他们已经受够了罪，是因为他相信他们是无辜的，而那些已经被处死的人，是歇斯底里和司法不公的牺牲品。

劳联主席贡佩斯（Gompers）也清醒地说："那个炸弹不仅炸死了警察，也炸死了我们后来几年的争取八小时工作制运动。"他并不把草集广场个别人对警察的暴力事件，看作是"革命的正确途径"，而认为是刚起来的工会运动受到的第一次沉重打击。

在美国工会运动早期，人们就逐渐意识到，在劳资冲突中，政府的干预、立法和司法给各方留下的活动空间，对冲突的结果起着举足轻重的作用。争取妥协、争取双赢，不仅是可能的，也是唯一对所有的人都有利的结果。一方全赢，一方全输，从长远来看没有胜利者。

但是，走出一个双赢结果，还是需要双方的努力。首先是即便已有这样的"思维方式"产生，这条道路依然不是一帆风顺的。在草集广场事件以后的二十来年里，工会和企业主有过几次罢工对抗。工人们生活艰辛，自顾不暇，工会势单力薄，而企业主一方不仅有强大的财力，而且往往得到政府的支持，运用法律来限制和击败工会。1892年的钢铁工人大罢工、1894年的铁路工会大罢工，最终都在政府的武力干预下失败。在铁路工人大罢工时，克里夫兰总统甚至派出了联邦国民警卫队，尽管伊利诺伊州州长说根本没有这个必要。

因此在这个时候，强势一方产生缓解矛盾的“双赢思维”显得尤为重要。

1902年，宾夕法尼亚的十万名煤矿工人从5月12日起罢工，使煤矿关闭了一整个夏天。工人们拒绝调解，形成僵局。西奥多·罗斯福总统从10月初开始干预，他指派了一个调解委员会，作为中间者和双方展开谈判。五天以后矿工们开始上班。五个月以后，总统调解委员会做到了所有工人提高工资百分之十，并缩短了工作时间。这一结果虽然没有达到工会在罢工开始时的要求，却使这次罢工成为和平而有成效的罢工。

丹伯里制帽工人案

美国人在发生利益冲突的时候，通过司法途径寻求解决的传统，也在一个看上去非常容易失控的工人“民众运动”中，注入了理性的规范。第一个走上法庭的著名罢工案件，是“丹伯里（Danbury）制帽工人案”。

1902年，康涅狄格州丹伯里的一家公司提出民事诉讼，告工人妨碍贸易，违反了反垄断法律，因为美国劳联的制帽工人工会，组织工人抵制这家公司，原因是这家公司不许工人组织工会。

这个案子用了几年时间在联邦法院里一级一级上诉。1908年，联邦最高法院以五比四作出了对工人不利的裁决。这个裁决的意思是，工人可以作为劳动者或消费者对某公司实行“直接抵制”，比如不买这个公司的产品、罢工，或不为这个公司雇用，这种直接抵制是完全合法的。但是，工人不可以强迫其他的公司不买这个公司的产品，或者强迫别人不和这个公司合作（例如罢工期间不准其他人上班），这样的“二次抵制”是非法的。

也就是说，你自己可以抵制，但是不能强迫别人和你一样去抵制。法庭对丹伯里的一百八十四名制帽工人作出二十五万美元的罚款处罚。在最高法院裁决以后，全美劳联发起募捐为一百八十四名制帽工人偿付罚款，以免他们的房屋财产被没收。

这个裁决发出了两个信息：第一，司法诉讼有可能成为解决劳资冲突的途径，工会一方和雇主一方都有可能利用这样的途径，也都有必要知道什么是合法的，什么是非法的；第二，工会对公司的抵制，只能在“直接抵制”的范围内进行。1947年，《塔夫特—哈特利法案》（Taft-Hartley Act）明确规定二次抵制非法，从此以后类似的二次抵制在美国工会运动中就消失了。不过，最高法院在同一案中也裁定，根据宪法的言论自由条款，工会可以在商家门口竖立宣传标语和宣传员，告知民众他们要抵制的某公司的某产品是“不公平的”，号召民众“不要购买”，这是合法的，但是不能说这些卖商品的商家也是“不公平”的，不能号召民众不去购买这些商家的所有商品。后面这种做法就是“二次抵制”，就是非法的了。

在这里，美国司法独立和司法系统在建立“公正”信誉方面的努力，首先建立起了美国民众的法律文化，这对事态发展走向良性循环起了极大作用。假如没有这一条，假如法院无理偏袒政府或企业，工人不服就冲击法院，那就真正是乱成一团，没有解药了。

1909年，两万名制衣厂工人，大多是女工，而且几乎都是东欧新移民，在制衣女工工会的旗帜下发动罢工。她们得到了广泛的公众支持，最终争取到了每周五十二小时工作和增加工资的条件。1910年，五万名制衣工人在纽约罢工。他们请出了著名律师路易斯·布兰迪斯来谈判。在他的努力下，这次罢工取得了重要的结果，不仅为工人争取到了有利的报酬条件，而且开创了和平谈判的范例。布兰迪斯后来还担任了联邦最高法院的大法官。

从“黄狗契约”到《民权法案》

第一次世界大战前后的二十年，是美国工会运动的不稳定时期。战争期间，工人运动常常被诬蔑为不爱国的叛国活动、反对美国的非法阴谋活动。企业在雇用工人的时候，常常要求工人在雇用合约中签字保证不参加工会。这样的契约被叫作“黄狗契约”。

但是美国工会仍然存在，仍然有一定的号召力和影响力，在时机成熟的时候，工会就成为政治家们不可忽略的力量。到1919年，全美劳联仍然有四百万名成员。在1924年大选的时候，全美劳联号召工人既不要把票投给共和党的候选人，也不要投给民主党的候选人，而是投给第三党进步党的候选人—— 一个对工人和农民比较友好的参议员，结果进步党在大选中得到百分之十七的可观票数，从此令政治家刮目相看。

二十世纪三十年代的大萧条，美国民众进入了现代史上生活最艰苦的年代，大批工厂倒闭，工人失业率高达四分之一。也就是在

富兰克林·罗斯福总统

这大萧条的年代里，联邦政府开始了一系列干预劳资关系的立法。这一过程一波三折，由此奠定了美国工人运动的基调。

1932年，富兰克林·罗斯福当选总统。1933年3月，罗斯福开始一系列旨在刺激经济、养活失业工人、恢复全国信心的计划。在他的敦促下，国会立法建立“全国恢复管理局”（National Recovery Administration），NRA的7a分部专门管工会的登记，负责保证工会的合法存在，并以工会集体的力量和雇主谈判。尽管7a分部并没什么实权，它的建立却被千百万工人看成是政府为工人参加工会打开了绿灯。

全美劳联立即抓住这个有利时机发展会员，他们的传单上写着：“罗斯福总统要你加入工会！”

可是不久，当时保守的最高法院认为罗斯福的新政过分干预私营经济，在一次裁决中宣布，NRA是违宪的不再存在，NRA的7a分部也自然消失。然而，这个时候已经有越来越多的政治家认识到立法干预劳资关系的重要性。无论是在经济平稳的时期，还是在经济萧条的困难时期，劳工和资本的关系是一种互相依存、互相对抗而寻求双赢的关系，力量和利益必须在困难的协调下达到平衡，而政府必须在这样的平衡过程中起积极的作用。这样的思想，在以往政府不干预经济的传统中是没有的。

在纽约州联邦参议员罗伯特·瓦格纳的领导下，国会在1936年通过了《国家劳动关系法》，即《瓦格纳法》。这是美国劳资关系史上第一个重要的立法。

《瓦格纳法》的作用超出了当年的7a分部，为工会的存在奠定了牢靠的合法性基础，明确规定工会有权代表工人和雇主展开集体谈判。从此，这样的集体谈判是法律所要求的一项国家政策，雇主拒绝谈判就是非法的。这项法案还提供保证，让工人无记名投票选举工会领袖，保护工会成员不受雇主的威胁利诱。

1947年，《塔夫特—哈特利法案》对《瓦格纳法》作出了修正。1959年，《兰德伦·格列芬法案》（Landrum Griffin Act）对此又作出了修正。至今，这些法案仍旧制约和协调着美国工人运动和劳资关系。从此以后，罢工不再是美国工人和企业主对话的唯一手段，甚至不再是主要的手段。劳资对话开始从罢工示威现场转向谈判桌，而政府特别是联邦劳动部有时候甚至是总统，成为劳资谈判桌上的对话媒介和协调人。

此刻，美国工人终于意识到，在一个法制国家里，工人最强有力的武器其实就是手里的那张选票。就是这张选票，迫使政治家不敢轻视工人的利益和呼声，从而立法来保障工人的应有权益。美国工会把工作重点转移到教育工人方面，教育他们理解工人的利益所在，鼓励工人登记选举，积极参与各级政府官员的选举。

二十世纪六十年代民权运动中，联邦政府通过了一系列法律，大幅度地偏向社会弱势群体，其中有很大一部分实现了美国工人百年来梦想和争取的目标。1963年，联邦立法规定男女同工同酬，禁止性别歧视。五年后《反年龄歧视法案》通过，有效阻止雇主解雇和歧视四十岁以上的工人。最重要的是1964年的《民权法》，由约翰逊总统在白宫签字生效。约翰逊总统在签字仪式上特地提到，这个历史性的法案，如果没有工人和工会的长期努力是不可想象的。这个法案的历史可以上溯到第二次世界大战期间，全美劳联的主席说服罗斯福总统发布行政命令，建立“联邦公平就业委员会”。

在以后的年代里，美国完善了一系列保障劳工利益的法律，如《最低工资法》。联邦政府建立了公平就业机会办公室，来负责监督和实施联邦《公平就业法》。美国的工会也走上了和平斗争、谈判妥协这样寻求双赢的道路，在发生劳资利益冲突的时候，各方都意识到必须和政府合作，在法律的制约下寻找出路。每年劳联产联的大会，总统出席讲话已经成为一个传统。

这几年，美国发生过几次大罢工，比如联合包裹公司UPS的罢工。这些罢工最终都是靠谈判妥协的，这些罢工都没有对经济、对民众生活造成很大的影响。由于“二次抵制”是非法的，因此过去以罢工作为唯一手段的工人是处于弱势的；今天，在立法的支持、工会组织的强大、政府的中立协调、利用法律保护等手段下，人们大多把罢工看作一种姿态，一种工人力量和诉求的象征，人们都明白真正重要的是在谈判桌上进行的较量，谈判和双方的协调退让成为解决问题的主要方式。

一百年前美国紧绷着的劳资张力被缓解了，一个双赢局面在双方的努力下逐步建立。

如果你生而是一个工人

记得当我还是一个小学生的时候，我就听说了这样的说法：劳工神圣！劳工怎样神圣呢？我却没有去细想。我的前半辈子，在很长的时间里不是农民就是工人。当农民自可不提，即使是当工人，拿着最低时一天七角人民币，最高时一个月三十六元人民币的工资，我没有任何可以讨价还价的余地，也没有选择做哪一种工作的权利。因此在那几十年的日子里，我从来也没有再去想过，劳工是否神圣，劳工怎样神圣。

到了美国以后我还是工人，干的是没有什么技术的粗体力活。在劳动节放假以前，我突然意识到这不是我们以前的春天的劳动节，这是在秋天。我问了跟我一起干活的年轻工友们，“知道五一国际劳动节（May Day）吗？”

答案是，没有一个人知道。这真是不可思议。我还清楚地记得，小学里出纪念“红五月”的黑板报，我曾写了一首赞颂五一节的诗，那里面就有一句，“芝加哥工人大罢工”。现在来到了这五一节的发源地，人家居然一脸茫然，一丝一毫都不知道。

我又问，“会唱《国际歌》吗？”答案是：没有一个人听说过！

以后我逢人便问，终于问到了一个知道五一节也会唱《国际歌》的女士，不过她是德国移民，来自马克思的故乡。

可是在二十世纪初，美国工人生活还很艰难的日子里，很多大工业城市的工人是会唱《国际歌》的，那悲壮的战斗的歌声曾经在工人的集会上响起过。

春天的劳动节和悲壮的《国际歌》在美国的淡出，说明了什么呢？

我只想过，人生就是含辛茹苦，辛勤谋生是最天经地义的事情。可是，当我在这块土地上身为一个工人，学着用我的美国工人朋友的思路看待生活的时候，我理解了，如果生而是一个工人，我们要的是什么？劳工神圣，因为劳工是和别人一样平等的，既不低人一头，也不高人一等。劳工不能让人贬低，也不必受人赞美。劳工的利益在于，他们有权得到他们应该得到的那一份尊严和福利，不能少也不必多。他们还有权得到法律给予所有人的同样的保护，劳工的权利第一条，就是他们有权组织起来成立真正代表他们自己利益的工会。当他们组织起来，能够理直气壮地利用法律保护自己利益的时候，他们才不再是可怜的弱者。

所以在这初秋的日子里，在劳动节，美国的劳工或出门度假、野餐，或休闲、聚会，这是他们的一个轻松的日子。春天的劳动节和悲壮的《国际歌》歌声就这样被淡忘了。

一百年前的一天

一百年前的一天，1911年3月25日，纽约市发生了一场惨绝人寰的工厂火灾。

在上世纪初，纽约市到处都是制衣厂，三角女式衬衣公司（The Triangle Shirtwaist Company）就是其中一家。这些制衣厂，是纽约的新移民和底层贫困妇女的最寻常出路。三角女式衬衣公司位于纽约市华盛顿广场附近的埃斯克大楼（Asche Building），那是一栋十层的、很经典的商业办公大楼，建筑质量也相当好。1911年3月25日，一个星期六的下午四点四十分，悲剧就在这里发生。

三角女式衬衣公司在埃斯克大楼租用了最顶上的三层。有将近五百名员工在里面工作，绝大多数是车衣女工。3月25日那一天，第八层的车间突然蹿出火苗。直到今天，也没有查出起火的原因。

一个世纪前的美国，政府在经济领域的职权范围很小，也从来没有想到过要对工作场所的安全进行规范。制衣厂雇主为了节省租用场地的费用，自然尽量使缝纫机安排紧凑，在有限的空间里挤进尽可能多的设备和工人。再加上车间四处散放着易燃的布料和纸箱，尽管建筑物本身并不易燃，可是室内一旦起火，火势还是迅速蔓延，一发不可收拾。而过度拥挤的车间，又使得工人无法轻易逃生。

火起于八楼，火势向上。顶层十楼的办公人员由于及时接到一个警告电话，撤向屋顶而得救。烧得最惨的是第九层，火势上来就凶猛。事后人们发现，很多女工就烧死在缝纫机旁。其余的工人惊慌失措地扑向窄小的电梯和楼梯。八楼在几分钟内就成了一片火海，电梯迅速失效，始终没有到达过九楼。更为悲惨的是步行的楼梯被锁住，这是那个年代的普遍做法——防止女工偷窃工厂产品。所有的人，就这样被活活封死在火海里。后来人们把那里称作“死亡陷阱”。

死亡不仅发生在室内。室外的铁制消防楼梯迅速被烧得变形、熔化、坍塌。一些无法忍受被烧死的青年女工，纵身从八十英尺的高空跳下，人行道上到处是惨死的坠楼者。两个女工身体悬挂在外墙，街上的人们眼睁睁地看着她们坚持了三分钟，直到烈焰烧着了她们的手指，她们也掉下来摔死在人行道上。

大火有一个加速过程，而人在火焰面前的承受能力却是最差的。这次火灾持续了半小时就被扑灭。一百四十六条年轻的生命，就在这半小时里被毁灭了。

在美国的传统观念中，生意是生意人自己的事情，政府不要指手画脚横加干涉，所谓“合同自由”就是这个意思。这样的传统，自然蕴含着有利于自由经济发展的一面，可是在经济规模扩大以后，就暴露出无力调节劳资冲突的危机。

随着工业的现代化，工业本身已经脱胎换骨、迅速膨胀，完全不是原来的面貌了。可是劳资立法和相应的观念却没有跟上，以解决随之而来的、日益加剧的劳资冲突。工人们自己逐步组织起来，以罢工等抗议手段向老板要求权利；而老板也竭力与工人对抗和周旋，维护自己的利益。这只是局部的猫捉老鼠游戏，胜负不定。而整个美国社会，并没有定出相应的法律规则，来规范逐步现代化的劳资关系。火灾事件，就是发生在这一阶段的末期。

当时工人已经有了自己的工会组织。恰在火灾发生的十六个月前，1909年11月24日，制衣工会的一千八百名工人，其中也包括三角女式衬衣公司的车衣女工们，举行过一次罢工。他们的罢工诉求里，就包括工作场所不得锁门。假如那次罢工是工会胜利的话，后来火灾造成的后果就将大大减轻。可惜，那次罢工工人们没能实现自己的要求。

事件发生以后，《纽约时报》和其他新闻媒体对火灾进行了详尽的报道，也对事故发生的原因进行了检讨。整个社会由于这一事件，处于震惊之后的强烈反省之中。工人的弱者地位，他们可能达到的悲惨程度，从来没有这样直逼人们的良知、呼唤社会的良心。处于中心的，是纽约州的相关政府机构和民间团体，他们首先出来共同承担责任。

美国人从来认为，哪怕是一个微小的社会进步，也要靠大家共同的努力推动甚至抗争，而不能坐等政府施舍。因此，美国的民间社团一向发达。一个世纪前，纽约已经有了机械工人协会、妇女俱乐部联盟、公共安全委员会、平等投票联盟、建筑联盟、纽约制衣联合会、改进穷人生存条件协会和全国人权联合会雇员福利部等组织。

平等投票联盟的安娜·肖博士说："我低下自己的头，对自己说，我是有责任的。是的，这个城市的每一个男人和女人都是有责任的。”人们的负罪感和责任感，最终落到一步步的具体措施。他们呼吁州政府建立防火局，并且大量增加防火和工厂视察员。

在防火局建立之前，建立了有二十五个成员的“改进工作场所安全委员会”。委员会头一年就在纽约视察了一千八百三十六个工作场所，听取了二百二十二个人的相关证言。有些听证会在立法机构面前举行。他们提出了大量新立法和修正案建议。这个委员会的第一个四年任期，是大家公认的“工厂立法修法的黄金时期”。《劳动法》就是在这一时期通过的。这个委员会和立法机构紧密配合，前者调查和发现问题，后者立法改进。

这些立法相当具体，例如立法规定，工厂每层楼都必须有两个出口，其中至少有一个是室内或室外的消防通道。各层楼的建筑面积每超过五千平方英尺，就必须再增加一个出口；又如，只要建筑物长度超过一百英尺，就必须建立至少一个室外消防梯。对消防通道和消防梯作出防火墙等建筑规范性的法律规定；限定工作场所每平方面积的工作人数，这个限定以安全撤离的可能性为标准，等等。

三角女式衬衣公司火灾惨案的所有不利因素，都成为立法的依据。《劳动法》规定，工作场所每三个月就必须进行一次防火演练。1912年，立法规定在七层以上超过二百名工作人员的楼层，必须安装自动防火喷淋系统。而在任何一个超过二层、雇员超过二十五名的工作场所，都必须安装自动报警系统。鉴于三角女式衬衣公司散乱一地的废纸箱和布料，是火势迅速扩大的重要原因，又有立法规定工作场所的废物集中方式和废物箱的防火规范。在这场火灾里，有三十名死者是被烧死在敞开式的电梯中，纽约州于是在1911年7月立法，规定以后该州所有城市的电梯井，必须是封闭式的。

这些建筑和防火规范，在今天可能都已经是常识了，可在一百年前的二十世纪初，对于这个世界的绝大多数地方来说，却还是闻所未闻的新事物。

在立法完成之后，假如没有政府行政部门对工厂的常规检查和强制执法，前面的一切努力都将付诸东流。而纽约州的行政部门一直自感软弱，于是立法机构进一步通过了一些加强行政部门权限和能力的立法，例如大大增加劳动部监督员的编制，规定各个部门的职责和权力，等等。站在今天回顾已往，大家都承认，将近一个世纪前的这个转变是行之有效的、是成功的。

一百四十六个生命悲惨地消失了。面对这样的悲剧，一个社会是否吸取教训亡羊补牢，是检验这个社会是否健康的试金石。在这一事件中，新闻界承担了监督报道、呼唤社会良心的职责，工会和民间团体是促成改革的中坚力量。州议会作为立法分支，成功地表现了他们是民众利益的代表。这些法规的实行，显然会大大增加雇主的生产成本。

这一事件并没有简单地放过去，它开始了美国的一系列社会变革。这些变革表现在对于劳工权利的立法上。这些立法很快超越了防火的范围。有关劳工权利和利益的立法，在罗斯福新政时期有了突飞猛进的进展。罗斯福是在火灾事件十几年之后才当选总统，可是罗斯福的劳工部部长说，1911年3月25日，“新政从这一天就已经开始了”。甚至可以说，二十世纪六十年代保护社会弱势群体的一系列立法，从这一天，也已经开始。这不是像人们简单认为的：自由经济的国家必定是资本家利用契约任意制造奴隶。其实一个健康发展的社会，可以做到整个社会制定契约，规范强者，保护和扶助弱者。劳工是否神圣，不在于是否呼喊这个口号，而在于劳工的生命是否受到尊重，他们的权益是否有所保障。

这一百四十六个生命在美国永远活下去。他们活在书籍中，活在每年的纪念活动中。五十周年的时候，美国有纪念他们的游行集会。九十周年时，我们在电视里看到专题纪录片。在纪录片里，我们看到对火灾幸存者的采访，这名当时十九岁的女工，活了一百多岁，那一年去世了。当时的新闻照片，如今保留在“罗斯福总统图书馆”。这些照片也上了网——今天的美国人，为这些一百年前的受难者，建立了纪念网站。

会少规矩多

说到开会，我们这样年纪的人这辈子可真是没少开，有些年可以说是天天开，甚至是一天到晚开。大会小会，什么样的会都开过。所以有一种说法是“旧社会税多，新社会会多”。到了美国几年，大小单位也换了好几个，美国人真是会少，不仅少而且短。工作中的碰头会之类，常常是站着说，这对喜欢说话的朋友绝对很不利。

可是如果说美国人开会非常随便，没什么规矩，那就大错特错了。说到开会的规矩，世界上恐怕没有人比得上美国人的规矩大了。他们有那么一本厚厚的开会规则：《罗伯特议事规则》（*Robert's Rules of Order*），这在世界上是独一无二的。

故事要回溯到一百四十年前美国南北战争期间，在北方的麻省贝特福特，有一个年轻的陆军中尉亨利·马丁·罗伯特。那一天，他奉命参加类似“拥政爱民”的活动，主持地方上教会的一次会议。偏偏这个会议的议题很有分歧。结果可想而知，这位才二十五岁的年轻军官，把这个会开得一塌糊涂。人们在会上争论得不亦乐乎，结果是什么决议也休想达成。这样的会开了等于不开，甚至比不开还要糟糕。

这事儿让罗伯特心里放不下了。这位毕业于大名鼎鼎的西点军校的美国军人的认真劲儿上来了，他发誓，如果不找到一个好的开会办法，他再也不开会了。

他认真地探究人的智慧本质，也和大多数西方哲人一样，发现人是一种最难被道理说服的动物。当发生分歧的时候，不管分歧的基础是什么，不管是出于利益冲突、信仰理念冲突，或者出于知识经验的不同，反正一旦分歧公开，是非常难以在几个钟头或几天里靠语言的交流来达到一方说服另一方的目的。分歧的双方找到共同点的可能不是不存在，但是这需要有一定的交流机制，否则就算一方说清楚了，另一方根本没听进去，还是白搭。

看清这一点，就不难理解，人类历史上大大小小的会议决议所达成的“一致”，要么是强权从上到下强迫会众接受，要么就是一方会众势力压倒另一方。而这样的“一致”，在罗伯特这样的美国青年看来，还是违背了民主的理念，没有让不同意见的人充分地表达他们的歧见，是不公平的。罗伯特想要找到一个开会规则。

结果他发现，居然没有一部现成的开会议事规则。尽管西方人从古希腊广场民主时代开始，就开会决议军政大事了，但是那还是带有原始的粗糙，有点像我们插队时的“大寨”式评工分，嗓门比道理的效力要大。尽管英国的议会有长久的议事历史，有成套的礼仪规矩，尽管美国的参众两院有议事程序，法庭有庭审规则，但是民众自己却并没有一部开会议事的统一规则。罗伯特决定自己写一部。

他开始研究已有的各种议事程序，探索这些程序的逻辑，为什么

《罗伯特议事规则》

不同版本的《罗伯特议事规则》

要这样规定，如果不这样规定的话会产生什么结果。经过几年努力，取其精华，补其不足，他写出了一部议事规则。可是拿到出版商那儿，却没有人相信一个年轻军官能写出这种法理性的规范。最后，有个出版商给了他十分苛刻的条件答应帮他出版：先要让出版商捞回成本才有罗伯特的稿酬，另外，罗伯特要自己出钱买一千本送给国会议员、律师、教授等头面人物。他答应了。

就这样，1876年2月19日，亨利·马丁·罗伯特的《议事规则袖珍手册》（*Pocket Manual of Rules of Order*）正式出版，立即行销全国。到1915年，已经拥有将官军衔的罗伯特出版了修订版，书名正式叫作《罗伯特议事规则》。在此期间，这本由一个年轻军官写出来的开会规则卖出了两百多万册，成为美国民众开会的标准手册。

罗伯特逝世于1923年。此后，他的后人和当初参与过编写的人继续修订这本议事规则，使它适合不断变化的技术进步。1943年出了第五版，1970年出了第七版。第九版出版于1990年。

这样的“游戏规则”，对于民主理念的具体实现和操作，常常具有决定成败的重要性。罗伯特议事规则的内容非常详细，包罗万象，有些是专门讲主持会议的主席的规则，有些是针对会议秘书的规则，当然大量是有关普通与会者的规则。有针对不同意见的提出和表达的规则，有关于辩论的规则，非常重要的是有不同情况下表决的规则。

有一些烦琐规则后面的逻辑原则是十分有意思的。比如，有关动议、附议、反对和表决的一些规则是为了避免争执。原则上，现在在美国的国会、法院和大大小小的会议上，在规范的制约下是不允许争执的。如果我对某动议有不同意见怎么办呢？首先必须想到的是，按照规则是不是还有我的发言时间，什么时候可以发言。第二，当我表达不同意见时，我是向会议主持者说话，而不是向意见不同的对手说话。在意见不同的对手之间你来我往地对话是规则禁止的。

在美国国会辩论的时候就是这样，意见不同的议员在规定的时间里，名义上是在向主持会议的议长或委员会主席说话，而不能向对手“叫板”。发言的时候拖堂延时，强行要求发言或者在别人发言的时候插嘴打断，都是规则所禁止的。

在美国的法庭上也是这样，当事双方的律师是不能直接对话的，因为一对话必吵无疑，法庭就会变成吵架的场所。规则规定，律师只能和法官对话，向陪审团呈示证据，而陪审团按照规则自始至终是“哑巴”。不同观点和不同利益之间的针锋相对，就是这样在规则的约束下间接地实现的。

这样的技术细节，对于美国这样的多元化而又强调个人自由、人人平等的国家是非常重要的，是民主得以实现的必要条件。否则发生分歧就互不相让、各持已见，争吵得不亦乐乎，很可能永远达不成统一的决议，什么也办不成。即使能够得出可行的结果，效率也将十分低下。而《罗伯特议事规则》就像一部设计良好的机器，能够有条不紊地让各种意见得以表达，用规则来压制各自内心私利的膨胀冲动，找到求同存异的地方，然后按照规则表决。规则保障了民主程序的效率。

当然，就像有了好的电脑还要有好的软件一样，《罗伯特议事规则》只是一套洞察人性而力求公平与效率的技术性的设计。在民主的议事程序中，这套议事规则的效果如何，依赖于开会者对游戏规则的尊重。

对罪恶的集体记忆力

2001年4月24日，美国亚拉巴马州伯明翰市，法庭上气氛凝重肃穆。本地的联邦检察官德格·琼斯面对十二位陪审员强压激动，深深地长吁一口气，“女士们先生们，很久很久了！三十七年前，差不多三十八年了！”

对托马斯·伊·布兰顿涉嫌参与三十八年前的黑人教堂爆炸案的刑事审判，终于开始了。

那是1963年。那时候，美国几个落后的南方州，仍然依据历史上形成的法律，实行学校和公共设施的种族隔离。这一区域性的制度和生活方式，最终在二十世纪六十年代被联邦政府和美国北方的精神主流以及南方黑人的觉醒反抗所打破。可是，那里旧有的保守势力在竭力抵御这样的抗争，尤其是他们中的极端分子，主要是三K党组织的成员，他们甚至企图用暴力抵挡种族平等的历史潮流。

于是在最落后的两三个州，六十年代发生了一系列由仇恨驱动的暴力案件。亚拉巴马州是其中的典型。伯明翰市是亚拉巴马州的重要城市，黑人居民比较多。三K党分子多次在黑人教堂等地方引爆炸弹，以至于伯明翰以此出名，人们把“伯明翰”（Birmingham）叫作“爆明翰”（Bombingham）。

美国南方宗教气氛浓厚。亚拉巴马人不论是黑人还是白人，多数是基督教浸礼会的信徒。星期日早上，他们会打扮齐整，领着自己的孩子上教堂。带孩子的家庭通常会早去一个小时，为的是让孩子们在礼拜之前，可以参加一个小时的“周日学校”，那是牧师特意为孩子们开的《圣经》学习班。在南方人心目中，没有什么比参加“周日学校”的孩子更圣洁的了。他们就是天使的象征。这是南方文化的一个传统。就是在这样的时刻，伯明翰市第十六街浸礼会教堂，一个黑人社区的教堂，地下室里有一颗炸弹轰然爆炸。这颗炸弹炸死了正在教堂地下室里的四个黑人女孩：十四岁的安迪·柯林斯、辛西娅·维斯利、卡萝尔·罗伯逊和十一岁的丹妮丝·麦克纳。教堂对街商店里的一座钟在强震下停摆，记录了这个罪恶的时刻：1963年9月15日上午十点二十四分。

调查立即证明，这是有人蓄意安放的炸弹。很快就有证据指向当地活跃的三K党组织的成员。这个罪案震动了全国。虽然在六十年代转型时期的南方，曾经发生了多起震动全国的“仇恨谋杀”，但是没有什么能够比这四个女孩子的被杀更令人震惊的了。先是亚拉巴马州司法部，后是联邦调查局，针对这一罪案展开了一系列调查。结果，联邦调查局却没有起诉他们调查锁定的四名嫌疑犯。最重要的原因是这个案子没有直接证据。没有找到目击者和直接的物证，只有一系列间接证据。仅仅依靠间接证据的案子，在法庭上要定罪往往非常困难。

关键是证据必须能够说服陪审员。

根据美国的司法制度，在陪审团没有认定有罪之前，必须假定嫌犯无罪，必须保障他受到公正审判的权利。法律要求刑事指控的证据必须是合法取得的，并且是“超越合理的怀疑”的。这些证据必须确凿到能够说服陪审团的所有十二名陪审员，他们达成一致意见才能定罪。只要有一票不同意，就不能认定被告有罪。

根据司法程序，这样的谋杀案件必须在本州审理，必须由当地居民组成陪审团。当时在这几个落后的南方州，白人大众中普遍赞同种族隔离，三K党成员在当时相当普遍。在这样的情况下，没有直接证据几乎可以肯定地预见，检察官无法得到陪审团一致的“有罪判定”。

就这样，虽然联邦调查局知道是谁干的，在当时的形势和司法程序的限制下，却没能立即将罪犯绳之以法。可是，正是这四个黑人女孩的死，惊醒了美国南方白人的良心。在联邦政府和全国民众的谴责下，持有种族隔离观念的南方白人，那些普通的农夫和工人们开始反省了。

亚拉巴马州的州长乔治·沃利斯在六十年代以支持和鼓吹种族隔离闻名全国。在他的传记影片里，有过这样一个镜头：乔治·沃利斯政治上的前辈，在竞选时给予他强有力支持的一位老人，即亚拉巴马的前任白人州长，得知四个黑人小女孩被炸死的消息如五雷轰顶。他要沃利斯改变对白人保守势力的支持时，嗓音沙哑而沉重：“那可是去周日学校的孩子啊！”

这个罪案成为南方民权运动的转折点，它使三K党这样的极端分子开始人心尽失。与凶手的愿望恰好背道而驰：它不仅没有阻吓南方黑人对于平等和自由的追求，相反却促进了南方持种族偏见的保守势力迅速崩溃。一年以后，联邦参众两院通过了历史性的1964年《民权法》。美国南方持续了百年之久的种族隔离制度和对黑人的歧视立法，被彻底废除了。

时光像流水，冲刷着人们在沙滩上留下的印记。伯明翰第十六街教堂早已修复一新，看不出爆炸的痕迹。似乎只有四个黑人女孩的亲人，还会在深夜万籁俱寂时想起她们的音容笑貌，想起她们突然中断的人生。其实，在美国还有更多的人没有忘记她们，没有忘记那件罪案。这个爆炸案和四个黑人女孩的被害，写进了学校的教科书，谱成了歌曲，男女老幼几乎人人皆知。我们在电视上曾经无数遍地看过一部叫《四个小女孩》的文献片。这部长达三个小时的影片记录了四

小女孩伤心欲绝的家人

个单纯女孩如花般的生命。影片采访了女孩们的众多亲友，我们看见了她们生前一张张天真无邪的照片。一个女孩的同学，在影片拍摄时已经是个青年，他讲起他们一起上完最后一堂课，一起同路回家，他回忆着路上两个孩子最后的对话，以及在家门口成为永诀的告别。第十六街教堂的牧师讲述他怎么抱起女孩们叠在一起的血肉模糊的尸体。一位父亲回忆给女儿拍摄抱着布娃娃的照片，老泪纵横。母亲回忆自己听到死讯时，只能重复着“我的宝宝，我的宝宝……”泣不成声。影片把失去亲人之痛，无可回避地呈现在人们面前，时时提醒着人们，她们死了，正义却还没有得到伸张。

亚拉巴马州的新任司法部部长，是新一代的本地白人。他说，他在法学院读书时读到这个爆炸案，就发誓要把安放炸弹的人带上法庭。从他担任州司法部部长那天起，每天上班时都要听一遍那首讲述四个黑人女孩的歌，提醒自己，为被害的四个女孩伸张正义是他的使命。

联邦调查局也没有忘记这个罪案。对他们来说，最要命的是怎样得到能够在法庭上说服陪审团的证据。案发多年来，调查一直在悄悄地进行着。早在1964年6月，联邦调查局的特工科尔文就伪装成一个开卡车的工人，在本案嫌犯布兰顿家隔壁租了一个公寓，和布兰顿的厨房只有一墙之隔。在这墙上他安装了窃听器，布兰顿在厨房里讲的所有的话都被录了下来。就在这些录下来的讲话里，布兰顿亲口向友人讲出，三K党有一个会议是要商量怎样制作和安放炸弹。这段录音成为这次庭审中的主要证据。联邦调查局还发展了一名三K党分子作为内线，让他带上微型录音机录下布兰顿的讲话。

当证据渐渐收集起来的时候，时代也变了。出于种族偏见而诉诸暴力、伤害无辜，这是一种不可姑息的罪恶。这一点已经成为南方人的共识。让安放炸弹的人到法庭上去面对正义的时候到了。1977年，在事件发生十四年之后，四名嫌犯中的首犯罗伯特·强布利斯首先被起诉判定有罪。他在监狱服刑八年，死于狱中。1994年，第二名嫌犯死在家中。

2001年春天，伯明翰市第十六街教堂爆炸案最后两名嫌犯的刑事诉讼案同时交到法庭。其中七十一岁的巴比·切利，法庭在开庭前的最后时刻确认他有精神问题，没有能力在法庭上为自己辩护，依法延迟审判。而如今六十二岁，在三十八年前二十五岁时参与杀害四个黑人女孩的布兰顿，终于被带到了法庭上。

2001年5月1日傍晚，陪审团宣布布兰顿被判定有罪。根据亚拉巴马州的一项古老法律，法官判处布兰顿四重终身监禁。在当年爆炸案发生之后的许多年头里，不知出于什么心理，布兰顿出门时即使不顺路也要绕到第十六街，从那个他参与作案的教堂前走过。如今，法官一声令下，他被戴上手铐，终于踏上了通向他早就应该去的监狱的道路。

在宣判那天的法庭旁听席里，来了许多和当年四个女孩一样年龄的孩子，他们在家长和老师的带领下，来见证今天的历史。他们应该会记住检察官琼斯的话："真是太迟了。人们说，正义的延迟就是正义的丧失。……在今天法庭判决的一瞬间，我不同意这个说法。迟来的正义还是正义，我们得到了它，就在今晚，就在这里，伯明翰。"

在任何社会里，都会有罪恶发生。人们怎样对待这样的罪恶，社会怎样对待这样的罪恶，标志着这个社会的集体良心状态。而对罪恶的集体记忆力，是这个社会之集体良心的第一指标。容易遗忘罪恶的社会，必定会一再地姑息罪恶。一个遗忘和姑息罪恶的社会，必定走的是道德的下滑线。三十八年过去了，六十二岁的布兰顿终于被绳之以法，没有逃脱法律的惩罚。整个社会对于受难者们恒久的纪念，以及对罪犯不懈的追猎，表现了这个社会的每个人，所有的人，对罪恶的记忆力。只有这样的记忆力不衰退、不丧失，社会才可能有正义。美国亚拉巴马州对三十八年前的罪恶的审判，其意义在于它向全社会传递的信息，这信息就是检察官琼斯说的：披露真相永远不迟，治愈创伤永远不迟，要求一个罪犯承担罪责永远不迟。

面对生命和信仰的两难处境

2001年2月21日，美联社消息：美国南加利福尼亚大学医院为七个月大的男婴，成功地做了肝脏移植手术，在他母亲身上取下一片肝脏组织，移植到这个肝脏坏死的孩子身上。这一手术的特殊之处是，这是一次不输血的手术，是世界上第一例不输血肝脏移植手术。手术的成功立即引起了法律界和宗教界的欢呼，因为这个孩子来自于信仰一种独特宗教——耶和华见证会的家庭。美国法律界和医学界为此已经困扰好几年了。

故事应该从1994年8月28日夜晚说起。在康涅狄格州的斯坦福医院里，奈莉·维加生下了她的头胎孩子。产后，残留在产妇子宫内的一片胎盘组织引发了大出血。医生判断，如果不输血产妇将因失血过多而死亡。奈莉和她的丈夫却都拒绝输血，因为他们的宗教认为信徒不能输血。

产妇在继续出血，生存的机会在一点点地离开。医生必须马上作出决定，拖延就可能丧失一条人命。医生却仍在犹豫。医生想的是，奈莉和她的丈夫不是不知道后果，他们是明白自己要付出生命的代价后作出拒绝输血的决定的，这个决定出于他们的宗教信仰。作为一个医生，治病救人，但是不能违背病人出于信仰而作出的决定。可是如果再不下令输血，就要眼睁睁地看着病人在自己面前死去。

护士们无声地注视着医生，等待决定，输血还是不输血。气氛紧张到了极点。医生脑子里响起当年从医学院毕业的时候，每个即将成为医生的人按照几千年传统发出的誓言，即“希波克拉底誓言”：“作为一个医生，要尽其所能为患者谋利益。”此刻，什么是奈莉·维加的最高利益，是她的生命还是她的宗教？什么决定更符合病人的真正利益？是病人家庭的信仰还是医生的判断？

时间分分秒秒地在过去，面对这样的难题，医生却难以做主。他做了此时此刻世界上只有美国医生才会做的事情：冲向斯坦福高级法院，要求法官发出输血的命令。这时候是深夜两点钟。

产妇奈莉·维加所信仰的“耶和华见证会”，是十九世纪七十年代才创立的一个基督教的小教派，一开始叫守望会，起源于美国宾夕法尼亚州，1931年改称耶和华见证会。它的创始人查尔斯·罗塞尔在二十来岁的时候想到，既然上帝怜悯世人，可是基督教义里又说有永恒的地狱，这不是自相矛盾吗？于是他放弃长老会和卫理公会的教义，自创了这个强调启示的教派。

经过一百多年的发展，这个教派已经遍布全世界，大约有二百多万信徒，其中四分之一在美国。我们住在偏僻的美国南方乡下，周围居民大多是保守的农人，却也有一个朴素的耶和华见证会教堂。耶和华见证会以卖力上门传教出名，我们家也来过很多次，通常是衣着整洁的女士、西装革履的男士，黑白皆有，彬彬有礼地表示愿意提供精神上的帮助。我们的邻居杰米老头是老派的浸信会信徒，那是南方农村的主流教派。他一提起耶和华见证会就啧有烦言。

耶和华见证会的教义，有些东西很特殊。他们相信耶和华是真神，反而认为主流基督教的三位一体主义是异教的偶像崇拜。他们反对偶像崇拜。这就引出了耶和华见证会在美国司法史上名气很大的几个事件。二十世纪四十年代和五十年代，耶和华见证会家庭的孩子，在学校里升国旗的时候拒绝向国旗敬礼，认为向国旗敬礼是偶像崇拜。学校欲给予停学的惩罚，他们却坚持自己的信仰。这一冲突闹上法庭，官司一路打到最高法院。联邦最高法院为这样的案子数度反复，几次作出裁决。最终的裁定是：耶和华见证会信徒的宗教信仰必须得到尊重，强迫他们的孩子向国旗敬礼是违宪的。

耶和华见证会看上去有点怪异孤僻，同政府和其他教派的关系都不很友好。他们坚决不和政府有任何瓜葛，认为世俗政治和政党活动都是魔鬼撒旦的诱惑。对于信徒的行为，他们有很高的道德标准，穿着严肃，举止有礼。他们反对离婚，认为那无异于淫乱。他们的教义里还有一条，就是根据《圣经》认定，输血是教规所不能允许的。不管在什么情况下，耶和华见证会的信徒绝不会同意接受输血，无论是血还是血制品，一滴都不行。全美国所有的医生都知道这一点。在美国司法史上，他们为争取自己信仰的权利，曾经表现出过令人刮目的勇气，他们所赢得的几个案子，是美国最高法院的里程碑判例，进入了美国学校的教科书，妇孺皆知。现在在美国，谁都知道，不管你是不是认同他们的教义，不管你是不是讨厌他们，他们的宗教信仰必须得到尊重。

世界上几乎所有的宗教都对生命和死亡作出自己的解释。耶和华见证会的解释也很独特。他们相信有“世界末日”。对于他们来说，死亡只不过是一次超脱，信徒可以再生。他们相信只有合格的信徒才能躲过末日之灾，得到拯救，最后生活在永恒的地上乐园里。所以，死亡并不可怕，做一个合格的信徒却是最要紧的。

美国医院在病人入院时都要认真了解病人的宗教信仰。我在地里割草的时候出了个小事故，到医院接受手术之前，护士就一本正经地问我，有没有什么宗教倾向？一开始我还真愣了一下，没想到宗教倾向和我的手术有什么关系。奈莉入院时就签署了拒绝输血的文件。这就是医生要冲向法院请法官下令的原因。

可以想象，半夜两点要找到一个法官不是一件容易的事情。也许是因为人命关天，也许是病人的状况根本不允许再犹豫拖延，法官深夜作出了紧急裁决，允许该医生可以在未经病人同意的情况下施行输血。

在总共输了七品脱鲜血以后，奈莉·维加的生命得救了。母子均安好健康。可是，事情才刚刚开始，对于奈莉来说，血管里流着别人的血违背了她的信仰。如果照此办理，往后其他教友的信仰就无法保证。她向上诉法院提出申诉，控告医院侵犯了她的宗教自由权利，要求推翻斯坦福法院的深夜紧急裁决，禁止医生在未经病人同意的情况下，违背病人的宗教信仰给病人输血。

医院方面提出，这一指控已经过时。医生是得到法官命令才输血的，现在病人已经康复出院，不再存在侵权伤害。上诉法院同意，不予受理。

奈莉·维加向州最高法院上诉。

1996年4月9日，康涅狄格州最高法院作出一致裁决，裁定斯坦福医院违反了个人之身体有权自主决定的法律传统，侵犯了奈莉·维加宗教信仰的宪法权利。大法官们指出，不管医院拯救人命的情况是多么紧急，不管医生救死扶伤的职业规范是多么崇高，这些都不能压倒奈莉·维加保持自己身体和精神完整性的权利。只要她充分了解事情的后果，并且有能力作出决定，那就有权根据自己的信仰作出决定。

州最高法院说，同样的情况以后还会发生，所以医院需要法律上的行动指南，怎样处理病人不愿输血的情况。医院方面的发言人在州最高法院裁决后说，医院和医生认为，他们是根据病人的最好利益而采取措施的。正因为这是一个棘手的问题，所以才要求法官下令，以得到法律上的指导。

有些人不同意康涅狄格州最高法院的这一裁决。他们提出这样的问题：奈莉·维加的宗教信仰固然必须得到尊重，但是医生出于“希波克拉底誓言”的救死扶伤的信念也应该得到尊重。那么，生命和信仰，到底什么更重一点？医生的职业道德要求他们，无论如何不能见死不救。眼睁睁地看着病人死去，明明可以救活而不救，这不就违背了医生的誓言吗？病人来到医院，却又不让医生输血，强迫医生看着病人死去而无所作为，自己的信仰固然得到了尊重，但不就是强迫医生违背医生的誓言了吗？

但是，对于州最高法院来说，这里不仅有生命和信仰孰轻孰重的问题，这个问题也许是永远无法回答的。对于法律来说，法律必须回答的是，谁来作出这个判断，谁有权作出这个判断。在这个特定案例中，生命和信仰都是属于奈莉·维加的，生命和信仰的轻重，只有奈莉有权决定，别人不能强迫奈莉接受他人的价值标准。如果生命和信仰两者只能取其一，那么只有她自己可以决定，要生命还是要信仰。如果允许别人强迫她接受他人的判断，那么，宗教信仰的自由就岌岌可危了。

可是，真的面临人命关天的时刻，耶和华见证会信徒拒绝输血的宗教信念到底是不是重于挽救他们的生命，这个问题仍然折磨着必须作出决定的世界各地的医生。这不仅是一个道德问题，更是一个法律问题。在这样的情况下，这个两难问题还常常被推到法官面前。

2000年9月，北爱尔兰的贝尔法斯特，一个十五岁女孩必须接受肾移植手术。她和她的父亲都是耶和华见证会的信徒，明确表示拒绝输血。医院表示，病人的宗教信仰将得到高度的尊重，但是他们在手术前向法院申请了一项命令，允许在手术过程中必要时为病人输血。法官应医院要求发出了这一命令。

2000年10月，美国佛罗里达州，一个二十三岁的耶和华见证会信徒跌倒受伤，在送往医院时明确表示不接受输血。三天后他进入昏迷状态。为了挽救他的生命必须输血。他的父亲，一位天主教徒，向法院申请允许医生输血的命令。他知道输血违背他儿子的信仰，但是面临生死问题，他说："我只希望我的儿子活着，快快乐乐，即使以后他得知真相后不愿见我，不再和我说话。"法官应这位父亲的要求，发出了允许输血的命令。

也有法院作出和康涅狄格州最高法院相同的裁决。在日本东京，一位耶和华见证会的女病人，控告医院在手术过程中违背她的宗教信仰给她输了血。日本最高法院维持了东京高级法院的裁决，命令医生为侵犯病人的宗教信仰而赔偿五十五万日元。

在莫斯科，1998年9月，根据禁止煽动仇恨行为的教派的法律，莫斯科市检察官起诉耶和华见证会，指控这一团体毁坏家庭、制造仇恨、危害生命。法庭审理进行了半年后，命令一个专家组审查耶和华见证会的出版物，以便判定检察官的指控到底有没有证据。经过两年的审查，法庭宣布检察官的指控站不住脚，命令检察官偿付五名专家两年工作的费用。耶和华见证会在俄国成为合法的宗教团体。

生命是宝贵的，我们说：救人一命，胜造七级浮屠。信仰也是宝贵的，人的信仰和人的自然生存状态浑然一体。没有信仰的生命是可怜的生命。失去对自己信仰的支配，就像失去对自己生命的支配一样，正如我们所熟悉的诗："生命诚可贵，爱情价更高。若为自由故，两者皆可抛。"而在面对生命和信仰的两难处境时，个人怎样选择，社会怎样选择，这恐怕是一个永远的难题。为了人们心灵的安宁和社会的秩序，人们希望尽可能避免这种两难处境，更不要制造这种处境。对于耶和华见证会信徒拒绝输血的信念，避免这一两难处境的一个办法就是发明不输血的外科医疗技术。这就是本文开头提到的新闻引起人们注意的原因。

美国政府与大卫教派的较量

2000年6月5日，美国联邦最高法院对“卡斯迪罗诉美国”（Castillo vs United States）一案作出了对卡斯迪罗等人有利的一致裁决。卡斯迪罗等人违反联邦枪支管理法的刑事案，将从最高判决三十年监禁一减而为最高判决五年。这卡斯迪罗等是何许人也？他们就是大名鼎鼎的大卫教派的信徒。

大卫教派是一个小教派（cult），这样的小教派在美国多如牛毛，在宪法第一修正案的保护下，联邦政府通常是能不碰就不碰。只有在小教派信徒涉入犯罪活动并有证据暴露的时候，政府才能针对犯罪活动展开调查取证程序。大卫教派在得克萨斯州维柯的庄园里囤积了大量武器，1993年2月28日，联邦烟酒火器管理局人员拿着搜查证找上门去，不料遭到大卫教派的武力反抗。这一切都有电视录像，我们现在还常常可以在电视上看到联邦探员中弹后从屋顶滚落的惊心动魄景象。双方交战的结果是四名联邦人员和六名大卫教徒死亡，从而揭开了美国政府和大卫教派较量的序幕。

随后联邦调查局介入，在得克萨斯州警的配合下，和烟酒火器管理局的人马一起，把大卫庄园团团围住。里面的人不肯出来，外面的人不敢进去，这样的对峙持续了五十一天。在得到司法部长雷诺首肯以后，4月19日联邦调查局用坦克在大卫庄园的墙上撞了一个窟窿，从这个窟窿往里放催泪瓦斯，企图用这个办法把里面的人逼出来。到中午时分，里面突然起火，火势引发里面囤积的大量燃料和弹药爆炸。轰然一声，大卫庄园一片火海。这一镜头出现在家家户户的电视机前，全国为之震惊。

在这一冲突中，大卫庄园里有八十余人丧生，其中十七人是儿童。大卫教派的首领大卫·柯瑞希和绝大部分教徒都已葬身火海，但是美国政府和大卫教派的司法较量，这时候才刚刚开始。

大卫教派在联邦政府的干预下毁于烈火的事件，激起了朝野保守主义者的极大愤怒，他们认为司法部和联邦调查局滥用权力，使用了不必要的过度的暴力来处理这一事件。在民间，保守的右翼极端分子如麦克维这样的人，甚至在大卫事件两周年的时候，制造了俄克拉何马联邦大楼大爆炸。

大卫庄园事件后，联邦检察官对十几个剩余的大卫教徒提起起诉，罪名从谋杀联邦执法人员到非法持有攻击性武器等等。根据宗教自由和政教分离的宪法原则，大卫教派本身的信仰是不受置疑的，大卫教派的组织和宗教活动是合法的。法律只干预具体个人的具体犯罪行为。在法庭上，检察官在陪审团面前出示了在废墟中找到的大卫教派囤积的三百九十六件武器，其中有四十八件非法改装的机关枪。司法部提供的证物重达十二吨。有一百二十多个政府方面的证人，其中包括四十多个枪支销售商，在法庭上证明大卫教派两年里购买了二十五万美元的枪支弹药。

1994年初，在大卫庄园事件差不多一年以后，联邦陪审团对剩余的大卫教徒作出审判，宣判其中四名被告无罪，另外的七名被告犯下了从过失杀人到违反枪支管理法的较轻罪名。法庭裁定，他们都没有犯下共谋罪。大卫教徒对持有攻击性武器的条款不服，逐级上诉，这就是本文开头的联邦最高法院上诉案的来历。

这一刑事宣判，尽管远没有达到检察官的要求，但毕竟是有罪判定，这让司法部长雷诺和手下一干人松了一口气，因为，如果陪审团不对这些剩余的大卫教徒判决有罪，那么联邦执法部门对大卫庄园采取行动的合理性就非常值得怀疑了。美国人的概念是，法律只应该管具体个人的具体犯罪行为，至于一伙人的宗教信仰和结社活动，你再怎么不喜欢，法律也不可以随便干预。难道真的有必要如此干涉大卫庄园吗？这是美国人难免要提出的问题。如果这个问题的答案是否定的，司法部就很难逃脱滥权枉法的指责了。

在这样的时候，美国民众内心里久远的对政府权力的不信任就又出现了。和民众相比，政府可以动用的资源太多、力量太强，所以，当听到不同说法的时候美国人脑子里的第一个念头是不相信政府，怀疑政府隐瞒了一些什么见不得人的东西。对司法部和联邦调查局的这种指责，多年来一直没有停息。大卫庄园事件以后，国会立即对司法部的处理提出质疑，司法部长雷诺不得不在国会听证会上承认，司法部和联邦调查局的处置是有失误的，这是她一生中最为困难的决定。但是，她斩钉截铁地指出，大卫庄园的悲剧应该由大卫·柯瑞希等人负责。在4月19日的事件中，联邦执法人员从来没有向大卫庄园开火，从来也没有冒险做过可能引起火灾和爆炸的事情。她向国会保证，如果联邦执法人员在处理大卫庄园事件中有任何违法行为，她一定会追查到底。

1999年，先从得克萨斯州警传出证据，证明联邦调查局在1993年4月19日使用过可能引发火灾的军用催泪弹，而不是以往一直说的只使用了不会引起火星的民用催泪弹。消息传出，国会震惊，这样的事情居然瞒了国会整整六年！司法部长雷诺表示震怒，发誓一定要查个水落石出。几乎是同时，又有证据说明，在4月19日事件中，联邦调查局不仅向陆军借用了军用坦克，而且有三名陆军特种部队的军人也在现场。这又是一个令人震惊的消息。

按照美国法律，正规武装力量不能涉足国内治安。第一任总统乔治·华盛顿说过，军队是一种“最危险的东西”。美国的正规军队只能用于对外战争。联邦调查局解释说，在执法需要的情况下，向军队借用装备是合法的，他们是只借装备不借人。那么，现场的三名军人是怎么回事呢？国防部经调查后说，这三名军人是以前协助训练烟酒火器管理局人员的，当时在现场“纯粹是被动的观察员”，绝对没有任何参与和动作。

可是，这一次国会不肯那么轻易相信司法部长了。有议员提出，因为雷诺自己有掩盖司法部失误的动机，所以没有能力调查她手下人的违法乱纪，因此要求雷诺辞职。雷诺一面对联邦调查局的失误和隐瞒事实表示震怒，一面表示将任命司法部外的独立调查力量来调查是否有联邦执法人员的滥权枉法。她任命密苏里州的前参议员约翰·丹福斯（John Danforth）为独立检察官，来调查联邦调查局在大卫庄园事件中的行为，回答那一系列美国人民所关心的“黑暗的问题”。

独立检察官丹福斯有调阅所有证据和约谈所有有关人员的大权，

在调查后期，他甚至对司法部长本人作出了长达六个小时的密集轰炸式的讯问。经过十个月的紧张调查，花费了一千二百万美元，丹福斯终于在2000年7月21日公布了他的调查，结论是联邦执法人员不用为大卫教派的死亡事件负刑事法律责任。他指出，联邦调查局人员使用的军用催泪弹不是大卫庄园火灾的起因，火灾是在这个催泪弹发出以后数小时才出现的。但是，他也批评了联邦执法人员要在六年以后才揭露出使用了军用催泪弹这一事实，批评联邦执法人员处置证据不当。

独立检察官丹福斯的这一调查，为联邦司法部撇清了在大卫庄园事件中的刑事法律责任，让所有的人都松了一口气。差不多同时，大卫教派剩余人员对美国政府提出的民事诉讼也有了重要的进展。

在此一年前，当联邦执法人员处置不当的证据暴露出来的时候，活着的大卫教派的剩余人员就向联邦法庭提出了民事诉讼，要求政府为造成大卫教徒的死亡赔偿六亿七千五百万美元。这种要求政府为其执法行为作出赔偿的“民告官”案件是很不平常的。

法律界专家指出，这样的案件非常困难，其原因是英美法律传统中的“主权豁免”原则。在历史上，这种“主权豁免”的特权来源于王权，王室作为国家主权的所有者，对内不受民众的民事诉讼。美国建国以后，各州和联邦政府作为主权所有者，也具有“主权豁免”，除非州政府或联邦政府同意，法庭一般不接受民众对政府的民事诉讼。1946年通过了《联邦民事侵权索偿法案》以后，民众也可以对政府提出民事赔偿诉讼了，比如“二战”中被隔离的日本裔后来提出诉讼得到赔偿就是一例。但是这样的诉讼还是有别于公民之间的民事纠纷，比如说，这样的诉讼不是由陪审团作出判决，而是由法官本人来判的。如果政府方面的行为有法律和政策根据的话，政府是不必为因此而造成的后果负民事责任的。

这次的原告方是近百名大卫教徒的家属，包括大卫·柯瑞希的家属和十七名死亡儿童的家属。他们的律师中有兰西·克拉克（Ramsey Clark），他是约翰逊总统时期的联邦司法部长。他说，大卫教派信徒的死亡"本来是可以避免的"，这一事件是"美国历史上最大的执法悲剧"。

负责审理此案的联邦地区法官瓦尔特·史密斯（Walter Smith）为慎重起见，召集了由五位普通公民组成的"顾问陪审团"。所谓"顾问陪审团"就是对法官提出的问题作出他们的回答，但是最终的判决还是由法官本人来作出。

史密斯法官要求顾问陪审团以他们中立的眼光审查原被告双方的证据以后，回答如下四个问题：联邦烟酒火器管理局的探员是否使用了过度的武力？联邦调查局的探员在处理大卫庄园事件中是否表现得轻率疏忽？大卫教派信徒自己是不是轻率疏忽？如果双方都有轻率疏忽的表现，那么他们各自对这一悲剧所要负的责任的百分比是多少？

2000年7月14日，我在汽车收音机里听到这一新闻：顾问陪审团告诉史密斯法官，他们认为联邦政府在大卫庄园事件中，对大卫教徒的死亡没有民事责任。以后，法官还将作出自己的判决。我相信，大多数人会感到松了一口气。我又想起了司法部长在国会听证会上沉痛的面容，她告诉国会议员们，她在脑子里无数遍地重温了那天的整个事件，无数遍地问自己，政府是不是还有别的办法来处理这个事件。

2000年4月19日，大卫庄园事件七周年，在大卫庄园的废墟上，一座新的大卫教派的教堂落成了。建造新教堂的人说，这是为了纪念那些死了的大卫教徒："我们将用它来表示，我们认为，发生在这儿的事情是错的。"美国政府和大卫教派的较量，终于走向尾声了。但是，它在美国历史上将留下浓重的一笔。

为敌人争取应有的权利

1993年，得克萨斯的州政府人权委员会为了反对歧视的目的，要求一个白人激进组织“KKK骑士团”（Knights of the Ku Klux Klan，即三K党）递交这个组织的成员名单。

这一要求的起因是，联邦法庭有一个命令，要求得克萨斯州的维多尔（Vidor）镇，结束在住房方面的种族隔离。原来，这个镇的居民中，有一些激进的白人种族主义分子，他们对那些搬进来的黑人威胁、恐吓和骚扰，吓得这些黑人又纷纷搬了出去。州人权委员会要求KKK骑士团交出他们的成员名单，以便调查这个威胁骚扰黑人的事件。

KKK骑士团的龙头老大（Grand Dragon）劳埃（Michael Lowe）说，他宁可去坐牢也不能交出他手下人的名单，因为“这些人会为此丢了工作或者损失生意”。他当然不会束手待捕，而是去积极寻找法律援助。不同寻常的是，这一次，他是向美国公民自由联盟（ACLU）求助。

美国公民自由联盟旨在保护公民的合法权利，特别是宪法第一修正案的思想言论、新闻出版、宗教和结社自由，应该说劳埃是没找错。可是，美国公民自由联盟一向被看作是一个左翼自由派组织；而以“白人至上”为诉求的三K党组织，却是一个极端右翼组织。大家已经习惯于看到他们站在对立的两端。

从原则上来说，公民的宪法权利是“内容中性”的。也就是说，言论自由和言论的内容无关，结社自由和结社的诉求无关，宗教自由和所崇拜的是哪路神无关。但是，由于三K党在历史上是人权记录声名狼藉的组织，美国公民自由联盟自然不会赞同三K党组织的诉求，它的成员们更是不喜欢三K党的。当这个联盟最初接受一些三K党的申诉案，为他们的公民权辩护时，曾经导致大量联盟成员退出。然而，美国公民自由联盟坚持宪法权利的“内容中性”原则。他们坚持，接受一个案子，只应考察申诉者是否被侵犯了公民权，而不能去计较他们的观点是否为自己所接受，不应去追究他们是否被自己所认同。自从二十世纪六十年代风向改变以后，三K党向美国公民自由联盟寻求帮助的事情，已经发生过很多起。到了九十年代，美国公民自由联盟已经完全没有什么认识上的障碍了。这一次，在他们决定帮助三K党的时候，指定了自己的一个律师安东尼·格列芬（Anthony Griffin）。这一决定有点引人注目，因为格列芬是一个黑人。

作为一个黑人，他本人当然不喜欢三K党这样的组织。然而作为一个著名的出色律师，格列芬当然知道最高法院的一个著名判例“全国有色人种进步协会诉帕特森”（National Association for the Advancement of Colored Peoplev.Patterson）一案。

发生在五十年代麦卡锡主义盛行时期的这个案子，和现在KKK骑士团面临的处境几乎一模一样，只不过当时遭受压力的是全国最大的黑人组织。

全国有色人种进步协会（NAACP），由于它激烈地要求黑人的平等权利，尖锐地批评联邦和各州的种族歧视，为底层黑人说话，在五十年代一度被一些政府机构和社会上的保守分子看成是一个颠覆性的组织。特别是在保守的亚拉巴马州，州政府非常敌视这个协会。亚拉巴马州司法部长帕特森根据有关公司登记注册的州法律，要求他们提交一系列有关该组织的文件，包括其成员的名单。在那时的美国南方，全国有色人种进步协会的很多成员，出于社会压力，还不敢公开自己的成员身份，如果他们交出名单，势必导致很多成员出于顾虑而退出。于是，他们虽然按州司法部的要求提交了相关文件，却拒绝交出名单，因此而被判为藐视法庭，罚款十万美元。虽然在今天，这个协会基金雄厚，甚至拥有产业，但在当时，对于成员大多是黑人和穷人的全国有色人种进步协会来说，这笔罚款是一个不小的数字。

历经司法程序，这个案子最后上诉到联邦最高法院。1958年6月30日，最高法院就这个案子作出了对全国有色人种进步协会有利的一致判决。最高法院指出，这个案子涉及公民的言论和结社自由。判词中说，一个组织的成员名单，涉及该组织的成员能够隐秘地行使其追求合法利益的权利、能够自由地结社，所以，成员的名单和成员的个人基本权利一样，是受宪法保护的。强行公布成员名单，将损害全国有色人种进步协会的结社自由，而州政府没有提出证据，表明公众在这个问题上有压倒全国有色人种进步协会的宪法权利的利益。

全国有色人种进步协会在五十年代，就像三K党在九十年代一样，是社会上有争议的组织。成员名单一旦公布，暴露身份的成员就会在就业、升迁、居住等方面遭到各种程度不等的困难，其成员就会迅速流失。所以，迫使这样的组织公布成员名单，等于把他们结社自由的宪法权利砍掉了一大半。

“全国有色人种进步协会诉帕特森”一案，是一个重要的里程碑案件，最高法院的判决，对于那些有争议的在社会上不讨好的组织来说，是至关紧要的胜利。此后，时不时地会有些州政府企图提起上诉，指望推翻或废除最高法院的这一裁决。在二十世纪七十年代，得克萨斯州政府就企图要得克萨斯的全国有色人种进步协会交出成员名单，可是由于最高法院对亚拉巴马州一案的判决在先，这种企图都无疾而终了。

现在，轮到州政府要求全国有色人种进步协会的老对头三K党组织交出名单了。美国公民自由联盟认为，对于民众拥有的宪法权利来说，应该对所有组织一视同仁。律师格列芬不仅是一个黑人，还是全国有色人种进步协会的成员，是这个协会的得克萨斯组织的法律总顾问，虽然担任这个工作是义务的，为全国有色人种进步协会出庭辩护也不收费，但是这个工作对他来说非常重要。他是为理想而做。

格列芬是一个民权律师，专门为遭受歧视的人打官司，为弱势人群争取权益。他所帮助的人包括受艾滋病歧视的、受种族歧视的、受性别歧视的，等等。他还代表低收入社区与银行或大企业打官司。然而，他接受的案子里，最多的还是为黑人遭受种族歧视而打的官司。

现在，当格列芬决定为三K党辩护的时候，全国有色人种进步协会非常震惊，因为三K党的白人至上主义和全国有色人种进步协会的目标是针锋相对、无法调和的。全国有色人种进步协会因此而取消了格列芬的成员资格。

格列芬对《纽约时报》说，“三K党是说过很多邪恶、凶狠、丑恶的话。但是，三K党有说出这些话的权利。如果你问这样的问题：他们

黑人民权律师安东尼·格列芬

有没有权利组织、集会、自由言论？答案只能是：他们有这个权利。我们无法回避这一点。如果剥夺了他们的权利，也就是剥夺了我的权利。”

格列芬对所有发出疑问的人解释说：“这个案子和种族分歧没有关系。这个案子和我是不是喜欢劳埃，或者劳埃是不是喜欢我，也没有关系。这个案子涉及他是否有言论和结社自由的原则。”

在全国有色人种进步协会高层开会的时候，一个愤怒的同事说出了多数人的看法：“你不能同时代表全国有色人种进步协会和三K党。”格列芬回答他的朋友们说：这个问题是没有退让余地的。1958年我们曾经在“全国有色人种进步协会诉帕特森”一案中获得了胜利，获得了我们应该得到的宪法权利。而如今，得克萨斯全国有色人种进步协会却正式表示支持州司法部强迫获得三K党的成员名单。这样做是放弃了原则。

1994年6月，得克萨斯州最高法院，引用了联邦最高法院1958年“全国有色人种进步协会诉帕特森”一案的裁定，作出判决，KKK骑士团没有必要服从法庭的传票，没有必要公布自己的成员名单。

格列芬说："给那些我们所喜欢的组织以宪法第一修正案的权利，这是非常容易的，这使我们感觉良好。对那些令我们愤怒的人，那些我们恨不得令其闭嘴的人，实行同样的原则，这是非常不容易的。但是，宪法第一修正案不是为了针对一些人，保护另一些人，而是为了针对政府，保护我们大家。举例说，如果你开始剥夺KKK骑士团的第一修正案权利，那么接下来吃苦头的就是我们黑人了。那些强迫他们沉默的法律就会把我们团团围住，强迫我们沉默。"

大法官的思路

1970年1月30日，马萨诸塞州洛敏斯特的两个警官，看到一个叫葛根的人，穿了一条多少有点奇怪的裤子：在他的牛仔裤的左臀部，他缝了一幅大约十公分宽十五公分长的星条旗——美利坚合众国的国旗。警官们看到他在市中心热闹地段和一群人说话，不过显然并不是在举行什么集会，也没有引人围观或阻碍交通的事情发生。警官们前去询问葛根他裤子上的国旗是怎么回事的时候，却引起在场人们的哄堂大笑。

第二天，这两位警官根据马萨诸塞州禁止“毁坏、践踏、污损以及轻蔑地滥用美国国旗”的法律，向法庭起诉葛根。这项州法规定，公开地毁坏、践踏、污损以及轻蔑地滥用国旗，不管这国旗是公共财产还是私人财物，都要受到法律的惩罚，判处十美元到一百美元罚款，或判处一年以下监禁。

警官们没有指控葛根毁坏、践踏、污损国旗，事实上葛根也确实没有“毁坏、践踏或污损”国旗，警官们指控葛根“轻蔑地滥用国旗”。把国旗缝在裤子的臀部，是不是“轻蔑地滥用国旗”呢？

沃塞斯特县高等法院开庭审判，陪审团判定葛根有罪。法庭判决葛根六个月监禁。葛根向马萨诸塞州最高刑事法院上诉，州最高法院维持原判。葛根开始服刑的时候，向马萨诸塞地区的联邦地区法院申请人身保护令，也就是要求联邦法庭审查此案的判决。结果联邦地区法院认定，按照宪法第十四修正案的“正当程序”原则，马萨诸塞州法中的“轻蔑地滥用国旗”的条款过于模糊，而且，这一法律太过广泛，违反宪法第一修正案对言论自由的规定。

警官们向联邦上诉法院上诉。上诉法院同意地区法院的裁决，认为马萨诸塞的州法没有提供足够的标准和规范，到底怎样的行为是“轻蔑地滥用国旗”。州法的语言没有给民众足够的警告，也没有给执法警官足够清楚的执法界限，没有给予法庭和陪审团以清晰的判决标准。这种语言用词过于模糊的法律是不能成立的，应予废除。

1974年，此案终于上诉到联邦最高法院。这就是著名的“史密斯诉葛根案”（Smithv.Goguen）。

最高法院的裁决

联邦最高法院以六比三作出了对葛根有利的裁决，大法官鲍威尔代表法院发表了裁决意见。

按照规则，最高法院裁决书首先肯定，联邦最高法院具备对此案作出审查和裁定的司法权。最高法院同意地区法院和上诉法院对州法“过于模糊”的意见。鲍威尔大法官指出，法律的语言用词不能模糊，这一原则毋庸置疑，因为这一原则同法律的“公正性”以及司法的惩戒意义紧密相连。宪法第十四修正案的“正当程序”条款，要求立法机关在立法的时候，为执法人员和民众提供足够清晰的判断标准，提供清晰的界限，到底什么是合法的、什么是非法的，避免执法人员主观任意的和歧视性的判断。而本案中，马萨诸塞州法中“公开地轻蔑地对待合众国国旗”的说法过于模糊，在本案中不能提供清楚的司法判断。

鲍威尔大法官在裁决意见中说：早在1968年，联邦最高法院就曾指出，“有些人看来是轻蔑的行为，对另一些人却可能是一种艺术”。在本案中，葛根的做法也许算不上是“艺术”，或许只能说是一种幼稚的“笨拙的做法”。但是，联邦地区法院的评论是对的：现在国旗已经成为年轻人的一种装饰时尚，在各种不同场合随意地用国旗来做装饰已经成为广泛的现象。美国人经常在帽子上、T恤衫上装饰国旗图案。在休闲的服装上点缀国旗，或许是出于对国旗的敬重和崇拜，也可能只是想吸引别人的目光，比如在卖热狗或冰激凌的时候，也常会插上一面小国旗。马萨诸塞州的法律总不见得把这些行为都定为非法。可是现今大量随意的用国旗点缀装饰，对有些比较刻板保守的人来说，就已经有轻蔑国旗的嫌疑了。大法官指出，法律不能强迫普通人来猜测到底法律的意思是什么。“公开地轻蔑性地使用国旗”的说法，就是要民众和执法人员来猜测。如果用国旗点缀帽子不是“轻蔑”，点缀裤子就是“轻蔑”，那么界限在什么地方呢？法律没有明示这一界限，这样“过于模糊”的法律，把猜测什么是合法、什么是非法的负担强加给民众，只能使民众无所适从；同时，这种缺乏判断标准的法律，允许警察、检察官和陪审团按照自己的价值偏好，按照自己对具体的人、具体的场合的好恶来作出判断。这种不能保证前后一致，不能保证对所有人一视同仁的法律，显然违背了宪法第十四修正案“正当程序”原则，所以是违宪的。

鲍威尔大法官承认，在人类行为的有些领域，政府立法机构很难做到事无巨细地详细地作出合法和非法的精确规定，这时候需要民众、执法人员和法庭根据具体时间场合来判断。比如，在一场大规模的示威集会上，为了维持现场的秩序，除了依据预先成立的法律和政策以外，执法警官有时候必须作出判断，允许示威者做什么、不允许示威者做什么。但是“轻蔑地滥用国旗”的法律不是这种特殊情况，法律不能把判断某人是否“轻蔑国旗”的处置权交给执法人员，而是应该预先作出清晰的规定，使执法人员有法可依。将国旗用于仪式，用国旗来做装饰，如今是如此普遍的时尚，而且时尚一直在变化，有那么丰富多彩的形式，政府不可能把他们都一棍子打成非法。这就更要求法律做出明确的说明，到底什么是非法的。如果法律的语言没有能够做出这样的说明，就不能用来惩戒。鲍威尔大法官宣布，马萨诸塞州关于“轻蔑地滥用国旗”的法律，因“过于模糊”而无效。

怀特大法官的意见

在投票同意最高法院判决的大法官中，有一位怀特（White）大法官。他同意鲍威尔大法官的裁定意见：马萨诸塞州“轻蔑国旗”的州法违宪无效；但是他不同意鲍威尔裁定书中的理由。所以，他作为同意裁决的大法官，发表了他个人的意见。这个个人意见很有意思。

怀特大法官说，联邦最高法院裁决，马萨诸塞州法因为语言模糊缺乏清晰的判断标准而违宪，虽然他也认为此州法应该宣布无效，却不认为这是因为它“过于模糊”。他说，有一系列的行为，人们只要根据常识，就可以不证自明地判断那是一种轻蔑性的行为。在涉及国旗的时候，有些行为是否属于州法所禁止的“轻蔑性地使用”，也可能是清楚的，并不需要执法人员临时猜测。虽然，州法也许没有说明所有一切行为是否属于“轻蔑国旗”，但是这并不意味着，所有一切行为都没法加以判断。在本案中，任何人应该都能判断，把一面国旗缝在裤子的臀部，是对国旗的一种“轻蔑”行为，这种行为是覆盖在州法所定义的“轻蔑地滥用国旗”的范围之内的。马萨诸塞州最高刑事法院在维持葛根有罪的判决时，指出“陪审团的判决意味着陪审团认为，葛根的违法行为是故意的”。葛根很难辩解说，他这样做的时候，并没有意识到这是州法所禁止的。

所以，怀特大法官认为，马萨诸塞州法在这一点上并不算“过于模糊”，葛根也是知道的。他引用了葛根的主要论点：他在裤子臀部缝一个国旗补丁，是要表达一种观点。这种观点，警官们认为是不爱国的，认为葛根是要表示美国是一个只配给坐在屁股下的地方，甚至想表达更为不堪的意思。不管怎么说，他的做法想表达一种强有力的观点，这一点是不会错的。

所以，怀特大法官指出，马萨诸塞州法至少对葛根来说并不模糊。即使州法对其他人、对其他场合可能还是太模糊，却不能因此而裁定该法“过于模糊”，因为司法自治的原则要

短裤上的美国国旗

求最高法院在司法复审的时候，要在被告被指控的行为范围内进行。不能因为一些处于边缘的行为难以判定就宣布一项法律“过于模糊”而无效。

这样，怀特大法官的看法同鲍威尔大法官大相径庭，他认为州法并不模糊。那么，他为什么还是认为该州法应该废除呢？

他说，真正不可回避的问题是，马萨诸塞州法中“轻蔑地对待国旗”的条款，到底是不是违反了宪法第一修正案关于言论自由的原则。宪法第一修正案的言论自由，当然是针对言论来说的。如果一种行为不能表达任何意见或观点，那就不在言论自由的范围内。最高法院在1968年“合众国诉奥布良”一案中指出过，有些行为尽管有表达观点的作用，是所谓表达性的行为，政府仍有权力对时间、地点、方式加以规范或禁止。

怀特大法官认为，毫无疑问，国会既然有权确定国旗的图案，也就同样有权立法来保护国旗的完整性。国会根据宪法有权立法保障全民福利、调节州际贸易、提供国防，等等，当然也有权保护国家主权，保护作为主权象征之一的国旗。国旗曾经在人类事务中起过十分重要的作用。美利坚合众国有自己的国旗，也可以有相应的法律来管理怎样使用、展示、安放国旗，以及怎样制造、仿制、出售、拥有、销毁国旗。

可见，事实上，怀特大法官是最高法院中主张保护国旗的大法官中的一员。那么，他为什么同意对葛根有利的判决呢？怀特说，根据马萨诸塞州法而判处葛根有罪，不是葛根对国旗做了什么事情，而是葛根“轻蔑地对待”合众国的国旗。如果根据州法中的这一条款葛根被定罪，他必须不仅要“对待”了国旗，还必须是“轻蔑”地对待了国旗，而这按照通常的理解就是表达了对国旗的“轻蔑”。所以，根据这一条对葛根定罪，那就不仅是惩罚葛根对国旗做了什么事情，而且要惩罚葛根对国旗“表达”了一些占主导的多数派不待见的思想。

也就是说，虽然葛根对国旗是做了点事情（缝在裤子臀部做补丁），但是州法要惩罚他的不仅是他对国旗做的事情，而且是他想对国旗“表达”的思想。州法在这儿不仅禁止了行为，而且禁止了思想的表达。正是这一点，怀特大法官不能同意。

回顾联邦最高法院对涉及国旗的案件作出的裁决，怀特大法官指出：在美国，法律不能强迫任何人向国旗致敬，表达尊敬。此外，最高法院以往的裁决中建立了这样的规则：用口头的或书写的语言表达对国旗的轻蔑和不敬，是不受法律惩罚的。同样，一项针对国旗的行为，如果具有足够的“表达”思想的意义，就应受到宪法第一修正案的保护。马萨诸塞州法的毛病就在这里，如果说葛根的行为没有“表达”任何思想，那么就谈不上“轻蔑对待”国旗。如果认定葛根的行为是“轻蔑对待”国旗了，那么这种“轻蔑”正是葛根想“表达”的“思想”，这种表达就必须受宪法第一修正案中言论自由原则的保护。

所以，怀特大法官说，他同意最高法院多数的意见，马萨诸塞州的这项法律应该宣布无效。

“猪肉桶”的来龙去脉

最近，美国一个民间监察组织发布了他们的年度报告，详细列举了本财政年度国会议员如何为自己的选区争取国家投资。国家预算中用于地方的建设项目在美国被称为“猪肉桶”。“猪肉桶”这种说法，据说起源于南方种植园主每年要在木桶里给自己的奴隶每人留一块猪肉的习惯。也就是说，是给“自己人”的一份油水。所谓“猪肉桶法案”经常是联邦政府对某地的公路、水利、公共建筑等地方设施的拨款，包括对农作物的补贴等等。

在联邦政府的预算中，“猪肉桶”项目数额巨大。庞大的资金用于一些平常百姓听都没听说过的地方项目，不免令人心惊。近年该组织的项目报告里，有在阿拉斯加建造一座大桥连接一个岛屿的计划，项目需花费两亿多美元，小岛上却只有五十个居民。有为阿拉斯加一个小镇修建停车场的计划要花四十万美元，小镇总人口不过三百人。有花五十万美元在北卡罗来纳州建一个茶壶博物馆，还有一个项目是修建美国华人历史博物馆。这些项目听上去真是花钱如流水，用纳税人的钱不心疼。舆论对“猪肉桶”也是批评铺张浪费，指责议员们偏袒地方利益而不顾全民大局。

为什么猪肉桶还是能够长期存在呢？因为猪肉桶并不是腐败的代名词，它有它存在的原因。

美国人的口头语是，政府只会花钱不会赚钱。政府的钱百分之百来自民众缴纳的税金。征税和使用税金，是政府的主要功能之一，也是政府之权力和职能的来源。征税和用税的权力在谁手里，这是政府最为重要的问题。二百年前美国制定宪法的时候，立国者认为，国家权力的最终根源是纳税人。政府征税和用税的权力，本质上是纳税人的权力，在政府结构里应该放在最接近民众的机构手中，这样的机构就是民众选出的国会，特别是从地方选区里直接选出的众议员。于是，宪法规定“国会有权规定并征收税金、捐税、关税和其他赋税”，“有关征税的所有法案应在众议院中提出”，而主管执行的总统及其行政分支“除了依照法律的规定拨款之外，不得自国库中提出任何款项”。

所以，对有用钱不当之嫌的“猪肉桶”项目，最恼火的常常是总统。按照宪法规定，国会通过的法案须经总统签署方生效。议员们往往把“猪肉桶”和总统希望通过的条款捆在同一个法案中，总统为了能够签署他希望的法案，就只好也同时签下猪肉桶。总统心疼也没用，因为提出预算是国会的权力。历届总统都在努力，指望有朝一日改变规则，能够在签署法案时摆脱个别他所不喜欢的猪肉桶条款。很多纳税人也不喜欢猪肉桶，因为交税给联邦，就希望联邦用于全国性的项目，不管怎么说，人人有份的项目自己就也有一份。而猪肉桶项目可能只造福一小块，和大多数人没有关系，纳税人当然要问，我交的税为什么要用在他头上。

“猪肉桶”的立项，离不开议员们为家乡争取利益的动机。联邦财政预算就是分钱，猪肉桶是分钱的结果。可是，议员们为自己的家乡州和自己的选区争取利益，这是共和制宪法的题中应有之义。民选的议员，首先就是对选民负责，而且只需要对选民负责。选民选他去首都，就是去表达选民的意愿，争取选民的利益的。如果议员不反映选民的利益，一到首都就只顾国家利益，那么对选民来说，谁去都一样，还要选什么？所以国会议员，特别是来自基层选区的众议员，为自己的选民在联邦预算中分一杯羹，并无什么不妥，恰是民主的应有功能。

那么，为阿拉斯加的五十个居民花两亿多美元造一座桥的“猪肉桶”项目，是不是太奢侈太浪费了呢？

基础建设项目要讲经济效益，这个道理人人都懂。最有效率、最能捕捉经济效益、最不会浪费的，必定是市场力量。正是看到这一点，美国人历来的原则是，能够让市场来做的事情，尽量交给市场做，政府尽量少干预。市场来做，相比政府来做，最后结果总是市场比政府做得更有效。然而，有了市场，政府并非无所作为，因为市场并不能做到一个开明社会想做的一切。社会要救助弱者、扶助贫困、开发边远，这些是市场不会自动去做的，因为这些事情不是最有经济效益的，如果让市场来决定，那么就是在已经开发的地区、经济活动最频繁的地方修桥铺路。而阿拉斯加那样的地方，就永远是基础设施落后的地方。市场力量是强大的，但是它本身是有缺陷的。像茶壶博物馆、华人历史博物馆这样的建设项目，永远不会赚钱，永远没有经济效益，市场不会问津。市场的这种缺陷，只能依靠政府的理性行为来弥补。

所以，被称为“猪肉桶”的国家投资项目，本意就和市场投资不同，它不是从市场效益出发的，它本来就是要填补市场力量的空白。

美国历史上公认的第一个猪肉桶法案是1817年由卡尔洪众议员（John C. Calhoun）提出的红利法案（Bonus Bill）。他提出要用联邦第二银行的赢利去修建美国南方的公路。当时，这样处于偏僻地区的公路只有预想意义上的前景。卡尔洪来自美国南方的南卡罗来纳州，这一提议被认为是他在为地方争取猪肉。他争辩说，将联邦公共资金用于有发展前景的地方项目，是符合宪法的，可最终仍被当时的总统麦迪逊否决。

曾经有人认为，阿拉斯加拿到的钱多，是因为他们的参议员史蒂文斯任参议院预算委员会主席。可是，史蒂文斯从主席的位置上下来以后，阿拉斯加拿到的钱，人均算下来还是最多。其实人人都知道，阿拉斯加正是这样一个很特殊的边远高寒地区，居民点之间的距离拉得非常远，缺乏基础设施，普通的联系都只能靠直升机，只能每年弄一点钱，逐步在那里建设。等到基础设施完善之后，很可能那里会开始大的发展，人口会大幅增加。假如联邦不对那里投资，那里将永远是一片荒漠。得到联邦投入较多的西弗吉尼亚，也是出了名的相对贫困地区。而每年从联邦得到资金最少的就是我们居住的佐治亚州。可这里的居民一点不会奇怪，因为佐治亚州是一个自然条件和基础设施非常好的地区，近年来发展迅速、人口剧增，人口构成非常年轻，是最近全美工作机会最多的六个地区之一。地方财政的收入很好，确实也没有理由去分“大块猪肉”。

在争取“猪肉”的过程中，当然有议员为取悦本地选民，因而要为本地人争福利的一面。可是，这正是制度设置的本意。每一个地区都有自己的民选议员，这样每一个地区的利益才都有人在关照。可是“猪肉”有限，是不是合理分配，就需要如公布“猪肉”报告这样的民间组织和新闻媒体一起来参与监督和批评。这些批评是不是都正确，那是另一回事。例如，这次受到批评的，不仅有联邦拨款建立的茶壶博物馆，也有中国移民文化博物馆。对有些人来说，也许这些博物馆是莫名其妙的，根本是乱花钱，而对于美国的一个重要组成部分，即我们这样的东方移民来说，却是很重要的事情，再也没有比这更有意义的了。可见，在联邦预算中，资金分配是否合理要做个案分析。有些“猪肉桶”项目投资的地区，不要说人烟稀少，可能根本还没有人，只有一个还看不到的发展前景；也有些资金投入只是文化建设，一些人会认为没有“现实意义”。争议永远是存在的，关键在于制度容许民间的监督、容许批评，保证公开化透明化，这样出现问题才有可能纠正。

读一本禁书

前两天去当地的乡村图书馆借书。一进门，戴眼镜的老太太就好心地递给我一张漂亮的小卡纸，随即告诉我，这个礼拜，美国图书馆协会举办读书周，这是推荐书单。这个读书周是全美各地大小公共图书馆联合举办的活动。偏远乡村居然也没有例外。

按我的想法，假如要我猜一猜读书周的主题，我准说："读一本好书。"定睛一看，错。

小卡纸上先是一句口号：庆祝你的自由！下面一行就是读书周的主题"读一本禁书"。题头似乎是一张宣传画，也是一张制作精良的木刻藏书票。仔细一看，黑色的背景上，是一个全副武装的士兵。他戴着钢盔，背着行囊，肩上有一把上了刺刀的枪，两只手却捧着厚厚的一摞书。上面一行红色大字标语是："书导致危险的思想。"下面一行小字是："为了保护您，请将所有的书交给您当地的消防员，以便安全销毁。"这是一张反话正说的讽刺画？还是在某一个时间某一个地点的正面宣传？卡纸的下部，是美国图书协会推荐阅读的十七本书，它们都曾分别在美国某个地方被禁止阅读。

这张漂亮的小卡纸引发了我的兴趣。去看有关的消息才发现，在这个读禁书周开始的时候，有二十个作家、艺术家、专栏作者和图书管理员，聚集在芝加哥美国图书馆协会的台阶上，表示对这个读书周的支持。他们宣称，这个活动的目的之一，是要吸引公众目光，让大家注意到在二十一世纪的今天，世界上还有不合理的书籍查禁。

其实，美国的书籍查禁并不如美国图书馆协会宣传的那么吓人。它反映了美国制度上的两大特色。一方面，由于宪法对言论自由的规定，使得美国不可能有全国性书籍出版的预检制度，也没有全国性的书籍查禁；另一方面，美国的地方自治，尤其是地方教育自决，使得地方上由大家选举出来管理学校的委员会，对教育内容包括学校的推荐书目、学校图书馆的藏书内容，有很大的决定权。所以美国的所谓禁书，不是全国性出版销售的禁止，而是局部的阅读禁止。最普遍的就是发生在学校，例如某一学校决定对某一年龄段学生的阅读作出限制。限制的原因多半是书的内容与性、暴力及脏话等有关，常常也有和种族冒犯的字句有关。在教会学校，就可能和宗教冒犯有关。

在我看来，这个阅读限制其实和一般概念的书籍检查制度没有太大关系，而是和电影对孩子限级的做法差不多。这不应该是政治问题，而是很一般的社会问题，就像很多家长都会苦着脸看着孩子想：什么时候才可以容许他（她）看《红楼梦》呢？

可是，看着我从图书馆拿回来的小卡纸，看着那些曾经在禁书单上的书名，又使我觉得事情不那么简单。上面不但有考米耶（Cormier）的《巧克力战争》、斯坦贝克的《人鼠之间》，还有马克·

吐温的《哈克贝利·芬历险记》和《汤姆·索亚历险记》。是啊，事情一走极端，就要出毛病，马克·吐温对孩子真的就那么危险吗？由谁来作出限定呢？谁能把这条界限划得正确呢？联想到在前几年，还有一个黑人学校，决定把所有有关美国第一届总统华盛顿的内容，从历史书上删去，因为二百多年前的华盛顿家里曾经有过黑奴。虽然学校有这样做的权力，可是这样的阅读限制和历史删除，究竟是有利于孩子，还是害了孩子？

Celebrate Your Freedom!
Read a Banned Book

The Chocolate War: Cormier
Of Mice and Men: Steinbeck
Bridge to Terabithia: Paterson
Native Son: Wright
The Giver: Lowry
My Brother Sam is Dead: Collier
Blubber: Blume
Julie of the Wolves: George
Wrinkle in Time: L'Engle
Fallen Angels: Myers
The Outsiders: Hinton
Crazy Lady: Conly
Adventures of Tom Sawyer, The Adventures of Huckleberry Finn: Twain, Mark
Flowers for Algernon: Keyes
To Kill a Mockingbird: Lee

“读一本禁书”推荐书单

再回看这个读书周，美国图书馆协会的用意还是有它的理由，那就是要人们讨论这些问题，看看对阅读的限制，是否会扩展为一个阴影。书籍是人类思想的载体。禁书却只有一个原因，就是承认那书本里承载的是“危险的思想”。但历史也曾一再证明，今天看来是危险的思想，明天却会成为常识。一些权势人物判定的危险书籍，却可能是公众知识不可或缺的来源。禁书似乎有理，却从来没有成功。要不是三十年前中国读书界有了“读书无禁区”的呐喊，哪会有改革开放所必需的思想解放？这就像美国的建国者之一本杰明·富兰克林所说的：“没有思想自由，就不可能有智慧；没有言论自由，也就不可能有公众自由。”

真理和事实

——漫谈翻译与文化

很久以来，感觉国人谈文化太多，最后云山雾罩的。所以觉得与其这样，还不如多从制度着眼。可是有时候，谈着的问题就是会撞到文化，甚至发现一个制度实行久了，“融化在血液里”之后，也就变成人们条件反射般的反应，成了“文化”了。

常看一些闲书。有一些原本是英文版的书，也会去找中译本看，就是图个看得快。最近随意翻看着去世不久的《华盛顿邮报》主人格雷厄姆（Katharine Graham）的自传《个人历史》（*Personal History*），就是先读的中译本，是江苏人民出版社1999年9月的版本。可是这种贪图速度的阅读也会遇到麻烦。因为翻译并不简单，不要说很少有人能像傅雷这样“信、达、雅”并举，就是要做到准确的“信”，都很不容易。我们现在生活在英语国家，还是常常会遇到在语言上吃不准的情况，需要向当地人请教。值得担心的是，一个译本假如不是偶尔在小处出错，而是在原则上出错，书中的一些重要内容就会被改写，对不熟悉原作文化的读者，就会作出南辕北辙的误导了。看这本《个人历史》的中译本，就遇到类似的情况。

比如在这本书中读到作者的父亲买下《华盛顿邮报》，并为自己定下了几条办报原则时，就觉得有什么地方肯定是不对了。

读到的几项原则是这样的：

1. 报纸的第一使命是，一旦发现了真理就要宣传它；

2. 报纸在大众尚未认识真理前就要宣传它，要关注美国和世界上的重要事件；

3. 作为新闻的传播载体，报纸应该捕捉高雅的内容，这是报纸对社会个体所承担的责任；

4. 报纸的内容要既适合年轻人，又适合老年人；

5. 报纸要对读者和大多数人负责，不应该按照拥有人的兴趣来办报；

6. 在追求真理方面，报纸应该准备为自己的命运作出牺牲，只要所做的对社会是有益的；

7. 报纸不应该为任何特殊的兴趣所左右，但对于社会事件和社会人的报道要真实和自由，以及健康。

实在不敢相信迈尔（Eugene Isaac Meyer）给《华盛顿邮报》定出了这样的办报原则，只好去翻出那本破旧的英文版原著，在这里摘录及试译如下：

1. That the first mission of a newspaper is to tell the truth as nearly as the truth maybe as certained（报纸的第一使命，是报道尽可能接

近被确认为事实的真相）;

2．That the newspaper shall tell all the truths of a rasit can learn it,con cerning important affairs of America and the world（报纸要报道我们能够了解到的有关美国和国际重要事务的全部真相）;

3．That as adisseminat or of news,the paper shall observe the decencies that are obliga toryupona private gentleman（作为新闻的传播者，报纸要如绅士一样正派）;

4．That what it prints shall be fit reading for the youngas well as for the old（报纸的内容应老少咸宜）;

5．That the newspaper's duty is to its reader sand to the public at large,and not to the private interests of its owner（报纸要对读者和普通民众负责，而不是对报社老板的私利负责）;

6．That pursuit of truth,the newspaper shall beprepared to make sacrifice of it smaterial for tures,if such course benecessary for the public good（只要对公众有益，报社要准备为坚持真实报道而牺牲自己的利益）;

7．That the newspaper shall not betheally of any special interest,but shall bef air and free and whole some in it soutlook on publicaf fairsa and publicmen（报纸将不与任何特殊利益结盟，但是在报道公共事务和公众人物的时候，要公平、自由和健全）。

这几条原则是迈尔在1935年3月5日的一次讲话中宣布的，而我们作为今天的普通读者，凭直觉就能判断中文版中的翻译误差，那是因为这样的新闻原则是美国文化根深蒂固的一部分，只要在这个文化中生活过一段，都会深有体会。1935年前是这样，今天还是这样。只是不同的新闻从业人员，以自己的实践，在不断补充和完善着这样的原则罢了。倒过来看，为什么我们的译者可以翻译厚厚的一本传记，而一碰到新闻原则，就出现这么大的“原则性偏差”呢？

大概，这就是文化差异。这部分翻译的关键误译，是在遇到“truth”这个词的时候。译者一概将其译为“真理”。在英汉词典里，“truth”这个词，总是被注解为“真理”和“事实”两个部分。它们在中文里是有很大差异的。前者是个宏大的词，甚至可以是一个推论。例如，经由一部分社会科学家推论得出或预计将来必定会实现的某个社会形态，在它还没有到来的时候，当然在中文里还不能被称为是“真实”的现实——事实。但是人们推论它必定会到来，就是“真理”了。反过来，被确立为是“真理”之后，还可能因此普遍要求人们要相信它的必定要实现，相信它在指向未来的事实。这样的推论循环之后，所谓“真理”有可能被强化为一种可能脱离事实的、地位无可动摇的至高无上的神圣。

在美国文化里面，没有这样的区别，只有“truth”一个词。涉及这个词的，都与事实有关。假如有一部分人坚信一些事情过去已经发生，或推论一些事情将来必定要发生，但是又无法求证过去、预见未来的时候，美国人会说，那是这部分人相信（believe）它是“truth”（真实的），那是一种信仰（faith）。在美国人的文化中，信仰的东西不一定是“事实”，只是有人坚信它的“真实性”而已。每个人可以有不同的信仰，宗教信仰、政治信仰都是如此。信仰是非常个人化的事情，别人都不信，他照样可以自己信。那只是他自己的“真实”或者真理。他可以劝说别人相信，却无法强加于人。

在中国文化中，信仰有关真理，“掌握了真理”可以是一件非常了不起的事情，必须让大家都深信不疑、不能不信。所以，虽然“truth”有两个中文解释，译者在涉及报纸这样一种似乎更接近“事实”的新闻报道载体时，仍然会弃“事实”而选择“真理”。因为在译者生存的文化环境中，“真理”和“事实”可以是脱节的，而“真理”比“事实”更重要。报纸就是以宣传、传播“真理”为己任的。相反，在美国，新闻业是为报道最近发生的“truth”（事实）而存在的，这是新闻业者的基本常识。

也是在不同的文化背景下，此书译者的另一个误译，是把interest都译作了兴趣，而不是原意的“利益”。这样，迈尔想表达的最后一条重要新闻原则就消失了。最后一条原则，指的是新闻业不能与特殊利益结盟，也就是说，它不能为某一个利益集团服务，它只能客观、公正、真实地报道新闻，不论这条新闻对某一个利益集团有利或不利，甚至不论对自己有利或不利。“新闻就是新闻”的意思，等同于“事实就是事实”，压根儿与“真理”不相干。凭着这样的原则，《华盛顿邮报》参与公布了美国国防部关于越战的秘密文件，并且成为揭露尼克松总统“水门事件”的重要力量。因为它必须“不与特殊利益结盟”，“公平、自由、健全”地报道事实。

现代新闻业并不是中国传统文化发展的产物。它在中国是一个舶来品。而现代新闻业的这些基本原则也随之“舶来”。因此，说今天的新闻概念是中国文化的一部分，似乎又不对了，因为在几十年前，中国的报人们虽然在政治干扰下不能充分实现这些原则，但是这些原则还是他们所熟悉、追求的目标。然而，几十年新闻制度及其原则的改变，使得新闻原则把"报纸宣传真理"天经地义地接受下来，如果说它没成为"文化"，也真有点小看它了。

有些误译，确实是不生活在这个环境中，就很难知道的。例如，书中几次提到"梯姆斯特公司"和它的"总裁"，而生活在这里的人，一看就知道这是指美、加的"国际运输工人工会"和它的"主席"。这样的问题现在对译者倒是可以有一个窍门，就是你可以上网打入"Teamsters"这个英语单词，马上就会跳出这个工会的网页。假如它真是一个公司，也会跳出公司的网页来。这样就可以减少误译。

但是书中还是有不少因文化误解形成的翻译误会。例如，在提到报道"水门事件"过程中的《华盛顿邮报》，曾接到法院要求报纸交出调查原始材料的传票后，原文是："Intheend,the subpoeanaswe requashed,but not before we had spent agreat deal of energe and money."译为中文时，作者简单地说："最后传票被撤销了，可是在此之前我们已经花了许多力气和钱。"作者并没有解释这些力气和钱花在什么地方，因为她面对的美国读者都会知道，在这样的情况下，假如《华盛顿邮报》对传票有异议，就必须花钱请律师，花大量的时间精力与律师讨论如何与司法部门据法争执。而在我们看到的译本中，却被译作："最后在我们花钱疏通以后，传票被宣布无效。"仅仅这无中生有的"疏通"二字，就会使另一个文化中的读者，误以为作者是拿钱去贿赂法官了。对于译者来说，这可能是他生存的文化环境中的条件反射。而对于美国读者来说，这样的阐述是不可能的，假如她写的真的是"花钱疏通"，就成了通向监狱的证据了。

如此这般，想通过阅读译著来达到了解另一种文化的读者，反倒可能因此加深了文化间理解的鸿沟，而起因，只是作为桥梁的译者，按照自己的文化思路去先行误读了对方。相比我们读前辈译作的年代，如今可谓译作辈出，现在的读者有了远比我们当年更多的机会，去通过各种译著了解这个世界。但也正是在这个时候，老一代翻译家们精益求精的精神，更是值得我们去追寻的。

历史无禁区

美国历史短，这是全世界公认的事实，记性好一点的中学生，一口气就可以把美国历史从“五月花号”说到当今总统。但是美国人有历史感，随便什么事情，历史上的时间、地点和演变，能说出个道道的人很多。有一个电视频道就叫《历史频道》，一天二十四小时播放与世界历史或美国历史有关的片子。据说历史频道刚开张的时候，很多人不看好，说在这瞬息万变的消费娱乐时代，大众怎么会对乏味的陈谷子烂芝麻感兴趣。结果却出乎意料，收视率节节上升，从知识阶层扩大到消费大众。陈谷子烂芝麻炒来炒去，吸引力永远不减。

历史频道上，有时候会放一种老人访谈节目。访谈者是不出面的，一小时节目就是一位鸡皮鹤发的老人，嘟嘟囔囔地讲年轻时候的事情。片头上，会有几秒钟打出一行字：老兵历史项目（Veterans History Project)。这个“老兵历史项目”，由美国国会特地立法启动。按照美国法律，政府不能涉足电视广播和报刊等媒体事业，媒体都必须是民办的，法律禁止政府在国内搞宣传。国会立法启动这个历史项目，是出于一种特别的考量。

在人类进入二十一世纪之际，半个世纪前的第二次世界大战，已经成了遥远的记忆。那是人类历史上一次关乎文明存亡的事变。我们无法想象，如果历史换一种走法，今天的世界是什么样子。由于地理的原因，“二战”没有在美国本土展开，美国军队是在欧洲开战二十七个月后才参战的，但是美国参战显然是决定“二战”结局的最重要因素。“二战”中，美国动员了一千四百万人的军力，生产的军火超过了其他盟国军火的总数；战争总支出三千三百亿美元，超过了英国和苏联的总和。很多生活在和平中的美国人，不论贫富，一夜之间就成了军人，远渡重洋开赴前线。牺牲在战场上的有四十万美国军人，超过了英国、澳大利亚、加拿大、新西兰等盟军阵亡的总数。美国人认为，那一代美国人显示了不能不令人肃然起敬的勇气和牺牲，所以“二战”的那一代人被称为“最伟大的一代”。

如今，斗转星移，最伟大的一代要离开这个世界了。当年一千四百万强壮的军人，以及在工厂里夜以继日地生产出数不清的飞机坦克的男女工人，现在垂垂老矣。平均每天有一千个“二战”老兵离开这个世界。用不了几年，“二战”那最伟大的一代就将全部逝去。那么，“二战”的历史呢？

“二战”的历史，保存在档案馆、博物馆、纪念馆里，保存在书籍、报刊、电影胶片里，保存在历史教科书里。这样保存的历史，是专家学者们经过选择消化以后的重要资料，却不可避免地丢失了大量涉及参与历史的个人细节。只有亲历者知道、记得并说得出那些细节。没有这些细节，历史是不完整的。可是亲历者正在离

奔赴“二战”战场的青年人

开这个世界。

现代科技为我们提供了史无前例的记录手段，录音和录像设备已经普及到大众家庭。现在已经有条件把参与“二战”历史的个人经历，用录音录像记录下来。这将是美国和全人类一笔宝贵的财富。为此，美国国会参众两院先后通过决议，并由总统克林顿在2000年10月27日签署，正式成为法律，这就是“老兵历史项目”。

这项立法授权国会图书馆成立一个由历史学家、作家等组成的委员会，负责指导全国民众，访问尚在人世的老兵，包括“二战”以后参与历次战争的老兵，用录音和录像的方式记录下他们的回忆。这些录音和录像由国会图书馆负责收集保存，向公众开放。政府、法律和这个委员会，对历史本身不做任何评论。如果你家里老人是“二战”

那一代人，就可以从委员会取得指导帮助，把老人的回忆用录音录像记录下来。再加上当年的照片、日记、书信、实物，这样构成的历史记载，其广度、深度和详尽，是以往史书和课本所无法达到的。

“老兵历史项目”是一个重要的实例，表明人类记录自身历史的方式，出现了革命性的变革。从此，历史记忆将不再完全丢失细节。能采用记录历史的新手段，并不是美国人的聪明智慧和技术手段高人一等，在这一点上，其他国家一点儿不差。但做到这一点有一个不必花钱却往往匮乏的条件：历史无禁区。

特蕾莎修女的信仰危机

特蕾莎修女是世界名人。这是一件非常矛盾的事情。她是天主教修女，可是她的声名来自救援世俗世界的穷人。特蕾莎修女的宗教内修本质以及参与外部活动所引起的困扰，在她生前就从来没有中断过，也在最近一本新书《特蕾莎修女：成为我的光》(*Mother Teresa: Come by My Light*）出版后，再次惊扰世界。这本新书首次发表大量特蕾莎修女的私信和忏悔、祈祷记录，表现了特蕾莎修女长期以来，始终在信仰的困惑之中。

“成为我的光”

书名来自特蕾莎修女在人生最关键转折处的一个典故。

特蕾莎修女出生在近年来发生种族与宗教冲突的科索沃。当地人多为穆斯林，基督教徒也多信新教，她来自当地极少有的天主教家庭。她在童年进入儿童慈善会，在少女时代就去印度接受传教训练。她从所属的爱尔兰罗雷托修会进入印度工作，1937年5月成为终身修女。二十世纪四十年代初，她担任印度一个教会中学校长，任教职十七年，目睹了安静校园之外遍地无助的病残老弱。1946年9月10日，她在印度大吉岭修院静修一年。就在这段时间，三十六岁的特蕾莎修女向教会报告，基督向她发出召唤：放弃现在的教职，去到城市贫民窟，走进“穷人里的最贫穷者”中，“来吧，来吧，带我去贫民窟”，基督亲自对她说“成为我的光”，“让他们生活在自尊中，感受神无尽的爱，走近神，以对神的爱和服务为回报”。她据此要求脱离修院生活，成为自行善事的自由修女。但是，一直没有得到总主教的许可。

1947年，以回教徒为主的东巴基斯坦脱离印度独立，宗教冲突之下，大批印度教难民涌入特蕾莎修女任教的加尔各答市。城市爆发着如麻风、霍乱这样的可怕传染病。在特蕾莎修女的不断请求下，1949年她终于获得教宗庇护十二世的批准，并得到一定的物质支持。1950年10月，她和十二名修女成立仁爱传教修女会（Missionaries of Charity)，她们以白布镶嵌蓝边的印度莎丽作为自己的修女服，后来成为闻名世界的标志。

1952年8月特蕾莎修女成立“清心之家”贫病危收容院，七年后在新德里和兰奇又增设两所，消息先在贫穷患病者中传开，之后又在世界各地的义工中传开。1969年，英国记者蒙格瑞奇的一部纪录片《为了神做件美事》（*Something Beautiful for God*）感动世人，也使特蕾莎修女终成世界名人。

特蕾莎修女的修行世界

特蕾莎修女的位置非常特别。天主教会存在已有两千年。在世俗世界的眼中，很容易把天主教会这样的宗教组织和神相提并论。其实这只是一个误解。信仰是非常“个人”的事情。就基督教徒而言，也就是一个个人，相信了神和基督的存在，信了《圣经》是记录神的教导以及神和人之间发生过的种种事情。而对于非基督徒来说，这只是一些神话故事和历史事件记录的混合。一个“信”字，是他们之间的分界。

可是，基督徒并非是铁板一块。道理非常简单，他们本身只是凡人，他们只是在按照他们所理解的神的旨意在行事。理解错了的事情也是经常发生的。经过两千年，今日之基督教徒更倾向于理解神引导下个人灵魂的提升，是走向谦卑感恩的过程，倾向于理解神的旨意是传播爱和放弃仇恨怨恨。因此现代传教士去到贫苦战乱之处，往往一句说教都没有，只是在那里救助做工。而越是在早期，人在神的借口下越自大狂妄、罪恶越多。人的领悟需要时间和过程。因此早期天主教会这样的宗教组织，往往出现擅自以神的名义迫害异端甚至敛财行恶的行为。

修行生活就是这样出现的。一些天主教徒出于对某些教会的失望，决心以一种相当极端的方式，把个人灵魂的提升做到极致，因而放弃所有的个人世俗享受。当然，各个修行派别之间也有程度的不同，但是大同小异。他们把自己交给上帝，不论把自己关在窄小的修行室，还是如特蕾莎修女那样走入贫苦的人群中，做的事情本质是一样的，都为个人修行。也就是在神助之下，通过某种方式，提升个人灵魂。救助也并不看重“自己”，不提个人成就，他们只是在传达“神的旨意”，服务于神。

特蕾莎修女和世俗世界相遇

这是修道院存在的原因。修院高墙内的封闭环境，使得修士修女的实现意愿变得容易。而如特蕾莎修女这样“自行善事的自由修女”，必定会遇到更多困扰，因为她和世俗世界遭遇，有了太多纠葛。

一开始，特蕾莎修女作为一个外国人和天主教徒，受到印度教区婆罗门阶层的强烈反对。但是她毕竟是在救助印度人、印度教徒，也就渐渐被接受。她和世俗世界的更大纠葛，是她接受了世俗世界所给予的荣誉。接受蒙格瑞奇的纪录片拍摄就是一个开端。1971年教宗保罗六世颁给特蕾莎修女的“教宗若望二十三世和平奖”还是宗教界的荣誉，但是对修行者来说已经不同寻常。接下来是世俗世界的一系列奖项：1971年的肯尼迪奖、1975年的史怀哲（Albert Schweitzer）国际奖、1985年的美国总统自由勋章、1994年的美国国会金牌、1996年11月16日的美国荣誉公民以及许多大学的荣誉学位，其中包括最受人瞩目的1979年诺贝尔和平奖。这些荣誉又把她带进许多新闻发布会和记者采访。

诚然可以说，特蕾莎修女的工作需要大量来自世俗社会的捐款，她的知名度帮助了她工作的开展，也就是推动了她承诺于神的慈善——“成为神的光”。可是，既然特蕾莎修女如此深度地进入世俗世界，这个世界也必然以他们的标准来侵入和对她提出要求。因此特蕾莎修女也没有一刻不在受批评之中。这些批评包括：她的组织财政状况是否应该向公众公布、她所获得的荣誉是否和她的工作相称、她属下的医疗护理质量是否符合标准、她本人接受高水平治疗说明了什么、她是否敦促下属为非天主教徒施洗、她的机构接受的部分善款是否用于传教而非救助，等等。

假如特蕾莎修女只是特蕾莎修女，是一个完全沉浸在宗教情感之中、单纯追随基督“成为我的光”的神旨前行并在救助穷苦的普通修女，这些问题就不成为问题：她只是一个追随神的个人，她按照自己对神的“做对事情”的理解，鼓起勇气去做就是。对错只要她自己向上帝交代。可是现在，她接受了世俗荣誉，成为此岸的一个世俗英雄，这些要求就又不能说是无理的，因为世俗世界本来自有它的一套道理和逻辑。

不同的视角

《特蕾莎修女：成为我的光》一出版就引起轰动，是因为书中揭示了特蕾莎修女曲折的信仰之路，她并不是人们想象中的信仰始终坚定者，她在长达几十年的时间里，曾痛苦于自己听不到上帝的声音，甚至曾经因呼唤而得不到回应怀疑过上帝的存在，她的信仰有漫长的失望、绝望的“黑暗期”。在刚刚开始助贫工作几年后的1953年，她在致一名主教的信中说：“请特别为我祷告，让我不致破坏主的工作，也可让主彰显自己，因为我内心有着可怕的黑暗，如一切已死，从我开始这工作以来，或多或少一直都是这样。”将近五十年，特蕾莎修女始终以各种方式，叙述她内心经历的黑暗，五十年来，她常常在深重的苦痛中难以自拔。

这本书引发了对特蕾莎修女的异议：作为世俗世界公众人物的

特蕾莎修女

特蕾莎修女，从来没有在公众场合表露过她内心的信仰黑暗期。尤其是在1979年，书中显示，9月份，她给一名天主教神父写道："基督对你有一份特别的爱，而对于我，沉默和虚空实在太大，我看，却看不见，我听，却听不到。"可是在一个多月后的诺贝尔和平奖颁奖仪式上，她表现得正面而信仰坚定。她谈到圣诞之日提醒这个世界"传播着的喜乐是真实的"，因为基督无处不在，"基督在我们心中，基督在我们遇到的穷人那里，基督在我们给予和接受到的微笑中"。

有意思的是，新书引出的反映也明显表现出两个世界的视角不同。世俗世界的震惊更多地表现出俗世对完美英雄的期待，而对特蕾莎修女的艰难信仰历程很难理解。从这个角度引出了包括心理分析在内的各种理性分析；也有人因此产生了"上当受骗"的感觉；甚至还有嘲笑的，说特蕾莎修女只是乡村歌曲中的典型女人，丈夫说是去买包烟却就此消失，而她还在那里几十年痴痴地为他举着火炬。世俗世界的人们也会善意猜想：新书出版，对那些和特蕾莎修女具有同样信仰的基督徒，甚至对一些有大量基督徒的国家，会形成怎样的震撼冲击？

冲击是有的，但是和人们想象的并不一样。对大多数基督徒来说，他们确实是第一次知道特蕾莎修女的内心挣扎。可是相比世俗世界，用他们的视角看去，这本书所揭示的内容不仅很容易接受，而且可以是非常正面。美国一个宗教界人士称这本书是“特蕾莎修女提供的新的救助，是她以内心生活书写的救助。它会被人们记住，其重要性不下于她对穷人的救助。它会帮助那些经历信仰疑惑、上帝曾在心中缺席的人。他们是什么人？是每一个人：无神论者，怀疑者，寻求者，信仰者，每一个人”。

差异传达了两个世界不同的人生观。世俗世界强调个人的独立、自主，寻求个人的成功和荣耀，也因此会倾向于塑造完美的个人。而在宗教信仰世界里强调原罪，内心存在黑暗，信仰就会出现困惑，这是人需要上帝引领的理由。在信徒那里，人的位置是谦卑和感恩，成功与荣耀都归于上帝，本来就不属于自己。

特蕾莎修女的信仰

那么，特蕾莎修女究竟是有信仰，还是没有信仰呢？

世俗世界在质问：她几十年来一次次写着、祷告着，白纸黑字，证明她没有看到听到神，故而当然是“不信”的。信仰的世界回答说：特蕾莎修女每天早上四点半起来祷告，在听不到看不到的黑暗中，祈求神的回应，坚持几十年直至生命终结。假如“不信”，倒头呼呼大睡就是，还理他干吗。这是理性和信仰的经典对话。

特蕾莎修女在她1961年写给朋友的信中说：“这么多年，我第一次开始爱上这份黑暗——因为我相信，这只是基督在世上经历过的痛苦和黑暗中非常非常微小的一部分。”她感到基督这样对她说：“我知道你是最不胜任的人——软弱且罪孽深重，正因为这样——我用你来彰显我的荣耀。你会拒绝吗？”这在世俗世界中被理解为幻觉和妄想，在信仰的世界中却是正常的。

自从进入救助工作，特蕾莎修女每天面对深重的人间苦难和无助，内心煎熬可以想象。更大煎熬是进入世俗世界后内心承受的意外压力和干扰。特蕾莎修女站在出发点时简单的修行生涯就此变得复杂。修行是面对自己，承受苦难是修行的一部分，这是对自己而言，并不能外延扩大到对普遍苦难的看法，后者是政治。在记者会上，她必须在记者的压力下，回答诸多不应该是她回答的问题，甚至要给世界的苦难一个解答。世俗提问常常超出对一个修女的合理要求。她的开始，是追随一个召唤：基督说，来吧，来吧，成为我的光！而她走出修院，巨大的世俗世界在异化扭曲她的初衷和使命，以世俗对褒扬的理解来奖赏她，也要求回报。一个修女和神之间的关系、她的内心世界，本来是她自己的事情，现在，或站在记者会上，或站在领奖的讲坛上，整个世俗世界在理所当然地要求她公开最隐秘的—— 一个修女的内心。这本身就是强横无理的要求。

最后，特蕾莎修女被压在两个世界之间，渐渐发现，她在这个夹缝中已经不可能挣脱。她生前一直要求把她在教会的内心告白销毁，她说一旦公之于世，人们必将更多地谈论她，而不是关注基督。教会拒绝了。她知道那是教会的传统。她却更无奈地知道，世俗世界对基督并无兴趣，有兴趣的只是眼前出现一个女圣人，外部光亮耀眼，却不是她要做的那一束光。世俗的最高褒扬没有令她喜形于色，相反，她陷于更深的精神危机之中。

这本书最终让我们看到，特蕾莎修女内心的信仰、挣扎、探索与她的救助工作相始终，她和世俗的慈善人士不同，虽几十年身陷世俗重围，但在本质上她仍然是一个修女。

基督徒读《古兰经》

北卡罗来纳州的教堂山（Chapel Hill）是一个美丽宁静的小城，这个小城有美国第一个州立大学——北卡大学。8月19日是新生注册的日子。开学第一天，一早上气氛就有点紧张。各大媒体报道，教堂山今日要出新闻。

每个新学期，北卡大学和其他很多大学一样，为新生制订一项阅读计划，指定读物并组织学生讨论，其目的是使新生尽快融入大学的学习环境。本学期指定新生阅读的，是一本带注释的《古兰经选读》。一个保守基督教民间组织把这个阅读计划告上了法庭，指责州立大学实施这样的阅读计划，违反政府不得扶持任何一种宗教的政教分离原则。这一指控在联邦地区法庭败诉，原告立即上诉到联邦第四巡回上诉法院。这一天，学校已经开学，可到底能不能组织学生阅读《古兰经》，却还等着上诉法院的裁决。

上午十点钟，裁决下来了。上诉法院维持原判，出于学术自由的原则，州立大学组织学生选读和讨论《古兰经》，并不违反政教分离的原则。

这一下大家总算松了一口气。有这一争议在先，反而使新生的阅读讨论更加热烈。这些学生，当然大部分来自美国主流宗教基督教家庭，现在更是对《古兰经》满怀好奇，议论纷纷。校方说，我们期望的就是不同的看法可以得到讨论交流的机会。

败诉了的基督教民间组织十分不满，他们说，这是法官们在“政治正确”压力下的裁决，如果校方指定阅读的是基督教《圣经》，大概就会受到违反政教分离的判决，而现在校方指定阅读伊斯兰教《古兰经》却说是学术自由，这说明法庭在实行双重标准。

我们站在旁观者的立场来看，说法庭使用了双重标准，平心而论也不是一点没有道理。

美国是一个宗教气氛浓厚、宗教自由度比较大的国家。世界上所有宗教，不管是源自东方的还是出自西方的，不管是原始的还是现代的，不管是和平的还是好战的，都在美国有组织、有活动、有发展。不管什么时候什么地方，碰到一起就要打的不同宗教，在美国都有，可在日常生活中都得和平相处，基本打不起来。这是为什么？

这是因为美国的法律对待宗教有两个原则，一个叫“宗教自由”，另一个叫“政教分离”。宗教自由是对老百姓说的；政教分离是对政府和教会组织说的。

美国的主流宗教是基督教的各教派，所以，历来政教分离的鞭子是对着基督教的。联邦最高法院关于政教分离的判决，几乎全部是对基督教在公立学校、政府部门和公共场合的限制，比如，公立学校不能在课堂上讲授《圣经》，不能带领学生祷告，包括球赛以前公立学校球队也不能集体祷告。

显然，在读书这个具体问题上，政教分离和学术自由原则是冲突的。这是一个两难处境。政教分离是保障宗教自由，特别是保障非主流宗教信仰的必要条件，是宪法规定的原则；而学术自由涉及思想和言论开放，也是宪法规定的公民权利。在这一问题上的冲突，是没有单一解答的，只有相对妥协。司法裁定只不过是为冲突各方提供了一种现成而公认的妥协程序。

联邦第四巡回上诉法院对基督徒读《古兰经》网开一面，灵活地解释政教分离原则，反映了“9·11”以后美国朝野有识之士的一种担忧：必须防止对伊斯兰文明的偏见。正是在教堂山的北卡大学，“9·11”以后，师生们用各种方式表示对伊斯兰文明的理解和宽容。学生会主席号召同学们，在某一天穿上伊斯兰的传统服装，以表达对穆斯林同学的同情和支持，有几百个学生响应了这个号召。“9·11”以后，北卡大学和全国几乎所有大学一样，增设伊斯兰和中东的课程，阿拉伯语课程人满为患。北卡大学正在考虑要增加伊斯兰研究的专家职位。

当我们看到基督徒们在读《古兰经》的时候，应该想到：这是今日世界上的一件好事。

“在上帝之下”还是“与上帝无关”

2002年6月26日，位于美国西海岸加利福尼亚州旧金山的联邦第九巡回上诉法院由三位法官组成的上诉法庭以二比一作出了一项裁决：公立中小学里学生们每天朗诵的“忠诚誓言”中，在“上帝之下”这个短语，违反了宪法第一修正案中关于禁止政府扶持任何一种宗教的规定，违反了政教分离的原则，是违宪的。

在东海岸的联邦首都，参议院正在辩论一项军事法案，听到这一消息，立即中断了正常辩论。除了一位正生病住院的参议员外，参议院以九十九比〇一致表决，批评这项裁决。当天下午，众议院的部分议员，集合在国会大厦前的台阶上，面向国旗，手抚胸口，齐声朗诵“忠诚誓言”，齐唱“9·11”当天晚上国会议员们在同一地点唱的歌：“上帝保佑美国”，意义非常明确，抗议联邦法庭的这项裁决。

这一次，无论是共和党还是民主党，无论是自由派政治家还是保守派政治家，纷纷向媒体表态，谴责这项裁决。白宫发言人说，布什总统认为这项裁决是“荒唐的”。参议员多数党领袖、民主党的汤姆·戴希尔（Tom Daschle）称这项裁决是“愚蠢”的。

最激烈的反应来自于保守的宗教团体。美国法律和正义中心（American Center for Lawand Justice）的杰伊·塞库洛夫说：“我认为该法庭的意见是荒唐的。这是法庭第一次主张有‘在上帝之下’这句话的誓言违宪。他们平白无故地制造了一个宪法危机。”

各大媒体的网站几乎都在第一时间公布了这一消息。当天的电视里，这个裁决成为头条新闻，成为电视讨论节目的主要内容，而支持法庭裁决的声音却相当微弱，这种似乎一边倒的局面在美国历来的宪法争议中是罕见的。原众议院议长金里奇在电视上说，应该请作出这项裁决的两位联邦法官下台，因为他们的脑子太脱离现实了。这种过激的说法当然很少有人当真，因为谁都知道，联邦法官是终身制的，宪法规定，只要他们品行端正，就不能弹劾他们。

但是，并不是没有不同的声音。在以后的几天里，电视上出现了宪法专家，专家认为法庭的裁决显然是有道理的，表示支持这项不讨好的司法裁决。因特网上的表达更为自由，很多人表示拥护法庭的这项裁决，认为这项裁决符合政教分离的宪法原则。我们的朋友山德尔是犹太人，他毫不犹豫地表示支持这项裁决。他说，从他小时候起，“忠诚誓言”里的“在上帝之下”一句，就让他感到不舒服。尽管人家告诉他，这个“上帝”并不特指哪个宗教的上帝，但是他知道大家脑子里想的都是基督教的上帝，对他这个犹太孩子来说，那就是“别人的上帝”。

6月27日，裁决公布后第二天，第九巡回上诉法院宣布，这一裁决将接受该法院全体法官的复审。电视上请来的专家们说，这个裁决很可能通不过复审而胎死腹中。即使能够通过复审，这个争议无疑会上诉到联邦最高法院，而联邦最高法院支持这个裁决的可能性微乎其微。

不过，事情并不如舆论表达的那么单纯。这个仅仅涉及口头上两个单词的“在上帝之下”能在二十一世纪终于引爆宪政冲突，应该放在美国社会世俗化的历史背景下来考察。

忠诚誓言

“忠诚誓言”是美国公立中小学学生每天在操场上或教室里一个简短的仪式上，面对国旗朗诵的一段话：我宣誓忠诚于美利坚合众国国旗和它所代表的共和国，一个在上帝之下不可分割、人人都有自由与正义的国家。

这一段话一开始和政府没有关系，是美国民间自己的创作，用于在仪式上对孩子们的教育。1942年，在第二次世界大战中，全体国民的团结和对国家的忠诚在战争期间成为非同小可的事情，国会才通过决议动员全国中小学每天在仪式上师生一起朗诵。1942年的版本中没有“在上帝之下”这几个字，而且仪式和朗诵都是自愿的而不是强制性的。

1954年，美国人在冷战中看到了核大战的威胁，产生了文明灭绝的恐慌。这种恐慌的一个重要原因是对自己对手的思路和行为没有把握。美国人认为核战争之所以危险，很大程度上因为苏联是无神论意识形态下的专制国家，是什么都做得出来的。为了要强调美国人民是“敬畏上帝的人民”，在存亡威胁的时刻获取精神力量，艾森豪威尔总统向国会提出议案，在“忠诚誓言”中加入“在上帝之下”这几个字。

1954年版本的“忠诚誓言”，至今已经用了将近半个世纪。这半个世纪，是美国民权意识及其社会规范大为提升的时期。联邦最高法院裁决案有将近一半涉及民权问题，多次对涉及宪法第一修正案中政教分离和信仰自由的条款作出裁决。无论哪一级政府，利用纳税人的钱或资源帮助、扶持任何一种宗教，会被判定违反政教分离原则，是违宪的。比如，在公立学校的仪式上、毕业典礼上集体祈祷，公立学校运动队在比赛前举行的祈祷，都是违宪的；在法庭墙上或公立学校教室里张贴悬挂基督教的十诫，是违宪的；在公立学校里讲授基督教《圣经》，是违宪的。在这半个世纪里，特别是在二十世纪六十年代以后，有不少人看到了公立学校每天的“忠诚誓言”中“在上帝之下”这个短语的宪法问题，但是取消这个短语所必须经历的司法程序，却一直没有开始。其原因在于，联邦司法系统，特别是最高法院，虽然有解释和裁判法律的权力，但是根据宪法中的“案件和争议条款”，它必须恪守“司法自制”的原则，简单地说就是“不诉不审，不审不判”，它不能主动对任何问题发表意见，而必须有人告上门来，形成一个案件或争议。如果民众不告，对于司法系统来说，这个问题就不存在。美国联邦最高法院从来不在具体案件或争议的判决之外对法律作出解释。在美国历史上，国会和白宫曾经多次要求最高法院对某些问题提出司法系统的意见，都被最高法院拒绝。这样的约束，恰恰是为了防止司法沦为国会和白宫的附庸。

另一方面，民众告政府的案件要使法庭接受的话，还必须符合一定的条件，比如，争议中的问题已经涉及具体的伤害，而司法程序能够对这种伤害作出弥补；争议中的冲突和伤害是现实已经存在、已经发生的而不是预见的或者想象的；争议中的伤害和司法程序能够作出的补偿还没有过时；冲突的双方都在，而不是只有某一方要求对争议作出裁决，等等。有些人以为，只要是一个个人或是组织，对某条法律有“违宪”的看法，就可据此告上法庭，这是对“司法自制”原则缺乏了解。其实在这些“违宪”指控前面，都必须有“伤害”存在。所以，若一个组织对某法律不满，想要挑战司法，则必须先找出“伤害”事实，并由受伤害者或其代表提出起诉。这样的条件，有时候并不如想象的那么容易满足。特别是在地方法律中，有很多历史遗留下来的成文条例，早已陈旧淘汰，不再强制实施，却仍然存在于法律文本中，就是因为这种不再强制实施的旧法律没有了被伤害者，缺少司法挑战的机会。

这样，就在最高法院作出禁止在公立学校祈祷等政教分离裁决的同时，我们还可以看到一些逻辑上矛盾的现象：在政府主持的公共场合，常常听到人们公开提到“上帝”。在美国发行的所有钞票上，印着“我们信任上帝”；在法庭和国会的正式听证会上，所有证人要手摸《圣经》，发誓说实话，并祈祷上帝帮助；即使是总统的就职誓言和法官们的就职宣誓里，也会祈求上帝帮助。尽管从理论上说，这儿的“上帝”并不特指基督教的上帝，而可以是任何信教者心目中的上帝，但是这种仪式和基督教信仰的历史渊源是无法否认的。美国的一些法定假日，比如圣诞节，其基督教节日的来源是毫无疑问的。

原则上讲，这些场合提到“上帝”不是强制性的，而是自愿的。而法庭要求证人在作证以前必须宣誓，却是强制性的，宣誓以后说的话就是“在誓言之下”，此后说假话就是伪证罪。在欧洲历史上，这种宣誓曾经是一种宗教要求，表示你是在上帝面前发誓，是对着上帝作证。随着历史演变，现在法庭承认民众宗教多元化，证人可以选择自己信仰的宗教象征来宣誓，也可以不引用宗教对象而宣誓。也就是说，理论上，证人在法庭上可以带一本犹太教的《五书》，或者一本伊斯兰教的《古兰经》，或者带一本佛教的《金刚经》去宣誓，并表示要菩萨保佑，或者宣布自己是无神论者，不对任何神，仅仅对法律起誓。联邦法庭曾经作出裁决，这样作出的宣誓，在法律上的效果完全相同。

现在就可以理解，尽管有很多人面对这些一再提到“上帝”的公共场合感到不舒服，但是对此提起司法挑战，却必须有一定的条件，你必须向法庭证明，你受到了侵权或伤害。而这些提到上帝的场合的“自愿”或“自主选择”的规定，使得你很不容易证明这种场合的侵权或伤害。这就是“忠诚誓言”一直用了半个世纪，用到二十一世纪的原因。

终于，机会来了。

纽道诉美国国会案

迈克尔·纽道（Michael Newdow）是加州一所医院急诊室的医生，四十九岁，是一个坚定而热忱的无神论者。他有一个八岁的女儿，在公立学校二年级读书。根据加州的法律和学校所在学区的政策，学校老师每天都会带领“自愿的学生”，朗诵1954年版本的忠诚誓言。根据美国人公认的概念，未成年孩子的权利和利益由孩子的父母或法定监护人代表，要把孩子培养成什么样的人，这是父母或合法监护人的权利，而不是国家、政府或任何团体的权力。纽道当然希望自己的女儿也像他一样，是一个无神论者。可是每天在学校里由老师带领宣誓，频频提到“在上帝之下”，等于在向他女儿灌输宗教意识，这使他相信，自己女儿的合法权利遭到了侵犯。尽管法律规定，宣誓是自愿参加的，他女儿完全可以不参加宣誓，但是作为一个二年级的孩子，这就等于被排斥在集体活动之外，而且还要听到同学们在老师带领下的宣誓，这仍然形成了一种伤害。

纽道后来接受CNN采访的时候披露，早在1996年，有一天他看着自己手里的一枚硬币，看到上面刻着：“我们信任上帝”，心里想：“我不信任上帝。这是我的钱，为什么要刻着信任上帝？”纽道在加州大学医学院毕业行医以前，还在密执安大学法学院学过法律，他相信宪法和法律是站在他一边的，政教应该分离，他的女儿不应该受到这种伤害。1998年，他住在佛罗里达的时候，就向法庭起诉，但是被法庭驳回，因为那个时候他女儿还没有上学，“伤害”只是他的预见和想象，法庭不接受。在他搬到加州，女儿入学以后，他再次走向法庭，提出民事诉讼，一口气把美国国会、美利坚合众国总统克林顿、加利福尼亚州政府、女儿的学校所在的学区、学区的督导，统统列为被告。

这就是“纽道诉美国国会”案。原告纽道要求联邦法庭下令取消“忠诚誓言”中“在上帝之下”的字眼，但是并不要求政府对他和女儿受到的伤害作出金钱赔偿，他不是为了钱去惹这个麻烦、打这个官司的。

在联邦地区法庭上，被告学区的律师向法庭提出主权豁免。美国国会、总统也向法庭提出，要求驳回原告的指控，声称政府官员只是依法工作，在这前提下具有不受指控的主权豁免，法庭只能对法律的合宪性问题作出裁决。地区法庭驳回了原告的指控，从而上诉到第九巡回上诉法院。

上诉法庭长达几十页的裁决书，一开始先要对司法权问题作出解释。裁决书指出，原告要求美国总统修改、取消或中止“忠诚誓言”的要求是不合理的。美国总统没有这个权力，该案涉及的是联邦某成文法的合宪性问题，总统不是该案一个合适的被告。

同样，根据分权、制衡的原则，联邦法庭没有权力干涉国会的立法，不能对国会该立什么法、不该立什么法发表司法命令，所以原告要求法庭下令是不合理的。但是，联邦法庭可以对1954年法令的合宪性问题作出判决。

然后，裁决书用相当的篇幅详细论证纽道的案子是不是能够成立，即纽道的合法权利是不是受到了实际的侵犯和伤害。裁决书重复以前第九巡回上诉法院的意见：“父母有权指导自己孩子的宗教培养，并据于此，有权保护他们的权利。”裁决书认定，在小学生的年龄，再加上在教室这样的封闭环境里，忠诚誓言无疑是向小学生传达了政府支持某种宗教而不喜欢别种信仰的信息。法庭认定，纽道和他女儿受到了“事实上的伤害”。

最后，裁决书考察1954年版本的“忠诚誓言”，在增加了“在上帝之下”的字眼以后，是不是违反了宪法第一修正案规定的：国会不得制定法律来“确立一种宗教或禁止信教自由”，即宪法第一修正案的“确立条款”。

法官古德温在裁决书中指出，国会当年增加“在上帝之下”的字眼儿，是为了强调美国和无神论对立国家的区别，这一做法是和宪法规定的政府不得扶持任何一种宗教的规定相违的。“确立条款”不仅禁止政府牺牲其他宗教来扶持和促进另一种宗教，也禁止牺牲无神论者的利益来促进和扶持任何宗教。

裁决书用冗长的篇幅引用了以往最高法院关于政教分离和宗教自由的诸多判例，最后宣布，1954年增加“在上帝之下”字眼，以及该学区要求教师带领学生朗诵带有这些字眼的“忠诚誓言”，违反了宪法第一修正案的“确立条款”。

七十九岁的法官古德温和七十一岁的法官瑞哈特投票同意这一裁决书，而六十三岁的法官费尔南德茨表示同意裁决书的前面大部分，却不同意裁决书最后对忠诚誓言违宪性作出的判断，他说：“人们要求我们支持这样的结论，认定这个国家忠诚誓言中‘在上帝之下’的短语违反了美国宪法的宗教条款。我们不应该做这样的事情。相反，我们应该认识到，这些条款原本不是要把宗教表达驱逐出公众思想；它们是为了避免歧视而写下的。”

他说，宪法第一修正案的宗教条款，最重要的是它要求“中性”，它实际上是最早形式的“同等保护条款”，即平等地对待所有的宗教信仰。他承认，有些人在公共场合听到这样的字眼儿会感到不舒服，可是同样，另外一些人会因为拿掉了这些字眼儿，不能朗诵这些字眼儿而感到不舒服，而国会必须面对现实，作出平衡。

政教分离和宗教自由

宗教和信仰的自由，被美国人看作最基本的民众权利，认为没有信仰自由就等于没有思想自由与精神自由，也就没有一切自由。而宗教自由在具体社会环境下的保障，取决于政教权力的分离。美国人认识到这一点，并且写进了他们的宪法。

四百年前，“五月花号”冒着风浪严寒来到北美的新英格兰，是为了躲避宗教迫害，寻找一块信仰自由的“上帝承诺之地”。早期北美殖民地的人们，多有虔诚而坚定的宗教信仰，却又怀着纯洁心灵、纯洁世界的理想主义而排斥异端。早期殖民地是政教混合的，和他们要逃避的政教合一的英国如出一辙。新英格兰的清教徒、宾夕法尼亚的教友派，种种逃出欧洲宗教迫害的新教徒们，却不能容忍互相之间的不同。殖民政权经常加入冲突，甚至酿成流血。著名的罗杰·威廉斯，由于其观点不能见容于马萨诸塞殖民当局，被迫出走，而后创建罗得岛殖民地，开始宗教自由的尝试。他是北美宗教自由的先驱。

1786年1月，弗吉尼亚州议会在詹姆斯·麦迪逊和托马斯·杰弗逊的倡议下，由杰弗逊起草通过了著名的《弗吉尼亚宗教自由法令》。在这个法令中，杰弗逊声称，信仰什么宗教，是上帝赋予人的天然权利，不受他人的强迫。他说：“如若我们允许政府官吏把他们的权力伸张到信仰的领域里面，容他们假定某些宗教的真义有坏倾向，因而限制人们皈依或传布它，那将是一个非常危险的错误做法，它会马上断送全部宗教自由，因为在判断这些宗教的倾向时，当然是这个官吏做主，他会拿他个人的见解，作为判断的准绳，对于别人的思想，只看是否和自己的思想相同或不同，而予以赞许或斥责。”

最后，托马斯·杰弗逊写道：“虽然我们都很清楚地知道，我们这个议会，只是人民为了立法上的一般目的而选举成立的，我们没有权力限制以后议会的法令，因为它们具有和我们同样的权力，所以，如果我们此时声明这个法令永远不得推翻，这没有任何法律上的效力；但是我们还是有自由声明，同时必须声明，我们在这里所主张的权利，都是人类的天赋权利，如果以后通过任何法令，要把我们现在这个法令取消，或者把它的实施范围缩小，这样的法令，将是对天赋权利的侵犯。”

《弗吉尼亚宗教自由法令》，是美国宪法第一修正案中宗教自由和政教分离条款的先声，而托马斯·杰弗逊最后写下的那段话，就是宪法第一修正案中关于“国会不得立法”条款的先声。《弗吉尼亚宗教自由法令》是如此重要，托马斯·杰弗逊在自撰的墓志铭中，没有一个字提到他曾任美国总统，却写下了他是《弗吉尼亚宗教自由法令》的起草者。

今天，我们依然可以看出，当二百年前美国宪法规定政教分离的时候，其实含有两重意义：一是防止政府扶持、促进某一种宗教，或者打击、镇压另外一种宗教；二是防止教会利用民众信仰和信徒的追随，来干预世俗政府事务。那个时代，真正的无神论者还很少，政教分离的具体实施就是在各种宗教，其实就是基督教各教派之间一视同仁。那个时代还没有提及“上帝”就会伤害无神论者的问题。这就是我们会在美国钱币上、在法庭上、在其他一些政府主持的场合听到人们提及“上帝”的原因。

新时代的新问题

北美殖民地是宗教信仰者寻求和开拓的理想之地。美国人一向认为自己是敬畏上帝的，并把敬畏上帝看作个人和社会的道德来源。然而，过去的一百年是美国民间迅速世俗化的时代。美国人，无论朝野上下，无论俗界神界，对建国之父们定下的政教分离原则深信不疑，可是在新的时代、新的社会条件下，哪些传统做法是过时的、是违背政教分离的，哪些只是承袭传统、是可以保留的，这却常常在民众中引起分歧，从而时不时地惊动最高法院来作出裁决。政教分离原则最流行的说法就是，在教会和政府之间，有一道“墙”。可是同时，基督教信仰的传统在美国社会和文化中根深蒂固，美国朝野的很多价值来自于他们的传统宗教信仰。也就是说，这道“墙”的两边，有一些共同的价值联系着。一位最高法院首席大法官兰奎斯特就曾表示，所谓教会和政府之间的“墙”，其实并不存在。

1984年，联邦最高法院曾经在一项裁决中判定，在美国钱币上印着“我们信任上帝”字眼儿，并没有违反宪法第一修正案的“确立条款”，因为这种字眼儿的宗教寓意，在人们日常生活的重复使用中，事实上已经消失殆尽了，也就是说，这种字眼儿出现在钞票上，已经不会形成对无神论者的冒犯和伤害。可是，中小学校里“忠诚誓言”中的“在上帝之下”呢？它是不是冒犯了无神论者信仰自由的宪法权利，是不是违背了政教分离的宪法原则？

“纽道诉美国国会”一案的裁决发表后，保守派纷纷谴责：是自由派的“政治正确”教条弄糟了事情。巧的是，这一裁决发表的第二天，6月27日，联邦最高法院以五比四的接近票数作出裁决，低收入家庭孩子从政府得到的教育资助，所谓“学费代用券”，可以用来支付上私立学校的学费。而全美三分之二的私立学校是教会学校。这等于是用纳税人的钱来支持私立教会学校。最高法院判决，只要学童作出上私立学校的决定是完全自主的，没有受到政府的干预，也就是说，政府没有故意动员、劝导或强迫学童上私立学校，是学童家庭完全自主地决定上私立学校，那么，允许学童用“学费代用券”来支付私立学校学费的做法并不违背“确立条款”，是符合宪法政教分离原则的。

第九巡回上诉法院对纽道一案的裁决公布以后，据《新闻周刊》

的民意调查，百分之八十七到百分之八十九的民众支持在“忠诚誓言”中保留“在上帝之下”的字眼儿。百分之五十四的人认为，政府没有什么特别的理由一定要避免提及宗教；百分之六十的人认为，领袖们公开表示信仰上帝，这对国家有好处。但是，显然大多数人都看到了当代美国文化的多元性：只有百分之二十九的人认为美国是一个“基督教国家”，而百分之四十五的人认为美国是一个“世俗国家”。百分之八十四的人认为，只要不明确表明是哪个“特定宗教”，那么在学校、政府建筑物和其他公共场合提到“上帝”，是“可以接受的”。尽管几乎所有的人都预言，纽道一案上诉到最高法院，多半会被最高法院推翻，可是回顾最近几十年最高法院的历史，就会知道现在如此断言还为时过早。几年前的焚烧国旗案，也是国会和白宫都表示支持，大多数民意也表示支持，却连续两次被最高法院以五比四判定违宪。最高法院的大法官们自有他们的思路和逻辑。这一次，关键在于，“在上帝之下”这几个字，到底是不是伤害了无神论者。最高法院将怎么判，是“在上帝之下”还是“与上帝无关”，还是让我们耐心等待吧。

续《“在上帝之下”还是“与上帝无关”》

这篇文章写在多年之前，趁着本书重版，在此补充一些后续内容。

有关“忠诚誓言”的案子，纽道起诉的理由是，在公立学校，虽然学生参与背诵包含“在上帝之下”短语的誓言是自愿的，但是，他的女儿假如不参加的话，就等同于被排斥在集体活动之外，而且，作为“无神论者”的女儿的这个孩子，还是可以听到誓言中的那句“在上帝之下”，因此他认为，该公立学校违反了宪法第一修正案关于国会不得立法“确立一种宗教或禁止信教自由”即“确立条款”，使得他女儿受到了“事实上的伤害”。因此，他向法庭提出起诉。

在2002年6月26日，位于加州的联邦第九巡回上诉法院裁决纽道胜诉之后，纽道女儿所在的学区，开始向美国联邦最高法院上诉，案子被称为“艾尔克·格鲁夫联合学区对纽道案”（Elk Grove Unified School District v. Newdow），该案在2004年进入联邦最高法院听证。

2004年6月14日，最高法院参与投票的八名大法官，以五比三的表决，认为此案不符法律程序，驳回了巡回法院的裁决。理由是，纽道和妻子离异时，法院裁决他的妻子拥有女儿的唯一监护权。也就是说，纽道的女儿作为当时只有八岁的未成年人，必须由她的监护人来代表她提起诉讼，而纽道不是监护人。按照法律诉讼的“审慎原则”，对于他的女儿，纽道就跟大街上一个路人一样，没有代表他女儿在法庭上说话的份儿。按照这个逻辑，案子起诉人的起诉权被否决，案子就成了没有合法起诉人的“伪案”，持这个“多数意见”的大法官们，基于“司法自制”原则，也就不能再进一步考察案子所涉及的宪法疑问。这使得左右两方大批等候裁决的看官们，大为扫兴。

案子以这样的理由被否决，失望导致大家不再进一步细查这个案子。实际上，跟踪下去，看看投反对票的三位少数派大法官的意见书，还是非常有意思。投反对票的是当时的首席法官兰凯斯特（现已退休），另外两名是如今也已退休的女法官奥康诺以及托马斯大法官。

首先，他们并不同意最高法院的“多数裁决”，即认为纽道无诉讼权。有关起诉权的争论主要由首席法官兰凯斯特写出“少数意见”，另外二人附议赞同。主要观点是：此案来自加州，根据加州法律，无监护权的父母，哪怕其宗教取向与监护人相悖，同样有权对孩子传达其宗教观念和进行宗教培养。虽然在这个法律之下，监护人仍然有一定的“否决权”，例如监护人可以利用“否决权”保护女儿，以“不让女儿因法律诉讼而过多暴露在媒体和公众视线下”等理由，阻止非监护人代表女儿起诉。但是，持少数意见的大法官们认为，这个“否决权”并不能否决纽道对“忠诚誓言”的司法挑战。因为根据加州法律，在这个案子中，虽然它的起因源于这个女孩，可是在这个父女组合中，纽道不仅是在代表女儿起诉，他也在依照加州法律代表自己，他是起诉学校的做法，侵犯了他本人向女儿传达自己无神论宗教观点的权利。少数派意见认为，此案动用“审慎原则”是过于狭隘了。

关键是，既然持“少数意见”的大法官们认为诉讼合法，他们三位也就可以继续“走下去”，考察这个案子所涉及的宪法问题。在这一部分，首席法官兰凯斯特写了代表少数派的意见，其余二位不仅附议，还各自写了自己的进一步分析。这样，至少让大家看到了最高法院的三位大法官有关这个宪法问题的思考。更何况，这三位意见一致的大法官，历来被认为分别代表了自由派和保守派的左右两方，所以，裁决意见并不是左派或右派的“一派意见”。

首席法官兰凯斯特意见书中也提到，国会于1954年将“忠诚誓言”加上了“在上帝之下”短语这项修正的发起人拉堡特（Rabaut）议员，于同年6月14日说明，修正的目的是将美国这个对上帝信仰的国家，和苏联这样一个无神论国家作出对比。必须说明的是，在现代美国人的主流观念中，仍然认为，某人是有神论者（不管你信什么神和是否参与宗教活动）多少意味着此人的世界观是“有所敬畏”，而不是无法无天。一个有神论的国家，也意味着它承认自然法的约束。当时的苏联宣称以国家名义信奉唯物主义和无神论，至今还是被许多美国人认为，这是区别国家本质的一个重要指标。首席法官在意见书中提及这一点的时候，和以前提到的上诉法院的古德温法官的意见不同，他不认为强调这个国家的有神论性质，就是违背了政府不得扶持任何一种宗教的宪法原则，而是认为，“在上帝之下”，只是对美国国家历史传统性质的一个描述，而且这个描述并非“忠诚誓言”的主体内容。他指出，在美国，虽然有数以百万计的人经常念这个誓言，却很少有人关注它的立法史。任何人都可能对这个短语得出不同看法，例如有人会认为“在上帝之下”的意思是“上帝引导了美国的命运”；有人则认为这是“美国之内有上帝权威”，如此等等。兰凯斯特认为，大家对“在上帝之下”的理解众说纷纭，还是因为誓言本身的关注点是对国家忠诚的爱国、守法概念，“对国家的描述其实是次要的”。

兰凯斯特大法官提到，在上诉法院作出对纽道有利的裁决之后，美国国会于2002年11月13日通过一个重申“忠诚誓言”法案，举出了广泛例证，证明宗教在美国政治发展史中的作用。他在意见书里也举了大量例证，许多和国会法案的例证重复，用以说明这个誓言只是历史地总结了美国领导者的立场态度；并且证明，在美国的公共纪念活动中，把上帝引入世俗的爱国主题，表明政府也正式承认美国历史上的宗教作用，这样的例子比比皆是。

在“少数派意见书”列举的例证中，最出名的是1789年4月30日，美国首任总统华盛顿在他第一次就职典礼上，在宣誓“维护美国宪法”之后，自己加了一句“上帝助我”，此后，这成为总统们就职演说的传统。另外，兰凯斯特列举了从华盛顿开始的一系列总统们的感恩节文告、林肯总统在美国内战中最著名的1863年葛底斯堡演说、1865年林肯总统的就职演说、威尔逊总统1917年在国会请求对德宣战的讲话、罗斯福总统在大萧条时代的就职演说、艾森豪威尔将军在著名的“D Day”即诺曼底登陆日对盟军的祝福，等等。以上内容都引入了有关“上帝”的语句；这样的例子甚至和法院有关，美国军事法庭开庭宣布词的最后一句话是：“上帝保佑美国和这个光荣的法院”，此宣布词的文本，至少可以追溯到1827年。话说回来，以上例证中的传统，凡延续到今天的，部分也成了有关“上帝”的系列司法挑战的对象，例如总统誓词和钱币上的短语。

兰凯斯特认为，“这些事件有力表明，我们国家的文化使公众认同它的宗教历史和宗教特征”，而誓言中的“在上帝之下”只是这种认同的一种表达。

传统确实在延续，最新例证是在几天前的2011年1月12日，奥巴马总统在亚利桑那大学为图森市枪击案举行的追悼仪式上发表演说，他不仅在讲话中援引《圣经》，最后也这样结束自己的讲话：“愿上帝赐福，愿我们失去的人永远安息。愿上帝关爱并守护幸存者。愿上帝保佑美国。”

首席法官兰凯斯特的基本观点是：美国公立学校学生每天背诵的“忠诚誓言”，其中那句“在上帝之下”，并不是在为某个宗教“背书”，或者说是在支持某个宗教，它仅仅是提供一个描述，即这个国家具有宗教传统。他认为，这个忠诚誓言是世俗世界（宣扬爱国）的产物，既没有在灌输宗教，也并不是在表达宗教热情。

附议“少数派意见书”的另外两位大法官中，被认为是保守派的托马斯大法官，提出的比较引人注意的补充意见是：他认为，宪法第一修正案有关政府不得支持任何一种宗教的规定，本来的文本意义就不是针对保护个人权利而言，而只是针对“禁止美国像某些国家那样，以政府名义建立一个国教”。而被认为是自由派的奥康诺大法官，在她的补充意见中则提到：既然与宗教有关的历史产生了这个国家有关自由的基本原则，那么在一些场合“仪式性”地引入或提及上帝和宗教信仰，就是一个很必然的结果。“假如法庭承诺宗教自由，却以切断其传统的方式来表示对它的尊重，这将是一件极具讽刺意味的事情。”她认为这些“仪式性”的宗教引入，对宪法的伤害是微不足道的。

可以预料，既然这个案子被联邦最高法院驳回的理由，并不是对宪法挑战的裁决，而是一个起诉权问题，就注定了新的同类诉讼会很快再起。果然，不到半年，2005年1月3日，加州的另外三个不具名家庭提出同样诉讼。同年9月14日，加州东部联邦地区法庭的卡尔顿法官作出了有利于他们的裁决。但是，这次裁决至今并没有导致上诉再次抵达最高法院。

一个有意思的插曲是，2004年最高法院裁决之后，国会一些议员因担心"上帝"最终会被某个司法裁决逐出"忠诚誓言"，就打算干脆"一了百了"，以手中的立法工具，彻底杜绝未来可能再次发生的同类司法挑战。这就是著名的2005年的国会2389提案，即《忠诚誓言保护法》，它试图跳过包括最高法院在内的大多数联邦法院的司法审查，立法保护"忠诚誓言"不被修改。2006年7月，该提案在国会众院以二百六十票对一百六十七票通过，却被参院否决。

这是非常典型的美国国会参众两院不同设置的效应。众议员来自小选区，一般来说，他们只需要考虑传达自己选区民众的意愿，也就相对更容易表现出民众情绪化的一面；而参议员每州只有两名，显得更为"精英"，往往表现得更深思熟虑。虽然法案由于参院阻挡，最终并没有通过和成为法律。可是众院的"努力"已经在美国司法和法学界引起轩然大波，不少法官和法律专家纷纷出来表态，认为这是立法分支试图干预司法分支的重大事件。纽道更是对此强烈抨击，他说这恰恰证明了国会是试图以政府力量支持宗教，有违宪动机。

纽道当然不会因挫折而停止他的征程，他有关"上帝"的司法挑战是全方位的。2007年，他把另一个里奥·琳达联合学区，告上了法庭。在重复他以前对"忠诚誓言"的诉讼同时，他还要求去除美国硬币、纸币上印有的“我们信任上帝”的短语。2010年3月11日，联邦第九巡回上诉法院以二比一的投票结果，作出了不利于纽道的裁决。这一次，两名法官认为誓言中的“在上帝之下”短语，带有“礼仪和爱国的性质”并不是宗教构建；也不认为硬币、纸币上有关上帝的短语违宪。但另一名持反对意见的法官，仍然认为这是违宪的。纽道还向联邦法庭起诉了一位著名牧师，因为他在布什总统2001年的就职仪式上带领了祈祷。此案纽道也没有胜诉。

就在几个月前的2010年11月12日，联邦第一巡回上诉法院在另一个与纽道无关的案件中作出裁决，认定学校让学生背诵“忠诚誓言”的“在上帝之下”，并不侵犯学生权利。

今天在美国，有一半的州是鼓励学生念“忠诚誓言”的。但必须强调的是，鼓励并非强制。作为美国国家法律，禁止强制学生背诵“忠诚誓言”。这也有过两个案例，一个案例发生在2009年的马里兰州，一个十三岁女孩由于拒绝念“忠诚誓言”被老师斥责，并且被带出教室，孩子的母亲在美国公民自由联盟的帮助下，最终使得老师道歉。而之前的另一个案子在2006年5月31日，由佛罗里达联邦地区法院裁定：一项在1942年建立的、要求学生必须背诵誓言的州法律违宪。这一裁定导致一个学区给一个学生支付了三万二千五百美元的赔偿金，因为这个学生选择不念“忠诚誓言”的时候，一个教师批评了他“不爱国”。

2008年12月31日，纽道联合一些团体和个人，代表无神论者，在哥伦比亚特区美国地区法庭，起诉参与总统就职仪式的联邦最高法院首席大法官罗伯兹等人，要求法庭下令阻止首席大法官带领奥巴马总统在就职宣誓时说“上帝助我”。理由是，宪法规定的总统誓言并没有这句话，是当年第一任总统华盛顿自己加上去的。所以，虽然当时仪式还没有举行，已经可以料定，到时候首席大法官一定会领着奥巴马说出这句话来。

在这个案子中，法官沃顿拒绝了纽道的要求。他说作为地区法官，他不觉得自己有权力签署一个命令，去限制联邦最高法院的首席大法官。再说，他也认为，总统要在誓词中特别加一句“请神助我”，也算是总统言论自由的权利。纽道之后继续上诉，也没有成功。

就在我写着这篇补充文字的时候，再次传来新闻：几天前，纽道又向最高法院提出上诉诉状，要求大法官们接受他的案子，再次审核关于美国硬币、纸币上“我们信任上帝”那句话是否违宪。由于这个案子在1984年最高法院已经有过一个裁决，所以估计这次纽道能够让大法官们再次接受这个案子的几率很低。但看看纽道，屡败屡战，斗志不减，替他算算，从他开始提起这项诉讼到今天，都已经过了十四年了。

从一开始关注有关“在上帝之下”的司法挑战，到今天写它的后续，感觉它就是美国集体思维的一个缩影。这个国家不是精英在思考，而是民众在思考，并且是以他们习惯的法理、推论的思维方式思考。这种习惯甚至在美国成立之前的殖民地时期就已经养成。每一个法律，都在不同年代、不同时代，经受司法复审的检验，在这个过程中，简洁的宪法文本又在实践中不断丰富和变得更明确。

大众在参与，每个人都可以像纽道一样，参与到这场讨论中，更多的人是在“看门道”中学习。一些重大法理问题，美国人其实并不急着找出一个结论，这是一个认识过程。在不同的时代推进中，大家在深化认识。认识出现反复，也是正常的。虽然民众中总是会出现两极的极端意见，就以纽道来说，他既收到过“死亡威胁”，也得到过自由思想英雄奖、人道先锋奖等等。而大多数人，还是以平常心看待这样的法律争论。这个国家就是这样，这是他们两百多年来的日常生活，制度提供了方便的途径，使得民众和国家的思考，有机会更顺利地积累，从而走向成熟。

2011年1月17日补写

关起门来，民主就死了

这是美国第六巡回上诉法院在“《底特律自由新闻》等诉阿希克罗夫特”一案裁决里的话。

《底特律自由新闻》是一家媒体单位，阿希克罗夫特则是美国司法部长。案子的起因是“9·11”以后，美国政府发现，恐怖分子藏身于大量合法的或非法的移民当中，实在是太危险了，连忙出动围捕移民当中潜在的恐怖分子。这样一共拘留了七百五十二人。司法部和FBI想从中得到更多的有关国际恐怖主义的情报，但是这种临时拘留不得不遵从规定的刑事调查程序，期限一到，你要么有了证据起诉，要么就得放人。到今年夏天，还有八十一人在押，其余的要么释放了，要么遣返回国了。

司法部扣押了这些人后，起初拒绝公布他们的名字。司法部长阿希克罗夫特在记者招待会上解释，现在是战争状态，公布名单等于向敌方通报情况。这样做还有一个法律上的理由：这些被扣押的人都不是美国公民，理论上说，美国宪法所规定的对公民权利的保护，不一定覆盖他们。但是，民间人权组织不依不饶，把司法部告上了法庭。把人秘密地抓了关起来连名字也不让外界知道，这在一个法治国家是无论如何也说不过去的，再有天大的理由也没用。法庭命令司法部公布被扣押者的名单，司法部只能照办。

后来，司法部说，有些人的遣返听证牵涉反恐怖活动情报，涉及国家安全，不能对外公开。由于遣返听证是在所谓移民法庭上进行，不是一般的司法程序，而是一种特殊的行政程序，这是司法部关起门来办事比较便利的地方。

在被扣押的人当中，有一个叫哈达德的黎巴嫩人，他在美国创立了一个叫“全球救援基金”的穆斯林慈善机构。美国政府怀疑这个组织向恐怖分子提供资金。为此，司法部决定他的遣返听证将秘密进行。《底特律自由新闻》等四家媒体单位，认为司法部的决定侵犯了他们的采访权利，向联邦法庭起诉。今年四月，底特律的联邦地区法庭判决，听证必须公开进行，并且命令司法部公布此前秘密听证的记录。

与此同时，在纽沃克和华盛顿的法官也在类似的案件判决中，命令政府公开遣返听证，并公布与反恐怖活动调查有关的记录。联邦司法部将哈达德一案上诉到辛辛那提的联邦第六巡回上诉法院。

8月26日，星期一，由三位法官组成的上诉法庭公布了对此案的裁决，维持地区法庭的判决。上诉法庭指出，美国在“9·11”遭受了严重的恐怖袭击，此后，政府展开了大规模的深入调查，加强实施移民法规是这一努力的一部分。在政府强化自己权力的时候，防止政府超常权力“豁边”的唯一保险装置是公众，是公众对政府行为的知情。

公众是通过媒体了解政府作业的，所以说，媒体是人民自由的保护神。法官引用最高法院以往的话：知情的公众是对政府滥用权力的最有效约束，只有公众能够保障民主政府的价值。然后，上诉法庭的裁决书里说了这样一段话：

> 关起门来，民主就死了。通过新闻自由，宪法第一修正案保障民众的权利，以了解他们的政府在遣返作业中的行为是否公正、合法、恰当。当政府开始关起门来的时候，它就有选择地控制了本来属于民众的信息。有选择的信息就是错误的信息。宪法第一修正案的创立者不信任任何政府来替我们区分好坏，他们要我们反对秘密的政府。

极右派：民主体制下必要的邪恶

2002年，法国大选，极右派勒庞崛起，在第一轮投票中获得百分之十六点九的选票，引起欧洲和世界舆论一片惊呼。法国人这次没有别的选择了，“宁选骗子，不选法西斯”，选民只得把票投给那些年声望不佳的右派希拉克。在第一轮遭淘汰的中左阵营社会党总理若斯潘、左派法国共产党都号召选民投希拉克的票。希拉克得到了百分之八十二的选票，成为现行选举制度实行几十年来得票最高的人。

极右派浮出是对民主的威胁吗？

勒庞以反移民为中心的言论，让欧洲人恢复了六十年的记忆。人们把他比作希特勒，把他的崛起看作是对民主的威胁。这种“威胁论”是一种贴标签法，省了很多动脑子和说理的力气，却回避了一个十分重要的问题：勒庞是在法定的民主选举中“崛起”，这一

“崛起”的下面，是在四千一百万名选民中有百分之十八的人认同他的主张和诉求。法国是一个成熟的民主国家。百分之十八的民众的诉求，不是一个小数目，理应得到政治家和国家管理者的严肃注意，这是民主选举制度的本意。人们纷纷指责勒庞引起争议的极右言论，却不问为什么会有百分之十八的民众支持他，如何对这百分之十八的民众的呼声作出回应？

尽管有记者撰文指出，投勒庞票的人动机各异，有些人是怀旧，有些人是同情纳粹或者是民族主义者，不可否认，这种人只是极少数。最热情地认同勒庞的人，大多数是身处底层、工作勤奋而贫穷的白人工人农民，他们认为左翼政府的政策降低了他们的生活水准，造成了不安全感，而且长期对他们的呼声和诉求置若罔闻。不管人们是不是同意他们的呼声和诉求，这次他们用百分之十八的数量迫使人们倾听他们的声音。所以，百分之十八的选票不是对民主的威胁，恰恰相反，它表明民主体制运行良好，不同的利益浮出水面，异见的声音得以表达，这正是成功之处。

从亨廷顿到布坎南

勒庞的要害是反移民，福利政策、犯罪问题等等是移民问题上派生出来的。法国人口中有百分之十左右是穆斯林，这是一个日益引起民众关注的问题。不过，要是说移民以及移民引起的社会问题和争议，法国不会比美国更厉害，那么勒庞在美国的同道有没有因此而崛起呢？

和法国不同，美国移民问题历史更悠久，但是移民问题对文化认同的影响却和欧洲差不多同时发生在最近的十来年。二十世纪六十年代以后，左翼的文化多元化成为“政治正确”的主导舆论，到九十年代“冷战”结束时，多元化趋势下的文化认同问题渐渐浮现出来。亨廷顿在他的文化冲突理论中强调，美国文化是西方文明的一部分。他对人口构成演变而导致美国丧失西方文明特质的未来忧心忡忡，批评克林顿行政当局面对这一趋势乐观其成的态度。

在移民问题上强烈批评现行政策的，首推右派政治家帕特·布坎南。布坎南出生于1938年，曾经是尼克松总统的顾问和演讲撰稿人，是共和党右翼的知名人士。

布坎南的观点和勒庞如出一辙。在移民、犯罪、福利、堕胎合法化等等问题上，他们的言论几乎是一个模子里刻出来的。勒庞反对欧盟，布坎南攻击联合国。布坎南观点的核心是：由于美国白人出生率低而少数族裔出生率高，再加上源源不断的合法和非法移民进入，美国的人口构成在演变，未来白人不可避免地会失去多数地位，而这意味着美国不再是美国，等于亡国。他的新著就叫《西方的死亡》，此书还有一个提示性的副标题：正在衰亡的人口和移民入侵怎样危及我们的国家和我们的文明。

1992年、1996年和2000年，布坎南三度竞争共和党总统候选人，三度失败。共和党人对他的极端右派立场也感到头疼，他后来作为改革党的候选人参选，民众投票总计为百分之一。他在政坛上“崛起”的可能性微乎其微，但是他仍然有这百分之一的铁杆追随者。左翼对他的戒心也像今日法国人对勒庞的警惕。不过，布坎南要得到百分之十八的民众选票迄今为止还是难以想象的。那么，既然移民问题在美国比在欧洲有过之而无不及，为什么极右派之“崛起”没有发生在这儿呢？

为什么没有发生在这儿

两年前，美国政治社会学家列普塞特（Seynour Martin Lipset）和盖利·马柯斯（Gary Marks）合著了一本研究美国社会主义工人运动的著作《没有发生在这儿》（*It Didn't Happen Here*），它也有一个副标题：为什么社会主义在美国失败了。他们考察探讨的是，为什么美国成为世界社会主义工人运动的一个特例，左翼工会、激进社会主义政党、激进工人运动为什么没有在美国“崛起”。如今我们探讨美国激进右翼没有像欧洲那样崛起的原因，几乎可以逐条从这本书中核实其原因。虽然是一左一右，道理却是一样的：这些激进左翼也罢，极端右翼也罢，都是成熟制度下社会现象的一部分。这些左翼右翼是和平的、合法的、有民众参与的政治博弈的结果。极端右翼和激进左翼，是难兄难弟，它们互为镜子，一同消长、轮流起伏、互相反弹。它们的存在是必然的，也是必要的。

《没有发生在这儿》探讨了激进左翼社会主义在美国始终没有蔚为大观的原因。

在制度层面上，美国的选举制度，特别是大选举团选举总统的制度，抑制了小党的活动。第三党崛起而获取百分之十几的民众选票已经相当吃力，在大选举团里却根本表现不出来。所以美国政界台上台下二百年来一直是两大党轮流。各派政治力量如果不想长期做无用功，浪费政治资源，就必须在两大党的活动中获取阵地。而两大党的松散的组织结构、公开的活动、好似市场竞争一样面向大众的风格，使得大部分民众可以在两大党的政纲中得到价值认同。小党和激进左右派是始终有的，但是两大党在当中，民众形成中间大两头小的分布。这是一种稳定的、即使变化也取缓进势态的结构。

在社会层面上，美国底层的大量移民来自于世界各地，移民的文化特征多元化，造成了工人组织多流派。任何政党都很难抹平移民的差别而将他们都统一到一面大旗下。社会主义工人政党经常采取的激进姿态，反而将新移民驱离于激进左翼之外。

在现代思想史上，美国并不是蛮荒之地。第二次世界大战之后，美国确立了世界强国的地位，它不仅是经济、政治和军事的强国，也是思想和观念的强国。各种思潮，左的右的，都在这儿发育，寻找认同和追随者。这儿不仅自然空间大，也是制度空间最宽敞的地方。基于美国宪法第一修正案的原则，信仰、思想和言论的自由在美国有特殊的地位。“二战”后在欧洲一些国家被法律禁止的纳粹活动，在美国却始终是合法的。历史上臭名昭著的三K党，主张暴力革命夺取国家机器的各派共产主义思潮，主张暴力反抗的黑人组织黑豹党，在美国都是合法的。也恰恰是这种较大的制度空间让民众有选择的自由，激进派无论左右就难以崛起了。宗教信仰的自由最为明显。在只有一个宗教的社会，宗教极端分子容易成为社会的危险，而在有动辄数以百计宗教派别的地方，什么宗教激进派别都难以坐大到危害社会的地步。世界上无论什么地方的无论什么宗教信仰，不管是激进的、极端的、好战的，还是宽容的、中庸的、和平的，在美国都有追随者和组织，但是没有一个组织能够崛起到动摇社会稳定的地步。

前几年，听欧洲来的朋友说，欧洲人，特别是知识分子，对美国政界和民间的保守颇有微词。法国人视美国为观念落后，在二百年前法国大革命时期就是如此，可谓源远流长。比较而言，这里面可以说有一种思想方式的不同。对于热忱地追求实质正义的欧洲知识分子来说，时代进步了，在观念上落后就是落后，进步和落后是可以分别得出来的。对于美国老百姓来说，观念也许根本就没有什么明确的进步和落后之分。所有的观念，或许都有其价值，一旦要作为全社会的行为规范，则有合适不合适的“度”的问题。

相比之下，勒庞当年在法国第一轮选举中得票百分之十六点九的时候，激进左派得票也高达百分之十。两个端点同时浮出，这几乎是一种规律。当时有四十万民众走上巴黎街头举行反对勒庞的五一大游行，他们期望极端右翼将被唾弃，事实上极端右翼不会因此而缩小，左倾政策走向极端反而会引起右翼反弹。这种现象，历史性的1968年已经演示过一遍了。

必要的邪恶

西方民主国家极端右翼不约而同地以反移民为政策诉求，纷纷在民主选举中“崛起”，反映了全球化将要面临的利益冲突和文化冲突，这种冲突不仅将在地区之间发生，而且首先在西方发达国家内部展开。这种冲突的来源，至少可以追溯到“二战”后的民族主义高涨，追溯到二十世纪六十年代西方的观念革命，更直接地追溯到最近几十年西方社会政策的普遍左倾。极端右翼“崛起”也可以看作是，某种寻求利益平衡的反应。

民主制度的本意不是回避民众中的价值和利益冲突，而是诉之于以制度程序来寻求利益的平衡、价值的妥协。极端分子、激进分子和好战分子的活跃，潜存着一种对现有秩序的威胁。民主制度处理极端分子崛起的方式不是运用国家权力和社会公共资源来压制其诉求，而是依赖程序的运作，让不同利益和价值诉求反映到政策的平衡上。

作为新移民，我们不赞同帕特·布坎南的极端右翼政治观点。可是我们也觉得，正是在体制长远健康的意义上，美国社会应该感谢极左派如乔姆斯基，也应该为极端右派布坎南的浮出水面而欣慰。布坎南是为美国预防未来重病而打的防疫针，是民主制度下的必要邪恶。极端右翼和激进左翼一样，都是社会政策的一种观察标杆，它为政治家标出了危险区域的边界：任何看上去良好的动机，任何听上去美好的理念，都有现实的局限；不要为单一理念所惑而向一侧滑得太远。否则必然会引起反弹，今日微不足道的百分之一，明天突然就会崛起成为百分之十八，吓你一身冷汗。

的确也是，不管激进左派或极端右派的言论在你听来是多么刺耳，保证他们能够浮出水面，让他们参与为这个社会的变革提供思想资源，是社会制度健康的标志。而这比任何左右之争都更重要。

坦白从宽也要言而有信

——美国联邦最高法院对一件检辩交易案的裁定

2002年6月5日，美国联邦最高法院以八比一的多数票对“美国诉赫伯”一案作出了对被告赫伯有利的裁决。此案的要害是所谓检辩交易问题，就是在刑事诉讼过程中，被告用认罪或交代来换取较轻的控罪，相当于我们熟悉的“坦白从宽”。

美国人都知道，他们的联邦宪法有一个宪法第五修正案，主要内容是，受到检察官指控的人有保持沉默的权利，也就是说，他如果觉得坦白了对自己没好处，他就有权不坦白。任何人如果觉得说了会“自证其罪”，就有权不说。检察官不能用“抗拒从严”相威胁。宪法给予被告这种权利，主要就是为了杜绝逼供信，因为逼供信是司法不公的主要肇端之一。

可是，事实上检察官在调查和起诉的时候，总是希望得到被告一方的配合和帮助的。所以，检察官经常会和嫌犯谈判达成交易。嫌犯用认罪来换取较轻的控罪，这样从检察官一方来说，就免去了冗长而困难的诉讼过程，而被告一方则得到较轻的惩罚，甚至免予惩罚。有时候，检方为了取得一些重要证据，会用免予起诉，即给予一个豁免，来换取嫌犯提供这些证据，或在法庭上为检方作证。这种情况在起诉有组织犯罪，比如对付黑手党的时候用得很多，因为有些证据非内线人物无法取得。

美国的检辩交易和我们熟悉的“坦白从宽”有点不一样的是，嫌犯是通过他的律师和检察官谈判的。这种谈判的讨价还价，形式上和做生意几乎没有什么两样。检察官是用从宽或豁免来换取坦白；嫌犯则利用手里掌握的证据，根据检察官想得到这些证据的急迫性，来达到对自己最有利的从宽程度或豁免程度，达成交易才肯松口认罪坦白。

检辩双方之所以要谈判才达成交易，是因为如果达不成交易，到了法庭上，在中立的法官和陪审团面前，双方都有输的可能。嫌犯有可能被判下很重的罪名和刑罚，检方也有可能因为手中的证据说服不了陪审团而诉讼失败，让到手的罪犯逍遥法外。检辩交易谈判的时候，手里的筹码就是将来万一到了法庭上，胜算的可能性有多大。所以这样的谈判都必须由双方的律师来十分专业化地进行，实际上是建立在对庭审结果的预计上。如果双方的预计相差很远，那就很难达成交易。如果预计是一致的，通常嫌犯的律师会劝嫌犯接受交易。

可见，美国刑事诉讼中的检辩交易和我们熟悉的“坦白从宽”的最大不同是，它是先谈判好了，讲好条件、达成交易，然后才坦白的，而不是先坦白了，看你坦白的程度、坦白的态度、坦白的成绩，然后酌情来给你从宽。美国的检辩交易是按照法律程序达成的一种契约。

那么，像所有的契约一样，在达成以后执行的过程中，又产生了争议或分歧，比如说，检察官在事后发现他给出的“从宽”条件太

“宽”了，像做生意签下了一个赔本的买卖一样，起了反悔之心，怎么办呢？这就会产生新的法律争讼，“美国诉赫伯”案就涉及这样的问题。

韦伯斯特·赫伯是克林顿总统夫妇在家乡阿肯色州的老朋友，也是一个老资格的法律界人士。当年，克林顿夫人希拉里也是法律界的新星，曾经被评选为美国最出色的一百名女律师之一。赫伯曾经和希拉里在白水土地开发项目中同过事。在克林顿的第一任总统任期内，他把这个小石城的老朋友任命为联邦司法部的副部长，是司法部的第三把手。可是好景不长，独立检察官斯塔尔对白水案的调查很快就查到了赫伯的头上。赫伯立即就从司法部副部长的位子上给撸了下来。斯塔尔抓住了赫伯的尾巴，不仅让赫伯尝了十几个月的铁窗滋味，也把当任总统克林顿和夫人弄得灰头土脸。

白水案如此小题大做，全是因为这里头要查的是总统克林顿。斯塔尔盯住的是克林顿。在调查赫伯的时候，他发出传票将赫伯传到大陪审团面前，要求赫伯交出有关白水案的十一个类别的文件。赫伯却援引宪法第五修正案予以拒绝，甚至拒绝回答这些文件是不是存在。按照法律，他有权保持沉默而不自证其罪。独立检察官斯塔尔想得到这些文件，就宣布给予赫伯以有限豁免，这意思就是说，只要你交出这些文件，从这些文件里发现的你的犯罪行为就不予起诉，给豁免了。

根据宪法第五修正案的逻辑，赫伯获得有关这些文件的豁免，在这些文件的问题上就不能再援引保持沉默的第五修正案权利了，因为你现在不会自证其罪了，你得到了不予起诉的豁免，谈不上有“自证其罪”的问题。

赫伯在这样的条件下，交出了关于白水案的总计一万三千多页的文件。

后来人们知道，独立检察官斯塔尔没能在这些文件中发现克林顿总统的问题。但是他在这些文件中发现了赫伯偷漏个人所得税的证据，而这是他以前不知道的。他想据此起诉赫伯。

联邦法庭驳回了独立检察官的起诉，理由是，这一起诉是直接或间接地建立在赫伯交出来的文件的基础上，而赫伯交出这些文件的条件是得到豁免。联邦上诉法庭要求地区法庭确定，检察官起诉的证据有哪些是在赫伯交出文件以前就掌握了的，如果检察官不能证明他预先就掌握这些证据，这个案子就不能成立。这样，这个有关是否能够起诉的争讼到达联邦最高法院。

联邦最高法院肯定了下级法庭的意见，作出裁定，独立检察官对赫伯的起诉应该予以驳回。大法官保尔·斯蒂文森代表最高法院的意见书里说：这些文件不是从天上奇迹般地掉到检察官的桌子上的，它们是在赫伯援引了他的保持沉默的宪法权利，得到检察官的豁免，达成交易以后而自动交出来的。独立检察官不能用这些证据来起诉赫伯。

用我们熟悉一点的话来说就是，说好了坦白从宽，就得言而有信。

佐治亚州的希望工程

刚从中国来到美国的时候，首先能够看到的两国差异，总是浮在最表面的东西。例如，当时中国读大学不要钱，而美国的大学需要相当昂贵的学费；又例如，当时的中国学生的学科限定非常死，在美国修课却很灵活，你可以随意选读自己想上的课，也可以随意地转系和转专业。选课更是随便，只要交一份钱，就可以上一门课，专业不论。这些结合起来，美国大学好像更有了“学店”的味道，就是交钱买知识。

我们所在的佐治亚州，从来就是美国的落后地区。一百年前，整个州只有七所公立高中。这里穷人居多，收上来的税少，公共教育的经费也就少。教育跟不上，经济受影响，穷人也就多。这是天天在那里发生的、长时期在起作用的非良性循环。在我们来到这里的时候，情况当然已经有所改观，整个州的公立中小学，已实行了免费的义务教育，并且覆盖了所有的适龄青少年。在我们看来，这里的高等教育也已经相当普遍，可以做的选择很多。有了各种助学基金，建立在社会信用制度之上的学生贷款制，也已经很完善了。

我们的一个朋友就是靠贷款读书的，她狠狠心贷了一大笔钱，上了一个在我们听上去像是天方夜谭似的船上大学。这个学校在一艘大轮船上，荡在海上的时候就上课，学习内容多为世界各国的历史和文化，上一段课就停泊在某一个国家，结合课本知识，眼见为实。她因此去过上海，还见识了柏林墙的倒塌。现在她辛辛苦苦地挣钱，连续还了几年的学生贷款还没还完，却一点也不后悔当初的选择。当然这是一个很特别的例子，可是也说明了学生贷款的普遍。

尽管如此，佐治亚州的教育经费和美国其他地方相比，还是严重不足，尤其是大学的助学金少，也就影响高等教育的发展和这个地区的前途。佐治亚的第七十九届州长米勒是个很实干的人，年轻时还当过几年的海军陆战队员。许多人认为，美国人的选举，是严格按照党派归属做选择，其实并不见得。佐治亚是一个典型的南方保守州，料想应该是偏保守的共和党占了天时地利。其实到了选举的时候，老百姓一人一票的选择，总是非常现实：谁能更好地替这里的百姓谋福利，就投谁的票。米勒是一个民主党人，却由于他的政绩，在佐治亚这个保守州，整整当了八年的州长，退休时还拥有百分之八十五的民众支持率，并且很快又被选为代表佐治亚州的两名联邦参议员之一。这就像在纽约，都料想这里是自由派倾向的民主党的天下，可共和党的朱利安尼却曾稳稳地连任市长、深得民心。

米勒州长始终认为，要根本改变佐治亚州的面貌，只有从教育着手，唯有教育是未来的希望，可是，上哪儿去弄钱呢？他苦思冥想着，慢慢地，一项计划逐渐形成。1991年1月14日，米勒州长向州议会提出了一项惊人提案，建议对佐治亚州的州宪法增加一项修正案，修正对彩票的禁令，开放彩票，把彩票收入的利润百分之百地用于教育，包括建立一项名为“希望”的基金，为大学生提供助学金。

这项提案在佐治亚州立即掀起了轩然大波。我们在中国的时候，以为美国人“开放”得不得了，到处都是赌场，其实远非如此。即使一些卖彩票的州，赌场仍然是被禁止的。至于该“开”还是该“禁”，它的决定权是在民众手里。其根据就是美国的自治原则：每一个地方，由老百姓自己决定，他们要过什么样的日子，要有什么样的规则，要不要彩票赌场这样的东西。所以，这样的决定，常常会引出一个州的全民公决。

佐治亚是出了名的保守州，在保守的民众眼里，要发行彩票，那差不多就是开赌了，洪水猛兽都将随之而来。于是，整个州都沸腾起来，进行了少有的全州大辩论。尤其在州众议院以一百二十六比五十一票通过，州参议院以四十七比九票通过，还需要全州民众公决的时候，收音机里尽是辩论，公路两旁经常可以看到持有不同观点的两派广告，那是他们各自用募捐来的钱做的宣传。这在宁静的佐治亚州是很罕见的现象。经过整整一年零十个月的辩论，在1992年11月3日，最后以一百一十四万六千三百四十比一百零五万零六百七十四票的接近比数，非常悬乎地通过了发行彩票的州宪法修正案。回想起来，米勒州长确实很不容易，对于他来说，这是一个重大的政治关口。假如因此得罪了大多数选民，他的政治生涯也就到头了。从民众几乎五五对峙的投票可以看到，这位州长为了筹措教育经费，究竟冒了怎样的风险。

法案通过以后，佐治亚州并没有急急忙忙地开始卖彩票，而是在米勒州长的主持下，在此后的九个月里，设立了三个独立的彩票基金项目：希望助学基金会、对四岁学龄前儿童教育基金会和专业技术基金会，建立和完善它们的具体运作规章。在一切基本就绪之后，1993年6月29日，佐治亚州才卖出了第一张彩票。出乎大家意外的是，佐治亚州彩票在第一年就创下全国纪录，销售额达到十一亿三千万美元。当年就为佐治亚州的这三个教育基金提供了三亿六千万美元的资金。这时，大家才暗暗地松了一口气——天，好像并没有塌下来。

由于美国的公立中小学教育早已经是免费的，所以米勒州长的计划是扩展教育的两端，就是免费的幼儿教育和高等教育。其中最重要的是资助高等教育的“希望助学基金”。希望计划随着基金的增长，在不断地扩展它的覆盖面，从一开始仅仅提供给公立大学的学生，到包括私立大学的学生；从资助两年，到资助四年完成整个本科学习；从仅仅提供给普通中学毕业生，到同样提供给由家庭教育的同等学历的学生，等等。希望助学基金不仅条件变得越来越宽泛，提供的金额也在增加。

2002年，佐治亚州的希望助学基金，已经可以向每个获得资助的公立大学学生，提供除了食宿以外的全部学杂费开支，私立大学学生为每年四千一百美元。希望基金对平均成绩在中等以上的学生提供更多资助，也大大刺激了学习热情。从这项计划1993年开始到2000年，在短短七年时间里，有五十万个佐治亚州学生，获得了总数为十亿美元的希望基金无偿资助。加上原来的联邦资助和各种其他助学和贷学金，在佐治亚这个全国闻名的落后州，孩子从四岁进幼儿园开始到大学毕业，几乎全部免费。人们已经在谈论，不用几年，读研究生也可以免费。这里的民众对高等教育的期待因此而被完全改变了。辛苦工作着的佐治亚州居民，不需要再为孩子的学费犯愁。他们对孩子的前途，完全有理由寄予更高的期待。千百万个家庭和他们的孩子，因此看到了希望。

希望基金的运作成功，和它严格的管理是分不开的。它的运作始终在阳光法案规定的监督之下，财务状况和运作过程完全是公开的。1998年11月3日，佐治亚人再次投票增加一项宪法修正案，保护希望助学计划不受未来的任何立法和政治干扰。就这样，一向被大家看作是落后的佐治亚州创造了一个奇迹。从1998年开始，由于希望基金的发展，佐治亚州已经连续四年，在全美国五十个州的大学生资助评比中名列第一。1997年，美国前总统克林顿还参照米勒州长的思路，提出了他的版本的全国希望助学计划。

我们在短短的几年中，亲眼目睹了这个变化，看到佐治亚州的普通人、年轻人，都因此而变得更为自信。回头望去，却惊讶地发现，我们离开时还不需交纳学费的中国，学费已经暴涨，成为家长的沉重负担。不仅大学，就连中小学、幼儿教育的费用也并不例外，而助学金制度却远远没有跟上。

于是写下这篇介绍美国版“希望工程”的短文，不知是否会对中国助学制度的发展，有一点点启发。

后记

感恩节和圣诞节是美国人的两大节日，那是祖孙几代阖家共欢的日子，就像是中国的农历新年。我们的亲人大多在中国，因此常常趁这个时候开车出门，在美国本土旅行。走在清冷的路上，驶过一个个暖暖的窗口，也驶过一片片冬日的风景。现在回想旅途，脸上还有冰刺刺的感觉，心里却觉得平和、安稳。

行驶在路上，轮流开车。不开车时，就翻看书，也不时抬起头，望着迎面而来、又消失在身后的村庄和小镇。晚上，找个便宜的乡村旅馆住下，入睡之前，也看一段随手抓到的书。看到好玩儿的，就聊聊天儿。有时，也自然就会生出一些感想来。

美国是一个历史很短的国家，开拓初期的日子里，又唯求能够速速安顿，因而村镇都因陋就简，也就始终少有东方和欧洲的巍峨古迹。可是，逛得多了，觉得美国也有它特别的韵味。它的开拓者中有一批来自欧洲的思想者。他们从欧洲传承的思想，到了北美的荒原上，褪尽精美修饰，却有了实实在在的精神。我们随着他们留下的足迹，在朴素的土地上行走，阅读他们留下的纸页发黄的字迹，也把看来读来的一些体会，试着与大家分享。

美国也是一个普通的地方，并不生来就是今天的模样。从历史中一步步走来，它也是险象环生。在立国之前的北美英国殖民地时期，这块土地就滋生了奴隶制的恶疾。很多年里，它还一直是个落后的农业国家，是一个大乡村。后来，随着欧洲工业革命的脚步，美国突然迅速地改换了自己的面貌。在此期间，面对历史的遗留问题，也面对猛烈变革而发生的新问题，他们也曾一样缺乏经验，一样应对维艰。回望它的来路，常常会想，这些先行变革的国家，也一样是在暗中摸索着向前走的，非常可能在磕磕碰碰中，因迈不过众多沟坎中的某一个，在那里翻了车。今天的变革者们，虽有诸多属于自己的特殊问题，但是毕竟也有一些教训可以借鉴。也许就因此可以少走一些弯路。所以，看到、读到这样的故事，也就随手记录下来了。当然，随手记下的还有一些感想。

就这样，边走边读，阅读是一大乐事，旅程也还在继续之中。